Feitiços

Agnieszka Szpila

Feitiços

Fazer amor com árvores

tradução
Milena Woitovicz Cardoso

todavia

*Para minhas filhas — Milena, Helena, Jagódka —
e todas as minhas maravilhosas amigas...*

No início... 11

1. História da loucura de Anna Szajbel 15

Sobre o fogo do emputecimento, que é uma previsão 17
Sobre o *pied de poule*, a oligúria e as
diferenças no cultivo de plantas 23
Sobre os helicrisos, os selos-de-salomão
e a compostagem dos mortos 34
Sobre a coprofilia e a corpocarreira 38
Sobre como o presunto de Gierek levou à
perfuração de petróleo no mar Báltico 42
Sobre os doidos da soja e as ecologistas 45
Sobre a noctambulação e a montada na árvore 48
Sobre o fim da carreira 55
Sobre a lua cheia, a insônia e os cigarros Salem 63
Sobre por que não se masturbar ao volante 67
Sobre a invalidez, que caiu como uma luva 72
Sobre como engordar com eficiência fazendo dieta 76
Sobre o que realmente aconteceu naquela noite 82
Sobre a fissão da alma 91

2. A história de Mathilde sobre as origens do mundo 99

3. Helene Spalt e seu evangelho 105

Sobre os primórdios da fé na Antiga Virgem 107
Sobre a peste bubônica, a imundície e a merda diabólica 111
Sobre Kunegunde Kreppel e os primeiros
anos de vida sob sua proteção 118
Sobre Heinrich Babel — o pequeno infame fracote 123
Sobre o amor fervoroso por tudo que é terreno 128
Sobre o decurso do mundo e a grande
amizade com o irmão Albert 131
Sobre cortar as necroses 135
Sobre os bagos de beladona e a epifania 146
Sobre a vagina-útero-crânio e o Evangelho bordado 154
Sobre a comoção da Terra e o prurido testicular 161
Sobre o casamento com o ferreiro e o famoso antipau 166
Sobre a criancinha dócil, o *juhacz* salvador
e a mudança para a floresta 175
Sobre a compra da floresta necrosada
e as viagens de beladona 182
Sobre o início da congregação 193
Sobre os insólitos sermões de Helene Spalt 201
"Isso é guerra!":
Sobre o conflito com a Igreja 210
Sobre as visitas a Ursula e a notícia terrível 214
Sobre como as devassas esmagaram
o pau de seus maridos 220
Sobre a trágica morte de Ursula 223
Sobre cuidar da neta 226

4. Mathilde Spalt 233

Sobre a separação da alma do corpo 235
Sobre o monstruoso e os benefícios da sagacidade 254
Sobre o milagre da vida, fluindo da seiva de bétula; o cultivo da floresta em um vaso; e também sobre o preságio 270
Sobre a vinda do pressagiado dilúvio 278
Sobre o forno na praça do mercado, construído alguns meses depois da enchente 282
Sobre a convocação e a noctambulação 284
Sobre o processo e as torturas 286

5. A reativação 295

Criptografia da loucura 297
Adek 300
Mene, tequel, parsim 306
Conectada 312
New Deal 316
A Barbada 322
Aliança 327
A sessão com o dr. Charkot 341
Revoltosas 345
Varas em ação! 349
Operação Święta Góra 354

Manifesto do feiticismo 357

Agradecimentos 363

No início...

"Szpila" — falou Zajdel — "o caule é um rizoma flexível, macio, maravilhoso. Você não deve se masturbar com nada duro..."
Agora pense, Você que é igual a mim ou um pouco diferente, que tem uma marca de nascença na nádega esquerda e não na direita; olhos azuis-escuros e não verdes; menos ou mais centímetros na cintura ou no busto; cabelo mais longo ou mais curto; mais ou menos humildade e medo no coração, um grito preso na garganta, um fígado amargo e bilioso... O fígado, a *capital city* das nossas emoções, dominadas pelo emputecimento onipotente, onipresente e herdado não só pela genética. Emputecimento que, pelo menos uma vez ao mês, provoca tamanho incêndio, queimando montanhas, florestas, choupanas cobertas de palha, celeiros e também os postos de bombeiros com caminhões uivando enquanto soa o alarme de incêndio. Queimando, além disso, hotéis luxuosos, palácios da ignorância e da cultura, pontes, viadutos, ruas e usinas elétricas, minas da porcaria do carvão mineral, que são extensões do yang masculino, escavado, com poderosa talhadeira, da sagrada buceta do nosso Planeta Mãe. Emputecimento que dá a Você força para viver, mas também a tira, impedindo que em algum momento sinta uma paz segura dentro de si. Emputecimento que brilha de tal forma que ilumina o caminho até Você. Emputecimento que Você aguenta, para que de novo não sinta dor. Emputecimento pelos três pês: pênis *en général*, política e patriarcado, aos quais se juntam os outros pês:

poder econômico, poder físico e pornô (a indústria), que também é uma forma de violência; a indústria por si só, a maior forma de violência contra a nossa Mãe Terra ultrajada pelos outros pês. Emputecimento que é o centro do fogo que arde dentro de Você, no qual, de vez em quando, Você joga esperanças, sonhos e desejos vãos. Às vezes, Você também joga as crianças que Você deu à luz por acidente ou por grande amor, as quais lhe cansaram tanto que Você chegou a implorar na sua cabeça que o Conselho Tutelar viesse e as tirasse de Você, sob acusação de total negligência. Emputecimento que encharca seus olhos cada vez que Você discorda de algo e ninguém escuta. Emputecimento que em breve inflamará os santuários de todas as denominações religiosas, das quais Você foi banida ou expulsa, porque seu sangue mensal não é *halal*. Emputecimento que ocupará as bancadas de madeira dos parlamentos, as inúmeras pastas e atos alinhados contra seus interesses e sua vida. Emputecimento que inflamará os crânios empalados de amantes ou maridos pervertidos pelo patriarcado, pela indústria e pela pornografia.

Pense que Zajdel tinha razão. Que é hora de parar de desejar o que é duro, inchado, saliente e ereto. Que apenas fechando sua vulva abusada — seu centro mais sensível, que também é o centro do mundo — Você poderá realmente influenciar o destino do planeta.

Que talvez graças a esse ato, que chamaremos ao longo do romance de ESTANCAMENTO, Você sepulte o que tira a vida da nossa Mãe estuprada dia após dia e noite após noite, aquilo que faz dela uma prostituta degradada até os limites da resistência: minas de carvão, refinarias, termoelétricas, emissões de gazes venenosos, glorificação da merda. A indústria pornô que só sanciona o que está em ereção. Também metaforicamente. O que se levanta, e não o que se deita. E graças a Você o que está ereto pode enfim morrer, para nascer o que é úmido, sensível, elástico e macio. Se Você, mesmo *via vagina*, recusar-se a jogar esse jogo, Você nunca vencerá. E Você nunca perderá, porque sempre estará sentada e aguardando uma mudança.

Você, que é igual ou quase igual a mim, como a minha mãe, avó, bisavó ou irmã, que eu não tenho, mas que Você é para mim, sempre que Você lembrar que, além daquela biológica, sua mãe número um é a Mãe Terra, Você será a verdadeira protagonista desta história, embora provavelmente, como eu, Você não se reconheça nesse nome.

Será Você quem decidirá pôr fim a isso? Não importa o preço que pague?

I.
História da loucura
de Anna Szajbel

Sobre o fogo do emputecimento, que é uma previsão

Homens e mulheres vestidos à moda antiga caminham pela praça central retangular, com torres de igrejas que ultrapassam os telhados dos luxuosos edifícios burgueses, e uma câmara municipal grande e ricamente decorada. As mulheres vestem saias largas e longas até o tornozelo, blusas brancas com golas arredondadas e franzidas abaixo do pescoço, mangas bufantes bordadas com fios de seda. Os homens trajam calças compridas e justas, enfiadas nos sapatos decorados com fivelas, marcando as panturrilhas, camisas domingueiras, coletes alongados, capotes longos e abotoados e chapéus enfeitados cobrindo a cabeça. Pelas sinuosas ruazinhas pavimentadas de paralelepípedos, à sombra dos prédios de três andares de cidadãos ricos — com depósitos em estilo holandês nos andares superiores e telhados cobertos com lindas telhas vermelhas, onde pombos e pardais se empoleiravam com prazer —, gatos passeiam preguiçosamente indo em direção ao mercado para surrupiar alguma coisa dos açougueiros.

O agito na praça e a onda sempre constante de novas pessoas com variados artigos em seus carrinhos — aves domésticas cacarejantes, tecidos estampados, pedaços de carne seca, latões tão cheios de leite que derramavam no transporte, molhando, de vez em quando, algum dos transeuntes — não indicavam que, além do mercado, acontecia algo incomum na cidade.

O que despertava inquietação era o número de guardas no mercado, muitos, para um dia comum.

De repente os sinos de todas as igrejas bateram. Foram batidas desiguais, o que causou ainda maior inquietação, porque perfuraram, como uma cunha, a rotina ordinária e segura.

Quando começaram a bater, a população, instigada pela guarda a cavalo, passou a se separar em dois grupos, formando um tipo de corredor. Umas vinte mulheres iam pelo caminho. Apesar do calor, estavam congelando até os ossos. Completamente nuas, com grandes cruzes penitenciais no pescoço. As cabeças raspadas por inteiro e cobertas de cinzas. Pareciam fantasmas. Mortos-vivos voltando da guerra. Arrastavam os pés, iam com muita dificuldade, porque seus dedos tinham sido esmagados e quebrados. Os dedos das mãos haviam tido a mesma sorte: pendiam inertes, como se só a pele manchada de sangue os segurasse. Algumas dessas mulheres sangravam pela genitália; nas demais, o sangue escorria dos seios cortados e de outras partes do corpo rasgadas com um instrumento afiado.

Os espectadores lançavam insultos e bosta de cavalo, a qual abundava na praça central, ainda mais em dia de mercado. Eram principalmente homens, as mulheres erguiam os olhos para o céu como se procurassem ajuda lá, ou os baixavam, fixando o olhar no chão, seja por vergonha, culpa ou algum outro motivo.

Uma velha, que elogiava alguém pelos licores de fruta caseiros, fez três vezes o sinal da cruz na testa; os ceramistas oferecendo seus produtos — tigelas, bacias, colheres de argila para pegar comida — batiam nas vasilhas com conchas e, junto com os beatos que as amaldiçoavam, faziam uma cacofonia como numa barafunda. Somente os estrangeiros, que vendiam aromas em caixinhas de prata ricamente ornamentadas e passarinhos exóticos, como canários e papagaios, olhavam para esse lamentável desfile com desconfiança e apreensão.

No fim da procissão vinha um grupo de bispos em vestes faustamente bordadas com fios de ouro e pedras preciosas, garantindo que nenhuma das mulheres tentasse fugir. As duas primeiras andavam com muita segurança, apesar dos ferimentos. E com as cabeças orgulhosamente erguidas.

De repente, à frente das mulheres, bem ao lado da Casa de Pesagem, apareceu uma estrutura cuja finalidade ainda não era possível adivinhar. Era feita de tijolos vermelhos, tinha quase dois metros e meio de altura e uma portinhola de latão, que para ser atravessada exigia que se dobrasse o corpo quase ao meio, curvando-se em direção ao chão. Na parte de cima, no lugar do telhado, havia uma cobertura de palha, sobre a qual estavam dispersos pedaços de lenha e de tábuas.

Somente quando todas tinham sido conduzidas para dentro é que elas viram algo que confirmou os rumores que há tempos corriam pela cidade: uma grade sob o teto.

Algumas delas, implorando para serem decapitadas antes de queimadas, receberam essa graça. O carrasco deu o sinal para que colocassem a cabeça nos tocos. Havia exatamente o mesmo número de tocos que a quantidade de mulheres enviadas ao forno. Talvez dez, talvez doze, mas, de qualquer forma, menos da metade aproveitou esse privilégio. As demais, lideradas pelas duas que estavam à frente, queriam ser queimadas vivas.

E quando a portinhola da construção foi fechada e a grade foi incendiada desde o alto, as mulheres, sem serem vistas do lado de fora, deitaram-se umas sobre as outras, criando uma pilha com seus corpos, e se agarraram umas às outras com tanta proximidade que nem mesmo um fio de palha poderia passar entre elas.

Antes que a chama caísse pelo teto, elas começaram a se mexer delicadamente, uma sobre a outra, fazendo movimentos tão leves como os das folhas em uma brisa primaveril que mal as toca. E cada tremor despertava o desejo de se movimentar na pessoa deitada acima, como se provocasse uma avalanche desses toques imperceptíveis, mas sentidos. E dessa inação, que, no entanto, era movimento, algo dentro desse organismo compacto, dessa unidade, gerou uma chama tão grande que, no momento da morte, um fogo tal irrompeu delas e as inflamou de prazer.

Elas pareciam saber o que estavam fazendo. Quando as labaredas começaram a lamber seus pés e cabelos, as mulheres estavam calmas, pois não se identificavam mais com o que era físico: haviam sido separadas de sua carne. Estavam vivas, mesmo que mortas em corpo, incineradas.

Quando o guarda abriu a portinhola após quarenta e cinco minutos e confirmou que todas estavam mortas, um vento repentino soprou tão forte que todas as cinzas da fornalha foram jogadas para fora.

Entre as testemunhas presentes na praça houve algumas que cobriram o nariz e a boca, para evitar que as cinzas das mulheres amaldiçoadas pela Igreja entrassem por ali. Entretanto, perto do forno, houve aquelas que inalaram as cinzas de propósito, como se quisessem absorver todo o acontecimento.

2025

Szajbel acordou do sonho, sufocando com a fumaça e cuspindo cinzas. Ainda que fosse apenas uma impressão, ela até colocou o dedo na boca para conferir se não havia fuligem na garganta. Ia sentir esse gosto ruim na boca e uma fumaça acre no nariz o dia todo. E ainda aquele cheiro de queimado. Cheiro de carne humana queimada…

Além do cheiro e do gosto, após um tempo ela sentiu que os pés estavam ardendo novamente. Não suportava esses sonhos, depois dos quais queimava por dentro como uma tocha.

Era como se houvesse um fogo em seu interior que ela não conseguia apagar com nada o dia inteiro. Nenhuma briga ou confusão. Nem em casa, nem no trabalho. Nem na agência de correio, aonde ia só para encenar seu número amado, ou seja, para descontar em outra pessoa a raiva que sentiu no sonho. Humilhar a mocinha do guichê, vestida com uma blusinha de algodão barato. A porra de uma ratinha quieta que fica sentada atrás do balcão na esperança de conseguir se esconder de gente como ela. Mas não vai conseguir — Szajbel imaginou a ida à agência de correio, cena por cena, com imensa satisfação. Com quem vai começar sua dança? E quem vai dançar com ela hoje? Será que mais uma vez a mocinha do guichê não vai aguentar e vai desmoronar? Será que vai pedir ajuda à gerente da agência? Tomara! Szajbel teria então a chance de descarregar seu emputecimento nela, porque a gerente é quem mais a irrita. Por sua docilidade. Por seu ar conciliatório. Por concordar e pedir desculpas. E como dizem os homens: por sua submissão.

É isso que mais desagrada Szajbel. Isso a desarma. Quanto mais submissa a gerente for em relação a ela, mais ofendida ela vai ficar. Então, alguém da fila vai se meter — Szajbel conhece o roteiro de cor, porque o segue há anos. Essa pessoa também vai se ofender. Ela vai sair batendo a porta e gritando a plenos pulmões: "Estamos no século XXI! Enfiem esses avisos de encomenda do século XIX no cu!".

Então ela vai ficar aliviada. Pelo menos por um tempo. Felizmente, Bartek está em casa. Pode ser que ela descarregue em mais alguém nesse dia ainda. Quando ele pedir que ela o lave, ela vai fazer, sem dizer uma palavra, como de costume, engolindo a raiva, porque, afinal de contas, não pode bater num aleijado. E aí finalmente vai pegar uma faca ou um garfo, ou pelo menos um lápis com a ponta bem afiada. E só quando sangue for derramado é que ela enfim vai se sentir em casa.

O emputecimento ardendo dentro dela depois desse sonho é vermelho sangue. É como uma enorme bola de fogo rolando colina abaixo e ganhando um impulso extraordinário. Uma bola voraz que devora toda delicadeza e ternura.

"Ih, a presidente Szajbel deve estar naqueles dias" — ela vai ouvir esses comentários, pelos quais os demitiria se pudesse. Mas vai se vingar de outro jeito. Afinal, é ela quem dá as cartas. Sempre sentiu isto em seu íntimo, que basta uma fagulha para ela se incendiar de tal forma que montanhas e florestas queimem. E qualquer um que cruzar seu caminho vai queimar também.

Além do mais, ela adora esse momento. E que os outros sofram... Fazer o quê. Ela também sofre. Mas só nesse fogo, que a queima dos pés à cabeça, ela sente que não está sozinha. Como se através do fogo do emputecimento ela se unisse com as queimadas no forno.

Sobre o *pied de poule*, a oligúria e as diferenças no cultivo de plantas

Você não se torna presidente de uma grande empresa ESTATAL do setor de combustíveis se tiver um animalzinho fofo entre as pernas: uma periquita, gatinha, doninha ou pombinha. Você não se torna presidente de uma grande empresa estatal do setor de combustíveis tendo entre as pernas uma buceta atávica, uma vulva, ou uma xana vasta como as estepes de Aquermã.

Para assumir o comando — vamos repetir essa expressão — de uma "grande empresa estatal do setor de combustíveis" com um pássaro ao fundo, e não um pássaro qualquer, mas uma espécie reverenciada por imperadores romanos, por Carlos Magno, pelo Sacro Império Romano, depois pela dinastia dos Habsburgo e, finalmente, pela Alemanha contemporânea, pela Rússia, pelos Estados Unidos e... pela Polônia — você precisa ter uma águia entre as pernas. Melhor se for branca, porque neste país, no qual o logotipo da empresa de combustíveis coincide com o da nação, um pássaro preto nas cuecas não é um bom presságio e com certeza não profetiza um grande futuro. Os possuidores de pássaros pretos, muito desejados pela maioria das mulheres de todos os cantos do mundo, são associados pelos representantes da nação polonesa ao elo perdido da teoria de Darwin. Teoria tal que não desperta muito entusiasmo na Polônia. Não como um pássaro branco acomodado em cuecas boxer ou samba-canção. Esse pássaro é a legitimação do poder em todos os segmentos do mercado polonês.

Voltemos ao *ad vaginam*. Animais fofinhos e peludos, que representam o gênero das mulheres, sofrem uma derrota esmagadora ao rivalizar com a ave de rapina, que representa os homens. As aves corporativas, sempre acomodadas em cuecas boxer ou samba-canção, são cobertas, além disso, por uma camada adicional de calças sociais vincadas, um par das quais — especialmente aquelas usadas pelos poloneses mais ricos, que vivem nas cidades-jardim, com destaque para Podkowa Leśna, nos arredores de Varsóvia — pode custar tanto quanto um carro sedan usado ou a renda anual de vinte famílias na República Democrática do Congo. Vamos examinar com atenção os tecidos de que são feitos esses ternos, e os *kissing buttons* (botões acavalados nos punhos, como que se beijando) — que são um atributo secreto dos ricos. Por exemplo, o *pied de poule* ou as listras, padrões de tecidos escolhidos com frequência pelo establishment e pelas elites intelectuais que moram nas cidades-jardim — lugares que foram arrancados da natureza pelos ricos e para os ricos para que, ao contrário dos pobres, eles não tenham que respirar os efeitos colaterais da Revolução Industrial. Espaços nos quais um pedaço da floresta foi derrubado para projetar ali cidades habitadas pelos escolhidos, longe dos Ninhos e Buracos, onde vivem putas, pervertidos, ladrões e doentes mentais.

O padrão *pied de poule* usado pelos plebeus, incluindo os que moram nos Buracos, não é visto como *pied de poule*, mas, sim, como o vulgar "pepita". A diferença é perceptível imediatamente — os desenhos nos ombros do paletó e na costura das calças nunca estão alinhados, os traços não se encontram como no *pied de poule* da elite. Em vez de trazer a quem olha a sensação de paz e a felicidade distinta de encontrar harmonia em um padrão, só traz decepção, caos e hostilidade. Usar o tecido *pied de poule* só faz sentido para os habitantes das cidades-jardins.

O mesmo se aplica às listras. Nos Buracos, já à primeira vista se nota que as roupas foram cortadas de um único pedaço de pano, enquanto no mundo da elite, representado pelas grandes empresas (lideradas pela estatal de combustíveis), e também pela chamada "intelligentsia", gasta-se em média cinco metros a mais por terno. Isso para permitir que as listras fiquem alinhadas. Para que, como resultado desse alinhamento, cada portador possa se sentir satisfeito e seguro. Como se o alinhamento dessas listras, desses meridianos e paralelos de gabardine, garantisse uma corrente latente de energia mantendo o mundo sob controle e em relativa ordem.

A intelligentsia supramencionada, que não deve ser confundida com a comum e ordinária "intelectualidade" que mora em Podkowa Leśna (o *crème de la crème* das cidades-jardim na Polônia), pode se gabar não só das roupas perfeitamente cortadas (incluindo aí trajes esportivos caros e de marca), mas também de seu status demográfico extraordinário, com um número impressionante de personalidades famosas da cultura e da arte por metro quadrado! Há também o Clube da Intelectualidade Católica, que organiza a vida cultural por aqui. Com pavões no jardim da igreja e missas beatíficas do passado.

"Senhoras e senhores, imaginem ser vizinho de uma célebre escritora, à esquerda, e do diretor teatral mais notável da Polônia, à direita. Enquanto lavam a louça, vocês veem da janela uma estrela de cinema e um político — que largou esposa e filhos por ela — correndo. Não é maravilhoso? Tantos famosos em um espaço tão pequeno?" Não é de se admirar que Podkowa Leśna, anunciada dessa forma em muitos congressos e conversas coloquiais, atraia um número cada vez maior de antagonistas.

Essa mesma Podkowa, além da grande quantidade de católicos, artistas e empresários, também pode se orgulhar do maior número de livros (frequentemente empoeirados) por centímetro cúbico, herdados de bibliotecas ancestrais, e do maior número de obras de arte nas paredes por centímetro quadrado! Obras de arte passadas de pai para filho, e, só para deixar claro, ressaltamos que são antepassados poloneses de verdade, sem qualquer mistura de sangue estrangeiro! Tataravôs patriotas! As obras frequentemente retratam cavalos. Cavalos na fonte de água, cavalos no campo de batalha, cavalos lambendo o rosto de um insurgente, cavalos no mercado, cavalos ao pôr do sol, cavalos com outros cavalos ao fundo. Como se o país inteiro, e atrás dele a nação, estivesse montado em cavalos, e não pudesse ser feito de burro. Felizmente, às vezes o cavalo é substituído nos quadros por uma mulher chorosa mandando o filho para a guerra como se fosse um cavalo para o matadouro, para lutar a cavalo e dar a vida pela águia. Essa é a história. Essa é a tal intelectualidade, com essas reproduções nas paredes. No caso das elites empresariais, o pendor pelas narrativas familiares (representadas pelos cavalos de Juliusz Kossak e pelas mães polonesas de Artur Grottger pendurados nas paredes) é substituído por móveis modernistas. Uma cadeira modernista, uma *villa* modernista, um jardim modernista e até um vaso sanitário no estilo modernista.

Sofrendo de oligúria, secura vaginal e transtorno bipolar, Anna Szajbel fixou residência em Podkowa Leśna com seu marido inválido há seis anos, desde que assumiu a direção da grande empresa estatal do setor de combustíveis. Durante os primeiros anos, ela viveu com a alma dividida entre os retratos dos antepassados (não seus, de Mszczonów, mas comprados em antiquários) e o modernismo representado nos móveis. Porém, após tomar posse na presidência, ela decidiu se concentrar no design, levou os quadros dos antepassados que não eram seus e os bibelôs (também comprados em antiquários) para o sótão, e os trancou lá, cobrindo-os com uma colcha centenária kurpie, supostamente também de seus ancestrais.

Assim, em vez de se servir da identidade dos antepassados (os dos antiquários), centrou-se no mito polonês da classe média e passou a fingir ser uma pessoa moderna, rompendo com o contexto histórico e se orientando, pelo menos em relação ao design, pelo "aqui e agora".

Ela tinha poucas preocupações, porque, como dizem, era *successful*. Seus problemas eram: o marido paraplégico e a visita dos pais duas vezes ao ano (na Páscoa e no Natal). Os pais eram de Mszczonów, geograficamente perto, mas muito distante na mentalidade e na cultura. O próprio nome da cidade evoca ideias das quais é difícil fugir, ainda mais tendo nascido lá! Eles se vestiam com roupas pouco modernas: a mãe com terninho de *pied de poule* (sem os botões se beijando), o pai com um agasalho de segunda mão com a imagem de um puma na panturrilha, tão gasto que parecia ter sido arrancado da boca de um. A única coisa que tinham em comum com Podkowa era a igreja, onde rezavam da mesma forma e cantavam as mesmas belas e melancólicas canções que em Mszczonów.

Szajbel sempre pedia que eles chegassem tarde da noite. Dessa forma, evitava os vizinhos intrometidos, que não estavam acostumados com essas extravagâncias da moda. Ela se sentia mal, culpando-se pela superficialidade que a convivência na cidade-jardim e na grande empresa estatal havia lhe incutido. Por um lado, esconder os pais da vista dos vizinhos protegia sua chamada "imagem", e, por outro, ela se vingava deles pelo fato de não saberem se vestir que nem gente, mesmo ela lhes enviando uma boa quantia por mês. Como consequência, em vez de ir visitar a capital com ela, aonde ia para trabalhar através do túnel de ar pedagiado, projetado para que os ricos não precisassem respirar óxidos nítricos, enxofre e poluição, ou a pérola da Mazóvia — Podkowa —, eles se mantinham invisíveis, vagando como sombras pela casa, em volta da qual, felizmente, ela colocara um muro alto depois de assumir a presidência do grupo empresarial. Quando os pais pediam que ela os levasse para o trabalho ou que pelo menos deixasse que eles usassem o trem metropolitano, Szajbel, nervosa, respondia:

— Mãe, por que vocês querem ir a Varsóvia? Não dá para respirar lá! Aqui em Podkowa temos o ar mais limpo da Polônia. Aqui você respira iodo. Muito mais até que na costa do mar Báltico, porque o nosso iodo, produzido exclusivamente para uso dos moradores de Podkowa Leśna por um ionizador de ar especial, do tamanho de uma quadra poliesportiva, é filtrado por moreias finlandesas.

— Filhinha, que merda você está falando? — O pai se mete, rude, no discurso da filha. — Iodo só pode ser encontrado à beira-mar.

— Não quando se tem dinheiro. O grupo empresarial para o qual eu trabalho, depois de reforçar a conta da Igreja, investiu muito capital na melhoria do clima. Pessoalmente, não acredito nessa bobagem, aliás não estou nem aí para o aquecimento global, já que aqui é tão agradável.

— Mas, filhinha, não estamos sozinhos neste planeta, não foi assim que te criei — diz a mãe, cada vez mais arrasada. — É sério que você não se importa com o derretimento das geleiras, os incêndios no Brasil, a extinção das espécies, a tortura das morsas, das focas, de pinguinzinhos fofos? — ela pergunta, recusando-se a parar.

— Todo mundo tem seus fantasmas, medos e problemas. Vocês têm o aquecimento global e o sofrimento dos pinguins, já eu tenho um marido numa cadeira de rodas, cujo rabo tenho que limpar como o de uma criança. E ainda, de vez em quando, tenho que jantar com o pároco, porque meu marido se converteu. De repente, ele se sente bem falando de Deus. Não é o suficiente? Me deixem em paz! Não me atormentem nem se atormentem com problemas que não nos dizem respeito diretamente.

— Tá, mas talvez nos diga respeito, como você mesma falou, seu grupo empresarial destinou fundos para salvar o planeta — o pai intercala.

— A empresa estava com medo de provocar os ecologistas. Os Verdes não nos deixavam em paz. Mandaram denúncias para a União Europeia, para a Dinamarca e a Suécia. Os alemães estão se lixando para isso, têm seu próprio Nord Stream, mas os vikings queriam nossa cabeça. É por isso mesmo que agora estamos testando soluções modernas aqui em Podkowa. Produzimos iodo artificial, parece que é mais saudável que o natural, do mar, e trouxemos moreias da Finlândia, que liofilizamos. Essas moreias secas filtram nosso ar ainda mais. Então, peço que em vez de falar besteira sobre a morte do planeta, vocês se concentrem na própria saúde e respirem, porque esse microclima não existe em nenhum outro lugar na Polônia, e quem sabe se existe outro lugar assim além da Floresta de Białowieża.

— Você se lembra daquela série *A Clínica na Floresta Negra*? — pergunta o pai.

Para não se indispor com os pais, Szajbel recorre ao lítio, que toma à noite, porque sabe que se não tomar naquele momento, vai causar um grande dano emocional aos dois. O idiotismo do pai desperta um fogo dentro dela que em breve vai queimar não só a casa, mas também o galpão no jardim e os canis onde ela mantém seus dois rottweilers. Szajbel não consegue se conformar que o pai sempre mencione séries televisivas fracas, das quais a família até gostava, mas que nenhum outro círculo entendia. Quando questionado se podia identificar alguma ligação com o assunto em pauta além das palavras presentes nos títulos, ele parecia alguém que conhecia as séries apenas pelos nomes, e muitas vezes até os distorcia.

Sempre que Szajbel se perguntava sobre o motivo de ter se afastado da família, pensava exatamente na estupidez do pai e no quanto a mãe era monotemática, com pensamentos que giravam apenas em torno de sua propriedade e da preparação dela para o próximo concurso. E para a próxima temporada.

Um ano depois de se mudar, Szajbel os convidou para a maior festa de Podkowa: o Festival dos Jardins Abertos, que acontece anualmente desde o fim da Segunda Guerra. A mãe ofereceu aos donos de todos os jardins que visitou seus serviços de planejamento, com base no jardim que tinha em sua chácara. Ela apresentava a proposta mostrando uma reportagem sobre seu éden em Mszczonów, publicada na revista *Chácaras Polonesas*. Depois disso, Szajbel ficou um ano sem aparecer na cidadezinha, fazendo compras online e sem botar o nariz para fora do próprio jardim, todo modernizado por um arquiteto paisagista local. É claro que ela escapava cedo para o trabalho em seu belíssimo carro, e voltava depois do anoitecer, para que ninguém a notasse. Tamanha era a infâmia. A infâmia de Mszczonów aos olhos da cidade-jardim de tradições culturais ricas.

A mãe de Szajbel passeia nervosa pelo jardim da filha, que ela mesma projetou no comecinho, logo após a mudança de Anna para Podkowa. Era entendida no assunto, pois durante dez anos, entre 2009 e 2019, sua chácara ganhara o concurso de mais belo jardim de Mszczonów.

Szajbel, quando criança, gostava de se enfiar no terreno dos pais, que era cheio de plantas perenes e tinha um pequeno pomar desenhado com graça no qual reinavam ameixeiras rainha-cláudia e cerejeiras, mas ela entendia que havia um abismo entre as chácaras em Mszczonów e os jardins em Podkowa. Era como a divisão do Império entre Oriente e Ocidente. Enquanto os jardins organizados de acordo com o gosto dos moradores de Mszczonów eram dominados por peônias inchadas, dálias e arbustos floridos intercalados aqui e acolá por palmas-de-santa-rita salientes e fálicas, nos jardins de Podkowa — que os moradores, uma vez ao ano, partilhavam com os curiosos (com exceção dos chechenos que moravam num campo de refugiados perto dali) — reinavam as hostas, em todas as suas espetaculares variações, azaleias e rododendros, todos belos como os exemplares do jardim botânico da Academia Polonesa de Ciências, em Powsin. Não eram as hostas e os rododendros que se viam em Mszczonów. Em Podkowa, os rododendros eram grandes e gordos como elefantes! E as hostas começavam pelo menos pela variedade *blue elf*, chegando a espécimes de colecionador, cujo preço muitas vezes se igualava ao de uma chácara em Mszczonów, colocada à venda no portal chacreirosdemszczonow.pl.

Era importante também a própria forma de cultivo das plantas. Na cidadezinha natal de Szajbel, as plantas eram cultivadas a partir de sementes ou mudas, por isso esses seres botânicos vivenciavam sua infância, juventude, meia-idade e fim de vida na chácara, no terraço ou na varanda de uma determinada família. Enquanto na cidade-jardim de Podkowa as plantas iam para a terra na sua fase de desenvolvimento mais imponente. Pois era mais importante o efeito deslumbrante do que o próprio processo de cultivo. O deslumbramento prevalecia sobre os segredos complexos do cultivo ou ter o que se chama de "dedo verde". Na cidade contava mais o jeito com dinheiro, e é por isso que os residentes de Podkowa podiam comprar os mais belos exemplares da Polônia.

— Anninha, onde estão os belos helicrisos e os selos-de-salomão que plantei para você? Não vejo nenhuma das nossas plantas no seu jardim. E o viburno de pompom? Onde está? Tudo se foi mesmo?

Szajbel curvava e apertava os dedos dos pés até doer. Aprendera isso ao longo de anos no mundo corporativo. Como não demonstrar que a estupidez inata do interlocutor está lhe colocando contra a parede, que você está pronta para atacar só para evitar olhar para o adversário. Como impedir que a névoa vermelha lhe encobrisse os olhos. Que a visão do rosto intocado por qualquer reflexão não lhe torturasse ainda mais. Para não ser nocauteada. Então, em vez de cerrar os punhos, revelando imediatamente suas intenções assassinas, você aperta os dedos dos pés com toda a força, dobrando-os para baixo da sola. Atividade difícil de se fazer em saltos altos apertados e incômodos, mas não impossível. Szajbel sabe disso, se não soubesse, não estaria hoje à frente da empresa estatal.

— Sim, tudo, mãe, tudinho. A terra não é aquelas coisas... Já te falei isso muitas vezes.

A dor que flui dos dedos dos pés apertados é tão penosa que Szajbel finalmente começa a respirar mais fundo, como se estivesse prestes a cheirar uma carreira imensa. O momento de autocontrole nascido da dor é interrompido pelo mantra da Madona de Mszczonów:

— Podíamos ter trazido terra de Mszczonów. Já sugeri isso várias vezes...

Szajbel segura a língua para não explodir, para não gritar que Mszczonów é Mszczonów e Podkowa é uma cidade-jardim, e que uma chácara não é a mesma coisa que um jardim. E que ela precisou, numa noite depois de se mudar, arrancar tudo da terra e jogar na merda da composteira, e aí plantar o que se planta aqui, na comunidade dos moradores da cidade-jardim. O que foi? Como se fosse fácil fazer isso? Desenraizar Mszczonów e toda a infância passada não em férias no exterior, mas no quintalzinho da chácara dos pais, que antes era dos avós? "Doeu, mãe. Doeu como se alguém fosse me comer por trás e errasse o buraco." Mas ela não pode dizer uma coisa dessas, porque no fundo sabe que isso mataria a mãe e o pai. Seria como tirar o retrato de João Paulo II da parede do quarto deles e mijar na cara do pontífice.

Então lá estava ela mentindo de novo, pelo sexto ano consecutivo, sobre a mesma coisa, sempre reconhecendo em si uma cadela ingrata, que só chegou aonde chegou graças a esses cálculos. E graças à observação social. A habilidade de entrar nos jogos que as pessoas ao seu redor propunham era o ponto mais forte de Szajbel. Conhecendo milhares deles, ela entrava apenas nos que estavam sendo jogados em um determinado momento, às vezes ganhava, às vezes deixava os outros ganharem. Era capaz de avaliar quando e quem deixar ganhar, para satisfazer a frivolidade dos colegas corporativos (as colegas nesse setor ainda eram uma minoria) e parceiros de negócios. No nível da diretoria, mesmo fora da Polônia, ela não encontrava muitas mulheres, pois há tempos elas prefeririam roer o galho em que Szajbel estava sentada, exigindo a proibição total da produção de petróleo e do funcionamento de refinarias sob a bandeira da luta pela Mãe Terra e da proteção do meio ambiente.

Sobre os helicrisos, os selos-de--salomão e a compostagem dos mortos

A relação de Szajbel com a Mãe Terra era tal qual sua relação com a própria mãe, a biológica. Ela não lhes devia nada além da vida. Tudo teve de ser corrigido e controlado depois delas, pois, de outro modo, Szajbel teria sido completamente consumida pelas duas. Elas a teriam envolvido em suas trepadeiras e a prendido em suas raízes. Szajbel se alegrava por ter sido capaz de não construir nenhum vínculo com elas. Isso era seguro. E racional. Como confiar em alguém com quem não se pode contar? Que não consegue conter as próprias emoções, que chora assistindo a novelas, grita ao telefone, ou, como a Terra, aterroriza incessantemente o mundo com inundações, incêndios e pandemias? Portanto, ela suprimia, de diferentes formas, ambas as mães, e as olhava com desprezo.

Justamente por causa dessa incapacidade de aceitar o que estava fora de seu controle, Szajbel renunciava ao seu pertencimento à Terra. Não confiava nos recursos dela, afirmava que eles existiam para serem extraídos; e respondia com arrogância às acusações de ecologistas, citando os colegas do grupo empresarial, que diziam que a Terra gosta que alguém, de vez em quando, a penetre fundo com a broca e abra um grande poço — algo pelo qual foi várias vezes criticada em reuniões com jornalistas e em conferências do setor.

— Mesmo que você trouxesse o solo, nenhum helicriso ou selo-de-salomão cresceria aqui. — Szajbel se recompõe para conter o fogo que arde nos pés, que logo queimaria tudo em seu caminho, a começar pelos pais de Mszczonów. — Filtros especiais limpam o ar de maneira a eliminar de Podkowa, ressalto: eliminar de Podkowa (uma cidade-jardim), tudo o que a natureza projetada pelo ser humano pode considerar ignóbil, nocivo ou erva daninha.

A mãe de Szajbel chorava. Helicriso é erva daninha? Selo-de-salomão é erva daninha? Palma-de-santa-rita, do latim *gladiolus*, é erva daninha? A filha se transformara, mudara desde que tinha parado de ir à chácara e comer cerejas do jardim de Mszczonów. Não foi assim que a criaram. A vizinha tinha razão. Varsóvia havia transformado a filha. Em uma aberração. Em uma qualquer, não se sabe de quem ou quando saiu, mas não foi deles. E essa Podkowa nojenta. O pior lugar no mundo. Coberta não de musgo, mas de depravação. De dinheiro e púlpito. Uma igreja ter um jardim daqueles! Com papagaios e pavões? Quem já viu uma coisa dessas? Além disso, o que é um jardim sem arbustos floridos? Sem dálias? Em toda parte, só tem azaleias gigantes e rododendros cultivados com adubo artificial.

— Que filtros, filhinha? Não tem nada acima de nós! Não se vê nada! — a mãe se atreveu a dizer, apesar dos pensamentos cheios de raiva.

— São transparentes, mãe, da cor do céu! O que você vê lá em cima não são nuvens reais, mas nuvens 3D projetadas numa rede de ar fina como neblina. Podem não ser reais, mas são lindíssimas.

— Ah, vá se foder, filhinha — o pai toma a palavra, depois que a filha, a CEO, traz à discussão, pela primeira vez, o que pra ele parecia um argumento abstrato. — Se você não consegue ver uma coisa, é porque ela não existe. Não diga mais esses disparates.

Essa atitude do marido dá à mãe de Szajbel confiança em si e em seus próprios valores.

— Mas me diga, Anninha, onde vocês enterram os mortos daqui? Onde fica o cemitério?

Szajbel se cala. Sabia que essa pergunta capciosa e proativa seria feita mais cedo ou mais tarde, como acontece todos os anos. Inicia-se uma disputa de forças entre ela e os pais. Logo vai vir o próximo ataque à sua vida, meticulosamente estruturada durante anos.

— E onde você vai enterrar Bartek quando ele não quiser mais usar a cadeira de rodas e engolir um punhado de comprimidos com uma garrafa de vinho? O que vai ser dele?

Realmente, os cadáveres não eram enterrados em Podkowa. Os corpos dos mortos eram transportados num Lincoln preto a Varsóvia e cremados em um crematório particular, com o nome poético Cinzas e Diamantes. Por uma taxa especial, um diamante era feito das cinzas e entregue à família mais próxima. Esse era o destino que aguardava os ricos postumamente. Outra realidade post mortem esperava os pobres moradores das periferias de Podkowa, como Owczarnia ou Żółwin. Nos Buracos e Ninhos — como eram chamadas as cidades adjacentes a Podkowa e fora da órbita dos deuses —, outras leis vigoravam. Leis estabelecidas pela parte mais rica da cidade-jardim. Os corpos dos pobres não seriam submetidos à cremação, apenas jogados na grande composteira na divisa entre Podkowa e Żółwin, logo atrás da estátua de Jesus Cristo. Ao contrário do que imediatamente vem à mente, esse costume era intrínseco ao estilo de vida local, em que os jardins dos ricos ocupavam o primeiro lugar na hierarquia social. Os presuntos decompostos eram espalhados sobre as lindas azaleias e rododendros nos jardins daqueles que pagassem uma taxa especial ano após ano: a Dacompostagem.

Não tinha sentido explicar essa filosofia mortal, mas, por outro lado, imortal, a seus retrógados pais de Mszczonów.

Por isso, como acontecera no ano anterior, Szajbel fingiu que não tinha ouvido a provocação. Levou os pais ao quarto de hóspedes, no primeiro andar, pedindo-lhes, como sempre, que não tirassem os sapatos, o que eles tiveram que fazer mesmo assim para preservar o piso de carvalho (que Szajbel regularmente mandava lixar), permitindo que andassem pela casa mais uma vez. Detectando todos os defeitos e imperfeições.

Sobre a coprofilia e a corpocarreira

— Essa torneira do banheiro do andar de baixo está meio frouxa. A água pingando e pingando. Um dia vai inundar tudo.

— E a gaveta também, filha — o pai deixa escapar, como um sabe-tudo na aula de polonês, querendo mostrar a todos seus conhecimentos inúteis. — A de roupa íntima, não desliza como deveria. Não rebate. E era para fazer isso, certo?

— O seu teto está rachado, filhinha, ó lá, num cantinho. Será que o papai pode pintar nesses dias em que vamos ficar aqui?

— Por que aqui é sempre escuro como num caixão? É sempre tão escuro assim?

Szajbel, preparando o chá para o jantar dos pais, tenta controlar a raiva que a consome por dentro, corroendo seu fígado e pâncreas, para não adicionar veneno de rato às bebidas. Ela se sentia como um anão pendurado pelo colarinho com os pés sobre as bocas acesas de um fogão. Balançando as pernas no ar comicamente, prevendo que quando a tortura acabasse, sua amargura seria infinita. Que o anãozinho com o casco fumegante logo se vingaria.

— E há alguma claridade na floresta? Por isso temos lâmpadas em todo canto. — Szajbel se aproxima da parede e aperta o interruptor. Na mesma hora uma luz solar desce do teto, como se de repente estivessem na praia de Świnoujście. — Imitam o sol. Felizmente, sem a radiação cancerígena. Também dá para ligar sons da floresta ou do mar. Vocês querem? — Szajbel pergunta, educada, mas entredentes.

No fundo, ela deseja com ardor que os dois vão "para a casa deles", que se tranquem lá e se entreguem a seu hobby favorito: discutir o que aconteceu com ela desde que saiu de Mszczonów para estudar. Desde que começou a trabalhar na empresa. Desde que parou de comer as cerejas do jardim da família em Mszczonów. Desde que se tornou filha deles apenas pelo sobrenome que, por algum motivo incompreensível, quis manter após o casamento em vez de assumir o do marido.

E era assim que os pais de Szajbel, uma ou, às vezes, duas vezes ao ano, zanzavam cômodo por cômodo, andar por andar, riscando a escada de carvalho com seus chinelos baratos, trazidos de Mszczonów. Bebiam a água mais limpa de toda a Polônia e comiam pratos da culinária molecular e os sorvetes mais caros do mundo, produzidos por uma fábrica local, ironicamente chamada pelos buraquenses de *"ice cream de la cream"*. Depois depositavam o mais orgânico dos excrementos em vasos sanitários modernistas. Os dejetos, purificados pelos agentes biodegradáveis mais avançados que existem, serviam depois de adubo.

Essa era a casa, avaliada em pelo menos dez milhões e equipada com as mais recentes soluções tecnológicas, de que Anna Szajbel desfrutava desde o momento em que assumira o comando da empresa estatal de combustível. E é importante ressaltar que ela conquistara isso tudo sem fazer grandes sacrifícios. Apenas algumas vezes em banquetes ela se deixou conhecer profundamente por um vice-primeiro-ministro que, percebendo nela uma predisposição a experimentar e ultrapassar limites, pediu-lhe algo que nenhuma outra mulher quis lhe dar antes, ainda que por muito dinheiro. Todas, inclusive as prostitutas de luxo, rejeitaram as propostas com nojo, mesmo que tivessem muito a ganhar. Todas, exceto Szajbel. Mas ela o fez não pelo dinheiro, e sim pelo cargo de presidente da empresa estatal de combustíveis, por ser a vaga que ele poderia mais facilmente disponibilizar a ela...

Portanto, o acordo com o vice-primeiro-ministro foi ao mesmo tempo sórdido e limpo. Para Szajbel, de certa forma era até terapêutico, porque podia liberar toda sua frustação, toda sua raiva de si mesma, dos pais, do marido e do mundo; e graças a isso conseguia sentir-se mais leve. Não precisava guardar tudo dentro de si. O acordo provavelmente teria durado anos se não fosse uma gafe cometida pelo vice-primeiro-ministro: o pen drive que levou para revelar as fotos das férias em Rodes com os filhos e a esposa tinha entre as imagens, por algum milagre, uma muito inapropriada, com potencial tão chocante que a atendente da loja que as revelou até vomitou. Nunca tinha visto nada assim em toda sua vida. De fato, já tinha ouvido falar daquilo, mas não achava que um tal desvio realmente existisse. Considerava que fosse um mito. Felizmente, Szajbel, solicitada pelo homem a registrar esses atos de perversão em seu rosto e tórax, tirara as fotos e não aparecia nelas. Somente ele aparecia: o vice-primeiro-ministro, marido exemplar e pai de cinco filhos...

— Mamãe? O que é isso? O que é? Uma moça fez cocô na boca do papai! — exclamou Jadzia, de cinco anos, filha do vice-primeiro-ministro, olhando as fotos das férias, reveladas na loja, durante o almoço.

O homem não apenas perdeu a esposa e o teto sobre a cabeça dentro do espaço de uma hora, mas sua alma gêmea ultrajada fotografou as imagens com o celular e as enviou ao Palácio Belvedere via um fax do governo. Em duas horas, o homem estava acabado. O comitê de investigação não o destruiu, o que o destruiu foi a pulsão que ele não superara quando criança, porque os pais o colocaram no penico cedo demais.

Porém, o "merdinha" — como ela o chamava em pensamento — tinha conseguido colocá-la no lugar certo alguns meses antes. De onde, em homenagem ao suicídio, ela pensaria nele em suas fantasias sexuais, que só ele lhe permitia realizar com toda a energia, dando espaço para as transgressões mais grosseiras, enquanto seu marido Bartek estava paralisado da cintura para baixo havia muitos anos.

Sobre como o presunto de Gierek levou à perfuração de petróleo no mar Báltico

O Tríduo Pascal familiar se aproximava do fim. Era para ser uma semana, mas, felizmente para Szajbel, foi diferente. O final foi como sempre: a crucificação de quaisquer ilusões de que algo além do sobrenome a unia aos pais. Sobrenome que, por motivos desconhecidos, ela não mudara depois do casamento.

Por que ela os detestava tanto e por que eles, os pais de Mszczonów, não podiam finalmente se render? Ela não tinha operado um milagre? Escapar de Mszczonów para Varsóvia, ocupar o cargo de presidente da empresa estatal de combustível, ter uma casa em Podkowa com um jardim em que dois canteiros valem mais que a casa deles, o Skoda Octavia e as economias da vida toda poupadas no banco — não era suficiente para eles finalmente perceberem que a filha conquistara tudo aquilo por conta própria, sem ter contatos importantes, afinal que contatos uma família plebeia teria?! E ser presidente (Szajbel intencionalmente evitava a forma feminina desse substantivo, considerando-a idiota e degradante, porque, para ela, tudo que vem das mulheres tem muito menos valor do que qualquer coisa ligada aos homens) não é suficiente para a família de Mszczonów? Quantos deles escaparam de sua situação precária? Quantos conquistaram algo? A irmã da mãe, Lidka, trabalha num armarinho; os irmãos do pai, Włodek e Edek, tocam uma loja de lâmpadas; e seus filhos, Lucyna e Robert, da mesma idade de Szajbel, se ocupam principalmente de consumir bebidas alcoólicas e produzir cigarros caseiros, que depois vendem no mercado aos ucranianos. E aí temos ela. A única que se revelou gente em meio a toda essa zona. Conquistara mais do que o primeiro lugar no concurso do mais belo jardim de chácara em Mszczonów. Isso lhe custara muito esforço: duas faculdades, fluência em três idiomas e um escândalo sexual com o vice-primeiro-ministro, que tinha uma obsessão da qual até mesmo o Marquês de Sade se envergonharia.

Ela não molhara os pavios das velas do candelabro em que se encontrava e, até agora, não cometera nenhum grande erro, o que não era fácil em meio aos idiotas que faziam parte do governo, com quem ela convivia nas recepções e banquetes. E era sabido que vários deles estavam impacientes para que ela caísse do salto alto — era muito comum sonharem com a posição de Szajbel. Setenta mil złotys por mês, sobretudo em bônus, porque de outra forma não seria conveniente registrar (a imprensa acabaria com ela). Szajbel se justificava com facilidade: a empresa estava prosperando. Tudo ia bem. Nunca havia problemas na assinatura de novos contratos. Ela preferia apostar na Arábia Saudita e limitar ligações com Moscou. Além do mais, ela tinha colhões maiores que dos seus antecessores. Graças a ela, a Polônia agora administrava grandes poços no mar Báltico. Ela criara uma nova base. Uma nova plataforma. Empregara centenas de desempregados. Os geólogos que contratara encontraram importantes depósitos de gás de xisto no país. Num lugar que a atraíra há mais de trinta anos, do qual ela se lembrou ao comprar "presunto como nos tempos de Gierek" na delicatéssen de Podkowa. Kołobrzeg, o cais — trinta e quatro anos atrás. Um buraco tão grande nas tábuas do píer que dá para ver a água batendo nos pilares. Szajbel fixa o olhar no buraco como se estivesse enfeitiçada, enquanto começa a perceber os reflexos irisados brilhando nas ondas. Igualzinho às fatias do presunto como nos tempos de Gierek. Quando ela falava: "Vovó, me dá achocolatado e presunto de gasolina". Avistando brilhos irisados no mar através de um buraco na tábua podre do cais, Szajbel puxa a barra da saia da avó, que está tricotando um suéter. "Vai, pequenina, brincar com as outras crianças, dá um tempo para sua avó", mas não, a pequena Szajbel, que nessa lembrança não tem mais que cinco anos de idade, precisa mostrar-lhe algo imediatamente. Irritada, a avó larga o tricô, ajoelha ao lado da neta e nota a mesma coisa: gasolina. Petróleo!

Szajbel, que está comprando presunto, agarra avidamente a fatia recém-cortada pela vendedora com suas unhas de gel, guarda o resto na bolsa e sai correndo da delicatéssen. Para ser o mais parecido possível com o passado, ela não vai a Kołobrzeg de carro, mas de trem, como fazia antes com sua avozinha. Algumas horas depois está deitada no cais de Kołobrzeg, procurando vestígios do reflexo de mais de três décadas atrás. E embora desta vez ela não perceba a "gasolina" brilhando irisada na superfície da água, acredita na reação do próprio corpo (a excitação, que se manifesta na imediata umidade em sua buceta) e ordena a perfuração, para a qual consegue permissão do ministro da Indústria e do primeiro-ministro por telefone.

Quando questionada sobre que provas tinha para afirmar que, perfurando no lugar apontado, encontrariam jazidas de petróleo, ela tem vontade de gritar no telefone: "Minha buceta não mente!", mas não tem coragem. Muda para um simples: "Eu sei. Eu simplesmente sei", e como nenhuma de suas decisões até então se mostrara equivocada, o ministro da Indústria e o primeiro-ministro dão permissão para perfurar, embora Szajbel escute do último: "Os ecologistas vão nos foder, caralho".

Sobre os doidos da soja e as ecologistas

O que acontece duas semanas depois confirma a intuição genial de Szajbel. Todas as manchetes dos jornais e portais da internet alardeiam uma única coisa: o potentado polonês no mercado de combustíveis! Chega de abaixar a cabeça para Abu Dhabi ou Moscou. Chega de serem açoitados. Ainda que há décadas se dissesse que não havia tais jazidas na Polônia, ou que eram escassas, de repente isso se mostrou mentira! Ou talvez fosse um complô de ecologistas e ONGs?! De alguns bostas mobilizados no Avaaz — Szajbel sugere ao primeiro-ministro. Ah não! Ela não era dessas — que se fodam os Verdes! Todos vamos morrer de qualquer maneira, pelo menos não seremos fodidos pela economia mundial. Vamos deixar os outros nessa punheta de aquecimento global e derretimento das geleiras. "A Polônia ainda não morreu, enquanto nós estivermos vivos" — ela canta o hino, vomitando na limusine do primeiro-ministro. Chega de WWF. Chega de Greenpeace. Chega dos Verdes! Esfregando a boca na jaqueta de lã merino, ela ordena que o primeiro-ministro disperse qualquer manifestação dos ecologistas. Como um pai rigoroso, ela aponta o dedo indicador, repreendendo-o por sua fraqueza quando, um pouco antes de achar a jazida, ele quis recuar por estar sendo intimidado pelo Greenpeace. O primeiro-ministro achava que a colega Szajbel tinha um parafuso a menos e que não deveria ter bebido tanto na recepção. Agarra o pulso dela com força e dobra seu dedo, colocando-a em seu lugar.

Szajbel toma isso como uma violência, mas sabe que deve parar de reclamar, porque tem medo do primeiro-ministro. Já tinha ouvido falar do que acontecia quando ele perdia a paciência: das estranhas punições por mau comportamento dos colaboradores. Ajoelhar em areia de gato ou lamber mijo de gato da caixa de areia. Pular como sapo nos degraus de Smoleński à noite, ou seja, quicar para cima e para baixo até os músculos queimarem. Só de pensar nisso ela pegava fogo. Desabotoa a gola da camisa de seda branca e tira os saltos agulha de oito centímetros, dos quais as feministas e participantes do Acampamento pela Floresta sempre zombavam — Szajbel os chamava de "doidos da soja".

Conhecia todos a fundo. Ela os observava escondida, enquanto vadiavam em frente à sua casa, dia e noite. Esquadrões inteiros. Sujos, em trapos amassados e surrados de brechó — a ralé polonesa. Democratas de meia-tigela, um sistema fodido de tofu. Chegavam de trem metropolitano direto para a casa dela, depois de terem descoberto, por uma cagada de uma jornalista da imprensa de direita, onde ela morava. Jogavam ovos e abobrinhas nas janelas. Também picles, *kimchi* caseiro e faláfeis endurecidos. E ainda *tempeh*, que era mais caro que a carne comum e feito dos dedinhos de criancinhas negras famélicas, o que não os impedia, caralho, de fingir tratar-se de fair trade. Ou dos dedinhos dos macaquinhos resgatados por ecochatos dos transportes para o zoológico. Ou das velhas tigresas enviadas ao abate. Isso tudo não cabia na cabeça de Szajbel. Do que viviam essas pessoas que se denominavam os salvadores do planeta, que faziam qualquer coisa por um avocado e um *latte* com leite de amêndoa? Os ecoterroristas a ameaçavam de morte. Então ela construiu um muro. Um muro três vezes maior do que eles, para se isolar de forma eficaz. No muro instalou telas de vidro à prova de som. Acreditava que dessa forma se isolaria dos intrusos de uma vez por todas. O que tinha feito de tão ruim? Deu trabalho para as pessoas, ou seja, dinheiro, com o qual poderiam mandar os filhos para a faculdade, para escapar de Mszczonów, como ela escapara. Para poderem aprender idiomas e navegar por águas mais vastas que o mar Báltico. Ela garantiu financeiramente o orçamento da Polônia pelos próximos anos. "Cultura é cultura, natureza é natureza e civilização é civilização. Disso não dá para escapar" — dizia Szajbel nas recepções do governo, esclarecendo aos sócios que a Revolução Industrial certamente não produziu tantos danos quanto se costuma dizer nos tempos atuais. Sugeria sem rodeios que a segunda onda estava no horizonte e que os poloneses, ao se oporem à política ambiental internacional, sairiam na frente economicamente. Nos bastidores, até os maiores inimigos da implementação de soluções ecológicas sussurravam que isso, no entanto, ia contra a natureza. Não só a das mulheres. Contra a natureza *en général*. Afirmavam que a União Europeia ia acabar mandando a Polônia para o canto do castigo ou a expulsaria da escola e mandaria para o canteiro de repolhos de onde ela saíra à francesa com a destreza de um cachorro e a perspicácia de um porco, pronta pra qualquer coisa. E, no entanto, quando os melhores contadores analisaram as receitas do grupo empresarial de Szajbel, descobriram que não só os balanços dos últimos semestres estavam redondos, mas que Szajbel rendia mais para a empresa que todos os outros setores industriais somados.

Sobre a noctambulação e a montada na árvore

E como não era modesta, concedeu a si própria um bônus. Também a seus empregados. Um bônus menorzinho, para parecer a vadia que era para eles de qualquer jeito e para consolidar essa ideia. Então que porra ainda faltava para seus pais de Mszczonów sentirem orgulho dela?!

Szajbel, incapaz de compreender, toma uma dose dupla de lítio, mesmo sabendo que não deve fazer isso, depois de ter sido pega há pouco tempo roubando chocolates, batatas chips e bolachas à noite em um posto de gasolina pertencente ao mesmo grupo empresarial que gerencia.

A noctambulação (efeito colateral do lítio), intensificada pela situação familiar estressante e o trabalho não menos atribulador, já lhe criou problemas várias vezes. Seria pior se não fosse por Rair, o jovem checheno funcionário do posto, que exigia apenas uma coisa em troca de seu silêncio sobre aqueles roubos inconscientes: que ela se esfregasse com ele no quartinho dos fundos, tarde da noite, quando não havia clientes. Ele permanecia vestido, porque só assim tinha certeza de não estar cometendo um pecado. Segurando-se nas prateleiras do depósito, repletas de óleos para motor, fluídos limpadores de para-brisas e lenços de limpeza de painel, ela deve — como castigo por seu desejo desenfreado e inconsciente de roubar bolachas *wafer* de amendoim, barras de gergelim ou halva real — passar por quarenta e cinco minutos de bolinação, pois essa é a única opção *halal* para Rair e seu grande pássaro orgulhoso. Será que ele era assim também com a esposa?

Entretanto, felizmente, a personalidade de Szajbel a poupava do sentimento pequeno-burguês de vergonha, e o gosto ruim que ela sentia não era por causa de suas ações imorais, mas do esperma de Rair, no qual sempre detectava o cheiro do odiado cominho.

Quando Szajbel pensa no cominho, tempero pelo qual, na sua opinião, todos os egípcios e indianos deveriam ser fuzilados — por terem amado, por razões desconhecidas, esse ingrediente que fedia a suor masculino, e espalhado essa porcaria pelo mundo —, ela se esquece dos pequenos furtos e do sexo.

Desta vez, para minimizar o risco, ela amarra o braço esquerdo com o cinto na cabeceira da cama. Por precaução. Para não ter que finalizar de novo a transação *halal*, que deixa sua lombar doendo por vários dias por causa da posição extremamente incômoda para sua coluna.

Mas o sono não veio. Durante os quinze minutos seguintes, Szajbel se revira no colchão, prendendo com o cinto ora o braço direito, ora o esquerdo, até que decide estender a mão à procura da garrafa quase cheia de vinho escondida embaixo da cama, apesar do psiquiatra a ter proibido de beber álcool enquanto estivesse tomando o lítio. "Por minha culpa, minha tão grande culpa" — pensa, sorrindo para si mesma e engolindo o terceiro comprimido com uma taça de vinho da região do Reno, seu preferido. "És pó e ao pó tornarás" — sussurra, olhando para si com a garrafa de vinho na mão, brindando seu Q.I. e sua ironia, que é, segundo Szajbel, a arma mais eficaz contra o mundo.

Bêbada, mais feliz depois de dois cálices e meio da bebida dionisíaca, esquece de amarrar o braço. Adormece por mais ou menos duas horas até que o luar, redondo como uma broa de pão do campo, começa a lamber sua face e fazer cócegas em suas pálpebras. Nesse momento o espelho se quebra, refletindo todo o conteúdo mental dos últimos dias disposto num caleidoscópio de sonhos. Nesse caleidoscópio de quadros congelados, fragmentos da realidade retirados do contexto são montados numa nova ordem de causa e efeito. Szajbel não desperta, apesar de o espelho ter quebrado. Permanece, como qualquer sonâmbulo, presa entre mundos.

Em transe sonambúlico, ela levanta da cama. Mora a duas casas de distância de Seudá (Seu-dá um aumento ou Seu-não-dá), um funcionário-chave estratégico da empresa da qual ela faz parte, e que ocupa a função de diretor financeiro. Ele tinha acabado de trepar com a professora particular da filha, enquanto a esposa, produtora publicitária, voltava de uma sessão de fotos em Los Angeles. Eram quinze para as três. Que Seudá trepou com a professora particular não é bem verdade. Trepando com a professora, ele estava trepando consigo mesmo trepando com a professora. Era ele, e não ela, ao mesmo tempo sujeito e objeto desse ato. Seudá era um amante autorreferencial tão fantástico que especificamente com quem, através de quem e graças a quem trepava consigo mesmo, não tinha a menor importância — pelo que é até difícil considerar o ato uma traição. Minha esposa não precisa saber de nada, porque nada aconteceu aqui — explicava para si mesmo o sr. Seudá quando, de repente, ao deitar-se de costas, posição mais confortável por excluir o risco de troca de olhares com a quase amante, encarou o relógio iluminado estiloso que ficava acima da lareira decorativa. 3:33. Três números três não traziam bom presságio. Nesse momento ele soube que não chegaria ao clímax, porque a coincidência de três números sempre prenunciava um terrível azar em sua vida. Há três anos, no dia 10 de janeiro, à 1:11, quebrou o braço esquiando bêbado ao tentar descer uma das encostas alpinas, contrariando as rigorosas regras dos austríacos obsessivos-compulsivos, só para provar que os poloneses são um povo corajoso. Dezessete anos antes, às 5:55, encontrou o pai, um policial de Pruszków, enforcado na maçaneta do banheiro. Anteontem, à 0:00, o alarme de sua casa disparou, porque alguém estava tentando arrombar a garagem de novo. E agora são 3:33 e Seudá já sabe que não vai mais trepar, porque não faz sentido. Para que se cansar, se esgotar, amarrotar a roupa de cama que foi trocada há poucos dias, trazer os germes de outra pessoa para si e ter que limpar a epiderme morta? Feder a suor. Seudá tira o plugue da tomada, que já não está chiando por excesso de eletricidade, pede desculpas ao "colchão nativo", a quem paga cento e vinte złotys a hora de aula com a filha, levanta-se e se aproxima da janela. Quer olhar a face da lua. Fingir metafisicamente qualquer grau de familiaridade com a natureza. Com o ritmo dela. Para, pelo menos assim, impressionar a bela professora de russo.

E esse momento — Szajbel, correndo nua em transe sonambúlico —, ele desconhece, mas como poderia saber, é o da reviravolta na sua carreira no setor de combustíveis. Clique, clique — Seudá tira uma foto dela com o telefone e com um toque a envia para seu colega da TV Polsat. Este desperta quando um impulso sonoro penetra no éter: o som de uma mensagem de texto recebida.

"OMG" — responde concisamente Polsat e em um segundo já está dentro do carro. Não leva mais do que quinze minutos para localizar Szajbel. Ele tem sorte. A localização dela é anunciada pelos latidos dos cães. Ele vê Szajbel na esquina da rua Modrzewiowa com a Bukowa, entrando correndo na floresta. Não apenas nua, mas também descalça. A neve estava salpicada de sangue por onde ela correra. Devia ter ferido os pés. O homem estaciona o carro em frente à mercearia Małgosia. Aproxima-se furtivamente, corre alguns metros e segue a marcha dela. Ele a vê na clareira, suas pupilas se dilatam, aguçando o olhar, e cuidadosamente se esconde atrás das árvores.

 Szajbel, de olhos fechados — algo que o homem só percebe após se aproximar alguns passos — está sentada com as pernas escarrapachadas num grande tronco de árvore caído e coberto de musgo. Ela se inclina para a frente, abraçando-o com as mãos e as coxas. Era como se estivesse montada num cavalo. Acomoda-se confortavelmente, como numa sela, deixando os seios e a barriga agarrarem a casca musgosa. Como se estivesse num abraço terno com a árvore caída. Desliza as mãos sobre a textura macia e úmida. Coloca o dedo indicador e o anelar na boca, para umedecê-los com saliva, e depois os insere delicadamente no pequeno buraco que sentiu com as pontas dos dedos. Em vez de enfiá-los de uma vez, contorna a entrada do oco da árvore antes de penetrar a fenda. Ela aproxima o rosto da árvore. Com a ponta do nariz e da língua, acaricia os trechos musgosos ao redor da entrada. Com esse toque sacia a si mesma e a árvore. Ao lamber as gotas de resina que vazam do buraco, Szajbel transfere a própria umidade, sem retirar nada, apenas trocando. Ela paralisa, extraindo desse afago um grande silenciamento e uma força vivificante. Depois de um tempo se ajeita: muda o ângulo de inclinação do corpo, tentando pressionar e aderir ainda mais a própria fenda ao tronco coberto de musgo. Então ela roça a vulva para a frente e para trás, aconchegando a bochecha no tronco. Permanece imóvel por um tempo, depois começa a deslizar os quadris cada vez mais ritmicamente, como se estivesse acendendo uma fogueira com a buceta. O roçar do musgo é rítmico como um metrônomo. É como se a árvore ditasse o passo e Szajbel apenas se adaptasse a ele. Num certo momento, Szajbel começa a emitir um som baixo e contínuo, que se harmoniza com o estalar dos galhos dos carvalhos mais antigos da avenida Parkowa. Como se a natureza se juntasse ao coro na monodia e passasse a adicionar seus ruídos: o som vítreo e metálico dos pingentes de gelo se partindo, a colisão com o solo coberto de neve, ou o chirrio do vento emaranhado nas copas das árvores. Em certo momento, quando o balançar de Szajbel deixa de fluir do movimento de seus quadris e se torna algo superior a ela, algo criador, um uivo animalesco sai de sua garganta, quase fazendo Polsat se borrar nas calças, porque nunca tinha escutado algo tão horrível e tão insuportável na vida. E ele já tinha ouvido de tudo. Isso inclui o ensaio de uma orquestra de pessoas com deficiência, em Jasna Góra. Todos os sons nascidos naquele palco — sons que, para ele, deveriam ter sido abortados ou terminados previamente —, sobrepostos uns aos outros e intensificados pela porra das batidas dos sinos do santuário de Jasna Góra, pareciam o peidinho de uma mamangava se comparados ao grito ensurdecedor do orgasmo de Szajbel no tronco. Da presidente da empresa estatal de combustíveis. Da dignitária!

Polsat, que até então estava tirando fotos de Szajbel cavalgando no carvalho, tem uma ideia melhor: liga a câmera do telefone e imortaliza a ação em um vídeo. Quando aquele som sórdido e penetrante decresce, ele ousa abrir os olhos e vê Szajbel com os seus entreabertos, como se continuasse mergulhada num transe, acomodando-se confortavelmente. Ainda escarrapachada na árvore, ela parece estar botando um ovo enorme, chocando algum passarinho cósmico gigante com sua xota aberta e roxa de tanto roçar no nó da árvore.

As mãos do jornalista tremem como se estivesse num estágio avançado de Parkinson, seu coração bate loucamente, ele escuta um zumbido nos ouvidos, como se o tempestuoso mar Báltico passasse por eles, e seu pênis, assustado com aquele espetáculo, se encolhe sem previsão de voltar a sair das cuecas de algodão. Polsat reza para que a bateria do telefone dê conta.

Trinta minutos depois, está sentado na cozinha de Seudá em frente a um copo de vodca, que pediu junto com o café, para esquecer para sempre o que viu.

— Não vou esquecer daquilo pelo resto da minha vida!

Seudá lhe dá um tapinha nas costas, incentivando-o a experimentar um crocodilinho: uma iguaria da família dos picles, feita pela sogra.

— É isso! — fala e vira um shot de vodca goela abaixo do amigo.

Sobre o fim da carreira

Pela manhã, quando o vídeo cai na internet e o link enviado por SMS por Seudá chega ao primeiro-ministro, o presidente do Conselho de Ministros convoca a frota para comparecer ao café Sob o Corujão.

— Uma empresa estatal está sendo presidida por uma fodida sonâmbula! Senhores, nosso navio está afundando e vocês, em vez de remar, estão segurando a braguilha com a mão direita e, com a outra, o controle remoto. E Szajbel, essa puta, está fodendo nosso cu com força com aquela unha vermelha e pontuda! — Foi assim que o primeiro-ministro começou o seu discurso no café Sob o Corujão, enquanto as taças com sorvete eram colocadas na mesa.

O primeiro-ministro comia a sobremesa antes do prato principal, por recomendação do seu nutricionista particular, para acelerar o metabolismo.

O olhar do primeiro-ministro é atraído para as nádegas redondas da garçonete, moldadas pelo suor de sua testa graças à técnica dos cem agachamentos. Ou até nem tão moldadas, mais em definição, porque o processo nunca terá fim — as nádegas são como uma obra de arte em processo. Todos os dias, faça chuva ou faça sol, na saúde ou na doença, sóbria ou bêbada, as nádegas são modeladas, apertadas, bombeadas — às vezes com as pernas abertas, como se sua dona estivesse sentada no globo terrestre, e, ao mesmo tempo, cagando; ou bem juntas, deitadas com as pernas levantadas como se sua dona fosse uma cariátide deficiente, que em vez de sustentar algo com a cabeça, segura com os pés. Resta a pergunta: o que a garçonete está sustentando?

O colaborador estrategicamente importante da grande empresa estatal de combustível, com um pássaro no logo, aprecia o resultado e já fantasia lançar suas sementes nela, embora fosse ficar nervoso demais para comparecer. Apenas nos pensamentos, especialmente quando os alimenta com quadros congelados de milhares de vídeos pornô, ele chega lá. Até sem tocar no órgão criado para fornicação... O primeiro-ministro pede à garçonete que abra a boca, coloque um dos sorvetes que está servindo na mesa dentro dela e confira com a língua se não tem ali alguma escuta.

A garçonete, confusa no começo, rapidamente vence sua timidez inata graças a alguns cenzinhos colocados no decote. Ela age de forma quase cinematográfica, contando com os subsídios estatais. Confirma e garante que, desta vez, nenhuma palavra dita na mesa do Grande Pássaro vai sair dali e fazer seu ninho sob os telhados de palha das casas dos corretos cidadãos poloneses, que querem apenas dormir em paz; assar suas linguiças compradas com desconto no feriadão de maio em paz; foder em paz com sua esposa e a dos outros; exigir em paz que elas deem à luz crianças mais ou menos deficientes; e também descarregar sua raiva nelas em paz, quando merecerem, e não se afundar na merda que já se espalhou pelo mundo e acabou nas capas dos jornais de toda a Europa. A merda que emporcalhou todos os televisores e as rádios da Polônia. Até todos os polvos morreram. Tal foi o escândalo.

— E então? — pergunta o primeiro-ministro, tão afundado na grande poltrona felpuda que parece formar uma nova entidade. Materializada, felpuda, mas irreal. O primeiro-ministro existindo e ao mesmo tempo não existindo, aparecendo e desaparecendo como o Gato de Cheshire.

— Quem vai assumir o lugar da vadia? Dedo para cima! Você, Seudá? Se você achar que deve, então nos mostre a que veio.

Seudá não esconde o êxtase. Finalmente, sucesso. Teria que dar alguma coisa para Polsat. Quem diria que existe alguma justiça neste mundo! O experimento tinha dado em merda. Os donos dos testículos estão de volta ao convés!

Às 9h30, pontualmente no início do expediente, o telefone na mesa de Szajbel toca. Desconhecendo o fato de que é a nova estrela pornô polonesa, seguindo os passos de Teresa Orlowski, Szajbel atende. Logo em seguida, entra na limusine do primeiro-ministro, que cheira a incenso. Vai pela cidade. "Será que ele está fodendo coroinhas aqui, ou o núncio da Santa Sé?" — ela fica pensando. Desce em frente ao Palácio Belvedere. O staccato dos saltos no piso de mármore dá uma dramaticidade apropriada à sua entrada. A tensão cresce.

Ela entra no gabinete do alto escalão como uma pessoa e, quando sai, não é mais uma pessoa. Uma carapacinha de quitina no lugar do luxuoso sobretudo com forro xadrez mais conhecido do mundo. Antenas no lugar dos olhos registram cada movimento no ambiente. Ela encolheu em sete minutos e meio. Esse foi o tempo necessário para que Szajbel fosse rebaixada ao cargo de funcionária comum da área de recursos humanos. E só poderia assumir a vaga depois de um psiquiatra emitir um atestado médico declarando que ela recuperara a saúde. Szajbel, em sua carapacinha de barata, agradece ao motorista que a esperava para o traslado, ao qual ela não tem mais direito, algo que o motorista ainda não sabia. Ela entra rastejando no vagão do metrô.

Os rostos humanoides que ocupam os assentos em frente a Szajbel parecem os das telas de Bosch e Bruegel, que ela vira em passagens rápidas por museus durante viagens a trabalho. Estudava atentamente os quadros durante essas visitas, farejando nas telas as características de Mszczonów, as características polonesas das quais Podkowa era complemente desprovida. Foi por isso que ela escolheu a cidade, sete anos antes, quando recebeu a promoção. Queria fugir ainda mais das ruazinhas estreitas, dos portões fedendo a urina de gato e de gente, dos rostos sem vestígio de qualquer reflexão. Deleitava-se com o fato de ter conquistado tudo em tão pouco tempo, apesar de ter uma vagina entre as pernas.

Agora, no vagão do metrô, até mesmo esses rostos bruegeliano-boschianos são melhores que o que ela tem. A decomposição do esqueleto, a decomposição das articulações, a decomposição dos músculos. A suspensão do cérebro e, com ele, dos controles que transmitem informação. Szajbel tenta deformar seu rosto, espantar as pessoas que olham para ela, mas não consegue fazer nenhuma careta — como se a conversa com o primeiro-ministro tivesse retirado completamente a máscara que ela usava todos os dias, sob a qual havia pouco a esconder. Ela tem a impressão de que estão olhando para ela. Que conferem no celular se não é a famosa Szajbel, a presidente da empresa estatal de combustíveis, trepando com um monumento natural à noite. Szajbel cai em si. Não sabe como pode ter feito uma coisa como daquela!

Nesse mesmo dia, no final da tarde, alguém tenta insistentemente entrar em contato com ela por telefone. Szajbel recusa as ligações. Não está pronta para nenhuma entrevista. Ainda que a principal revista para mulheres da Polônia queira pagar cinquenta mil por uma. Uma entrevista com uma foto dela pelada e sentada escarrapachada no carvalho bicentenário. Uma mensagem enviada do número insistente chama a atenção de Szajbel por um momento: *Parabéns pela melhor performance ecológica! Atenciosamente, Seção feminina dos Verdes — VerdElas.* Depois de um tempo aparece uma nova notificação no telefone. O sangue de Szajbel ferve só de pensar na organização VerdElas, porque ainda se lembra daquelas vermes jogando maçãs podres, tomates e *kimchi* em suas janelas. Na segunda mensagem, lê:

> *Consideramos que, ao realizar essa declaração tão forte, a senhora finalmente passou para o nosso lado. Devido a isso, como prova de reconhecimento por sua coragem que beira à ousadia, queremos lhe oferecer o cargo de chefe de relações públicas da nossa Associação.*

Quando Szajbel não responde, tratando as mensagens como uma provocação, as VerdElas mandam a terceira mensagem:

> *Estamos planejando a ocupação de Białowieża daqui a quatro dias. Pegamos emprestada a sua ideia — a cópula com árvores destinadas a serem cortadas.*

Szajbel não pode acreditar. Sabe que essa louca, quando ela encontrou gás de xisto no mar Báltico e ordenou a perfuração, quis acertá-la com uma flecha! "Puta imunda!" — pensa e depois quebra seu iPhone com tela de diamante contra a parede com um movimento preciso. "Sapatona."

Como o alívio após a descarga de energia é pequeno, Szajbel desce correndo as escadas até o jardim. Não se dá conta de que não vestiu o pijama depois de tomar banho. Pelada, ela liga o cortador de grama elétrico, que se parece com um mini Batmóvel. O melhor e mais caro cortador de grama do mundo, se não a enganaram na loja. Impetuosamente, ela liga o motor e pisa no acelerador com força, esperando começar uma batalha contra a irônica Natureza, que deveria eliminar aquelas idiotas de uma vez. Ela conduz a máquina para limar a maior área possível em um só golpe. Choca-se contra os rododendros, ferindo-os com a boca de Pac-Man. O veículo fica preso entre os galhos, mas Szajbel dá marcha a ré. Agora é a vez das azaleias. A batalha dura horas. No final, só restam as árvores. Bartek, em sua cadeira de rodas, não pode fazer nada. Szajbel não o escuta, afundando cada vez mais em sua loucura. Em sua famosa autoimolação, cujos efeitos são muitas vezes sentidos por quem a cerca.

Ela agarra uma vara. E começa a fazer o que fez durante toda a infância: cortar as necroses.

Quando o psiquiatra com quem vai se consultar alguns dias depois lhe pede que esclareça o que é esse "cortar as necroses", ela lhe conta a história.

— Aqui já não existem florestas como aquela, nenhuma outra floresta, mata ou bosque oferece oportunidades como aquela... Fui levada até lá pela primeira vez pelo meu primo, criança do mato, defensor das árvores. Com total confiança andei com ele pela floresta que nunca foi uma simples floresta. Era um bosque fedorento próximo à estação de tratamento de esgoto, ao qual se chegava seguindo os trilhos. Era estranho, peculiar. Cresciam lá apenas plantas mortas, quer dizer, árvores com galhos mortos... Elas se erguiam densamente. A vegetação só começava acima das nossas cabeças, se desenvolvia a partir de galhos ressecados. Também não havia trilhas: era preciso abrir o próprio caminho, mergulhar na forragem seca caída das árvores, que às vezes escondia violetas de perfume inebriante. Fora da estação das violetas, o bosque era feio, fedido, seco, cheio de plantas e moscas mortas.

Szajbel começa a se mexer muito na cadeira, como se de repente tivesse se excitado com a lembrança. Como se não pudesse mais ficar sentada na cadeira. Seus olhos brilharam de uma forma até então desconhecida pelo psiquiatra. Ele nunca tinha visto tal animação nela antes.

— Por favor, continue — incentiva, oferecendo-lhe um copo d'água, pois percebe que a boca da paciente ficou seca de emoção.

— Ao irmos até as necroses, deixávamos tudo para trás! Entrávamos lá com amor e dedicação. As varas que segurávamos tinham vida própria. Suor, sujeira, mosquitos, tudo isso, de repente, não importava. Tínhamos varas nas mãos para as necroses. Bastões para as mais fortes. Uma puta vara, que precisava das duas mãos, para trolls necrosados. Árvores inteiramente mortas. E era isso que meu primo ceifava! O movimento do pulso dele, o estalido dos galinhos secos, sonoro e belo, marcava o ritmo. Para ir, você tinha que abrir caminho, cortando as necroses. Através dessa floresta, desse bosque, desse mundo necrosado, ia-se a uma puta velocidade. Bum, vapt, poft e vupt, caralho. Se você não tem varas, vai se foder. Batendo naquelas árvores, eu deixava de ser eu mesma. Como se estivesse possuída ou em transe. Como se algo entrasse em mim e possuísse o meu corpo e a minha alma.

O psiquiatra pergunta se Szajbel pode explicar o significado da palavra "bater". Ela poderia lhe contar algo sobre essa palavra? Já tinha sentido necessidade de se masturbar alguma vez após "bater nas necroses"? De fazer sexo com o primo? Ou com a vara?

Szajbel não sabe dizer.

O psiquiatra afirma que já tratou pessoas com sonambulismo, mas ainda não tinha encontrado um dendrófilo. Até conseguia aceitar homens enfiando os órgãos sexuais em ocos de árvores, na polpa escavada de um pomelo, em um fígado bovino ou numa melancia, mas... Não, não entendia: como uma mulher podia ser dendrófila!?

— Como ela vai fazer isso? — ele se pergunta em voz alta, deixando Szajbel cada vez mais consternada. — Vai enfiar caules, pinhas, cogumelos e nós de carvalho na vagina?!

Szajbel fica arrasada. Não era para ser assim. Não tinha sido por isso que ela revelara a história mais íntima de sua vida.

Incompreendida, ridicularizada, ela se encolhe cada vez mais e afunda na cadeira.

— A única coisa que me ocorre é que a senhora devia tentar parar de tomar os comprimidos por um ou dois meses. Ou talvez até que pensemos em outra saída, a hipomania deve permanecer estável ao longo desse tempo e não vai se transformar em mania. Recomendo que reze. Por gentileza fale com o padre da sua paróquia sobre esse problema. Vocês têm padres sábios em Podkowa. O país inteiro inveja vocês. E aqueles pavões no jardim. As missas lendárias pela pátria. A senhora deve voltar os olhos e, principalmente, sua buceta fanfarrona, em direção a Deus. Caso contrário vai desandar de novo. E aí, só com eletrochoques...

Sobre a lua cheia, a insônia e os cigarros Salem

Depois de duas semanas sem a suplementação de lítio, Szajbel percebe uma melhora. A falta de sono não a incomoda. Em compensação, a ausência do menor sinal de sonambulismo no quarto significa uma vitória completa! Foram reduzidas a zero as embalagens vazias de sobremesas de chocolate; vidros de geleia e arenque; bandejas de chicória e saquinhos de castanha-de-caju que Szajbel comia em vez de biscoitos; caixinhas azuis e brancas de queijo homogeneizado, sem as quais ela não conseguia viver (em cujas caixas, por sinal, havia o desenho de um fantasminha branco, como se fosse um apelo especial à imaginação dos loucos noctambulantes); vidros vazios de ketchup e frutas adoçadas com suco de maçã (Deus me livre do açúcar!). Em sua cabeça, Szajbel anuncia o fim da compulsão alimentar noturna, a única coisa em sua vida sobre a qual ela não tinha controle. Até esse momento era assim: durante o dia, comia refeições de embalagens de isopor que vinham com a informação "1200 calorias" — apenas três vezes mais do que os prisioneiros nos campos de concentração; à noite, ela devorava tudo da geladeira até o freezer. E depois os cristais de gelo nas paredes do congelador (quem compra geladeiras frost free sabe que elas são mais prejudiciais ao meio ambiente?). Ficava mais apavorada com o que encontrava no chão da cozinha e ao redor da cama ao acordar todas as manhãs do que com a falta de perspectiva de um minuto de sexo oral com o marido, que ele podia fazer sem problemas, por ser paralisado só da cintura para baixo, mas que não fazia, não se sabe o porquê. Desde o acidente, Szajbel também se privava desse prazer.

Aconteceu mais de uma vez de Szajbel ter que ligar para o trabalho avisando que ia faltar, usando uma gastroenterite viral ou uma enxaqueca como desculpa, por ter bebido inconscientemente a noite toda, garrafas de vinho tinto ou de Suze, seu amado aperitivo de genciana. Depois de alguns episódios como esse, ela decidiu trancar as bebidas na despensa, que mantinha a uma temperatura de dezoito graus. Entregou as chaves ao marido, para dificultar seu acesso às bebidas durante a noite. E, já que desde o incidente eles dormiam em quartos separados, a chance da embriaguez sonâmbula descontrolada tinha sido minimizada a zero.

Naquela noite a lua prateada brilhava tão clara que ela decidiu fazer algo que não fazia há tempos: dormir com um gorro de lã. Costumava fazer isso em toda lua cheia antes de conhecer Bartek. Agora, só quando a luz estava mais forte. Para isolar o cérebro, que pode ser ferrado pelo brilho do luar. Para protegê-lo da luz refletida do sol, a qual agita até os oceanos — o que poderia fazer com o ser humano, composto mais de oitenta por cento de água?! Um gorro de lã de Zakopane e vinho. Um dueto que garantiria seu sono.

Ela escapa do quarto para, na ponta dos pés, entrar furtivamente nos aposentos do marido e roubar as chaves da despensa que, a seu pedido, ficavam no fundo da gaveta da mesa de cabeceira. O que descobre a deixa atordoada: a cama de Bartek está vazia, apesar de a cadeira de rodas estar no meio do quarto. Szajbel esfrega os olhos, achando que enlouqueceu ou que está sonhando. Mas não! Ela não está enganada! O veículo elétrico — pilotado apenas por cadeirantes que jogavam basquete na liga NWBA, por causa de seu preço proibitivo que excedia as possibilidades até dos mais abastados — está estacionado como em todas as noites, com o freio puxado. Cento e trinta mil złotys que ela gastara no ano anterior no presente de Natal para que seu príncipe pudesse endurecer por um momento seu pênis adormecido por toda a eternidade. E também para que ela pudesse, o máximo possível, se livrar do desagradável sentimento de culpa que não a deixava viver e arruinava seu casamento. A culpa que a fazia definhar e a tornara abominável tanto para si quanto para o mundo, desde o incidente.

Szajbel, não vendo o marido no quarto, ativa suas redes neurais e sua massa cinzenta — o que não é pouca coisa depois de ter interrompido os remédios que tomava há anos. Engajar o cérebro no menor esforço é muito difícil. As células, em vez de jogar rúgbi ou hóquei de gelo, jogam hóquei de mesa. A mente de Szajbel, que não tem voado, sobe às alturas e instrui o corpo a vasculhar a casa — vamos, caralho, vamos — e encontrar o mentiroso.

Szajbel, cheia de raiva, cuspindo fogo, de maus fígados, percorre todos os cômodos do primeiro andar — ele não está em nenhum. Depois vai à cozinha, à sala de estar, ao banheiro: nada. Ofegante, possuída por uma energia agressiva da cabeça aos pés, como dizia seu acupunturista chinês (ele que se foda, que continue comendo cobra e morcego, pelo que toda aquela população vai ser extinta em breve), ela corre para o segundo andar da casa, mobiliado apenas por aparelhos de ginástica: simuladores de remo, esteiras, bicicletas ergométricas, equipamentos de musculação e elípticos, tudo duplicado, para ela e para ele, quando ainda podia andar, quando ele às vezes se levantava. Ele não está lá. Em seguida, a biblioteca: milhares de livros dos quais apenas as capas tinham sido lidas, e, caralho, quem é que ia cobrar isso dela agora. Na época da faculdade, ela já era sagaz o suficiente para saber o que algum Barthes ou Borges queria dizer só de ler o título, o sumário e duas ou três páginas do meio de qualquer livro. E dava tudo na mesma, porque mais tarde descobriu, em coquetéis e recepções, fosse na empresa ou no ministério, que ninguém lia nenhuma página ou sequer as folheava, nem dobrava os cantos, nem molhava os dedos com saliva para virar as folhas. Ela podia tranquilamente exibir seu conhecimento sobre esse ou aquele sobrenome. Esse ou aquele título. Assim, parecia ser a mais erudita — o que não era recebido positivamente. Ele também não estava na biblioteca! Szajbel senta na poltrona macia, pega um maço que deve estar ali há dez anos e acende um cigarro. Salem! Quem fuma Salem hoje em dia, ou melhor, quem fuma hoje em dia? Ela vai começar a fumar. É o que jura para si mesma. Assim que encontrar aquele vigarista!

A nicotina abre um grande espaço na cabeça dela. Com o cigarro na mão, sai para o hall principal e chega à porta. Estava trancada por dentro não só à chave, mas também com a corrente. Ou seja, Bartek não poderia ter abandonado o lar, pois não tinha como colocar a corrente pelo lado de fora. Ela tem a ideia de olhar as câmeras, que gravam tudo. Verifica as imagens, retrocedendo de uma em uma hora. Ele deve ter se escondido em algum lugar da casa. Em uma das câmeras ela o vê saindo do quarto na ponta dos pés e descendo as escadas. Szajbel faz o mesmo. Corre escada abaixo, tentando localizar o menor sinal de luz nos andares inferiores.

A despensa! Dali sai um filete de luz que chama a atenção de Szajbel. Nada ali dentro. Nem sinal do vigarista. Há ainda um espaçoso porão adjacente, no qual, por sugestão do arquiteto, ela instalara um luxuoso cinema particular... "Cuidado com a escada íngreme" — adverte a si mesma, lembrando quantas vezes se machucou durante a sonambúlica busca por vinho.

A porta está entreaberta. Szajbel, antes de entrar, escuta ruídos estranhos. Como se um rebanho de homens das cavernas fizesse sons guturais sobre uma presa recém-abatida. Szajbel apaga o cigarro na parede e vai entrando silenciosamente...

Sobre por que não se masturbar ao volante

Ela se lembra daquele dia há seis anos nos mínimos detalhes. A nuvem negra da pandemia paira sobre a cidade-jardim para a qual eles tinham se mudado um ano antes — nuvem sob a qual está o mundo inteiro. Apesar disso, Podkowa permanece repleta de azaleias e rododendros, flores de diferentes cores desabrochando. As plantas, alimentadas pelos corpos humanos em decomposição da camada mais pobre da sociedade, são tão imponentes que chegam ao céu, ou pelo menos acima dos telhados das casas mobiliadas com luxo. No país, paira o pânico. Todos os espaços esportivos, os centros comerciais, as instituições culturais e os restaurantes estão fechados. Pessoas com máscaras nada carnavalescas perdem sua identidade externa e sua imagem. Uma humanidade sem boca e sem rosto. Um fantasma da espécie. Apenas Podkowa, como sempre, está calma, elegante, equipada com o maior número de respiradores por metro quadrado da Europa, com terraços repletos das mais caras chaises longues e espreguiçadeiras, corpos estirados sobre elas — o orgulho dos melhores cirurgiões plásticos do país. A Podkowa fora da realidade. Encorajada a não fazer nada, a ficar deitada ao sol, fazer pequenos trabalhos no jardim: podar o formato dos rododendros, atirar gravetos aos cães de raça, pentear os brilhantes pelos dos gatos azuis russos, escutar o canto dos pássaros, preparar uma limonada, encher as piscinas revestidas com labradoritas e lazulitas naturais. Segundo o arquiteto que projetou a casa de Szajbel, o mosaico de labradorita possibilitaria que ela criasse sua própria Atlântida em casa, na paisagem mazoviana, no jardim de Podkowa. E que ficasse rodeada por aquela vibração, porque, como afirmava o arquiteto, o mais importante é a energia. "Tomara que seja a de antes do naufrágio, porra" — ela pensou quando ouviu essas bobagens da boca do arquiteto.

Televisores e rádios desligados para não se ouvir mais sobre o número crescente de vítimas. Nenhuma criança gritando nos jardins, graças ao ensino online. E se há crianças, elas apenas brincam silenciosamente em suas casas nas árvores feitas de ébano, para não incomodar os pais nos negócios, na ioga e no pilates. Por excesso de dinheiro e tédio, bem como excesso de tristeza devido à rejeição sexual cada vez mais dolorosa por parte do marido, Szajbel decide cometer uma loucura. E como a loucura dela não é uma loucura de mulher — abrangente e fora do controle — mas, sim, uma reação simples que traz gratificação imediata, influenciada pela leitura semanal da imprensa especializada em automóveis, ela cai na tentação de ir a Gdańsk atrás de um Mercedes CLS 400D azul, anunciado numa concessionária da Tricidade com o slogan "Nação, se ajoelhe". Ela paga em dinheiro o valor de trezentos e sessenta e nove mil pelo Mercedes, negociando consigo mesma, porque sonhava com um Rolls-Royce Phantom à venda na mesma concessionária com o slogan "Deus desceu à Terra" (três milhões). Entretanto, diante do futuro incerto por causa da pandemia que tomava o mundo, ela diz *bye-bye* a seu sonho. "É mais elegante dizer *farewell*!" — seu marido, fluente em inglês, corrige.

Bartek ficou mais feliz com a compra do que Szajbel. Ele gosta do luxo com o qual a esposa o rodeia, sobretudo pelo fato de, por ser casado com ela, ser coproprietário da casa e da Mercedes. Como a mãe mandou, ele zela pelos próprios interesses, que, claro, depois do casamento, também são, indiretamente, os interesses de sua mãezinha. O que ele não gosta nessa situação é que Szajbel ganha quinze vezes mais do que ele, um professor de inglês numa escola montessoriana local. Ao menos *so far*.

A viagem de Gdańsk até em casa ocorre numa atmosfera agradável, embora os banheiros de estacionamento fechados devido à pandemia sejam um problema. Szajbel não consegue fazer xixi no mato. É pedir demais dela. Por isso, nunca acampou com barracas ou bivaques. A impossibilidade de urinar e defecar em condições civilizadas é algo que a assusta. Quando, nas viagens de integração da empresa, seus colegas de trabalho se aliviam nos arbustos, Szajbel não é capaz de controlar seu nervosismo. Ela tem tanto asco que, depois, não consegue beber um vinho nem dançar com alguém que tenha urinado nos arbustos. Como se fazer xixi na grama excluísse a pessoa da civilização. Falando em defecar, Szajbel só respeita os vasos sanitários que não possuem a chamada plataforma. Para ela é inimaginável o costume de pessoas na Alemanha e na Áustria que gostam de examinar seus excrementos antes de dar a descarga. Isso também é algo que foge a sua compreensão. Como uma nação que produziu tantos compositores, escritores, poetas e filósofos notáveis pode criar algo tão monstruoso como um vaso sanitário no qual a merda não flui na mesma hora para as profundezas, mas repousa descarada numa prateleira de porcelana. Simplesmente não faz sentido. Szajbel preferiria não defecar de jeito nenhum. Por isso, ela não comia, ou se alimentava por sonda intravenosa, que penetrava o sangue, contornando o estômago e os intestinos. Ou seja, ela comia pouco para raramente usar o WC. Da mesma forma, ela tem nojo de cabelos. Um fio de cabelo na sopa é um pesadelo comparável a um vaso sanitário manchado de merda. E algo que ela absolutamente não suporta são os pentelhos que Bartek deixa no box. E sovacos peludos. O que também enoja Bartek, porque no mundo de Szajbel não existem mulheres sem depilação completa no meio das pernas e no sovaco. Ela as conheceria mais tarde, embora por um longo tempo pensasse que estava tendo alucinações.

A conversa com Bartek não se desenvolveu, como sempre acontecia quando evitavam temas difíceis, dentre os quais a falta de sexo. Quando ela insinuava esse tema espinhoso, Bartek se curvava, se encolhia, fazia caretas, pigarreava, tossia e se coçava, como se o próprio assunto lhe causasse alergia. E então Szajbel chorava de novo, embora as lágrimas não corressem mais por seu rosto, pois ela chorava por dentro, em silêncio.

Há tempos não se olhavam nos olhos. Como se a partida de tênis que suas almas já haviam jogado tivesse sido apenas uma ilusão. Não havia mais nada entre eles, nem uma bola. Ela tinha saído da quadra e ninguém correu para pegá-la. Os olhos dos amantes só conversam entre si enquanto a bola estiver presente. Uma vez rompida a ligação, ela nunca mais eletrifica o corpo ou provoca excitação. Mas no começo era diferente. Talvez não tão frequentes, mas havia momentos que poderiam ser classificados como "felizes". Afinal, sexo uma vez por mês já é alguma coisa. Szajbel tinha conhecidas que transavam com os maridos com menos frequência que ela. Apenas Aneta fazia sexo duas vezes na semana. Todas a invejavam. E ela não precisava pedir, até fugia do marido hiperexcitado.

Szajbel sempre sonhava com isso. Queria que Bartek voltasse para casa e a pegasse de jeito. Queria que ele colocasse as mãos em seus seios e seus quadris. Depois de duas tacinhas de vinho, que ela nunca se negava, sonhava em ser molestada pelo marido até nos eventos do trabalho, ganhando assim a simpatia da ala masculina da empresa. Eles dariam tapinhas em suas costas e, em pensamento, sua bunda. Ela ria mais alto do que os homens das piadas sobre a burrice das mulheres. Era verbalmente brutal com motoristas do sexo feminino. Assim atiçava os colegas. Como um gesto de reconhecimento, eles davam tapinhas em sua bunda, às vezes nos joelhos ou ombros. Na cabeça deles, a ungiam com seu esperma — somente com o rosto respingado de seu sêmen sagrado é que ela poderia pertencer à Ordem masculina. Somente quando a objetificavam ela se sentia atraente.

Era assim até que aconteceu o incidente. Depois, ela se calou. Nunca mais mencionou sexo nas conversas. Foi como se, do dia para a noite, ela tivesse eliminado de seu vocabulário todas as palavras que pudessem sugerir qualquer coisa. Felizmente, conseguiu se tornar a chefe da empresa.

No meio do caminho para casa, Bartek caiu no sono. Szajbel pisou fundo no acelerador. Nunca tinha ido tão rápido assim antes. Isso a excitou. Como num carrossel, em que a força da gravidade pressiona forte, estimulando seu ponto G por um vetor invisível. Talvez fosse pelo simples movimento de rotação sobre o qual ela não tinha nenhum controle? Mesmo que fugisse completamente de seu caráter, ela enfiou a mão esquerda dentro da calcinha. Não fazia isso há meses, querendo permanecer imaculada e pura para Bartek, ansiosa por seu toque e aberta apenas para seu membro. Para que, quando acontecesse a transa, ela pudesse gozar sem precisar roçar o clitóris (secretamente, para ele não notar, para que ele acreditasse que seu membro bastava).

Muito rápido, ela ficou tão úmida que molhou a calcinha, o que a surpreendeu e deu um pouco de nojo, considerando que sua vagina se tornara um fóssil petrificado após o casamento com Bartek. Mas não parou de se tocar. Passou o dedo em volta do clitóris, como se desenhasse nele uma órbita invisível. Às vezes, o apertava e o beliscava levemente. E então, quando seus olhos brilharam a ponto de doer e o corpo caiu num estremecimento violento, aconteceu algo que virou a vida dos dois de cabeça para baixo.

Sobre a invalidez, que caiu como uma luva

Quando se teve quatro membros funcionais — sendo os dois superiores usados para virar páginas de livros, mudar canais de TV com o controle remoto, preparar *gimlets* na coqueteleira (seu drinque preferido dos livros de Chandler) ou para se masturbar até cair na ausência da esposa, ocupada em multiplicar o capital; e os dois inferiores usados não só para se deslocar de um lugar a outro, mas também para correr maratonas, esquiar, praticar snowboard, e kitesurf no Brasil (patrocinado pela esposa) — e só sobraram os dois superiores depois de um acidente de carro que fez com que toda a parte de baixo do seu corpo, incluindo o pênis, deixasse de funcionar, a vida fica muito difícil. Começa-se praticamente do zero, nos primeiros anos procurando o sentido da existência futura, e em seguida os menores prazeres para compensar sua deformidade física.

Depois do acidente, ele se recuperou psicologicamente bastante rápido. Os médicos afirmaram que isso era resultado do estresse pós-traumático: uma aberração causada pelo grande choque e pela incapacidade de assimilação do trauma. Na verdade, não se tratava de uma incapacidade de assimilação do trauma, mas de um não reconhecimento absoluto dele, como se o acidente causado pela esposa não tivesse sido a pior coisa que acontecera em sua vida. Depois de acordar da anestesia, quando um amigo que o havia operado lhe informou, na presença de Szajbel, que ele provavelmente não teria mais controle da parte inferior do corpo, Bartek recebeu a notícia com indiferença, para não dizer alívio. Era como se a paralisia o libertasse de certa atividade pela qual ele não morria de amores.

Mas para Szajbel tudo mudou. Além de não poder mais contar com a ajuda de Bartek nas tarefas cotidianas, também precisava se acostumar à ideia de que nunca mais teriam uma relação sexual de verdade — algo que ela buscara a todo custo ao longo dos anos de casamento e que acontecia muito raramente. E quando acontecia, era por iniciativa dela. Como se o sexo não importasse para Bartek — o que vinha matando Szajbel durante todos os anos em que viveram juntos. A dinâmica do casal consistia numa violência silenciosa: quanto mais Bartek rejeitava Szajbel, mais ela o desejava, e a rejeição despertava em Szajbel um desejo de descer o cacete forte nele, principalmente com palavras, embora uma ou duas vezes ela o tenha atacado com suas garras, e depois chorado de vergonha e impotência por metade da noite, desapontada com o tipo de pessoa que havia se tornado. E o tipo de mulher. É preciso reconhecer que era Bartek quem rejeitava Szajbel, e não o contrário — ela, a presidente da empresa estatal de combustíveis, que recebia em média quinze vezes o salário dele, que tinha poder. E tudo o que ela podia fazer era chorar ou se deixar queimar pela raiva crescente dia após dia, ou melhor, noite após noite.

Além do sexo, Bartek não perdeu muito. Convenceu Szajbel a ajudá-lo a desenvolver ainda mais as suas paixões: substituiu snowboard, esqui e kitesurf pelo parapente para deficientes físicos mais caro do mundo, e planava como um Dédalo, mas num paraquedas com armação especial. É um esporte caro e perigoso, mas, no caso de pessoas com deficiência física, que já estão na cadeira de rodas, não prenuncia um grande infortúnio. Pois o que pode acontecer de pior com ele? Apenas a morte, mas com quanta beleza! Poética, de Ícaro, dessas com as quais só se pode sonhar, ao contrário daquela que a mãe preparou para si mesma após a morte do pai, enfiando a cabeça no forno e abrindo o gás.

Szajbel ficava feliz por Bartek não ter esmorecido, e ter até adquirido mais vontade de viver, segundo os médicos, como se acabar na cadeira de rodas fosse um sonho ou vocação secreta. Os cirurgiões do hospital militar — no qual Szajbel deu um jeito de realizar imediatamente a cirurgia do marido — e os fisioterapeutas — que tentavam colocar as pessoas em pé depois de acidentes, infartos ou derrames — nunca tinham visto uma reação dessa em todos os seus anos de prática. Mas não por falta de tentativa! Não havia nada que eles conseguissem fazer por Bartek, que afirmavam não apresentar a menor vontade de mudar de posição, literal e figurativamente. "Como se tivesse nascido com deficiência" — falavam, sem se cansar de admirar o caso do belo homem de trinta e cinco anos.

Depois de dois anos lutando para que Bartek superasse a deficiência, Szajbel desistiu. Isso abalou seu estado mental: até então ela acreditava que conseguiriam escalar juntos até o cume que ainda não haviam atingido, ou seja, a realização sexual. Após dois anos de tentativas e esforços árduos, ela abandonou esses devaneios e passou a tentar organizar sua vida de casada a partir do zero.

Não conseguia dar conta sozinha de algo extremamente delicado: Bartek não permitia que ninguém além dela o ajudasse em relação ao banheiro e à higiene. Ela não entendia isso, mas com o passar dos anos percebeu que se tratava de um desejo de vingança pelo que ela havia conquistado. Porque, ao contrário dele, ela não trabalhava numa escola pública, tentando ensinar às crianças uma língua que elas podem aprender igualmente bem no YouTube ou na Netflix, e porque ela não ganhava o lamentável salário médio nacional. Começou a analisar com atenção os motivos pelos quais Bartek a tratava como enfermeira, sem um pingo de vergonha, completamente diferente de como era na cama, onde, antes do acidente, tinha vergonha de tudo na frente dela. Ele sempre dormia de costas para ela, de pijamas ou calças de moletom. A nudez, tanto a dele quanto a dela, era algo repugnante para Bartek, uma coisa absolutamente insuportável, como ele afirmava. Sobretudo quando uma gordurinha aparecia nos quadris ou na barriga da esposa. Como se isso não fizesse parte dela. Como se fosse algo que se prendesse ao corpo dela e não quisesse mais soltar. Um velcro de gordura. Uma abominação. Bartek procurava não olhar, mas tinha dificuldade em conter um comentário sarcástico quando via as banhas de Szajbel.

Por causa disso, sua abertura em relação aos toques que os cuidados envolviam — limpar o corpo após as necessidades fisiológicas, lavar, enxugar —, que repentinamente deixaram de ser um problema para ele, uma vez que não eram mais relacionados ao sexo, surpreenderam Szajbel e não lhe davam sossego.

Sobre como engordar com eficiência fazendo dieta

Por Bartek forçá-la, de forma opressiva, a realizar atividades que qualquer enfermeira bem paga poderia fazer, Szajbel retribuiu-lhe à sua maneira. Engordou grama por grama, centímetro por centímetro em um ritmo mortífero. Por toda vida ela vestiu PP e agora estava chegando ao tamanho GG. Ainda era, segundo seus colegas, atraente, ou estava até mais atraente, porque a gordura definia melhor seus quadris e peitos. A cintura... Sim, ainda estava ali, mas a antiga diferença de trinta centímetros entre os quadris e ela já era pouco nítida. É preciso reconhecer que Szajbel descobriu de repente o prazer de comer à noite, algo que nunca se permitira antes, mesmo sob o efeito do álcool. Além disso, não eram alimentos nem lanches saudáveis. Comia às escondidas as batatas chips mais ordinárias com cream cheese Bieluch e, quando a tristeza batia, cozinhava uma panela de purê de batata à meia-noite, ao qual adicionava noz-moscada, creme de leite e meio tablete de manteiga. Cada colherada era um bálsamo para seu coração atormentado. O carboidrato, diferente do pênis de Bartek, era uma recompensa instantânea, um tiro certeiro, um prazer indiscutível. Era um orgasmo que ela vivenciava desde a primeira colherada na boca até lamber o fundo da panela.

Houve várias fases. Certa vez, em uma delicatéssen de Podkowa, ela descobriu as batatas chips de mais alto nível: Pringles sabor sal e vinagre. As mesmas que comia quando fez intercâmbio em Londres, via Erasmus, durante a faculdade. Ela se viu diante de uma prateleira com cerca de quarenta latas em uma fileira organizada. Era como se tivesse encontrado um amante que não via há anos. Para completar, o dono da loja, que se afeiçoara a ela, lhe disse que no estoque tinha quase cem daquelas com o prazo de validade prestes a expirar. Foi uma sinceridade desnecessária. Uma sinceridade que quase acabou com a vida dela. Com dores no pâncreas e o fígado inchado pelos ingredientes químicos do salgadinho, foi levada para a ala de gastroenterologia da emergência, onde passou por uma lavagem estomacal e ficou uma semana internada para desintoxicação. Como quando, na sua juventude rebelde, se entupiu de Dramin e bebeu um pouco do uisquezinho do pai. Recuperando-se no hospital, teve bastante tempo para refletir sobre sua decisão. Contou que, durante um mês, devorou setenta e seis latas do salgadinho, toda noite rezando a Deus que tirasse os movimentos de seus braços e pernas: as pernas para que não pudesse ir à despensa atrás de outra lata, os braços para que não pudesse pegá-las quando já estivesse lá.

Depois do episódio das batatas e da estada no hospital, onde inicialmente se suspeitou que ela tivesse bulimia, mas depois se chegou ao diagnóstico de compulsão alimentar, ela fez alguns acordos consigo mesma. Ainda comeria muito, mas não produtos que arruinassem sua saúde. Por isso, quando tinha vontade de comer cenoura, ela triturava um quilo delas no liquidificador, adicionava meio quilo de amêndoas laminadas e despejava meia garrafa de óleo de semente de abóbora. Era delicioso? Sim! Saudável? Com certeza! A salada dietética mais gordurosa do mundo. Três mil calorias. Só mil e quinhentas a mais do que a necessidade diária. Uma salada de legumes para mineradores que vão virar a noite trabalhando. Mas quando a nutricionista perguntava o que ela comia, sempre podia responder: "Cenoura com amêndoas laminadas e um fio de óleo". E era isso que ela respondia.

Quando descobriu um queijo alpino alemão na Banca Verde (uma loja de produtos naturais em Milanówek), comprou quilos, torrando muito dinheiro. Ela comia o queijo ao longo do dia, cortado em pedacinhos, embora ele ficasse mais gostoso à noite. Na banheira. Durante o banho com uma taça de vinho e assistindo a vídeos de uma influencer fitness. Comia e exercitava os olhos. Ouvia as instruções de aquecimento e depois assistia aos exercícios. Barriga, coxa, bumbum — e trezentos gramas de queijo pra dentro. E a influencer parabenizava: "Muito bem, meninas! Estou muito orgulhosa de vocês. Vocês são incríveis!". "Claro que somos, porra" — pensava Szajbel, enfiando outro pedaço de queijo goela abaixo e depois, com seu inseparável remorso, agarrava o chuveirinho prateado com diferentes velocidades de hidromassagem e se masturbava até chegar lá. Três ou quatro vezes, para perder pelo menos trezentas das quatro mil calorias consumidas no dia.

Assim eles continuavam lado a lado, sendo carrasco e vítima um do outro, e ambos os papéis se adequavam de forma intercambiável, causando na mesma medida a cada lado: êxtase, sofrimento, aversão, raiva, desprezo e tudo que não deveria existir num relacionamento dito feliz.

Mas o que seria "um relacionamento feliz" — perguntava-se Szajbel depois do acidente, vingando-se silenciosamente do marido palerma e tentando justificar para si mesma a permanência em seu relacionamento tóxico.

E assim ficou, ano após ano. Noites vazias sem dormir e dias cheios de trabalho tão intenso que não havia, em todo o tecido da existência, um fragmento de ponto desfeito através do qual o pensamento intrusivo da morte em vida pudesse penetrar. Um pensamento que uma pessoa outrora muito amada pode nem perceber...

Agora, olhando para esse corpo que ela passou vários anos desejando, não sente nada além de arrependimento. Não em relação ao dono do corpo, mas a si mesma. Como pôde desejar essa carniça que, aproveitando-se dela completamente, levava uma vida dupla e secreta, e não numa cadeira de rodas. O corpo que ela lavava e untava com óleo para bebê para evitar a formação de escaras; o corpo que ela ajudava a sentar no vaso sanitário todos os dias; o corpo que ela transferia da cadeira de rodas para o banco de trás do carro, sobrecarregando a coluna; o corpo cujos recônditos ela conhecia de cor e, no entanto, não conhecia completamente...

A cicatriz no joelho esquerdo — recordação da primeira briga escolar, em que um colega usou o vidro de uma garrafa como arma. Beijou-a várias vezes. Uma fileira de pontos desleixados depois da cirurgia de retirada do apêndice. Ela achava graça que a barriga dele parecia ter passado por uma cesariana pela metade. Quantas vezes, durante a felação, colocou a mão naquela dobrinha? Ele sempre a retirava com um gesto envergonhado. Ela não tinha certeza se era por causa do prazer que proporcionava, ou se era timidez por sua imperfeição. A covinha no queixo, que ela adorava tocar com a ponta da língua enquanto o beijava. Era aí que ele se encrespava e se contorcia. As orelhas que ela percorria com os dedos e mordia de leve. Isso era o que ele mais detestava.

Szajbel não sabia como acariciá-lo para que se sentisse bem. Não fazia nada que prestasse. O prazer que queria lhe dar era insuportável para ele, desde sempre. Era um tormento, que em vez de levá-lo às alturas, jogava-o no precipício. Como se seu corpo definhasse por causa do toque dela. Além disso, era um suplício. Como se, para ele, os carinhos dela fossem equivalentes a tortura.

E agora, por fim, esse corpo dolorido — porque foi duramente espancado e chutado — está deitado na frente dela, de bruços no chão. Há um teclado de computador ensanguentado próximo da cabeça dele e uma tigela de cristal da qual as batatas chips caíram. A cabeça mergulhada numa poça de sangue, mais que as outras partes do corpo. Szajbel cortara o supercílio de Bartek com a tigela. Depois de um tempo, ele recobrou a consciência. Começou a ganir e a se debater, tentando libertar as mãos amarradas nas costas com o cabo que ligava o laptop ao projetor. Ah, entendi! É assim que as pernas se movem quando ficam paralisadas depois de um acidente de carro? Szajbel notou um extintor de incêndio pendurado na parede atrás da porta. Ela o pegou e começou a bater com ele nos membros supostamente deficientes. Ele uivava de dor. Ela estava prestes a parar, mas a chama que ardia dentro de si, reativada pela raiva, se acendeu de novo assim que olhou para a tela de projeção.

A mulher sendo "penetrada" por vários homens ao mesmo tempo era o seu completo oposto. Tinha quadris enormes e peitos imponentes cheios de uma substância que os mantinha imóveis apesar dos movimentos fortes dos golpes oscilantes dos pênis em sua pélvis. Peitos de silicone. Bronzeados. Além disso, lábios hialurônicos enormes do tamanho de um pêssego — do tipo que Bartek falava que não tinham nenhum apelo sexual. Boca de holograma. Ao pensar que ele mentia sobre isso, ela o chutou de novo. Tinha feito dieta a vida toda, só para tentar agradá-lo. Ele dizia que ela era muito gorda e, por isso, não funcionava com ele. Ela ficara presa entre dietas. *Low carb*, *sirtfood*, crudivorismo, jejum, de Montignac, Dukan, *keto*, paleolítica. E o oposto: intervalos em que comia para se empanturrar até cair inconsciente. A ponto de causar nojo. Conhecia bem os momentos em que decidia engolir meio metro em vez de centímetros de halva. E como sexo com ele — mesmo depois de perder peso e quando Bartek ainda não atuava na farsa da cadeira de rodas — não acontecia mais que uma vez por trimestre, ela devorava megapacotes de batatas chips com cream cheese Bieluch, do mesmo modo que outros cheiravam uma carreira. E quando acabavam as batatas, ela corria ao posto de gasolina para comprar chocolates. Se não tivesse nada de verde na geladeira, comia a aveia plantada em um vaso para o gato, para ingerir alguma fibra e impedir que os carboidratos fossem absorvidos e se transformassem em pneu na barriga. Depois, presunto serrano, para o estômago queimar calorias ao digerir a proteína, para que o filha da puta não ficasse com preguiça à noite, pois ela estava lutando para acelerar o metabolismo depois que a máquina de bioimpedância tinha mostrado sua idade metabólica: sessenta e três anos! Vinte a mais do que ela tinha!

Ela perguntou ao personal trainer se a máquina poderia estar errada. "Não, senhora" — ouviu. "Veja esse homem gay de sessenta anos. Para ele apareceu vinte e seis anos: quatro por cento de gordura corporal, e o resto é só músculo." Naquele dia, Szajbel comeu mais do que o normal. E vomitou mais do que o normal.

Sobre o que realmente aconteceu naquela noite

Lembrando daquele episódio, Szajbel chutou Bartek com força no meio das pernas. Ele se encolheu, puxando para baixo de si as pernas quebradas. E ganiu. Ela sentiu prazer. Ficou até excitada. Ganidos com intervalos de silêncio. E tudo de acordo com a partitura dela. E da violência.

E então, embora Szajbel nunca vá saber se isso aconteceu realmente, ela escutou uma voz feminina grave e sensual saindo dos lábios mencionados há pouco, que praticavam felação na tela do cinema particular:

— Olhe pra mim quando faço o que faço. Eu faço o que ninguém, além de mim, é capaz de fazer. Eu vibro minha língua para que pulse tão rápido quanto o coração de um beija-flor. Me olhe nos olhos, irmã. No fundo da íris você perceberá uma pequenina mancha de perfídia. Isso eles não veem, porque não nos olham nos olhos. Eles olham as fendas, porque querem nos penetrar. Eles tentam ver o que está profundamente escondido em nós. E quando penetram todas as nossas fendas secretas e puxam nossos cabelos com força, pensam que têm poder sobre nós. Presumem que gostamos disso. Eles não têm isso, irmã. Sentamos neles ou os trazemos para dentro de nós para um fim específico. Queremos mantê-los na frente da tela o maior tempo possível para tirar suas forças. A cada orgasmo eles gastam combustível, esgotando seu suprimento de energia vital. Portanto, não terão energia suficiente para criar novos mecanismos de opressão e leis contra nós. Também não terão energia para assinar novos pactos econômicos prejudiciais à Terra. Não terão ânimo suficiente para uma caçada sangrenta. Para espancar as crianças e mulheres em suas casas. Nós, estrelas pornô, não somos vítimas da objetificação. Nem símbolos dessa objetificação. Somos heroínas. Supermulheres por chicotear o rabo desses idiotas que se excitam ao serem açoitados. Como se pressentissem que lhes é devido um castigo severo pelo destino que nos infligiram. Eu, Sasha, Tanya, Tamila, Samantha, Tracy, Linda, Jenny e centenas, milhares de outras, batemos os recordes de visualizações nos portais de vídeos pornô por um único motivo: damos o nosso melhor para afastar os homens de outras áreas (cultura, ciência, política, economia, religião) para que possamos, finalmente, assumir o controle do mundo.

Szajbel não pode acreditar que aquelas palavras tenham sido direcionadas a ela. A Anna Szajbel, que acabara de descobrir que a indústria pornô e o vício de Bartek em masturbação são os responsáveis pelos vários anos de frustração sexual no casamento. Quando vai se aproximando para desligar a tela, a boca começa novamente a falar:

— Isso é a revolução, irmã. A queda radical de tudo que é duro, de tudo que é ereto. Com o fim dos paus duros, vai chegar o fim dos estupros, das guerras e dos conflitos religiosos. E ninguém mais nos queimará na fogueira. Milhares foram queimadas e afogadas em rios revoltos com cordas no pescoço. Sabe por quê? Por causa da nossa relação íntima demais com a Natureza, por conhecermos as plantas, controlarmos a natalidade com a ajuda de ervas e expandirmos a consciência com substâncias psicoativas de base vegetal. Consciência que restabelecia nossa ligação com o cosmo.

Szajbel começa a ficar tonta com esse monólogo. Era muita informação para digerir. E ainda uma intromissão da ecologia. O que isso tinha a ver? De repente, a câmera que filmava a boca poderosa se afasta, revelando toda a figura da mulher que falava, em um cenário totalmente diferente. Para começar, ela não estava mais em um ambiente fechado, mas numa floresta. Em segundo lugar, não estava sozinha ou num ménage com dois homens. A floresta estava repleta de mulheres nuas. Algumas velhas, outras jovens, algumas magras, com seios pequenos e fortes, outras robustas, com quadris arredondados e seios grandes pendendo para o chão. Em terceiro lugar, tanto a mulher que estava falando com Szajbel quanto as outras estavam agachadas ou ajoelhadas, tentando baixar suas vulvas até não apenas tocar o tapete verde, mas grudar nele, ou melhor, sugá-lo. Depois de um tempo, todas, enquanto Szajbel as encarava, começaram a mexer os quadris, roçando a vulva no musgo. Elas balançavam para a frente e para trás, às vezes girando a pélvis de forma sensual, para que o verde macio e úmido lhes proporcionasse o máximo de prazer possível. Algumas mergulhavam os dedos profundamente na terra e, num ato de arrebatamento, esfregavam o solo solto na pele, como se estivessem mergulhando o rosto em seus fluidos subcutâneos, em sua umidade. Outras, próximas às árvores e se esfregando nelas, arrancavam as crostas da casca e lambiam a resina que vazava dali. Algumas se deitavam no musgo, aderindo hermeticamente a barriga a ele e roçando suas fendas de forma rítmica e insistente, desejando absorver e sugar cada fluido subterrâneo. Recebê-los em si e misturá-los à sua umidade, para ao final pulsar com a Terra num único ritmo. E quando o pulso interno da Terra começava a bater na fenda delas, as mulheres emitiam estranhas vozes harmônicas, gorjeios e murmúrios, algo entre o som de pintinhos nascendo, gatas no cio, o atrito do isopor contra uma vidraça e o rugido de um boi abatido. Todos esses sons entrelaçados — numa composição musical em fuga — com o farfalhar das folhas agitadas pelo vento, soavam como o canto primordial da humanidade integrado ao chilreio dos pássaros, aos acordes dos trovões, ao som da chuva tamborilando os telhados de fibras ineptamente trançadas das casas de um povo já extinto ou transformado em outro, em algum lugar dos antípodas da Papua-Nova Guiné ou do Antigo México.

Szajbel não tem certeza se isso que está vendo não é produto de sua mente doente. Uma mente que carece de um estabilizador, por causa da desastrosa decisão do médico.

Ela agarra as pernas machucadas de Bartek e o arrasta com dificuldade até o elevador. Chega com ele ao segundo andar, onde fica a sala de ginástica, a biblioteca, os terraços — um para cada um deles, nos lados leste e oeste.

Ela, uma cotovia, preferia levantar logo que o sol nascia, exercitar-se, tomar um desjejum saudável, beber um pouco de café e meditar, com uma cédula de dinheiro na mão, sobre a poderosa e bela energia do dinheiro. Aprendera isso com uma *coach* de negócios: "O holograma nas cédulas de dinheiro" — ela dizia — "é a porta de entrada para o mundo de realização e abundância. Cheire o dinheiro, sinta o gosto do dinheiro, lamba o dinheiro, faça até mesmo um dildo com um rolo de notas, e você ganhará tanto dinheiro que vai nadar nele!". Bartek era o oposto. Um notívago, a vida inteira apodrecendo na cama até o meio-dia.

Szajbel arrasta Bartek, puxando-o pelas pernas ao longo do grande hall. Passa pela sala de ginástica e pela biblioteca. Para no terraço dele, construído para que a cadeira de rodas chegasse aonde ele pudesse bebericar um vinho, passar os olhos pelos jornais e admirar as estrelas. "Que caralho isso tudo!" — um pensamento cheio de raiva misturada com amargura percorre a mente agitada de Szajbel. "Eu podia ter construído para ele um canto pra bater punheta. Com certeza ele teriado ficado mais feliz."

Ela está cansada, mas ainda não sente. No entanto, fica tropeçando o tempo todo, nas pernas de Bartek, na soleira e nos vasos de monstera em ambos os lados do terraço. De repente, percebe que os dedos das mãos do marido começam a se mexer e a procurar uma maneira de se libertar. Szajbel se dá conta de que precisa agir rápido.

Vai de elevador até o quarto de Bartek e pega a cadeira de rodas. Ao voltar ao terraço, levanta o marido e, com o resto de suas forças, o coloca na cadeira; em seguida deixa o veículo de frente para o parapeito. Ela então senta ao lado dele, encostando as costas na parede fria da casa.

Pega um Salem do bolso do pijama. Inspira, preocupando-se em prolongar o momento da aparente inalação do mentol. Salem de Salém. Será que a refrescância do mentol traria alívio a um corpo queimado vivo? Começa a brincar com os fósforos, arrumando-os em pequenas pilhas entre as coxas de Bartek, perto dos testículos.

Ao fazer isso, olha para o rosto massacrado do marido. Monstera máscara de macaco — quem diria que serviria para alguma coisa? Que, graças a ela, faria do seu marido um macaco, espalhando seu próprio sangue em seu rosto. O marido com quem há poucas horas ela estava sentada à mesa! E com quem depois assistiu a uma série, compartilhando um único momento de intimidade, quando se deram as mãos como nos velhos tempos. Ela se aconchegou nele. Como sempre com sentimento de culpa, mas também desejo. Apesar da paralisia, na qual ela acreditava naquele momento, o corpo dele ainda a excitava depois de todos esses anos. Um corpo sempre independente dela. Corpo que a desobedecia. Corpo que nunca a desejava ou tinha sede dela. Agora esse corpo estava em total desintegração. Com a cabeça enchacada de sangue, estava perdendo a verticalidade e caindo inerte para a frente. As mãos que, há uma hora, eram tão vivas e ágeis que conseguiam ressuscitar o que estava morto e colocar na posição vertical algo que vivia (oficialmente) apenas espremido na horizontal em cuecas de marca (compradas com o dinheiro dela). Essas mesmas mãos de dedos curtos, que desde o início pareciam suspeitamente lascivos e astutos, já não lutavam contra o cabo que as amarrava como se fossem presunto curado. Tragando o cigarro, ela se lembra que certa vez, logo no começo do casamento, ainda no apartamento alugado, voltou cansada do trabalho e o encontrou pelado sobre a mesinha da sala de estar com um cinto de couro no pescoço e as duas mãos amarradas às costas por uma meia-calça dela. Ela começou a rir; a cena era absurda, sobretudo porque o membro franzino dele, como um bicho-preguiça, se rendera complemente à lei da gravidade, o que, em vez de acrescentar um toque picante à situação, despertou em Szajbel uma alegria infantil sincera, comparável à que sentia quando um coleguinha da pré-escola cuspia no suco de outro ou quando pregava uma peça em alguém. Depois, ativando seu poder crítico de julgamento, ou seja, prevendo o que poderia ter acontecido se ela tivesse voltado duas ou três horas depois, aproximou-se dele e lhe aplicou um castigo: um tapa violento na cara e, logo depois, uma palmada dolorosa. Então, o preguiça de repente acordou e imediatamente mudou as coordenadas, passando do sul para o norte, da esfera de influência do Trópico de Capricórnio para a do Trópico de Câncer. "Que tola eu" — pensou Szajbel — "por ter cuidado dele! Deveria ter deixado o idiota daquele jeito!" Como numa viagem, na Croácia, quando, em vez de ir à praia e banhar-se no mar deliciosamente quente, ele preferiu ficar no quarto do hotel, amarrado ao aquecedor com o cabo do ferro de passar. Naquela ocasião, na ilha Krk, ela o deixou amarrado por algumas horas, mesmo ele pedindo que o desamarrasse logo depois do ménage à trois que fizeram, a pedido dele, com o aquecedor no papel principal, ele sentado apoiado no aparelho, ela em cima de Bartek, de costas para ele, porque desde o início ele nunca quis ter contato visual enquanto transavam. Ao seu repertório de comportamentos sexuais rotulados de "estranhos" acrescentou-se depois seu colecionismo, que consistia principalmente na coleção de escovas de cabelo de madeira e espátulas grandes, de omelete, e pequenas, para virar panquecas. Na gaveta da cozinha, depois de um ano de casamento, havia cento e dezesseis utensílios, dos quais Szajbel costumava usar três ou quatro. Na mesinha de cabeceira dele, no quarto que na época compartilhavam, tinha pelo menos uma dúzia de escovas de cabelo, desde as de madeira — incluindo mogno e ébano, trazidas por amigos, a pedido de Bartek, de viagens exóticas que faziam ("Pra que caralho outra escova se há anos ele raspa o cabelo?") —, passando pelas de laca preta e fechando com as mais baratas, de metal falso. Além da estética do acabamento, ele levava em consideração a textura da superfície e o peso delas. Sua ideia era que ela as enfiasse forte na bunda dele enquanto lhe dava as desejadas palmadas. As que deixavam manchas roxas na pele, que depois de algumas horas viravam hematomas, eram as mais cobiçadas por Bartek. As escovas tinham vantagem sobre as espátulas porque deixavam hematomas, ao passo que os utensílios "de cozinha" venciam no quesito acústico por descerem assoviando como um bagre gigante de quarenta quilos batendo o rabo na superfície de um lago.

Ela estava cansada disso. De ser uma dominadora. Uma ficção de poder, pois na prática era refém da imaginação dele. Parecia que estava no comando — afinal de contas, era ela que empunhava as escovas, espátulas e mata-moscas —, mas, na realidade, não estava, já que apenas satisfazia os desejos tortos dele. A impossibilidade de fazer um sexo normal como ordenado pelo Senhor. Ela sonhava com o tantra. Com transar olhando nos olhos. Queria fazer amor de um jeito em que fosse importante ela ser quem era, não qualquer mulher de um filme pornô — que ela tinha surpreendido Bartek assistindo várias vezes antes do acidente. Em vez de bater no rapaz com a espátula para panquecas e senti-lo ejacular entre suas coxas com ele deitado de bruços em seu colo, como um estudante malcriado, ela desejava sexo com consciência, construído na intimidade, enquanto Bartek, ao escutar essa palavra, sentia como se alguém tivesse vomitado em sua cara. Ele confessou a ela, no terceiro encontro, que era ainda pior que contrabandear germes para a orelha através da saliva. Ela ficou surpresa com o modo como ele se referia a beijos na orelha. Ela adorava. Achava que dava prazer a ele com isso.

Agora, com a vida do marido em suas mãos, Szajbel tem uma revelação tardia: que jogavam dois jogos diferentes. Usavam a mesma mesa e o mesmo tabuleiro — o que definitivamente confundia as coisas! A mesma cama. Claro, antes do acidente, porque depois nem isso compartilhavam mais. Tinham só dois móveis individuais em dois quartos diferentes, não adjacentes. E sobre eles, dois corpos que não estavam mais unidos por intimidade alguma. Antes de tudo isso, porém, a sexualidade não parecia para Szajbel uma caixa de Pandora coberta por veludo escuro, uma fonte de sofrimento repleta de lodo. Em sua percepção, a sexualidade era brilhante, agradável, como um gato persa branco, não uma minhoca escorregadia, gosmenta e amarronzada. Szajbel se dá conta de que foi vítima de uma grande farsa. A intimidade por ela tão desejada tinha sido substituída, para Bartek, pelas vadias dos sites pornô, que se revelavam para ele na parede, utilizando o sistema de cinema particular caríssimo, comprado com o dinheiro dela. Acender a pilha de fósforos entre as pernas dele ainda não era o bastante. O traidor tinha que morrer. Passa pela cabeça dela a ideia de que desta vez ela não pode cometer erros. Não haverá mais cirurgias falsificadas, combinadas com o cirurgião que muito provavelmente estava em conluio com o marido!

Ela agarra a cadeira de rodas e a afasta do guarda-corpo, pois sabe que precisa de impulso para derrubar as barras de ferro. Bate pela primeira vez, esmagando as canelas dele. O guarda-corpo nem treme. Tenta uma segunda vez, e depois a terceira, cada vez batendo o ferro nas pernas dele.

O vigarista ainda ofega quando ela consegue finalmente forçar o guarda-corpo e jogá-lo do terraço.

Sobre a fissão da alma

Szajbel não percebeu quando a polícia chegou ao local do massacre, chamada pelo vizinho — um iogue que estava praticando saudações ao sol no próprio terraço. Sua consciência estava em outro lugar. Ia em direção àquelas que desde sempre a chamaram. Em quase todos os sonhos. Na loucura. Na lua cheia. Nos solstícios. Em direção àquelas que tinham saudades e estavam famintas por ela. A quem faltava alguma coisa que Szajbel carregava dentro de si, para estabelecer um holograma de fúria, o olho de gato sagrado de uma providência enfurecida, delineado com o lápis das cinzas. Das cinzas de milhares de piras. Das cinzas dos cabelos e dos ossos das mulheres queimadas.

Ainda que, logo após matar Bartek, ela caminhasse sobre o elegante porcelanato espanhol que cobria o terraço da casa, na verdade ela não estava se deslocando sobre ele, mas, sim, sobre uma vegetação rasteira fresca e úmida, em uma área cheia de tendas viradas e árvores derrubadas. Ela reconheceu o cenário porque o havia visto momentos antes, em circunstâncias um pouco diferentes. Só restavam as barracas, as louças e roupas secando ao sol das mulheres que faziam amor com a vegetação rasteira, deixando-se sugar pelas fendas da Terra. Ela não conseguia acreditar, pois, afinal, esse mesmo lugar tinha acabado de pulsar de vida, um prazer poderoso que consistia no êxtase de cada uma delas, um êxtase que todas vivenciavam ao mesmo tempo, como se estivessem sincronizadas umas com as outras. Nada prenunciava qualquer infortúnio então. Mas algo estava suspenso no ar sobre a clareira — algo que Szajbel não conseguia definir e que só percebeu depois de um tempo no silêncio sinistro. Era como se todos os animais, inclusive os pássaros, tivessem abandonado a floresta junto com as mulheres...

Nesse silêncio que enlaçava as árvores como hera, Szajbel ouviu de repente o choro de uma criança. Começou a procurá-la, mas não era fácil buscar entre os resquícios do acampamento. Algo de ruim acontecera ali. No entanto, a voz vinha de fora da área. Szajbel saiu da clareira e adentrou a floresta densa. Uma mata com muitos galhos secos, iguais àqueles que ela ceifava com o primo na infância. Guiada pelo instinto, ela notou uma cavidade sob um grande carvalho tombado. Lá havia uma toca. Provavelmente de uma raposa, embora vazia. Era dali que saía o choro.

Ela rastejou para dentro daquele espaço.

Lá estava. Escondida bem no fundo da toca. Ela se esticou para alcançá-la e, embora estivesse relutante, conseguiu tirá-la dali e a segurar em seus braços. A criancinha era uma menina franzina, com pernas finas e tortas e uma pequena corcunda nas costas. E tinha cabelos dourados presos em uma trança fina que lembrava uma espiga de trigo. Estava praticamente nua, de tão esfarrapadas as suas roupas, e faminta, porque começou a bicar-lhe o peito. Szajbel ficou surpresa quando a mãozinha começou a procurar seu mamilo e no início até estremeceu ao pensar no que a criatura poderia querer, mas, depois de um tempo, permitiu que a sugasse. A criancinha chorou por um tempo, mexendo a boca e a língua, porque o leite não fluía, mas quando Szajbel quis tirá-la do seio, o líquido, para sua grande surpresa, começou a escorrer.

Como era possível? Nunca estivera grávida. Nunca dera à luz. Mas a menina faminta mamou devagar por alguns minutos e engoliu o leite desenfreadamente. E olhando para Szajbel de uma maneira que ninguém nunca havia olhado antes. Era como se aquela criaturinha tivesse um ímã nas pupilas que atraía o olhar com tanta força que ela não conseguia romper o contato nem por um instante. A comunicação entre as duas, ou melhor, entre seus olhos, ocorria sem palavras, expressões faciais ou gestos. Para Szajbel foi o encontro mais puro com outra pessoa que já vivenciara até aquele momento. Isso era amor.

A menina, depois de se fartar, deu a entender que não queria mais ficar no colo. Então, Szajbel a colocou sobre o musgo e foi atrás dela. A pequena, colocando-se desajeitada sobre os pés tortos, avançava em sua frente, voltando o olhar a Szajbel com frequência, como se para verificar se a mulher a seguia. Andaram pela floresta densa. A criança mancava, de vez em quando perdia o equilíbrio e caía. Depois de uma longa caminhada, chegaram ao rio.

Na margem estavam deitados bezerros com barrigas talhadas. Szajbel institivamente cobriu os olhos da criança, para que ela não lembrasse daquela visão, mas a menina afastou sua mão. Ela se aproximou de cada um dos corpos ainda quentes, deitou-se ao lado deles e os abraçou como se fossem entes queridos perdidos.

O mais estranho era que as barrigas dos bezerros mortos estavam desprovidas de vísceras, como se tivessem sido limpas na hora do abate. Alguns metros adiante, Szajbel viu uma fornalha com um enorme caldeirão sobre uma pequena fogueira. Olhou no interior do caldeirão. Um líquido branco estava coalhando no calor. As mulheres deviam ordenhar as vacas ali e fazer queijo a partir do leite. Enquanto Szajbel tentava compreender o que acontecera, a menininha franzina se aproximou mancando e a puxou com força pela mão, conduzindo-a até o rio e apontando para algo na margem. Szajbel leu uma palavra escrita com as vísceras. Uma palavra em que a letra T fora substituída por uma cruz. "Feiticeiras", leu, sentindo o medo tomar conta de si. Entrou no rio, pisando com cuidado sobre as pedras. A água avançava rápido e em alguns lugares era possível ver as margens: o rio devia ter transbordado recentemente. Entre os arbustos de cálamo, Szajbel avistou algo que, momentos antes, não quisera reconhecer.

O corpo de uma mulher usando um vestido de tecido grosso sem a anágua comum das moradoras de Nysa, flutuava na água, como se estivesse adormecida. Virado para o rio e não para o céu, o corpo se moveu meio metro adiante, meio metro para trás, preso pelos cabelos nas hastes e caules de junco. Como se estivesse emaranhado neles.

Szajbel não saberia dizer por que tentou ir na direção do corpo — afinal, ele já estava sem alma havia muito tempo. Entrando na água, sentiu algo sob os pés — algo que com certeza não era o fundo do rio, lodo cheio de algas e pedras. Era enrugado, com partes ainda quentes, de que Szajbel desviou, mas depois, de novo, sentiu o calor e a textura agradáveis. Enquanto caminhava contra a corrente, agarrando-se na vegetação das laterais do rio para conseguir manter a cabeça acima da superfície, ela fez algo que não queria, mas que precisava fazer para não correr o risco de se afogar. Mergulhou a cabeça, para descobrir onde pisava.

Então, as viu. As mães dos bezerros abertos: dezenas de vacas. Todo um rebanho. Entre elas estavam as mulheres afogadas, com cordas em volta do pescoço. Quando levantou a cabeça acima da superfície, algumas mulheres vinham em sua direção. Contra a correnteza. Cambaleavam de exaustão. E lamentavam. "Então, algumas sobreviveram", pensou Szajbel. À frente estava aquela cujo rosto Szajbel conhecia desde sempre. Ela o via nas vitrines, nos espelhos, no reflexo da lagoa de Podkowa. Sempre que olhava acidentalmente para alguma superfície reflexiva, quando não estava preparada para encontrar o próprio reflexo. Nas ruas. Em fotos. Apenas quando não estava analisando e de surpresa. Em alucinações. Em iluminações. Em delírios. Nos sonhos sobre mulheres queimando num forno.

Mathilde Spalt, junto com outras doze mulheres, tinham conseguido sobreviver apenas porque sabiam nadar e não tiveram medo de deixar a correnteza levá-las rio abaixo, sem saber se seriam despedaçadas pelos mortíferos redemoinhos que abundavam ali. Mathilde sabia que não adiantava fugir pela floresta, porque os cães de caça as farejariam pela vegetação rasteira. Então, só sobrara o rio.

Elas caminhavam em direção a Szajbel, como se a conhecessem desde sempre. E estivessem esperando por ela. Como se neste sonho, que regularmente lhe surgia e provocava raiva, elas conseguissem vislumbrar Szajbel inalando as cinzas de seus corpos.

— Mathilde Spalt. Neta de Helene Spalt, fundadora das Terrelas — disse a mulher e logo cortou a tentativa de Szajbel de se apresentar, falando: —Você não precisa dizer nada. Eu sei quem você é e por que está aqui. Espero você há anos. Todas estávamos esperando, chamando por você. Invocando você.

De repente, uma das árvores começou a farfalhar mais forte e dela pulou, de quatro, como um gato experiente em subir em árvores, uma menina assustada. Tremendo de medo, soluçando e chorando, ela contou o que tinha acontecido ali.

Escondida numa árvore alta o suficiente para que Harold e Brema — os ferozes galgos bispais — não pudessem farejá-la, a menina viu quando o bispo Johann Balthasar Liesch von Hornau e sua comitiva cercaram as terrelas que pastoreavam as vacas e as impeliram direto ao rio, atirando nos membros e nas barrigas de quem resistisse com pernas e cascos, acertando inclusive mulheres grávidas e vacas prenhes. Mulheres e vacas correram para a água em pânico, pisoteando umas às outras, e morreram em agonia. Aquelas que conseguiram emergir foram mortas pelos tiros de seus algozes.

A cada morte ela também morria, a pequena terrela escondida na copa da árvore, cuja respiração se suspendia no momento da morte de cada uma das mulheres e vacas, porque elas eram todas iguais, segundo ensinamentos da Antiga Virgem. Ela tinha assistido a eles amarrando a corda ao redor do pescoço das terrelas para testá-las na água — isto é, o mergulho de bruxas instaurado pelo já nomeado bispo Johann Balthasar Liesch von Hornau —, e quem sobrevivia era morta pelos tiros. Depois, eles juntaram os bezerros e passaram a matar um por um, para finalmente estripar suas barrigas, cortar seus rabos e, com as entranhas, formar uma palavra. A palavra com a qual eles tinham "batizado" as terrelas no princípio da congregação, sem considerar que elas não só não dormiam com Raróg, mas também com qualquer coisa dura e rígida.

E quando as palavras da pequena terrela ficaram presas em sua garganta, Mathilde fez um sinal com a mão para que a menina se calasse e a abraçou com força contra o peito. Depois que recuperaram o fôlego, Mathilde ordenou que voltassem para a clareira. A paralisia de Szajbel pelo medo só acabou lá, observando a mulher se movimentar ao redor do fogo recém-aceso. Mathilde posicionou um caldeirão sobre ele, esmigalhou alguns galhos e ervas no interior, e sinalizou para todas, inclusive Szajbel, encontrarem um lugar conveniente perto da fogueira.

Ela tirou o caldeirão do fogo, derramou o líquido numa vasilha de barro e o compartilhou com todas. E todas beberam.

Então, sentiram uma nova força fluindo para dentro delas e não protestaram quando Mathilde ordenou que voltassem para o rio e retirassem os corpos das terrelas de lá. E a força que sentiam era tão grande quanto a dos animais mais fortes ou dos mais antigos carvalhos que cresciam na clareira. Uma força não humana, com certeza. Mas somente com ela poderiam realizar uma tarefa tão extraordinária, porque havia quase quatro dezenas de corpos submergidos para a morte. Quando terminaram e dispuseram os corpos das terrelas em fileiras organizadas, o sol começava a nascer. Então, Mathilde alimentou a fogueira e, olhando direto nos olhos de Szajbel, passou a contar a sua história.

Quando as primeiras palavras foram ditas, Szajbel teve a impressão de que entre elas se sentava a pequena menina que ela antes retirara da toca e alimentara do próprio peito. Mas depois de um tempo, o que Szajbel pensou ser uma menina tornou-se uma velhota desdentada, que ela não havia notado antes. Velhota que com o passar das horas se transformou em Mathilde contando esta história extraordinária.

2.
A história de Mathilde sobre as origens do mundo

◆

No início houve um raio. Um relâmpago criando o mundo. Foi ele que cortou a escuridão com sua flecha, para dela surgir o Céu e a Terra. Dois mundos diferentes, que imediatamente se encaixaram um no outro. E se ajustaram com tanta precisão que o pedacinho de Terra sob os céus não conseguia se elevar nem o equivalente à espessura de uma unha. Até onde a vista alcançava, o Céu e a Terra, nessa primeira junção, eram um só. E persistiram assim, às vezes imóveis, às vezes se balançando para a frente, ora para trás, ora para os lados, para penetrarem ainda mais um no outro. E quando a Terra começou a se inquietar por essa fusão e pressão do Céu — porque a penetração se tornara insuportável —, o Céu enviou sobre ela, como punição, uma chuva tão abundante que a Terra mal dava conta de absorver. O que ela conseguiu beber permitiu que as águas, as terras, todas as criaturas emergissem com medo e amor tanto pelo Céu como pela Terra, pelo Pai e pela Mãe.

O Céu logo se revelou mais caprichoso que a Terra. E invejoso do amor que cada criação cintilava pela Terra. Motivado pela inveja, queimava a Terra com o sol, para que nenhuma planta crescesse sob o excesso de calor, e a chuva caía tão abundante que tudo que era verde morria, trazendo desastre e fome e, portanto, tormento aos animais e às pessoas. E ocorreu que o enorme amor entre o Céu e a Terra se transformou em uma discórdia tão grande, que nasceu uma aversão recíproca, porque o Céu queria o tempo todo enfatizar seu domínio sobre a Terra por estar acima dela e poder cobri-la sempre que desejasse, embora a Terra já não quisesse isso, porque estava sofrendo.

E quando o Céu a cobriu à força, tentando aderi-la hermeticamente a ele como no início, a Terra começou a sufocar com essa pressão e a reagir com um choque tão grande que vulcões ferveram com fogo líquido, porque a Terra não conseguiu controlar sua raiva.

Dessa violência e dessa luta nasceu, sob uma árvore frondosa como cem carvalhos, a Antiga Virgem. Filha do Céu e da Terra, tão velha quanto o mundo, mas ao mesmo tempo jovem como um bebê que acabou de sair do ventre da mãe. Uma pobre infeliz com uma trancinha fininha como uma espiga de trigo, cambaleando desajeitada, mas já compreendendo tudo de cabo a rabo. Uma mente que alcançava aquilo que já tinha acontecido e aquilo que ainda iria acontecer, permeando tudo que tinha sido criado no mundo, enxergando os quatro cantos. E à medida que a criança divina crescia, percebeu-se que o cabelo fino e a inaptidão para se locomover não eram imperfeições, mas sim a lembrança do movimento das primeiras criaturas, que saíram da água para a terra e transcenderam sua forma anterior, começando a vida do zero, de outro jeito. Como se no corpinho fraco, imperfeito e quase transparente da Antiga Virgem houvesse um registro de todas as coisas que já foram criadas no Céu e na Terra, e, para ela, andar com os dois pés fosse tão natural quanto rastejar como uma cobra ou deslocar-se de quatro como um primata. E ainda assim ela conseguia encontrar felicidade em tudo, usando conhecimentos reunidos ao longo de duzentos mil anos, baseando-se ora no presente, ora no passado. Com o tempo, o peso que carregava nas costas fez com que ela se curvasse ainda mais e se deformasse, o que deixou sua aparência ainda mais estranha. Mas ela nunca se incomodou com isso. Assumia as novas tarefas e avançava, ora rolando pelo caminho, ora se apoiando em um ou dois membros superiores, outras vezes rastejando como um lagarto, ou ainda flutuando um pouco acima do solo ou dando cambalhotas.

O Céu não gostou nada disso, então curvou e deformou a criança ainda mais para baixo, vingando-se da insubordinada Mãe Terra e repetidamente enviando pestes, doenças e outros desastres às pessoas que nela viviam.

Só que a fraca encurvadinha continuou a crescer, transformando-se em uma bela moça. A corcova diminuiu, os passos começaram a ficar mais firmes e ela desfez a trança, que era fininha, arrebatando toda a terra. Porque seus cabelos cobriram a terra como uma capa e cada fio se uniu à vida de alguma criatura. Quando o fio caía ou rompia, a alma da criatura se extinguia.

Certa vez, a moça de cabelos longos sentou na vegetação rasteira. Ela percebeu que escorria sangue de sua fenda para o musgo verde-escuro. Nesse momento ela se tornou mulher. Uma mulher que gostava de montar com as pernas escarrapachadas em tudo que agradasse seu corpo. Principalmente em tocos de árvores, rizomas de plantas e musgos. Ela sentava, ficava confortável, e não parava quieta até que, de repente, começava a se balançar como fazia em tempos imemoriais, no berço quando ainda era criancinha. Ao sentar e relaxar, ela começava a cintilar e queimar. Só por dentro. Era como se um fogo percorresse o centro do seu corpo, acendendo chamas. E ela ria com tanta felicidade que as rochas captavam sua voz e a levavam pelo mundo como um eco. O sangue passou a pulsar dentro dela de tal forma que cada criatura feminina sentiu essa pulsação em seu ventre e começou a pulsar com ela. E o sangue mensal cozinhou e ferveu em todas ao mesmo tempo. E quando a Antiga Virgem, em sua forma mais madura, de cabelos longos, se deparava com algum aborrecimento causado pelo que era masculino, seu corpo era atingido por relâmpagos e raios fluíam dela e penetravam em todas as formas de vida femininas, velhas e novas, magras e gordas, de cabelos longos e curtos, causando descargas poderosas, como se fossem terremotos na Terra, ou raiva. E era nessas descargas de raiva, nos trovões e na fúria que se espalhavam de seu corpo para todas, que elas finalmente se tornavam Uma. Sem quaisquer divisões. Sem diferenças. Todas conectadas pela unidade da FENDA. Criando uma comunidade de fendas despertadas pelo prazer e pela raiva. E cada fenda ressoava com as fendas da Terra, compartilhando prazer e raios em seu interior.

E a Mulher de Cabelos Longos se transformou numa velhota. Suas madeixas soltas, despenteadas pelo vento, foram novamente presas em uma trança fininha, como uma espiga de trigo, de espelta ou de centeio. E ela começou a se curvar de novo, inclinando-se em direção à sua amada Terra. Em direção à mamãezinha. Em direção às tocas de onde havia emergido ou rastejado junto às cobras milhares de anos antes. Descendo cada vez mais, até a fenda úmida de onde a Mãe Terra lhe dera à luz.

Mas ela ainda amava se balançar. E sabia como montar confortavelmente. Como se aconchegar na toca, como incendiar a fenda, nunca deixando de se unir com a Terra e espalhar um grande prazer ininterrupto por todos os seus membros. Como absorver a vida do chão em que montava, sugando com sua fenda. Como aprisionar a vida dentro de si para que a energia, por meio das vastas marés e dos canais das águas subterrâneas, penetrasse de novo em tudo o que brota da Terra e perfura o solo em direção ao Céu. E tudo isso ela fazia com um sorriso desdentado, nem de velhota, nem de criança. Continuamente dando a vida e tirando a vida. Recebendo toda a colheita de volta em suas entranhas. Com o rosto deformado pela idade. Mas também com brilho nos olhos, como se fosse o alegre Início.

3.
Helene Spalt e seu evangelho

Sobre os primórdios da fé na Antiga Virgem

◆

Elas não viram qual deles havia feito aquilo. Quem tinha talhado a barriga dos bezerros, os estripado e com as estranhas feito a inscrição. Inscrição que aparecia cada vez mais frequentemente nos muros das casas, nas barracas dos mercados e das oficinas no ducado de Nysa. Elas supunham que poderia ter sido o próprio Johann Balthasar Liesch von Hornau, mas era difícil acreditar que Sua Santidade quisesse manchar as mãos com sangue de vaca em vez do de cordeiro. Então, talvez tenha sido o velho, mas excessivamente capaz em seu ofício, Heinrich Babel,* ávido por vingança contra Mathilde Spalt — neta da terrela que ele nunca capturou e há muito tempo queria destruir. A que lhe roubou a infância, a culpada por ele ter sempre sido um "fracote", sempre inferior. Rejeitado pelo irmão Albert e pela ama de leite Kunegunde Kreppel, a quem amava não apenas como mãe. O conselheiro do cabido, Petrus Gerbauer, e os procuradores Franz Zacher e Martin Lorenz também participaram da caça às Feiticeiras, como as chamavam, mas não teriam tido essa ideia. Para fazer parte desse empreendimento secreto da Igreja, planejado durante meses, tiveram que beber o máximo da bebida forte da taberna Caranguejo Dourado que suas barrigas inchadas de cerveja e vinho foram capazes de acomodar. No entanto,

---

* A inspiração para este personagem é a figura histórica do inquisidor Heinrich Franz Boblig von Edelstadt.

o bispo Balthasar, que sofria de úlcera péptica, e o inquisidor Heinrich Babel, que não bebia álcool devido à idade avançada, estavam com a mente mais do que sóbria. Dessa vez, a detenção precisava ser bem-sucedida, uma vez que as ações empreendidas até então, ao longo de mais de uma década, não haviam trazido resultados satisfatórios. Portanto, o bispo e o inquisidor, juntos ou cada um sozinho, poderiam ter tido uma ideia tão estarrecedora como aquela.

Babel não negaria isso a ninguém. Pelo contrário, estaria cheio de orgulho por, finalmente, ter conseguido acabar com aquela escória, embora admitisse para si mesmo que não tinha capturado a que mais lhe interessava. Talvez ela tivesse morrido na água, levada pelos redemoinhos, como as restantes que haviam se deixado levar rio abaixo.

Ele tinha visto. Só ele. Mas estava preparando algo muito maior para elas: uma morte como ninguém do ducado jamais havia visto. "É uma questão de semanas, ou até dias" — ele se tranquilizou, esfregando as mãos ao pensar no que tinha reservado para aquelas mulheres.

E não tinha sido fácil capturar as terrelas, proferir as acusações contra elas — para que o protocolo fosse cumprido e Gerbauer e Zacher não reclamassem —, afogá-las e, finalmente, destruir o acampamento e matar todas que tinham passado no teste da água, provando assim sua culpa. Ele suou como um porco, mesmo estando acostumado a julgamentos e torturas de todos os tipos. Torturar mulheres fazia parte de suas obrigações cotidianas, e ele sem dúvida era o melhor da Silésia nisso.

E, além do mais, aquelas vacas (tomara que suas tetas diabólicas nunca mais produzam uma gota de leite no mundo!) pareciam ser obra de um inquisidor ou do superior da Igreja que governava todo o ducado episcopal — uma dupla há muito suspeita de conduzir negócios nefastos.

Na verdade, nem o bispo Johann Balthasar Liesch von Hornau, nem seus dois antecessores — Balthasar von Promnitz e Johannes von Sicch, que tiveram contato com a própria fundadora da congregação, Helene Spalt, avó de Mathilde — sabiam o que fazer com elas. A operação foi precedida pela convocação do conselho dos cônegos em Nysa, no palácio bispal, onde, numa mesa repleta de comida, a boca do bispo pronunciou palavras que não podiam mais ser desditas. Palavras que puseram uma máquina poderosa em movimento, em seguida a uma pausa e um soco dramático na mesa. Os membros reunidos do cabido nunca tinham ouvido palavras tão severas e conteúdos tão pouco requintados saindo da boca do bispo.

Naquele dia, quando Johann Balthasar Liesch von Hornau ordenou uma caça não a algum animal, mas às terrelas reunidas às margens do rio a leste de Nysa, até o céu trovejou.

O bispo, varrendo com o olhar os rostos cheios de incredulidade, querendo adicionar força à sua decisão, lembrou aos reunidos que a maldita fundadora das Terrelas, HELENE SPALT, era uma "herética", "bruxa" e *dziwożona* — ah, o que não se falava sobre ela no clero! Que há anos ela era um problema para eles. Quantos bispos ela destruíra com sua blasfêmia e falsa fé, ugh, na Antiga Virgem? Quantos infortúnios haviam se abatido sobre a cidade, que foi despovoada por suas invenções que impossibilitavam o nascimento de cristãos?

E agora sua neta, Mathilde Spalt, uma meretriz e herege ainda maior que a antiga, tantos anos após a queima de sua maldita avó, segue, junto a outras prostitutas, aquelas práticas pecaminosas na floresta. Por causa delas, quantos maridos perderam a esposa, e crianças, a mãe! Quantas famílias foram despedaçadas! Mutiladas! Desencaminhadas!

O bispo continuou sua argumentação, lembrando aos membros do conselho — que concordavam em uníssono com a cabeça, como no confessionário durante a imposição da penitência — e aos eleitos para a Câmara Municipal — os mais ricos comerciantes, advogados e médicos da cidade —, como há alguns anos a recém-casada Mathilde Spalt envenenara um deles, um cidadão, e escapara impune! O queijo cremoso do leite das vacas cobertas pelo fétido demônio retirou a vida de seu marido, e o bispo podia apontar entre os presentes que poderiam testemunhar sobre o que acontecera. Mesmo sem confessar sob tortura, a mulher, por intercessão do conselheiro Kunsthaller (ao mencionar isso, o bispo lançou um olhar significativo para o homem e apontou-lhe a unha afiada que usava para tocar harpa), foi libertada, sem passar pelo teste da água. Teste que terminaria com ela permanecendo na superfície, não afundando, o que provaria sua culpa.

— Quantos de vós — falou alto o bispo — esposos, outrora cidadãos honestos, ajudaram essas prostitutas?! Quantas sentaram as bucetas no musgo, esfregando-se nele em vez de em vossos membros, bebendo o orvalho no lugar da vossa semente divina? Semente da qual deveriam nascer pequenos cristãos, muito necessários neste momento difícil para os católicos!

O bispo queimava como a sarça ardente. Até seus testículos transpiravam e ferviam, porque ele não tinha como ventilá-los sob a batina.

— Desta vez, essas prostitutas não vão escapar! Vamos acabar com elas! — ele disse com clareza suficiente para não restar a menor brecha para eventuais dúvidas. A culpa de Mathilde e das demais terrelas era indiscutível e a morte delas já havia sido decidida.

Sobre a peste bubônica, a imundície e a merda diabólica

◆

Tudo começou setenta anos antes, no anno Domini 1569, quando Helene Spalt — futura avó de Mathilde — nasceu no ducado episcopal de Nysa.

O acontecimento ocorrido às margens do rio — algo sem precedentes se considerar a crueldade do assassinato das mulheres e das vacas, ou seja, criaturas que não apenas mantinham as pessoas vivas com seu leite, como também traziam esplendor a todo ducado — se iniciou precisamente com o nascimento da velha Spalt.

O calendário da Antiga Virgem usado pelas terrelas indicava datas totalmente diferentes, sem qualquer relação com o ano do Senhor. Nesse calendário não se contavam os anos, apenas os invernos, a partir de quando a vida congelou pela primeira vez e foi para baixo da Terra, para sua forma mais imortal, embora necrótica, para esperar a primavera. Vocês provavelmente vão questionar sobre quando — contando em anos do Senhor, aqueles não relacionados à Antiga Virgem, e sim a Jesus Cristo — ocorreu o primeiro inverno do mundo. Isso pode ser determinado a partir da descoberta da árvore mais antiga do mundo e da contagem do número de anéis na sua secção transversal, embora mesmo isso pudesse rejuvenescer a Terra em uns bons mil anos. O que são mil anos contra todas as alvoradas e todos os crepúsculos que iluminaram e apagaram o horizonte? Então, vamos tentar captar a data de nascimento de Helene Spalt de forma diferente, mais convencional...

Tentando localizar esse momento no mapa dos acontecimentos, pode-se dizer que o nascimento da maior inimiga da Igreja na história destas terras, Helene Spalt, ocorreu três anos antes do retorno triunfal da peste bubônica, que, cerca de cinquenta anos antes, varrera a metade exata dos moradores da área do arcebispado em apenas sete dos dias e noites mais longos da história da cidade.

Helene, como Cristo — o que era mencionado em todas as oportunidades por seus apaixonados pais —, nasceu num estábulo, no meio do feno, onde sua mãe, Gertrude Spalt, auxiliava no parto de uma vaca. Não estava sendo fácil, já que a fenda da novilha não queria abrir nem um pouco sob a pressão dos cascos e da cabeça da bezerra, e Gertrude estava há vários dias sozinha no sítio com as crianças, porque o marido farrista, por motivos desconhecidos, não voltava para casa, apesar de saber que tanto ela quanto a novilha o esperavam. Por isso, Gertrude tomou um caneco de cerveja, para que o lúpulo aliviasse as dores e um pouco das náuseas, visto que andava pela casa vomitando a todo instante, ora nas crianças que a rodeavam, ora em si mesma. Um pouco embriagada, foi até o estábulo e lá ouviu o urro de um animal quebrando o silêncio da noite. Quando examinou o problema com mais cuidado, chegou à conclusão de que a novilha não se dilataria sozinha e que a fenda era muito estreita para a cria passar. Por isso, enfiou a mão até o cotovelo e começou a puxar a novilha para fora. Mas, como o animal teimoso feito o diabo não queria sair da barriga da mãe, ela teve que enrolar rapidamente um laço de corda ao redor da cabeça do pequenino para ajudar a retirá-lo. E assim que ela prendeu a respiração e colocou toda sua força na puxada, sentiu que algo estava respingando em seus sapatos, porque seu bebê começava a sair para o mundo e, como era o sexto consecutivo, aconteceu rápido. No mesmo momento que a vaca deu à luz um bezerro, da fenda de Gertrude — que já não era tão apertada depois de cinco filhos —, saiu uma criança coberta de sangue, humano e bovino, e mijo e esterco de vaca, que, em vez de chorar depois de um tapa na bunda, abriu um sorriso.

Deram-lhe o nome de Helene, para que a simples menção a ele fizesse sorrir quem o pronunciasse. É preciso dizer que esse nome caiu como uma luva na menina, porque ela era tão radiante e alegre que, ao vê-la, todos logo se sentiam mais contentes, como se ela preenchesse cada lacuna pela qual alguma escuridão poderia chegar.

Só que a escuridão encontrou um caminho para penetrar esse microcosmo que foi criado apenas pela existência alegre de Helene Spalt. A peste negra voltou a bater nos portões do ducado, trazendo mais sofrimento aos moradores. Uma peste que ninguém, nem os melhores médicos do mundo, conseguiam deter — somente os ladrões, que se infiltravam nos navios que chegavam aos portos para roubar vinagre, especiarias e laranjas com as quais produziam uma pomada. Eles a esfregavam dos pés à cabeça e roubavam os mortos da peste, saqueando os bolsos e as bocas contorcidas de dor, nas quais às vezes reluzia um dente de ouro. Aqueles que usavam essa pomada foram infectados e morreram com menos frequência. Mas era difícil conseguir a substância no ducado episcopal de Nysa: os portos ficavam longe. Então, quem tinha economias se obrigava a colocá-las nas mãos de mercadores que viajavam para terras costeiras, para que lhe trouxessem o chamado Vinagre dos Quatro Ladrões das cidades hanseáticas.

Embora a peste os tivesse visitado muitas vezes, essa crise teve um impacto excepcionalmente doloroso na cidade e seus arredores, enviando em dez dias dois mil moradores de Nysa para as portas de são Pedro, diante Dele — que, segundo os fiéis, enviara a praga para que as pessoas acordassem e parassem de pecar e de espalhar heresias. Os católicos consideravam que a epidemia era a mão de Deus, ameaçando-os como um pai severo que aponta o dedo e afirma que os fiéis desobedientes deveriam ser eliminados.

Muitos sobrenomes desapareceram para sempre naquela semana, à medida que famílias inteiras morreram, incapazes de arrancar um descendente que fosse das garras da peste negra. Da família Spalt, apenas Helene, que mal tinha alcançado três primaveras, sobreviveu. Diante da pequena, ainda alimentada com leite materno, seus parentes mais próximos morreram um por um: primeiro os irmãos e irmãs, no final, o pai e a mãe, que, antes do último suspiro, mandaram a filha se deitar na casa do cachorro e esperar que alguém a encontrasse. Eles sabiam que todas as noites passavam pela cidade e pelos arredores, fora de seus muros, onde ficava a casa dos Spalt, os funcionários convocados a contar os corpos e destiná-los ao fogo, para que a peste não se espalhasse pelo ar.

Porém o funcionário designado para a praga não chegou naquela noite, apenas três dias depois, quando os cadáveres já tinham começado a adquirir aquela tonalidade azul pálida que não ocorre em nenhum outro lugar na natureza, com exceção do corpo humano no qual falta a centelha divina e o sangue coagula como cera de vela no catafalco. Os corpos estavam todos deitados na sala, como em seus lugares de descanso habituais, mas acometidos de uma feiura extraordinária em função da doença. Não era possível contar a quantidade de vermes que os tinha ocupado e banqueteava até se fartar, deixando muitas secreções e excrementos nos locais corroídos. Johannes Klage, exausto pelo trabalho, não teria sentido falta da pequena Helene se a cadela dos Spalt não tivesse farejado o pedaço de carne que a amada esposa dele colocara em sua sacola pela manhã. Quando o animal, faminto como nunca antes, mas fraco demais para perseguir uma lebre no campo ou na floresta, sentiu o cheiro da carninha que a dona frequentemente fritava à noite, latiu de alegria, acordando Helene, que estava exausta de fome e de sede. Então, pela primeira vez em seus três anos de vida, a pequena chorou. E assim que começou a chorar, não pôde parar, não conseguindo engolir as lágrimas e a coriza que saía do nariz e dizer algo para o estranho a cavalo. Em primeiro lugar, ela não sabia falar muito bem; em segundo, não seria capaz de contar o que acontecera ali, o que vira durante a semana anterior, porque não sabia muito bem, mas lembraria até o fim das imagens desses sete dias de reinado da morte, porque não há acontecimento na Terra que possa apagar tamanho horror e dor em uma criança.

Johannes Klage, que se sensibilizava particularmente com os danos causadas às crianças — porque, apesar de ter trazido três filhos ao mundo, todos haviam morrido —, saltou do cavalo no mesmo instante. Lembrando de não tocar em nada infestado pela peste na residência, rastejou para dentro da casa do cachorro atrás da menina, que chorava alto, enrolada como um filhote.

Quando a esposa de Johannes, Barbara Klage, viu Helene dormindo na sela do marido, ajoelhou-se e fez o sinal da cruz — tal foi a visão. A menina tão pequena e fraca que até um frango seria mais pesado, tão suja que parecia o diabo, apesar dos anéis de ouro que cobriam sua cabeça como se fossem auréolas. Ao vê-la, Barbara fez o sinal da cruz três vezes e cuspiu sobre o ombro esquerdo, só para evitar a peste, porque não acreditava que tal castigo pudesse vir de Deus, especialmente ali em Nysa — a segunda Roma, como diziam todos os que chegavam, dada a quantidade de igrejas e paróquias. Ela pegou a pequenina imunda como o demônio, porque Barbara imaginava o inferno assim: cheio de lama fétida misturada com merda. De gente, de pássaro, de vaca, todas. E todos cobertos até as orelhas nessa merda, sem conseguir ficar em pé e não cair, como se tivessem amarrado gravetos aos sapatos e ido patinar na pista de gelo que se forma sobre o lago no inverno. Mas na pista escorregadia coberta de merda e lama que é o inferno ninguém é feliz; em vez disso, todos rezam secretamente, cheios de medo, para que o chão de merda não afunde de repente sob seus pés e os arraste para baixo da superfície, onde diabos cozinham pessoas vivas em caldeirões no calabouço e depois as servem como jantar para os outros. E ainda de forma que todos comam alguém que conheceram e de que gostaram em vida, mesmo que a pessoa tenha sido um pecador ainda pior. E assim o chifrudo serve a refeição com uma grande colher de pau, e a tigela, como um espelho d'água, reflete a imagem da pessoa que vai ser devorada.

Barbara entrou em casa com a pequena Helene nos braços, acendeu o fogo na cozinha e esquentou água para o banho. Embora a criança chorasse, a mulher não a soltou, esfregando as camadas de sujeira até revelar o corpinho rosado. E quando viu que as orelhas haviam emergido de debaixo da sujeira, ela primeiro massageou os lóbulos levemente com os dedos, como gostava de fazer com as vacas, com os dois gatos que andavam pela casa, o cachorro e os leitões no chiqueiro, acreditando que se as orelhas são bem lavadas e massageadas a vida volta a qualquer criatura de Deus, sem exceção. Todas, exceto seus filhos, que foram levados um após o outro pela peste, mesmo sendo esfregados e massageados. Quando aquelas imagens terríveis voltaram a aparecer diante dos seus olhos, ela agarrou a menina nos braços, chorando inconsolável, e a abraçou de tal jeito que a criança, cansada das lágrimas, calou-se. E como Barbara havia perdido o último filho quatro meses antes, seu leite voltou a fluir ao abraçar a menina, o que Helene sentiu imediatamente, e estendeu a mão para o seio, colocando a boquinha no bico e mamando como um gatinho ou cachorrinho abandonado.

E assim teriam vivido juntos por muito tempo: Barbara Klage e seu esposo Johannes, funcionário nomeado pelo bispo

Kaspar von Logau para contar os mortos da peste, e Helene, que lentamente, dia após dia, abriu-se para o amor de sua nova família e começou a retribuí-lo com carinho. Não fosse pela doença repentina de Barbara. A morte a tirou da pequena após quatro maravilhosos anos, repletos de cuidado e segurança, que todos os habitantes de Nysa haviam começado a construir dentro de si depois que a peste deixou a cidade.

E como Johannes enlouquecera com a morte de Barbara e se transformara em um animal, cometeu um ato de heresia ao gritar, durante o funeral, na presença dos enlutados, que não acreditava em Deus nenhum, pois tudo que ele amava fora impiedosamente tirado dele, e que preferia sucumbir no inferno do que ir ao céu após a morte e ficar diante de Seu trono. O próprio bispo Kaspar von Logau tirou a filhinha adotiva de seus braços. No mesmo dia, mandou-a para os irmãos franciscanos com uma carta na qual lhes pedia que se ocupassem da menina a critério do ministro-geral, que cuidassem dela e de sua educação, se a pequena fosse inteligente. Mas, se ela de fato fosse educada, teria que ficar no convento para sempre, para não escandalizar os habitantes simples de Nysa, porque naquela época nenhuma menina deveria seguir o caminho da educação, apenas levar uma vida boa e temente a Deus.

Sobre Kunegunde Kreppel e os primeiros anos de vida sob sua proteção

◆

A Helene de sete anos de idade não teve a pior experiência com os franciscanos. Ela foi deixada sob a proteção da cozinheira e governanta do mosteiro, como o ministro-geral, Bernard von Hinterling, a designava com carinho, elevando seu posto. Kunegunde Kreppel já tinha todo seu tempo ocupado, não só lavando a roupa dos irmãos e preparando as refeições deles, mas também sendo ama de leite de um menino insuportável, Heinrich Babel, cujo pai, o prefeito de Edelstadt, largou-o no mosteiro após a morte da esposa durante o parto. Por isso, ela não ficou muito contente no começo, mas logo, como todos os demais moradores da instituição, afeiçoou-se a Helene.

Absorta em cozinhar aveia e espelta — seguindo o princípio que ela mesma criara de que "só os céus estão acima da espelta e da aveia!" —, e em amamentar o menino, que pela idade (o patife já tinha passado das sete primaveras) não precisaria mais se alimentar de leite, mas não queria largá-lo, bem como em sua paixão pelo bordado, Kreppel mal encontrava tempo para sua nova protegida.

O sobrenome Kreppel, que significa "sonho" — no caso, o doce —, refletia plenamente sua aparência: uma estrutura pícnica que até a Vênus de Willendorf invejaria. Kunegunde tinha a espelta e a aveia como um antídoto para o calor e a umidade que cresciam nos testículos dos irmãos, ao esfriar sua imensa luxúria, que não dava paz à alma. Luxúria que ela mesma, de forma completamente inconsciente, despertava neles.

Mas, apesar do medicamento — beber diariamente os litros de água do cozimento dos grãos maravilhosos —, os testículos dos padres franciscanos ainda ferviam, mesmo que um pouquinho menos. Não é de admirar, quando se considera a voluptuosa Kunegunde. Assim que tirava da blusa seu grande peito, duas vezes maior que a cabeça, para dar leite ao pequeno Heini, como ela chamava Babel, antes de batizá-lo de fracote, não havia ninguém entre os irmãos cuja alabarda não se levantasse.

Quer ela estivesse sovando massa de brioche para o lanche da tarde ou modelando macarrão com sementes de papoula, ela parecia a mulher mais linda do mundo para todos eles, sem exceção. Tinham vergonha de admitir, mas muitas vezes ela era mais linda que Maria, Mãe de Cristo — uma mera criança, uma magrela que na vida normal nenhum deles notaria. A visão de Kunegunde fazia com que a gula — não só pela comida, mas por tudo — reprimida nas profundezas dos muros do monastério retornasse aos irmãos com força duplicada, acendendo por dentro os desejos que ela não podia satisfazer. Os braços magníficos poderiam abraçar meia dúzia de irmãos e as pernas grossas, como os presuntos curados e lombos vendidos no mercado e no açougue de Rudolf Jaeger, poderiam segurar a outra metade deles e sufocá-los enquanto alcançavam o prazer. Pensar nos pernis de Kunegunde Kreppel — que muitos deles admiravam em segredo, entrando furtivamente no bosque onde a cozinheira gostava de se acocorar para soltar, tranquila, um jato de urina, e depois deixar o riozinho correr a um metro de distância, ziguezagueando numa linha dourada até penetrar na terra — acordava muitos desejos. Pensar nos joelhinhos gordinhos e nas ainda mais gordinhas coxinhas endurecia mais de um membro, o que era um problema e tanto, mas também um prazer tão grande que valia a pena ver a cozinheira liberando sua rajada vigorosa.

Mijar na Natureza, ora ao pé de um arbusto de framboesa, ora debaixo de uma árvore frutífera, ora diretamente num canteiro de cenouras, nabos ou salsa, era algo tão maravilhoso e belo para Kunegunde que, mesmo quando o ministro-geral a ameaçava com os punhos, ela não podia jurar diante da cruz que não o faria de novo. Sabia que cairia em tentação. Para Kunegunde, mijar num balde no próprio quarto ou na latrina externa, que fedia aos excrementos dos irmãos, era desprovido de qualquer poesia, que era o que ela encontrava ao urinar com um jato poderoso diretamente na terra que amava e cultivava. Como se a estivesse umedecendo com ela mesma, regando-a. Como se, por um momento, estivessem em contato direto.

A brisa que envolvia sua vulva durante esse ato era tão deliciosa quanto as carícias que experimentara quando cozinhava para uma citadina de Ferrara. Essa senhora tinha se mudado para Nysa para administrar a casa do irmão, um arquiteto. Então, e só então (pois nunca com o marido, que bebera até morrer quando ela lhe deu um filho natimorto), naquelas carícias, quando a dama de Ferrara apertava um lugar que Kreppel não conhecia, porque nunca tinha chegado lá, Kunegunde jorrava uma cachoeira tão volumosa a que nenhum jato de urina, mesmo segurado por horas, poderia se igualar em sua natureza violenta. Essa cachoeira era acompanhada de um prazer tão grande que Kreppel, como se não estivesse úmida o suficiente, se tocava mais um pouquinho, proporcionando a si mesma um alívio tal que o mundo desconhecia antes da descoberta do orgasmo feminino.

Além de liberar poderosos jatos de urina — chamados de chuva dourada pela dama de Ferrara — e disparar outros líquidos, Kunegunde (o que os irmãos ainda não sabiam) tinha grande prazer em diversas outras atividades, entre elas: depenar pássaros abatidos — perdizes, codornas ou pombos;

ordenhar vacas enquanto bebia leite recém-tirado e se lavava com ele — graças a isso, como Kreppel sempre dizia a Helene (e a quem mais poderia dizer no mosteiro?), sua vulva nunca sofrera ulcerações ou prurido; e bordar vestes litúrgicas e toalhas para o altar com fios coloridos.

A pequena Helene não gostava de depenar pássaros mortos (o cheiro das entranhas a deixava tão enjoada que acontecia de ela perder a consciência e cair ao chão), mas ordenhar vacas e ficar na companhia delas eram suas atividades favoritas. E Kreppel gostava de ordenhar na presença de Helene, porque tinha a impressão de que as vacas davam mais de si quando a menina estava perto. A ordenha com Helene costumava ser duas vezes mais abundante que sem ela, por isso, Kunegunde Kreppel insistia que a menina a acompanhasse todos os dias. E o queijo sempre ficava melhor na presença de Helene. Bastava que ela estivesse pertinho e o leite coalhava mais rápido e ficava mais encorpado. Graças a isso, Kreppel podia fornecer mais queijo aos irmãos e ainda vender alguma coisa às quintas-feiras no mercado de Nysa, por conta, para si. É necessário dizer que ela dividia o dinheiro de maneira justa, reservando metade para o futuro da menina, o que Helene sabia e pelo que ficava grata, embora ainda não entendesse muito disso. Kreppel explicava que era importante que as mulheres tivessem seus próprios bens, mesmo que muito modestos, desde que conquistados por elas próprias, que ninguém, nem mesmo o próprio marido, lhes pudesse tirar.

Quando a menina completou oito primaveras, Kreppel começou a levá-la à floresta e a ensiná-la a sobreviver em caso de guerra, praga ou fome, tendo ao alcance apenas o que o Senhor Deus criou. Mostrou como cortar as árvores na primavera para que a maior quantidade possível de seiva de bétula encha os recipientes. Ensinou a reconhecer os cogumelos comestíveis, revelou os lugares onde os mirtilos, as amoras e as uvas crescem melhor e mostrou como prepará-los para que pudesse comê-los no inverno. Também a ensinou a pescar e a limpar e preparar o peixe. A lavar à mão as roupas no rio e tirar manchas com a ajuda de areia e de pedras, e a enxaguá-las de forma que a água elimine o que as mãos soltam durante a lavagem.

Pode-se dizer que Helene Spalt, aos oito anos de idade, sabia mais que outras garotas, mesmo depois de casadas, e mais que algumas aprenderiam até o fim da vida.

Assim, ela foi aos poucos ocupando um lugar no coração de Kunegunde Kreppel, que até então era preenchido por Heini, que não era muito mais velho que ela. Dia após dia, Kunegunde se abria cada vez mais para a menina, infelizmente se fechando para o menino, que não era suficiente para ela e que não a ajudava o bastante, apenas exigindo atenção e amor, como se tivesse saído de seu ventre e não fosse uma criança abandonada, tal qual a pequena Helene.

Mas como todos os meses vinham somas consideráveis de dinheiro para Heini, enviados de Olomouc aos franciscanos por um pai com peso na consciência, o ministro-geral ordenou que Kunegunde ficasse de boca fechada e continuasse amamentando o menino, mesmo que para os irmãos isso parecesse inapropriado pela idade dele, mas também por ciúmes, pois todos sonhavam em mamar os peitos enormes de Kreppel, não chupetá-los a noite toda como aquele "fracote cabaço", "fedelho abandonado" — como o chamavam, incluindo Kunegunde, embora só o fizessem pelas costas da criança.

Sobre Heinrich Babel — o pequeno infame fracote

◆

Uma criança agradável, serena e simpática com todos, como Helene era, ganhava ainda mais simpatia à medida que Heinrich Babel, que era quase três anos mais velho, causava problemas. Ele se tornava cada vez mais ciumento, sombrio e, infelizmente, vingativo.

Sentindo ciúmes não só da ama de leite, mas também dos irmãos, que, em seus primeiros anos antes da pequena Helene aparecer no mosteiro, tinham tentado estabelecer um vínculo com ele, o menino tinha prazer em exacerbar o sentimento de derrota dentro de si. Em seu coração crescia uma mancha cada vez maior e mais escura. Por exemplo, quando cortava o joelho, regozijava-se de arrancar a casca para evitar que a ferida cicatrizasse. Sentia até mesmo prazer carnal nisso. O sangue escorria quando ele queria, e o menino ia se acostumando a essa visão, apreciando o gosto metálico. Com o tempo, começou a se mutilar. Principalmente à noite, quando a ama de leite, que ainda dormia na mesma cama que ele e o amamentava, mesmo já tendo nove anos de idade, caía num sono profundo e ele ficava deitado imóvel ao lado dela, fingindo que dormia e mamando o leite com gosto. Logo depois, ele sentia uma enorme necessidade de se punir, porque a ama já estava se recusando a lhe dar o peito durante o dia e o enxotava com um pano de prato molhado. Ele então se cortava com uma faquinha que roubara da cozinha enquanto ajudava a descascar legumes, como fazia todos os dias.

Quando ele incomodava os padres, eles, sentindo uma estranheza em sua índole que não sabiam como captar ou nomear, imediatamente começavam a se ocupar de seus próprios assuntos, que, de repente, tornavam-se muito importantes e urgentes. Ficavam em pânico, porque sempre temiam despertar no jovem Babel um desejo muito poderoso de vingança da afronta que sofria — a suposta falta de tempo dos irmãos, que todos no mosteiro tinham de sobra.

Entretanto, o desprezo da ama de leite e a aversão dos irmãos, cada vez menos oculta, não o afligiam e, portanto, não lhe causavam a mesma revolta que a rejeição do irmão Albert, que, antes de Helene chegar ao mosteiro, significava mais que o pai para o menino. Não era mais com Heini, mas apenas com Helene, que o irmão Albert perambulava da alvorada ao crepúsculo, com pausas para refeições e orações, ouvindo o canto dos pássaros, alimentando os veados e, também, verdade seja dita, observando a lascívia da Natureza. Às vezes, trancavam-se na biblioteca do mosteiro para ver os antigos livros, estudar a estrutura das plantas e suas aplicações médicas. Tinha sido ali, na torre sudoeste do mosteiro, em que eram guardados os livros eruditos (doados à congregação por um rico comerciante de Nysa, cujas orações a são Francisco de Assis salvaram a esposa em estado terminal), onde outrora Heini sentiu seus únicos momentos de felicidade, quando o irmão Albert, vendo a devota concentração do menino nas gravuras, tocava ternamente sua cabeleira, num gesto que demonstrava orgulho. Heini nunca foi motivo de tanto orgulho para o pai.

Quando Helene chegou ao mosteiro e roubou quase imediatamente o coração dos monges e de Kunegunde Kreppel, tudo mudou para Heini Babel. Os olhos de todos se voltaram para a menina pequena, bonita, cheia de encantos e, apesar de tão jovem, esperta num nível que nenhum adulto no mosteiro era, com exceção de Kunegunde Kreppel.

E isso realmente assombrava a todos. Das duas crianças tocadas por um destino difícil, apenas uma tinha saído dele machucada, com uma mancha tão grande na alma que transbordava por todo seu entorno. Com tamanha escuridão interna que nem os adultos a compreendiam.

E como a alma humana anseia pela luz e não pela escuridão, rapidamente voltaram sua ternura e amor para Helene, privando Heini daquilo a que estava habituado desde seu nascimento. Certa vez, aconteceu um incidente na biblioteca, difícil de apagar da memória e se calar a respeito, quando Heini, aproveitando-se da desatenção de Albert, pegou a pequena Helene nos braços, foi ao aximez e tentou jogá-la dali. Ele foi severamente repreendido e mantido a pão e água em uma cela apertada e escura no porão, tendo apenas a companhia de ratazanas famintas. Passou um dia inteiro lá e depois desse tempo, quando saiu ao mundo coberto de lágrimas e da própria bosta, voltou-se para o mau caminho com ainda mais certeza.

Depois desse incidente, o irmão Albert e Kunegunde Kreppel perderam todo o afeto que tinham pelo menino, que com dificuldade haviam lutado para manter através dos anos. A partir de então, passaram a evitá-lo como a praga, vendo nele uma tendência calculista para fazer o mal, e mais do que poderiam atribuir a qualquer outra pessoa. Foi então que o irmão Albert se deu conta de que o pisoteamento do pequeno tentilhão que havia caído do ninho e, graças a seu atencioso e carinhoso cuidado, conseguira sobreviver, não fora acidental, como o pequeno Babel assegurara, jurando pela vida do pai. E que os gatinhos do mosteiro não tinham se afogado sem querer no rio, mas haviam sido jogados nele pelo menino. E que as colmeias das abelhas não haviam sido queimadas por um raio, mas sim pela brincadeira inadequada de um ingrato que queria chamar atenção para si a todo custo. Babel sabia que todos os monges, com exceção de três, eram estritamente proibidos de frequentar a biblioteca. Além do irmão Albert, podiam utilizá-la apenas o ministro-geral e o irmão Hubert. Heini decidiu delatar ao superior que Albert também estava levando Helene para lá.

Assim, o ministro-geral puniu não tanto o monge quanto o próprio Babel, porque ele perdoava mais facilmente alguém por adultério do que por delação, algo de que ele mesmo fora vítima na juventude.

Desse dia em diante, o menino tornou-se um pária no monastério, alguém de quem sabiam que era melhor manter distância, pois não era confiável. Quando a delação de Babel se tornou pública, a pequena Helene, sem entender bem o que havia acontecido, intuitivamente passou a evitá-lo. Kunegunde Kreppel passou a chamá-lo de fracote e cabaço não só em pensamento, em vez de "pequeno Heini", de repente compreendendo o que havia acontecido para que o prefeito de Edelstadt, Franz Gustav Babel, rejeitasse a própria cria no momento do nascimento. Um nascimento que o pai de Heinrich considerava uma maldição, e que tentava esquecer, porque levara sua amada esposa. Ele também blasfemava com todas as forças o período anterior ao parto, enquanto Hanna ainda carregava a criança na barriga, porque por sete vezes teve que levar o pastor de Jeseník, especializado em exorcismos, até a gestante, arriscando que a situação caísse na boca do povo, e sendo obrigado a pedir a ajuda de protestantes. Hanna estremeceu ao expulsar o diabo de sua alma e de seu ventre, porque sentia, como dizia ao marido todos os dias, que seu estado não era abençoado, mas sim amaldiçoado, e que a criança que estava em seu ventre era dotada de uma força sobre-humana, porque os chutes que sentia na barriga eram tão dolorosos que não podiam ser infligidos por um ser humano. Quando seu amado marido trouxe o exorcista para casa, Hanna se jogou no chão e bateu a cabeça até o sangue jorrar e ela perder a consciência. O parto ocorreu logo em seguida à sétima tentativa de exorcismo, e ela morreu instantes depois de ter colocado Heinrich no peito. Ele não chegou a receber seu leite, porque Hanna deu seu último suspiro antes que o líquido pudesse fluir.

Kunegunde não gostava do fracote desde o começo, mas tentava com todas as forças mudar aquele movimento instintivo. Queria assegurar que a criança, que tinha tido tanta dificuldade para vir ao mundo, não saísse dele apenas com lembranças ruins. E talvez tenha sido por isso que, numa tentativa de superar a aversão instintiva por Heinrich, que todos no mosteiro sentiam, embora ninguém admitisse em voz alta, ela o amamentara por onze primaveras. Fosse por medo ou por decência, era uma tentativa de compensar as malditas dificuldades de existência que Heinrich vivenciara, bem como o caráter vil que se desenvolvia nele apesar de sua vida no mosteiro, abençoada pelo Senhor Jesus Cristo e por são Francisco.

Voltando ao irmão Albert, ele foi privado do privilégio de usar os recursos da biblioteca por tempo indeterminado e proibido de realizar tratamentos com ervas. Em seu lugar foi nomeado o irmão Hubert, considerado o mais culto entre os monges devido aos estudos teológicos que realizara na juventude em Bolonha e Pádua.

Quando, por intervenção do ministro-geral, o pai de Babel por fim veio buscar o filho, todos ficaram aliviados e rezaram em agradecimento por finalmente o moleque sair do caminho.

Todos exceto o próprio Babel, que, sem Kunegunde por perto, perdeu tudo que o ligava de forma positiva a este mundo. Ela era a única pessoa que ele amava profundamente em seu coração, mesmo que não pudesse demonstrar isso.

Sobre o amor fervoroso por tudo que é terreno

◆

A transferência da responsabilidade pela biblioteca do mosteiro para o irmão Hubert coincidiu com a intensificação do atrevimento dos demais padres, que não resistiam mais aos encantos de Kunegunde Kreppel.

Eles vagavam pelo jardim do mosteiro com as alabardas tão salientes sob os hábitos que seus corações tímidos se enchiam de medo, esperando o castigo divino. Assim, quando inexplicavelmente apareceu no mosteiro um pequeno trabalho manuscrito de menos de quatro páginas com o provocativo título *Sobre o amor fervoroso por tudo que é terreno*, eles finalmente puderam respirar aliviados, graças à prática descrita na obra, que por precaução foi escondida do ministro-geral.

Importante acrescentar que o manuscrito mencionado passava de mão em mão com tanta frequência, principalmente à noite, que depois de alguns dias já era difícil encontrar no papel um lugar que não estivesse manchado de secreções pegajosas e saliva.

A obra descrevia como fazer amor com tudo o que vem da terra, desde a criação do mundo. As propostas eram acompanhadas de gravuras desajeitadas, mas convincentes, de um autor anônimo, para mostrar aos leitores formas eficazes de lidar com a luxúria e as paixões insatisfeitas, transferindo o objeto de desejo da espécie humana para todas as espécies de plantas nascidas da Mãe Terra, mesmo aquelas que, à primeira vista, estão longe de despertar entusiasmo erótico. E assim, pouco depois da meia-noite, enquanto o ministro-geral, atordoado pela cerveja clara, roncava tão alto que ninguém conseguia dormir, ouviam-se gemidos, sussurros, roçar, farfalhar, assovios e estalos debaixo das peles e cobertores velhos com os quais os irmãos se cobriam, como se estivesse acontecendo um relacionamento secreto sob essas cobertas.

Tendo visto nas gravuras formas de copular com morangas, abóboras, batatas, maçãs e ameixas ocas, eles começaram a se excitar ao divisarem qualquer criação divina na qual avistavam anúncios de prazer sobrenatural. Assim, não ardiam apenas ao ver Kunegunde Kreppel; bastava um olhar fugaz para pétalas de amores-perfeitos e a enxada imediatamente ficava em posição de sentido sob muitos hábitos. Graças à obra anônima, toda a Mãe Natureza começou a provocá-los, revelando milhões de seres, e cada um deles seduzia os irmãos com sua beleza. Mesmo numa lagarta eles conseguiam identificar traços da harmonia divina e cósmica ao observar a regularidade de seus segmentos corporais. Ainda mais na cópula das borboletas. Essa, junto com a cópula de gatos ou de cachorros no cio, liberava neles uma chama tão grande que enfiavam seus paus, como mostravam as gravuras desajeitadas, em tudo que a Natureza oferecia: em abóboras e morangas levemente estragadas e descartadas por Kunegunde Kreppel como adubo orgânico; em damascos ocos, nos quais a parte superior do pau podia mergulhar prazerosamente, girando a fruta em volta de seu eixo; num buraco de esquilo em um tronco de carvalho caído na borda do jardim; numa cauda de raposa, que teve que ser cortada quando a carcaça foi encontrada na floresta, pois sua maciez prometeu arrepios de prazer já no momento em que foi avistada; em folhas frescas de repolho, repletas de veias; e em cabecinhas fofas de dentes-de-leão, pois, bastava soprá-las sobre o pau em chama para que a penugem se assentasse sobre ele, trazendo, o mais suavemente possível, uma maciez só comparável à seda chinesa.

Mas, após algumas semanas entregando-se ao amor carnal com a flora nativa — decididamente com menos frequência do que com a fauna, mas isso acontecia de vez em quando, sobretudo com roedores fofos, como doninhas, esquilos ou raposas —, a questão se complicou. Acabou-se o verão tardio, passou o outono, e um inverno rigoroso começou a surgir no horizonte, trazendo com ele a seca de frutas, legumes e flores.

Com isso, os irmãos subtraíram, às escondidas — para não chamar a atenção de Kunegunde, que tomava conta dos mantimentos —, quilos de batatas, além de peras e maçãs, guardadas no porão do mosteiro, sonhando com amantes mais exóticas, como as que puderam admirar nos herbários do irmão Hubert, ainda estabelecido em Pádua. Muitos voltaram às antigas práticas, tornando Kunegunde novamente o objeto de seus desejos sexuais.

Querendo aliviar o sofrimento dos monges, o irmão Hubert, em acordo com o irmão Albert, trouxe secretamente, longe da vista do ministro-geral, sementes de plantas da República de Veneza. Caroços de mexericas e laranjas sicilianas, pêssegos e uvas, além de diversas variedades de flores: gerânios, silenes e peônias chinesas, as quais os habitantes da República de Veneza amavam em excesso, para não dizer de forma doentia. Além disso, sementes de verduras e legumes: tomates, escorcioneiras, couves-lombardas com suas folhas mais delicadas e enrugadas, e berinjelas maravilhosamente polidas. Tudo isso para cultivar o amor ardente por tudo que vive na Terra, e não enfiar o pênis numa batata sem nenhuma paixão.

Sobre o decurso do mundo e a grande amizade com o irmão Albert

◆

Helene gostava de todos os irmãos, mas principalmente do pícnico Albert, que tinha uma careca no topo da cabeça, em volta da qual cresciam pelos no lugar dos cabelos, o que o fazia ser muito parecido com o próprio são Francisco de Assis. O irmão Albert não era assim de propósito, foi só a Natureza travessa que lhe pregou uma peça. Na verdade, seria mais preciso chamar de amor esse movimento no coração de Helene, porque, embora ela gostasse dos outros monges, diante de Albert passava dos limites da simpatia comum.

Helene também era querida por todos no mosteiro e cada um dos irmãos se esforçava, de todo o coração, para agradá-la, pois viam sua inocência e pureza como se fossem da própria Virgem Maria, na qual encontravam um escudo para lutar contra o desejo e os pensamentos impuros despertados por Kunegunde Kreppel, bem como, desde quando a obra de um autor desconhecido havia circulado secretamente, pela própria Natureza. Por isso lembravam de Helene sempre que os pensamentos começavam a correr na direção de Kunegunde. O nome de Helene, muitas vezes recitado como uma oração, rasgava o ar sobre a cabeça deles como um chicote penitencial a cada pensamento sobre as pernas abertas da cozinheira, lançando um jato dourado à sua frente, ao se agachar e erguer a saia longa.

Era justamente com ele, o monge pícnico e com alopecia, que Helene se dedicava a observar o "decurso do mundo", como o irmão Albert chamava a atividade ociosa que consistia em olhar fixamente para o universo ao redor sem comentá-lo com palavras. Por isso, olhavam juntos para poças, ocos de árvores, folhas em decomposição, caules saindo da terra e subindo com dificuldade, pedúnculos de flores, borboletas amarelo-claras que caíam na buddleja do jardim e na equinácea roxa, da qual um extrato que confere imunidade era extraído conforme antigas receitas do mosteiro. Eles observavam, e de suas bocas abertas saíam suspiros tão cheios de êxtase que, apesar do acordo de não deixarem suas vozes serem ouvidas, para não perturbar a visão lindíssima, só às vezes escapava do peito um admirado, mas pecaminoso, "Jesus Cristo!".

E mesmo que Helene, graças a Albert e aos outros irmãos, soubesse que nenhuma palavra descreve milagres, dos quais a Natureza está repleta, aprendeu a ler e escrever justamente pelos esforços de Albert, que via na menina uma ligação excepcional com a Natureza e reconhecia a necessidade de lhe transmitir o conhecimento sobre ervas e fitoterapia com o máximo de detalhes possível. Tudo em segredo do ministro-geral, que sempre repetia que, pela glória de Deus, nenhuma mulher mancharia os manuscritos monásticos com o toque de sua mão.

O irmão Albert refletia sobre isso e cada vez que começava a se sentir culpado ou com peso na consciência por mentir para seu superior, consolava-se com o pensamento de que a Mãe Natureza era feminina e de que, com toda a certeza, o Paizinho Celestial, ao criar o mundo, colocara lado a lado indivíduos machos e fêmeas para que a harmonia do mundo pudesse ser satisfeita. Sem fêmeas entre as criaturas com cascos, rastejantes, nadadoras ou voadoras, a Terra não persistiria, porque elas não carregam apenas a nova vida dentro de si, mas também completam a Natureza com sua beleza.

Então, ele secretamente ensinou a Helene tudo o que sabia, sobretudo o amor pelos livros, nos quais, segundo Albert, o mundo, captado pelas letras do alfabeto, não passa, mas persiste, aproximando-se assim da eternidade.

"A leitura abre a criatura humana, imperfeita e transitória, à imortalidade. Nas letras criadas por Deus, do alfa em diante, você não morrerá. Jesus é a letra e essa letra aproxima você da eternidade" — ele explicava a Helene, tentando despertar nela esse amor.

Por isso, ele lhe ensinou não apenas o alemão, sua língua materna, mas também latim e grego, para que fosse culta. Fazia isso sem que ninguém soubesse. Ele poderia ser expulso do mosteiro e privado de seus meios de subsistência por levar uma mulher à biblioteca. Entretanto, o entusiasmo de Helene, sua vontade de conhecer os livros, com ênfase na botânica e em tratados relativos a ela, não lhe permitiam abandonar a atividade. Durante anos ele tinha tentado contagiar seus irmãos de congregação com o amor pelo conhecimento, mas, com exceção do irmão Hubert, que foi educado com excelência em universidades mundialmente reconhecidas, ele foi recebido por uma postura, pra dizer o mínimo, morna.

Felizmente, o irmão Hubert tinha uma enorme coleção de livros em sua cela no mosteiro, por isso não costumava usar os recursos da biblioteca. Mas o irmão Albert geralmente estava preparado para esse caso — ele trancava a porta do santuário do conhecimento por dentro, dando-se um tempo oportuno para esconder a menina entre as prateleiras se alguém de fora forçasse a maçaneta.

Assim, ela cresceu entre sua mãe substituta, Kunegunde Kreppel, sobretudo desde o desaparecimento do fracote do Babel, e o irmão Albert, que desempenhava o papel de pai, extraindo o máximo desse equilíbrio de poder, porque a mente de Helene era muito receptiva e absorvia tudo o que encontrava.

E como Albert exercia a função de médico no mosteiro, cuidando dos irmãos com a ajuda do que cresce da terra, Helene aprendeu sobre as ervas e como preparar várias misturas. Nos anos que passou no mosteiro, ela se familiarizou com a maioria das plantas e seus usos para diversos problemas de saúde. Ela sabia como curar insônia com meimendro; como macerar figueira-brava para evitar as alucinações do irmão Marcus, das quais ele sofria após beber muito vinho litúrgico no porão do mosteiro; como a erva-de-são-joão acaba com a tristeza excessiva que muitas vezes afligia os irmãos antes da primavera; como usar leite de espelta ou aveia para apagar o fogo que queimava nas entranhas deles ao observar Kunegunde Kreppel; e como banhar o membro na espelta para resfriar os sentidos da base até o topo da cabeça.

Sobre cortar as necroses
◆

Embora a princípio a saída de Babel do mosteiro parecesse ser favorável a todos, depois de um mês, Kunegunde Kreppel descobriu que sentia saudades do fracote. Não queria admitir isso para si mesma. Mesmo que não conseguisse nem olhar para ele, mesmo que ele a perturbasse com seu caráter e temperamento, ao mesmo tempo, era um objeto sobre o qual ela podia, sem ninguém ver, descarregar sua aversão a toda a espécie masculina. Aversão que não nasceu de experiências desagradáveis e decepções, mas que Kunegunde ingerira do leite da mãe, e a mãe do leite da avó, e assim por diante. Como se, paralelamente ao hormônio do amor que inunda a criança por meio do fluxo de leite que mama no peito, tivesse sido também liberado o hormônio da aversão de suas ancestrais ao que é masculino. Agora Kunegunde não tinha mais ninguém para oprimir verbalmente, nem em quem bater na cabeça com o pano de prato. Helene, que ela adotou como braço direito, era de todo inadequada para isso. Era uma criança agradável e prestativa, que trazia alegria e não dor de cabeça, e, além disso, parecia desprovida de quaisquer traços ruins de temperamento, o que tornava a situação toda ainda mais difícil para Kreppel.

Não tendo, assim, em quem descarregar seus sentimentos negativos — nem nos irmãos bondosos nem na sua criança de ouro (como ela falava sobre Helene) —, ela ficava mais irritada e impetuosa a cada dia, o que afetava principalmente a si mesma. Não podendo botar o calor para fora, ela o deixava queimando por dentro. Seu único alívio vinha do uso de sanguessugas, que ela permitia que puxassem o sangue dos lugares mais sensíveis: seus enormes seios, suas virilhas e coxas. Era a única coisa que lhe trazia alívio temporário, e seu emputecimento era expelido junto com o sangue.

E quando esse método também a decepcionou, começou a procurar uma nova maneira de dar vazão à raiva que ardia dentro dela. Logo descobriria o que lhe traria o maior alívio na vida: cortar as necroses.

Começou por acaso. Embora também exista a possibilidade de que tudo isso — cortar as necroses e suas singulares consequências para o futuro — fosse simplesmente seu destino. Eis que certa manhã de maio, carregando junto com Helene uma cesta até o rio para lavar as roupas de inverno dos irmãos não muito higiênicos, sentaram-se exaustas sob um carvalho que outrora fora partido ao meio por um raio.

Kunegunde Kreppel, com o canto do olho, notou um arbusto de beladona crescendo bem perto dali. Era chamado de bago lupino, pois os irmãos vinham envenenando os lobos com seus frutos há anos. Ela se lembrou da conversa que entreouvira do irmão Albert com o irmão Hubert, quando ficara sabendo que os bagos de beladona causavam alucinações nos lobos antes de os levarem à morte, o que permitia que os animais experimentassem grande felicidade antes de serem destruídos pela dor das convulsões e morrerem. Também se lembrou do irmão Hubert dizendo que algumas mulheres da Francônia faziam um unguento com beladona que esfregavam em suas fendas para ter muito prazer. Então, decidiu não perder a oportunidade e pegar um punhadinho para descobrir se era mentira ou não.

Depois de colher dez bagos, destinou sete para si e três para Helene, no caso de sua morte, para que a criança não fosse deixada no mundo de novo sem mãe, mesmo que adotiva.

Elas estavam com medo, mas a curiosidade era mais forte. E como os irmãos haviam dito que dez a vinte bagos matariam um adulto e cinco, uma criança, ela os contou cuidadosamente e dividiu entre elas, suplicando a Helene para nunca revelar a ninguém que fizeram isso — claro, se sobrevivessem.

Depois, engoliram os bagos e beberam água do odre pendurado no cinto de Kunegunde. Não demorou muito para que o efeito da planta venenosa surgisse. De repente, uma floresta começou a crescer do chão e alcançou o céu, tão densa que depois de um tempo não havia espaço para a luz escoar entre os troncos e galhos. A escuridão se adensou cada vez mais, a tal ponto que Kunegunde Kreppel não podia dar um passo à frente, porque o unto preto pegajoso do qual a noite e a escuridão eram feitas freava todos os seus movimentos. As raízes das árvores começaram a ganhar vida e, como um tropel de víboras, envolveram suas pernas para que ela não pudesse se mover. Kreppel não gritou, porque havia algo de poderoso e encantador naquela imobilidade. Começou a crescer para dentro da terra como uma planta, criando raízes, tornando-se uma com a árvore sob a qual estava. Suas raízes, enleadas com as da árvore, puxaram-na para baixo, em direção ao que estava sob a terra. De repente, viu na sua frente seu menininho, o fracote desgrenhado, Heini Babel. Ele estava deitado num tronco de árvore caído, parecia dormir. Estava nu. O corpinho pálido-cadavérico quase reluzia contra o fundo do matagal, e o tronco brilhava aqui e ali com musgo verde-claro.

Uma figura estranha surgiu da escuridão fechada da floresta. Uma velhota com ventre de menina, que apareceu para Kunegunde Kreppel enrolando suas vestes esfarrapadas de linho grosso e sentando-se escarrapachada sobre o jovenzinho adormecido. E quando ele acordou e começou a espernear e a se contorcer como uma enguia embaixo dela, ela o imobilizou com uma risada tão terrível de sua boca desdentada, que ele parou de se debater e permitiu que a velha sentasse sobre ele e cobrisse seus olhos com um punhado de erva. A velha colocou ainda pedras em cima da erva, para que ele não visse o que seria feito, mas apenas sentisse, sentisse tudo. Ela sabia que seria mais difícil de abrir as pálpebras sob a compressão da erva e, sem se mexer, ficou sentada até que o menino começasse a se contorcer novamente embaixo dela, a se balançar como o rabo de um gato quando vê um rato. Com um grito parecido com o canto de um galo abatido, o jovenzinho rastejou para fora da saia da velhota já transformado, como Kunegunde Kreppel percebeu — não tanto pela aparência, que não havia mudado nada, mas pelo jeito como caminhava agora pela floresta.

E a velhota, depois de muito se empoleirar e aninhar sobre Heini Babel, olhou para Kreppel e sinalizou com a mão para que a seguisse. No entanto, Kunegunde não conseguia fazer isso, porque suas pernas estavam presas às raízes. Não era mais uma pessoa, mas uma árvore. Agarrou um galho baixo e o arrancou, o que não foi fácil, porque ele não queria quebrar. Ela o livrou dos galhos menores, transformando-o em um bastão poderoso; depois disso, começou a bater incansavelmente nas raízes da árvore gananciosa, para que a soltasse.

Quando se libertou e recuperou o domínio sobre as pernas, viu que a velha ainda a esperava, embora muito mudada, como se ter levado Heini Babel para dentro de si a tivesse rejuvenescido em metade da sua idade. Agora ela não apenas parecia ter a idade de Kunegunde, mas também ser ágil como uma garotinha, como Helene. Então, ela adentrou a floresta, ágil como um gato. Foi mais difícil para Kunegunde, pois notou que todas as árvores ao seu redor tinham galhos secos, estando meio mortas em vida. Começou a abrir caminho pelo matagal de necroses, batendo a vara nos galhos mortos para que se desprendessem da parte viva. Para desobstruir a rota. Crac, crec, quebra, cai. A maioria das árvores era de suas amadas bétulas e amieiros. Os galhos que caíam eram imediatamente absorvidos pela terra, como se a alimentando com o que havia morrido em vida. Mais árvores, dezenas de árvores, se entregaram a Kunegunde, como se pedindo para serem cortadas. Elas não resistiam contra a mulher. Apresentavam suas necroses para sacrifício. A vara em sua mão era infalível. Ela colocava todo o vigor no corte, até que, depois da vigésima, talvez trigésima árvore, cega pelo suor que banhava seus olhos, começou a perder as forças.

E quando já havia decepado o que estava morto em vida, percebeu que também tinha esmagado dentro de si as necroses que lhe bebiam a energia, como aquele insuportável rapaz, Heini Babel, de quem, no entanto, sentia falta, mas nunca o admitiria diante dos irmãos ou de Helene. Terminada essa luta com os estiolamentos e tendo aberto caminho para si mesma, ela sentiu uma vontade muito poderosa de introduzir em sua vulva a vara que tinha usado para cortar as necroses das árvores. Como se essa dança com a morte tivesse que acabar no lugar mais vivificante e úmido.

Então ela o fez, e não com delicadeza, mas, sob a influência dos bagos de beladona, sem perceber o sangue escorrendo entre suas coxas absolutamente não virgens. E quando sentiu a vara dentro de si, foi como se começasse a levitar acima do solo, porque, de repente... Ela estava planando sobre as copas das árvores, sobre o rio prateado e brilhante, e navegando pelo céu, passando pelas nuvens, em direção à cidadezinha. Espiou pelas janelas dos andares superiores, viu casais se amando nos sótãos, comerciantes pesando grãos em seus celeiros, navegou sobre os telhados das igrejas de Nysa: a de santa Bárbara, de são Tiago e de santa Inês, faltavam poucas quando ela esbarrou a perna num carrilhão com um galo dourado, numa torre cujo relógio chamava os habitantes para as orações. E quando sobrevoou a lua crescente afiada, ela intencionalmente baixou o voo e se empalou nela, de modo que a lua chegasse, com sua foice curva, aonde ela não alcançava sozinha. Para apertar aquele lugar dentro da fenda de onde às vezes jorrava uma cachoeira de umidade, para infligir uma dor tão imersa em prazer e assim abrir caminho várias vezes dentro dela, para que nunca mais lhe faltasse nada, para que ela ficasse preenchida de tudo, livre de todos os desejos. Para que a lua a apunhalasse e ferisse com tanta força suas entranhas que tudo que havia dentro dela, febril e faminto, finalmente se saciasse e se derramasse como um rio, rompendo todas as barreiras.

Vivenciando seu voo de beladona, Kunegunde Kreppel de repente percebeu que a lua havia saído inteira dela e não era mais nova, mas cheia. E as estrelas ao seu redor estavam amarradas em fios multicoloridos, como um cordão de corais brilhantes.

Ao pousar, porque sua consciência voltou, ela viu sua protegida, Helene Spalt, que por um momento pareceu ter o mesmo rosto que ela tinha visto inclinando-se num abraço amoroso sobre Babel nu, um rosto que não tinha feição de criança, nem de mulher nem de velha, mas de todas ao mesmo tempo. Helene estava deitada inconsciente na vegetação rasteira. Pálida, como se a morte a tivesse envolvido. Cerosa e gelada. Como se o sangue dela tivesse congelado e sua respiração estivesse paralisada para sempre.

Apavorada, Kreppel começou a sacudi-la e a esfregar seu tórax, para que o coração voltasse a bater. Demorou um pouco para que Helene recuperasse o ar e abrisse os olhos, visão que Kreppel não esqueceria pelo resto da vida. Eles brilhavam como estrelas. O luar refletia neles. E estavam duas vezes maiores que o normal. Cheios de umidade.

E a respiração, mal recuperada, de repente acelerou. O coração começou a bater forte como se quisesse pular do peito. Kunegunde estapeou o rosto da menina, despejou água de seu odre sobre ela e a sacudiu de tal forma que por pouco sua alma não foi expulsa do corpo, até que finalmente a trouxe à consciência. Só que ela não conseguia proferir nenhuma palavra, como se Spalt — geralmente falante — tivesse perdido a língua.

Kunegunde a ergueu e a carregou em seus braços. Não foi fácil, porque, por ter sido penetrada pela vara, suas pernas estavam muito abertas, e bastante sangue escorria por entre suas coxas.

Depois disso ela não pensou mais sobre o que havia acontecido na floresta. O medo a dominava tanto que ela temia espiar sob o véu do segredo. Basta dizer que ela cortara profundamente sua fenda, e teve que cuidar dela: lavá-la com casca de carvalho e aplicar pomada de confrei para reconstruir o que fora destruído pela vara.

De qualquer forma, ela não se lembrava de muita coisa, e passou a evitar o lugar onde tudo acontecera. Esperava que Helene também não lembrasse, então tentava nunca mencionar o fato, torcendo calada para levar esse segredo para o túmulo. Sobretudo porque Helene não tinha voltado a falar. Ninguém sabia se seu silêncio era por causa de um acontecimento externo ou de uma promessa que havia feito. Mas a quem? Os irmãos perguntaram a Kunegunde sobre as circunstâncias da perda de fala da menina, mas é claro que ela permaneceu quieta.

Não sabia, porém, que a menina bordara tudo que havia visto na floresta e que Kreppel não queria revelar, com fios coloridos na toalha do altar, a qual Kunegunde havia começado a bordar, mas rapidamente abandonara, desanimada pela falta de ideias para ornamentá-la. Helene bordou a toalha e depois a colocou no altar.

Quando o ministro-geral se postou diante do altar para rezar e seu olhar recaiu sobre o tecido, fingiu que não se importou, mas logo após a liturgia chamou Kunegunde e a pressionou sobre as representações que não tinham nada a ver com Deus.

Porque Helene bordara um carvalho com galhos secos e quebrados, com uma folhinha ocasional crescendo aqui e ali. A árvore era feia como o diabo, com caules secos e podres. Mas o que gelou o sangue do ministro-geral, que celebrava a missa em latim, foi um símbolo gravado na casca. Um símbolo que há séculos não era permitido, um símbolo definitivamente rejeitado pela fé cristã. "O símbolo da deusa pagã da fertilidade e sua xana onipotente, mas impotente se comparada ao pau de Deus Pai!" — as palavras do ministro-geral estavam ficando afiadas como uma lança. Kunegunde se encolheu para não ser atingida pela ponta da flecha.

— Você deveria bordar cordeiros e cachos de uvas como sinal do sacrifício de Cristo, símbolos da vida de Jesus, e a cruz como símbolo de Seu martírio, e não, puta que pariu — ele falou alto para Kunegunde, que estava assustada —, um carvalho pagão insolente sob o qual apenas infâmias foram cometidas durante os séculos.

Kreppel não sabia o que dizer. Achava que era a única pessoa no mosteiro que sabia bordar. Ninguém mais tinha essa habilidade. Ou ao menos era o que pensava. Não sabia que a pequena Helene observava diligentemente esse ofício, ao qual Kunegunde costumava se dedicar à noite, quando a menina sentava com ela na cozinha e recitava as orações, aprendendo a cerzir roupas íntimas e outras peças dela e dos irmãos.

Kunegunde aprendera a bordar com sua patroa anterior, a dama rica de Ferrara, que veio a Nysa com o filho, construtor de catedrais, convidado pelo cabido para criar o projeto de um novo edifício religioso na praça do mercado de Nysa. A igreja de são Roque, edificada de forma intermitente, foi construída seguindo seu projeto.

Além disso, Kunegunde aprendera com Francesca di Ferrara não só o bordado na sua forma mais refinada, mas também o amor oral, que Francesca praticava em todas as oportunidades, arregaçando dezenas de anáguas e vestidos de cozinheiras, lavadoras de pratos, costureiras, todas mulheres de classe mais baixa, pagando-lhes generosamente por esses artifícios e treinando-as numa habilidade rara nas terras do ducado. E como Kreppel, que se tornara mestra nessa prática, podia escolher a forma de pagamento, ela sempre optava não por dinheiro, mas por fios de seda de todas as cores, inclusive dourados e prateados, bastidores para bordar, teares e agulhas. Agulhas com as quais, a pedido de Francesca, espetava delicadamente suas nádegas durante as carícias que precediam as demais brincadeiras.

Quando Kunegunde já havia recebido severas advertências por seu trabalho pagão e fora ameaçada de expulsão do mosteiro se algo assim se repetisse, ela engoliu a bronca e foi direto para a cela de Helene com o tecido na mão.

Ali, pela primeira vez, ela teve contato com um milagre. Ao erguer a mão para bater em Helene, sentiu o braço adormecer e paralisar no ar, tal qual um galho de árvore. Ah, uma necrose — a mesma vara que usara para ferir, depois dos bagos da beladona. Ela também não conseguia mover as pernas, como se os pés tivessem criado raízes e estivessem cravados no piso de pedra.

E mais uma vez lhe pareceu que, no lugar de Helene, estava uma velhota enrugada com uma trança grisalha fina que descia até os joelhos. Ela não tinha certeza se não era uma ilusão, porque depois de um tempo Helene apareceu para ela como sempre foi.

Kunegunde não disse nada. Apenas sentiu voltar a sensibilidade no braço e percebeu que já podia mover os pés. Mas a fala de Helene ainda não havia retornado. Como se o silêncio ainda fosse necessário para algo.

Desde então uma coisa mudou entre elas. Kunegunde não bordava mais sozinha, agora as duas sentavam-se nos teares e urdiam os fios coloridos. Às vezes prateados, às vezes dourados, outras vezes chenile. Bordavam apenas o que era permitido: florezinhas, passarinhos, joaninhas, borboletas, todas as criaturas de Deus encontradas na Natureza e que agradavam o olho humano. E nos tecidos litúrgicos: uma taça de vinho, cachos de uvas, espigas de cereais, ovelhinhas, símbolos cristãos sem nenhuma apostasia.

Sempre que Kreppel percebia que o fio de Helene ultrapassava o padrão desenhado, ela imediatamente pegava seu bastidor ou tear, dependendo do que estivesse usando no dia, e o escondia no guarda-louça da cozinha, que trancava à chave. Assim, Helene aprendeu a domar seu desejo de expressar através do bordado aquilo que não conseguia colocar em palavras.

O que incomodava os padres era o tempo que elas dedicavam a isso: longas horas todos os dias, como se o bordado tivesse se tornado uma obsessão, algo que as absorvia por completo, fazendo-as esquecer da vida temporal. Elas faziam todas as tarefas o mais rápido possível: ordenhavam as vacas, cozinhavam as refeições para o dia inteiro, carpiam o jardim, lavavam a roupa; não deixavam nada para que ninguém perturbasse o silêncio das horas da tarde dedicadas ao bordado.

E assim, um ano após a partida de Babel, ela e Helene tinham bordado tantas vestes e paramentos litúrgicos, tantos antipêndios e toalhas de mesa que poderiam cobrir toda a igreja, e talvez até uma parte do jardim. A proficiência que adquiriram logo se mostraria extremamente útil.

Sobre os bagos de beladona e a epifania

◆

Os dois anos seguintes se passaram para Helene como se fossem apenas um mês ou talvez dois. A única esquisitice era seu silêncio contínuo combinado com o ímpeto doentio de bordar: às vezes no bastidor, outras no tear, ou até na própria mão, quando não tinha nenhum equipamento.

Ela não experimentava nenhuma dificuldade em sua vida monástica, porque todos no mosteiro, com Kunegunde Kreppel à frente, zelavam por seu bem-estar. Como uma santa entre os irmãos, ela vivia em uma abundância com a qual nenhum deles podia contar: dormia numa cama, não numa tarimba; comia assados recém-saídos do forno, mesmo que Kunegunde Kreppel a proibisse severamente; bebia leite que acabara de ser ordenhado. Vivia feliz como um rato no queijo. *Eine kleine Kreppel* — Kunegunde falava dela com ternura, amando a menina como se fosse sua própria filha, já que passavam tanto tempo juntas bordando todos os dias. Se não fosse a morte dos pais, poderia se dizer que a criança tinha nascido com a bunda virada para a lua. Até o ministro-geral, depois de beber muito vinho, admitia que a menininha lhe trazia grande alegria. Só de olhar para ela sua alma se iluminava.

E foi assim por quase seis anos, até que Helene completou doze primaveras e teve a primeira menstruação. Quando chegou esse dia, foi como se o diabo entrasse nela — assim os irmãos descreveram o acontecimento, despreparados para tal circunstância. Primeiro, à mesa da cozinha, quando ela pegou uma tigela com mingau de aveia muito quente, jogou-a no chão e falou pela primeira vez em mais de dois anos. E não foi um "Louvado seja" ou "Deus abençoe", apenas um feio: "Que diabos!". Kunegunde e os quatro irmãos presentes na cozinha ficaram apavorados, embora no fundo da alma estivessem felizes por ela enfim ter falado. Depois, ao meio-dia, enquanto colhia framboesas, começou a blasfemar de novo, como se a barreira que impedia as palavras de saírem de sua garganta de repente tivesse sido derrubada, abrindo caminho para o praguejar. E havia entre essas palavras algumas que ela não poderia ter aprendido no mosteiro, então todos se perguntavam onde haveria adquirido tal conhecimento.

Mas o pior aconteceu no começo da tarde, depois do ângelus e do almoço, que ocorreu em silêncio, porque Kunegunde Kreppel ficara tão ofendida pelo comportamento da menina de manhã que, irritada, fez de tudo para que seus olhos não cruzassem com os dela em momento algum. Assim, Helene foi ao rio pescar trutas para o jantar.

Pela primeira vez na vida, não pegou nem um único peixe. Sua agilidade, que os irmãos invejavam, parecia ter desaparecido de repente. Helene, olhando para trás para verificar se algum monge estava por perto, começou a soltar infâmias que envergonhariam o maior desordeiro da taberna Caranguejo Dourado.

E cada palavra que ela lançava trazia-lhe alívio, mas também acendia uma chama que a levava a proferir sucessivas heresias. Ela arregaçou o vestido e o avental que usava, tirou a roupa de baixo e entrou no rio, mas em vez de deitar de costas, como costumava fazer, porque amava boiar com a corrente, começou a bater forte na água com as mãos, como se tivesse se transformado em um moinho. Perturbando a paz dos pássaros e de outras criaturas animais e vegetais, ela agora estava em desequilíbrio com a natureza e a prejudicando — precisava buscar outra forma de descarregar a raiva. Raiva que vinha de dentro dela. Dolorosa e gotejando sangue pela primeira vez em seus doze anos de vida.

Quando nem mesmo o girar das mãos trouxe alívio e o fogo interno ainda ardia dentro dela como uma tocha, saiu do rio e seguiu em frente. Mais guiada ou conduzida do que por vontade própria. Movida no espaço por algo invisível, maior que ela mesma, em direção desconhecida. Enquanto caminhava, percebeu que a floresta ficava cada vez mais fechada e escura, como se o sol não pudesse chegar ali, tão densa era a folhagem. Caminhando rápida e imprudentemente, ela tropeçou em uma grande raiz e caiu com o corpo todo no chão. Ao erguer a cabeça, ela o reconheceu. O carvalho sob o qual, dois anos antes, ela e Kunegunde tinham se fartado de frutos negros que pareciam bagos, e depois disso tinham acontecido coisas de que não lembrava. Ela o avistou. Não estava vivo nem morto. Atingido por um raio, rasgado ao meio, em alguns lugares estava seco e em outros ainda brotavam folhas. Um carvalho enorme como nunca tinha visto na vida. Ela olhou em volta.

Era o mesmo bosque repleto de árvores secas. De necroses.

Segurando uma vara, depressa e com toda a força bateu num galho morto. Ele caiu como uma crosta direto no joelho de Heini Babel. Quando as crostas da árvore caíram repetidas vezes, devido às pancadas cada vez mais fortes e imprudentes, Helene sentiu como se arrancasse as camadas mortas de si mesma, finalmente permitindo que o que é vivo, o essencial, o que estava no interior, avistasse a luz.

Fez isso até perder o fôlego. Até o limiar da loucura. Como se alguma estranheza tivesse lhe invadido. Uma outra vida, uma outra alma.

Não se sabe quanto tempo isso durou. Esperando impaciente pelas trutas que Helene ainda não havia trazido, Kunegunde Kreppel decidiu ir ela mesma até o rio e buscar a menina e os peixes. Quando não encontrou Helene nas margens, começou a procurá-la pela floresta. Caminhou com o coração cheio de medo, porque entre elas havia um entendimento tácito de ficarem longe do lugar do incidente que por pouco não as matou com beladona e que deixou Helene muda.

Embrenhando-se cada vez mais fundo na floresta, ela se deixou levar pelos maus pressentimentos. Aos poucos a floresta se tornava mais densa. Como a neblina que se estendia naquele dia sobre a copa das árvores. Parecia que as pontas afiadas perfuravam a névoa como uma agulha atravessando um fio. A batida sinistra dos pica-paus na casca das árvores aumentava o medo de Kunegunde, enquanto se dirigia lentamente ao bosque necrosado.

Helene estava deitada sob o carvalho. Assim como naquela vez, estava tendo convulsões que a jogavam para a direita e para a esquerda, como se forças caíssem sobre ela e a penetrassem fundo. Ao seu lado estavam espalhados alguns bagos de beladona. Kreppel segurou a menina pela cabeça e enfiou os dedos em sua garganta, para provocar vômito.

Tentou trazer Helene de volta à consciência de várias formas. Bateu em seu rosto, beliscou suas bochechas, arranhou suas costas, mordeu seus dedos, tudo para tirá-la de onde havia caído por causa da estupidez e do descuido de Kunegunde dois anos antes.

Kreppel ficou paralisada pela impotência. Sabia que a alma de Helene — vagando em algum lugar por espaços sobrenaturais — não seria capaz de voltar sozinha, atraída pela singularidade e intensidade das experiências. Não podia deixá-la assim, embora soubesse que nenhuma ajuda viria. Tentou carregá-la, mas por causa do estado da menina, suas convulsões e agitação, não conseguiu vencer nem uma pequena distância. Então, apoiou a cabeça da pequena no musgo e correu o mais rápido que pôde até o mosteiro, gritando por ajuda.

Quando os monges chegaram, viram algo em que a princípio não quiseram acreditar — apenas esfregaram os olhos. Helene, completamente imóvel, levitava no ar, tão leve quanto uma folhinha de bétula ou amieiro do bosque necrosado. Parecia dormir, mas no alto do céu, como se a Terra quisesse segurá-la perto de si e o Céu a chamasse.

Começaram a rezar por ela com tanto fervor que sentiram o calor dilacerando-os e se embriagaram com o fogo que conjuraram por Helene em oração a Deus. Mas tudo foi em vão. Helene estava em outro lugar. Experimentava o começo e o fim do mundo, ao mesmo tempo, sendo, afinal, a mesma coisa. Sua alma se dividia em tantos pedaços quantos fossem necessários para penetrar em cada ser vivente, agora, antes e também no futuro: humano, vegetal, animal. Era uma comunhão de tudo que a Terra havia gerado de si mesma desde o início do mundo. Enquanto o corpo passivo e inerte levitava pela floresta, a alma presenciou o nascimento do mundo, porque o mundo nasceu nesse momento completamente do zero, assim como em cada ocasião em que a existência humana se desintegra depois de ser queimada até virar pó e não se parece em nada com o que era, ao mesmo tempo que é o que era desde o início. Assim como o leite que se transforma em coalhada pelo fogo, abandonando completamente seu estado líquido ao se solidificar e se tornar queijo, Helene, sendo ainda ela mesma, tornava-se, aos olhos de Kunegunde e dos irmãos aterrorizados, também outra pessoa, ou talvez mais alguém, retendo o conteúdo de suas experiências substanciais, mas também as extraindo de outras vidas. Helene estava vendo como tudo era na verdade. Como o mundo se transformou, como Deus nasceu. Deus que era uma Mãe e Filha *onipercipiente* e não um

Pai e Filho onisciente. Como as águas e as terras se formaram, como os primeiros brotos de plantas surgiram da terra, como as rochas geraram pedras repletas de luz e como os animais expeliam suas crias para o mundo. Como as alimentavam com leite. Como as limpavam entre os olhos com a língua. Como então apareceram as pessoas e se sentaram perto do fogo. Como começaram a conversar entre elas e a cantar juntas um canto poderoso, compreendido por todas. O canto da criação, o canto da vida, no qual a morte estava contida. Calmo. Tranquilo. Silencioso. Desorientado. Diferente do nascimento. E ao mesmo tempo muito parecido com ele. Igualmente desdentado e forte em sua impotência.

Ao ver tudo isso, Helene despertou como se fosse de um sonho — embora não se tratasse de um sonho, mas da realidade —, e caiu no chão com um estrondo. As orações dos irmãos tinham chegado até ela antes, mas só agora ela as ouvia na íntegra. A voz de Albert, normalmente suave e cheia de alegria, como o gorjeio de um chapim ou pintassilgo, ganhara um poder especial, estava retumbante, perfurava os céus. Kunegunde parecia inalá-la com o ar, até sentir tontura e quase cair.

E quando pensaram que a alma de Helene nunca mais voltaria ao corpo, a menina de repente abriu as pálpebras e olhou para Albert, mas sem vê-lo, como se seus olhos tivessem perdido a visão, e começou a falar numa língua que o irmão não conhecia, tão fluente como se a dominasse desde sempre. A voz dela era ainda mais potente do que a de Albert quando rezava. A princípio era sonora, e de repente ficou sem som, tornando-se um ronco desagradável, marcado vez ou outra por um estranho e sinistro chiado, um rangido intolerável, para depois de um tempo parecer com um choro de bebê, e então se transformar numa risada perolada, um ronco e um estertor, todos juntos e alternadamente, como se não fosse a voz de Helene, mas a polifonia de muitas figuras que se fundiram com ela e se entrelaçavam tal qual uma trança.

O irmão Albert, apavorado de verdade, tentava libertá-la dessa estranheza que prendia sua alma, mas não tinha nenhum poder sobre ela, como se o que capturara Helene em suas garras não tivesse medo da cruz em seu peito ou dos pais-nossos rezados continuamente.

Quando a menina voltou à consciência, o que só aconteceu depois de cinco orações, e as pupilas de seus olhos voltaram ao lugar, ela fitou o irmão Albert — pálido de medo feito a neblina branca como leite que costumava se estender sobre o pomar do mosteiro durante a aurora. Ele implorou que ela dissesse alguma coisa. Que falasse com sua antiga vozinha de rouxinol. Mas, quando sons incompreensíveis escaparam de sua boca, como se todas as palavras que ela havia dito até então desmoronassem, pela primeira vez na vida ele ficou com tanto pavor que se persignou e mandou Kunegunde Kreppel procurar ajuda.

E enquanto esperava por ela, segurando Helene nos braços como se fosse um espantalho, sem sopro de vida, olhava para ela, mas não a via. Em vez de Helene, uma menina bonita e simpática, com quem passava o máximo de tempo que podia, ele via um demônio sobre o qual a Igreja ensinava, mas que, para ele, sempre tinha sido conversa fiada. Porém agora ele via claramente: a garota sentada diante dele era uma pessoa transformada. Uma estranha. Calada, taciturna. Alguém que ainda ontem era ela mesma depois do jantar, mas que hoje de manhã, com a primeira menstruação, tornara-se uma criatura assustadora.

Quando a levantaram do chão e a colocaram nas costas de Albert — porque ela não tinha forças para voltar com as próprias pernas ao mosteiro —, ele teve que segurá-la firme, uma vez que o corpo inerte, tendo perdido sua forma coesa, caía desajeitado como a boneca de palha dos rituais de despedida do inverno nas aldeias, realizados apesar da proibição da Igreja.

Saindo da floresta, eles notaram símbolos entalhados nas árvores, que antes não estavam ali. Símbolos que não poderiam ter sido feitos por nenhuma pessoa em tão pouco tempo... Símbolos que em todas as religiões do mundo são considerados malditos, porque não colocam o pai, mas sim a mãe num pedestal.

Sobre a vagina-útero-crânio e o Evangelho bordado

◆

— Histero-colpo-crânios! — exclamou o idoso irmão Hubert, que estudara teologia em Pádua na mocidade, ao ver as gravuras misteriosas nas árvores no caminho de volta da floresta necrosada.

— Com os diabos! — Irmão Albert deixou escapar, persignando-se três vezes e ainda cuspindo por cima do ombro esquerdo.

— Útero-vagina-crânio, símbolo da Antiga Virgem. O culto religioso mais antigo do mundo. Culto à deusa da fertilidade, Sêmele, Matushka Zjeml'ja, Magna Mater, Mãe Terra ou apenas a boa e velha Deméter. A mãe de todos os deuses, que substituímos por Deus-Pai, renegando ao que é vivo, ao que é feminino. Com grande prejuízo para nós mesmos.

Nesse momento, Kunegunde pensou sobre o corte das necroses na floresta. Algo que fazia quando era criança e depois se esqueceu. Por muitos anos. Desde que se lembra, ela perambulava com um bastão pela floresta e acabava com os estiolamentos. Sentia que dessa forma ajudava a árvore moribunda a sobreviver, que a estava ressuscitando. Há dois anos, enquanto fazia exatamente isso, não tivera a impressão de que, para ressuscitar uma religião moribunda e seca, precisava arrancar dela o que estivesse morto? E seria a figura que a conduzira pela floresta, a figura de uma criança-velhota, às vezes assumindo o rosto de Helene, a própria Antiga Virgem? Então, quem é Helene? Uma epifania divina, que encarna um grande anseio pela Mãe Terra? Uma deusa de quem os franciscanos — que amavam tudo que vem da terra e eram obrigados a recitar fórmulas latinas mortas em liturgias longas e enfadonhas — sentiam tanta falta que eram levados a pecar?

— Útero-vagina-crânio — repetiram o irmão Albert e Kunegunde Kreppel, tão baixinho e com tanto medo que não conseguiram se ouvir.

Albert olhou para o irmão Hubert, que estava tão comovido por suas próprias palavras que era visível uma mudança em seu rosto. Era como se, de repente, ao ler os símbolos gravados por Helene nas árvores, algo nele tivesse se libertado, algo com que ele havia cortado vínculo por causa da religião professada, e de que sentia muita falta.

E quando os olhares dos irmãos se cruzaram, Hubert colocou a mão no braço de Albert sem dizer nada e fez uma pergunta velada, erguendo as sobrancelhas. Albert não fez nenhum sinal em resposta, mas também não afastou a mão de Hubert de seu braço. Eles se olharam novamente e, em silêncio, começaram a abrir caminho pelo bosque e os arbustos de bagos, como se procurassem algo. E quando encontraram locais convenientes, um longe do outro o suficiente para manter a privacidade, tiraram o hábito e deitaram-se de bruços na vegetação rasteira (o irmão Albert, por causa do tamanho da pança, estava um tanto elevado por cima do musgo) e começaram a cavar buracos com gravetos para enfiar seus paus endurecidos pelo desejo repentino. E não estavam no período que antecede a colheita, ou seja, quando o manuscrito anônimo permitia tal ato. Sentiam em si uma vontade muito potente de penetrar a estrutura da terra, umedecê-la com suas seivas, mas também de umedecer seus membros com a umidade subterrânea, de fazer sexo com o mundo inteiro. E ao mesmo tempo serem fodidos pelo mundo por meio das fendas no solo, porque esse coito também continha uma sucção vinda da terra — era difícil dizer quem estava fodendo quem nesse ato.

Foi como criar o mundo do zero. Como se das sementes deles surgissem mirtilos, salgueiros bifurcados e taboas aquáticas. Uma paixão mútua uns pelos outros e por toda a criação, sobre a qual pouco, decididamente muito pouco, é dito nos ensinamentos do Antigo Testamento e dos Evangelhos.

— Por que — perguntou Hubert a Albert uma hora depois, já vestido com o hábito — a pessoa deve amar outra pessoa, e não qualquer outro ser, seja qual for, ainda que uma árvore, que foi fundamental no paraíso e no Livro do Gênesis?

Ambos passaram cerca de uma hora na floresta, procurando por algo que pudesse iluminar seus pensamentos. Como Helene se aproximara dessa religião mais antiga do mundo e banida pela Igreja? Como ficou sabendo dela? Como Helene tinha perdido a fala, o irmão Hubert temia que nunca teriam respostas para suas perguntas. Só acharam pilhas de galhos quebrados — como se os cotos ressequidos das árvores moribundas tivessem sido cortados — ao redor dos troncos roídos pelos castores. Tinham sido despojados da casca que tanto queriam trocar. A única coisa que os surpreendeu, algo que preferiram não revelar ao ministro-geral e aos outros irmãos, tentando proteger Helene das desconfianças de conluio com Raróg, foram as gotas escorrendo dos locais onde tinham aparecido as misteriosas gravuras. Não era resina, mas, sim, sangue.

— Como se as árvores marcadas com o símbolo do útero-vagina-crânio menstruassem junto com Helene — resumiu Kunegunde Kreppel, que tinha acompanhado os irmãos na expedição. — Como se as árvores e Helene fossem uma só.

Mas ela não lhes revelou, por temer pela menina, que também encontrara sangue na vara com a qual Helene certamente cortara com toda força os estiolamentos, separando o que estava vivo do que estava morto. Tal qual Kunegunde dois anos antes, a menina tinha mais sangue entre as coxas do que a menstruação causaria. E embora não tenha dito isto em voz alta, Kunegunde Kreppel tinha quase certeza de que a ponta da vara tinha sido firmemente mergulhada lá, de onde Helene, sob a vigilância de Kunegunde e do irmão Albert, não deveria ter se aproximado nem com um dedo, e onde Kreppel havia mergulhado muitas vezes.

Assim, uma semana depois do memorável incidente no qual Helene perdeu a fala, a própria Kunegunde a examinou, abrindo as pernas da menina adormecida. A chama da vela permitiu que visse o que mais temia: a fenda de Helene estava cortada. Kunegunde supôs que o hímen também sumira sem deixar vestígios. Tal qual a voz da garota.

A partir de então, Kunegunde nunca mais perdeu Helene de vista, principalmente porque passavam muito tempo juntas bordando. Da mesma forma, agora ela sentia de todo coração que deveria seguir a menina por toda parte, e não para protegê-la de algum problema, mas por si mesma, para seu próprio bem, porque só com Helene ela se sentia viva e não morta.

Já não conseguia mais frequentar as missas por muito tempo. Procurava qualquer pretexto para não ter que rezar, não conseguia mais recitar de cor as orações que antes teria repetido até meio adormecida se a acordassem no meio da noite. Agora, para rezar o pai-nosso ela precisava ler um livrinho de liturgia, porque as palavras se embaralhavam em sua garganta, se misturavam em sua memória e saíam gaguejadas, em frases sem sentido.

Coisa semelhante aconteceu com Helene: ela rezava apenas para manter as aparências; na realidade, reverenciava os quatro cantos do mundo e tudo debaixo da Terra e não sob o Céu. Os musgos, líquens, cogumelos, samambaias, a matéria transitória e em constante decomposição do mundo. A morte em sua forma mais vivificante, porque alimenta tudo o que vive com o que ela mesma concebe. A humanidade compostada. Os animais mortos. O reino das plantas podres e em decomposição. Ela se regozijava nessa morte, que também era um início, uma vez que dela surgia nova vida na primavera, caules atravessando a crosta congelada da terra. A decomposição transportada nos corpos de minhocas, toupeiras e ratazanas era retirada do subsolo e depositada a partir do zero com o que já existia em sua superfície. E tudo isso misturado, cria uma relação indissolúvel entre os mortos e os vivos, em que nada vivo e nada morto é eterno.

Ao lado de Helene — cuja fala havia retornado, mas que raramente tomava a palavra —, Kreppel passava a maior parte do tempo bordando, mas aos poucos permitia que a menina bordasse o que vinha do fundo de seu coração, ou melhor dizendo, do fundo de sua alma: as epifanias. Portanto, no lugar de andorinhas, rolinhas, cordeiros, folhas de oliveira e uvas, cada vez mais apareciam nos tecidos os motivos das visões que Helene experimentara quando tinha estado pendurada sobre a terra: musgo, raízes, rizomas e micélios, frutos da Terra em decomposição, frutas apodrecidas, corpos de codornas e perdizes abatidas, folhas decompostas e a própria Antiga Virgem em três formas: como uma criança, como uma mulher e como uma velha com sorriso infantil no rosto.

Ela bordava os símbolos que lhe vinham espontaneamente, que a enchiam como a santa hóstia durante a liturgia. Significados que Helene não conhecia, que eram mais fortes do que ela, e que faziam com que o que ela bordava parecesse mais genuíno do que poderia expressar em palavras. Kreppel só respondia quando ela lhe perguntava algo. Mostrava sua história. Sua religião. E sua Verdade.

A própria Kreppel, Deus a livre, para não despertar a suspeita do ministro-geral e dos outros irmãos, que ele mandara ficarem de olho na governanta, enquanto bordava dizia coisas em voz alta para fingir ser Helene, às vezes sussurradas, às vezes uma ladainha, noutras o terço, enquanto, ao mesmo tempo, a mão hábil de Helene produzia algo completamente contrário ao conteúdo do que Kunegunde falava. Quando ela dizia "Deus Pai", Helene bordava a imagem da Deusa Mãe Trindade, seja nas três fases da lua ou nas três fases de desenvolvimento da mulher. No lugar de folhas de oliveira, bagos de beladona e folhas de carvalho saíam de suas mãos; em vez de pombas, flores de papoula, de onde vem a sonolência e, portanto, a origem do sono eterno; e, acima de tudo, a vagina-útero-crânio em vez do olho que tudo vê.

Na lavanderia do mosteiro Helene encontrava ornamentos e toalhas de mesa cobertos de cera de vela, manchados com o vinho que personificava o sangue de Cristo ou lambuzados com banha de ganso, que não se soltava dos dedos depois de comer. Isso tudo flutuava com a roupa de baixo nas tinas especiais com aberturas no fundo, por onde escoava a água. As vestes sujas de excrementos humanos, secreções masculinas ou restos de comida e bebida eram salpicadas com cinzas de choupo-tremedor ou de faia, e enxaguadas várias vezes com água, até que estas virassem soda cáustica, que Deus me livre alguém tocar, pois queimava a mão e cortava profundamente. A dor era tamanha que muitos dos irmãos urinavam nas cuecas, incapazes de suportá-la com dignidade.

Helene também tinha duas anáguas velhas que os irmãos lhe trouxeram junto com seus vestidos estampados da feira de Zlaté Hory, e ela também as destinava ao bordado dos ensinamentos. E como não tinha tempo suficiente para bordar tudo que gostaria, decidiu fazer rapidamente uma boneca de palha, cobrir a cabeça dela com mechas do seu próprio cabelo e vesti-la com uma camisola, para no fim colocá-la sob o cobertor no colchão de palha na cela do mosteiro em que dormia. Esperava que, se um dos irmãos que fazia a ronda noturna espiasse pela janelinha na porta para ver se Helene estava dormindo, a veria deitada de bruços, e graças a isso ela poderia ficar no canto da cela, que não podia ser visto da abertura, bordando até o amanhecer o que tomava a sua mente, o que penetrava sua alma por completo e irradiava de dentro dela, como se a luz do sol brilhasse nela e preenchesse todos os seus ossos e a carne que os cobria.

Nos tecidos, Helene contava tudo o que lhe havia sido revelado, e a todo instante esperava uma nova revelação, assim como os irmãos esperavam, com Albert e Hubert à frente — excluindo, é claro, o espião do bispo: o ministro-geral.

Enquanto isso, a prática que Albert e Hubert tinham iniciado na floresta estava se tornando muito popular entre os outros irmãos, evidentemente em segredo do ministro-geral. Estava se tornando uma praga para o mosteiro. Foi nela, na "comoção da terra" vinda da Antiga Virgem, que o fim do mosteiro, que se aproximava a passos largos, foi escrito.

Especialmente ao anoitecer.

Sobre a comoção da Terra
e o prurido testicular

◆

Provavelmente não por acaso, mas sim como repercussão daqueles acontecimentos, alguns meses depois da revelação de Helene, apareceu no mosteiro a segunda parte da obra *Sobre o fervoroso amor por tudo que é da Terra*, que tinha como título *Sobre a comoção da Terra*, que influenciou de maneira significativa a vida dos irmãos, principalmente à noite.

Logo após as orações da tarde, antes da ceia, vários deles se embrenhavam no recôndito mais distante do jardim — ainda coberto pela geada fraca —, que não era visível das janelas do ministro-geral, para começarem a afofar a terra com gravetos, pinhas congeladas, às vezes com o formão, que tinham surrupiado furtivamente da caixa de ferramentas durante a reforma no refeitório que durou vários anos, tentando a todo custo penetrar a crosta dura da terra para chegar nas suas camadas mais profundas. Algumas horas mais tarde, depois da oração e da meditação, vinha o grupo seguinte, que penetrava a terra já mais fundo, tendo o terreno um tanto preparado por seus antecessores. E assim foi por duas semanas.

Depois de catorze dias de frio, a terra estava tão fofa pelo trabalho deles e os buracos cavados eram tão profundos que, finalmente, no equinócio de primavera, alcançaram o que vinham buscando durante todo o início da estação.

Um após o outro, eles se deitaram apontando os membros para os buracos, em grande silêncio e devota concentração, como se fosse um culto prestado ao próprio Deus. Copulavam com a terra alternadamente: enquanto um jorrava nela, o outro já se preparava para preencher com sua seiva vital as fendas do solo, os buracos que eles próprios tinham feito. E o prazer era enorme pois a terra acolhia com gratidão o calor de seus corpos, já desejosa dessa energia masculina, desse calor que o sol lhe proporcionava. A cópula com seus maridos, embebendo-se de seu sêmen, era para a Terra um choque que a despertava de sua letargia invernal, um convite à primavera, um desafio lançado ao sol, como que para um duelo. E os irmãos, mexendo os quadris e penetrando as fendas da Terra, finalmente se sentiram realizados, embora todos tivessem a sensação de suspender, por essa única noite, seus votos de castidade — marcado por um dos três nós amarrados no cordão que prendia o hábito. Eles chegavam um após o outro e frequentemente se revezavam, retornando à fenda aquecida por eles mesmos e pelos outros de novo, de tão ansiosos pelo contato com a matéria escura, fria e úmida. Com o pecado do que é terreno. No entanto, não havia devassidão naquilo, mas sim amor por tudo o que vive, que nasce dessa terra que é morada do pecado, mas também do amor e de todas as criaturas. Penetrando o sêmen profundamente na terra, sentiam como se a adubassem, como se a fertilizassem, de modo que tudo que o autor da brochura tanto amava, todos os seres no Céu e na Terra, tivesse o melhor dela. Que o sabugueiro selvagem, agora nu, com folhas decompostas no chão, estivesse coberto de flores dentro de um mês e estendesse um baldaquino de folhas verde-claras sobre o pequeno campo fertilizado por eles; que as abelhas se alimentassem do néctar de suas flores na primavera, e graças a isso produzissem mel em setembro; que os pássaros se banqueteassem ali no inverno, consumindo vorazmente os frutos que saem dos galhos nus. Que seu esperma se espalhasse profundamente na terra e se fundisse com a umidade, fluindo pelos canais perfurados pelas raízes das árvores e alimentando todo o mundo subterrâneo com o elemento masculino, que na primavera abre caminhos pela crosta terrestre para apanhar uma grande quantidade de ar e sol na superfície, e germina na forma de árvores, arbustos e todos os tipos de ervas e flores, bem como de musgos, líquens e cogumelos, que alimentam e curam todas as pessoas no mundo, embora às vezes também abreviem de súbito suas vidas.

Infelizmente, essa prática misteriosa, revelada numa obra de autoria desconhecida — embora todos no mosteiro supusessem que era a mesma pessoa da obra anterior, *Sobre o amor fervoroso por tudo que é terreno*, graças à qual descarregavam sua luxúria —, também ocasionou uma grande atribulação. Atribulação que nenhuma ordem franciscana, e talvez nenhuma outra ordem, enfrentara até então.

Eis que os irmãos, enfiando seus paus na terra úmida e fria, começaram a sofrer de uma coceira testicular excepcionalmente horrorosa combinada com uma sarna repugnante. Além das manchas escamosas rosa-fogo, apareceu alopecia areata, não na cabeça, mas nos testículos, exatamente nos locais cobertos pela sarna. Não era apenas asqueroso em tal nível que, ao urinar, viravam a cabeça para não olhar suas próprias joias, e um pesar tão profundo abatia seus corações que tinham vontade de chorar, como ainda seus testículos estavam gravemente inchados.

Incomodado com a má condição de seus protegidos, o ministro-geral ordenou-lhes que tirassem as vestes um por um e ficassem nus diante dos outros, como o Senhor Deus os criou, e principiou a investigar as causas de seus estranhos comportamentos: coçarem os genitais durante a liturgia, andarem tropeçando e com as pernas bem abertas. Então, viu o inchaço dos testículos, a escabiose e o prurido.

Determinado a descobrir a causa desse estado, começou a seguir os irmãos dia e noite. Ele os perseguia, emboscava-os e aparecia inesperadamente quando notava um comportamento suspeito. Entretanto, já que irmãos com coceira não podiam seguir com a prática da comoção da Terra, todas as tentativas de pegá-los em flagrante deram em nada.

Mas certo dia, atrás de uma estante da biblioteca, cheia de livros do chão ao teto, ele flagrou o irmão Hubert escrevendo uma obra cuja autoria ninguém havia adivinhado até o momento.

Hubert, totalmente absorto em aprender mais sobre o culto da Antiga Virgem, estava escrevendo um apêndice à brochura *Sobre a comoção da Terra*, intitulado *Tratamento à base de ervas para prurido testicular*. Ele o havia elaborado com o irmão Albert e a conhecedora de ervas, Kunegunde Kreppel. A governanta, para ajudar os irmãos, ferveu um grande caldeirão com cascas de batata que cobririam os testículos à noite, depois de terem sido esfregados com pomada de gordura de texugo com alho, flores de calêndula, camomila e lavanda.

O ministro-geral se aproximou furtivamente do irmão Hubert por trás e agarrou a parte superior de seu hábito, levantando a figura magra acima do solo.

Para punir os irmãos, ele reuniu todos na ala oeste, na sala onde sempre se reuniam para eventos monásticos importantes, e ordenou que se despissem diante dele. Queria verificar quantos haviam mantido sua "castidade terrena" e não tinham desonrado a criação divina com sua fraqueza mundana. Quando viu que até mesmo seus favoritos, o irmão Albert e o irmão Hubert, tinham os ovos cobertos por escabiose e descamações, como um gato cujos pelos e dentes ficam ralos na velhice, ele decidiu impor uma punição apropriada a todos.

Ordenou que os monges saíssem nus para o jardim e penetrassem a terra com os genitais ulcerados, para inflamar as feridas e fazer com que os testículos se lembrassem pelo resto da vida que o mosteiro é um lugar onde o pau e os ovos são mantidos sob controle!

Então, eles cavaram buracos com os dedos e, chorando, os penetraram, mas em vez de prazer e alívio, isso só lhes trouxe um sofrimento insuportável: a escabiose se espalhou ainda mais e a queimação da coceira atingiu o limite. Cada um dos irmãos desejava que seu pau e suas bolas caíssem, salvando-os do sentimento de culpa e da atribulação de uma vez só.

E como esse ato de vingança foi acompanhado por uma revista minuciosa de todo o mosteiro, a fim de confiscar as brochuras pecaminosas produzidas pelo irmão Hubert, Kunegunde Kreppel e Helene Spalt, temendo a descoberta e o confisco dos tecidos da Antiga Virgem, decidiram fugir de lá no mesmo dia, ou melhor, noite. Eram dezenas de toalhas de mesas e paramentos litúrgicos antigos que elas não tinham jogado fora, mas usado para bordar o Evangelho da Antiga Virgem.

Receberam apoio dos irmãos Albert e Hubert, que o ministro-geral estava determinado a afastar para além das fronteiras do ducado. Para o mais longe possível de Nysa.

Sobre o casamento com o ferreiro e o famoso antipau

◆

Quando Kunegunde Kreppel casou sua filha Helene Spalt — que não era filha de nascimento, mas era como uma filha para ela —, sabia que o estava fazendo contra a vocação da moça. Que isso a afastava da propagação da fé na Antiga Virgem, que era supostamente nova, mas ao mesmo tempo a mais antiga. A palavra "propagar" combinava com a vocação de Spalt, porque continha toda a essência da transmissão dessa fé: do tronco, que primeiro devia ser despojado das necroses, cresciam galhos novos, saudáveis e pulsantes de vida, e deles, na sequência e ainda mais, disparava um poderoso baldaquino verde em direção ao céu. Para sustentar a vida nesse tronco, é preciso alimentar a Terra, a Mãe Primordial, com o que é vivo dentro de nós. Segundo o que foi bordado no Evangelho da Antiga Virgem, a única maneira de o fazer é incendiando a fenda, tanto sozinha quanto em conjunto com outras mulheres, alimentando a Terra pelo roçar da fenda úmida contra o musgo, ao mesmo tempo que se mama as marés subterrâneas escondidas sob a camada de terra. Incendiar, mamar, devolver as seivas vitais da Terra e acolher as seivas dela dentro de você. A circulação úmida das substâncias mais vivificantes garantiria não apenas a duração no tempo, mas a verdadeira existência. E que a pessoa não seja alguém que recebeu um status, um nome, um saco de pele em que se escondem músculos, órgãos e ossos; mas sim tudo o que vive e que saiu do ventre da Terra.

Kunegunde Kreppel casou Helene apenas para terem onde morar e o que comer. De sua parte, Helene desejava morar na floresta. Apenas ali ela se sentia em casa.

Entretanto, devido ao amor e à afeição que tinha por Kunegunde, ela concordou em se casar. Contra o que sua intuição dizia.

Depois da fuga do mosteiro, elas não tinham onde dormir e nem o que comer, exceto o que coletavam dos restos descartados pelas hospedarias e tabernas. Eram contratadas como empregadas, mas por serem duas bocas a serem alimentadas, e não uma só, e por Helene saber fazer pouca coisa além de ordenhar vacas e bordar, consistiam em um fardo grande demais para os patrões e logo perdiam o trabalho. E como ficava em silêncio em vez de usar a língua como uma pessoa normal, Helene não conquistava a simpatia das burguesas que a contratavam. Ao passo que os burgueses ficavam de pau duro não ao pensar nela, mas em Kunegunde, que para poder ficar mais tempo em algum lugar precisava frequentemente dedicar-se aos "pançudos" e "vermes", como ela os chamava.

Portanto, quando surgiu a oportunidade, Kunegunde, com o consentimento de Helene, decidiu casá-la e colher os benefícios para ambas. Fechou negócio com Karl Schmied, um ferreiro local coberto de ictiose que, apesar de seu caráter agradável e de sua riqueza, nenhuma donzela em Nysa queria, temendo transmitir a maldita doença para sua prole. Antes de Helene se casar, Kreppel se preparou adequadamente, planejando como evitar que o casamento fosse consumado.

Ela se lembrou de uma vez que, para arrefecer os ímpetos dos irmãos que a desejavam, muito antes de lerem a obra anônima sobre o amor fervoroso por tudo que é terreno (que mais tarde se descobriu que saíra da pena do irmão Hubert), o irmão Albert fervia um grande caldeirão de sementes de linhaça com hortelã crespa e, passando tudo numa peneira, derramava na cerveja, da qual cada irmão bebia um caneco na ceia. Esse truque fazia com que nenhum deles se excitasse ao anoitecer, durante a noite ou de manhã, até o meio-dia seguinte, o que significava uma coisa: para manter os irmãos desvirilizados, era preciso servir-lhes a mistura todos os dias. Mas ela só funcionava com relação às mulheres. Mais tarde, contra a concupiscência incitada pelas descrições e gravuras da brochura misteriosa, o seu efeito foi fraco, para não se dizer nulo.

Lembrando-se desse caso, Kreppel ferveu tanta erva que garantiu a impotência eterna do ferreiro, amém, e então, tranquila quanto à fenda de sua protegida, resolveu se estabelecer na casa dele, que tinha um lindo pomar de frutas. Ela e Helene adiaram o que pretendiam fazer: venerar a Antiga Virgem, ensinando às mulheres como obter o prazer que lhes era negado por maridos ou amantes, completamente desinteressados em suas necessidades, bem como a habilidade de regular o nascimento — tudo com a ajuda do que a Mãe Terra dava de si mesma, do que ela dera à luz no início dos tempos.

Da casa do ferreiro Karl Schmied, que ficava em uma colina fora dos muros da cidade, tinha-se uma bela vista da floresta situada no vale do rio. Helene adotou o nome do marido apenas formalmente, autodenominando-se Spalt como antes. A floresta a chamava dia e noite, enviando mensageiros à casa do ferreiro. Veados, javalis e castores chegavam às janelas e Helene os alimentava com o que podia, cuidando deles.

E eles teriam vivido bem juntos, não fosse pela tristeza que Karl começou a sentir logo após o casamento, quando percebeu que não podia possuir sua bela e jovem esposa, porque seu pau falhava. Pau de que ele tanto se orgulhara até então.

O ferreiro Karl Schmied, que não sabia que sua impotência iria perpassar o casamento, muitas vezes chorava no canto da ferraria, tomado de um grande sentimento de culpa por ter arrastado a garota a tal pântano. Helene mal tinha passado das dezesseis primaveras e, como ele também não era velho, tendo vinte e quatro anos, estavam condenados, segundo ele, a uma longa vida privada do amor carnal, a menos que alguém pudesse curá-lo de sua atrofia.

Ele não sabia, coitado, que todos os dias era embebedado não só com cerveja, da qual não poderia abrir mão, assim como de Deus, mas também com uma decocção tão forte que nem mesmo um cachorro levantaria o pau ao ver uma cadela no cio. Ele quase parou de comer, bebia pouco, perdia peso, perturbava-se e não dormia. E como Helene tinha pena dele, porque era um bom marido, zeloso no trabalho, terno todos os dias, preocupando-se com o bem-estar dela e de Kunegunde, ela começou a deixá-lo se aproximar aos poucos, mas apenas quando ele não estava sofrendo com a impotência de seu pau, e este permanecia num sono patético enquanto Karl se divertia com Helene. Então, ela amassava o pau com as mãos, como se sovasse uma massa; o embebia numa tigela de leite aquecido e o balançava alegremente para direita e para esquerda, tratando-o mais como um animalzinho querido do que como um fragmento de humanidade que deveria ser temido.

E como a procura pelas ervas anteriormente preparadas por Kunegunde passou a ser cada vez maior entre as mulheres de Nysa e região, elas começaram a fazer fortuna e se tornaram objeto de adoração das mulheres, salvas da opressão das alcovas.

A notícia sobre uma mistura que impedia a ereção dos membros masculinos espalhou-se graças a Kunegunde Kreppel. Junto com Helene, ela vendia potes de seu delicioso queijo cremoso no mercado de quinta-feira e, ouvindo os papos das mulheres, em especial sobre a alcova, aproveitava para mencionar que, além dos queijos saborosos, também disponibilizavam secretamente medicamentos femininos. Estas, pomadas para beleza; estas, para um coração partido; estas, para o nervosismo excessivo, informalmente chamado de "encheção de saco" pelos homens; estas, para as questões ditas embaraçosas: corrimento, menstruação atrasada, gravidez indesejada, excesso de potência do marido que só espera a noite para poder debulhar a coitada, em vez de lhe dar um pouco de descanso.

E como o último problema dominava as conversas quase todas as quintas-feiras, Kunegunde recomendava de forma cada vez mais ousada o seu principal produto: o antipau, querendo aliviar as mulheres de seu infortúnio, que causava grande sofrimento quando o marido, tendo experimentado pouca ou nenhuma felicidade na alcova do lar, direcionava seu interesse para outras fendas. Quantas lágrimas derramadas por causa disso! Quanta encheção de saco! E assim surgiu o ódio entre as mulheres, assim como a inveja. Kreppel sabia que de todos os produtos que ofereciam, além do queijo e do leite, era o antipau que merecia o maior reconhecimento. E assim, em vez de preparar iguarias finas que aumentassem o desejo dos futuros ou atuais cônjuges, as mulheres de Nysa acrescentavam gotas de antipau às suas bebidas alcoólicas, deixando os maridos cada vez mais frustrados. Os penduricalhos flácidos e passivos, que haviam perdido o vigor e a vida, pendiam entre as pernas durante o dia, como um rabo de esquilo quebrado ou talvez deslocado e, à noite, descansavam passivamente sobre o dono, esperando por dias melhores. Flautinhas quentes que podiam ser apertadas como caninanas ou lagartas, permitindo que as mulheres finalmente descansassem do parto e dos usos que os homens lhes davam, e que transferissem sua atenção para outros objetos sexuais, não relacionados à carne humana, que elas experimentavam ao incendiarem as vulvas.

Era exatamente para isso, para essa prática misteriosa, que Helene, ela mesma, as preparava e as examinava para confirmar que estavam prontas para a revelação, não a divulgando para qualquer uma. Aquelas sobre quem tinha certeza, ela e Kunegunde convidavam para uma clareira na floresta rio abaixo, na sexta-feira, logo após o crepúsculo, sob um grande carvalho. Ali todas se dedicavam a orações cheias de prazer que terminavam num êxtase poderoso e compartilhado e um tremor que perfurava o coração e a alma.

O episódio que revelou a política traiçoeira das mulheres para com todo ducado e arredores ocorreu num dos principais puteiros de Nysa, onde um cliente, cirurgião-barbeiro da corte do bispo Johannes von Sitch, depois de pagar pelo serviço pela nona vez no mesmo mês, não conseguiu desfrutá-lo porque seu pau mal funcionava. Dessa vez, ele decidiu escapar do quartinho destinado às brincadeiras e espiar o que estava acontecendo na cozinha do bordel. Quando viu a cozinheira despejar a decocção de um grande caldeirão com uma concha de estanho na jarra de cerveja, entendeu tudo imediatamente e, batendo a porta, correu com essa revelação direto para a Câmara Municipal e denunciou o caso do envenenamento por ervas perante o tribunal da cidade.

E assim que descobriram que era Helene, esposa do ferreiro Karl Schmied — que, ao contrário do que constava nos registros de casamento, sempre se apresentava como Spalt —, junto com Kunegunde Kreppel, que morava na casa deles por motivo desconhecido, as responsáveis por distribuir secretamente o medicamento entre as mulheres no mercado, foi decidido que as duas seriam interrogadas...

Quando se espalhou a notícia de que aquelas mulheres vinham envenenando os maridos da região ao longo dos últimos meses, o que resultara na queda dramática do número de gestações em todo o ducado, algo que a Igreja considerava um pecado e um ataque contra a instituição, Helene e Kunegunde foram punidas com uma multa alta: doze ducados cada. O que era toda a fortuna das duas, diligentemente escondida de Karl Schmied, que conquistaram vendendo não só queijo e leite, mas também medicamentos fitoterápicos para mulheres, suas próprias receitas.

Além disso, elas tiveram mais problemas decorrentes dessa questão. Primeiro, ganharam fama no ducado. Não eram mais a muda Helene Spalt e a ex-puta Kunegunde Kreppel. Tornaram-se uma semente traiçoeira, um joio satânico para o duque, o bispo Johannes von Sitch e todo o canonicato, que governava o ducado tentando sobretudo difundir valores burgueses verdadeiramente virtuosos entre os habitantes da cidade e inculcar nas mulheres a obrigação de parir filhos e educá-los como bons católicos.

Depois de saber de tudo, Karl, pela primeira vez desde o casamento, gritou com os homens da taberna que conversavam sobre o assunto, xingando e agitando as mãos, amaldiçoando o mundo todo pela união com Helene. Em seguida, tendo bebido mais cerveja do que de costume, voltou para casa e a arrastou, sem dizer uma palavra, para o leito conjugal. E quando ela se deitou ao lado dele, como ele ordenara, ela sentiu, em vez do animalzinho encolhido e fofinho, uma vara dura como uma estaca, que ela conhecia do corte das necroses.

Tentou ainda se esquivar, em vão. Ele a tomou como havia sonhado durante mais de doze meses, de todas as maneiras possíveis, até quase a alvorada. Sem repouso, sem descanso, penetrando-a de novo e de novo, caindo apenas por um momento, somente para que a força dentro de si, atiçada pela raiva, crescesse mais uma vez.

E Helene, fechando as pálpebras, tentou com todas as forças não emitir nenhum som, sentindo que só dessa forma, freando, amontoando o que lhe chegava aos lábios, enfiando de volta na garganta o grito animal que nascia dentro dela, ela transformaria a impotência em poder e o preto mais escuro em um brilho ofuscante. E talvez conseguisse convocar aquela que ilumina a escuridão e guia nos momentos mais difíceis. Até que, ao sufocar sua respiração ao mínimo necessário para sobreviver na letargia, para paralisar seu corpo e ficar imóvel, ela foi capaz de fazer o que a Antiga Virgem lhe ensinara: viu-se em outro lugar. Conseguiu o que só tinha conseguido alcançar depois de um transe necrosado, quando levitou acima da terra ou descansou sobre ela como se estivesse sem vida — estabeleceu contato com Ela, fundiram-se em uma só, abandonando seu revestimento terreno putrefativo.

As árvores a chamavam com ternura; ela quase conseguia ouvir seu nome no farfalhar. E, então, viu a clareira necrosada. No sol e na chuva. Simultaneamente. Na clareira havia um círculo de mulheres disposto em torno do grande carvalho, do qual brotavam os bagos de beladona. Uma das mulheres parecia assombrosamente com Helene. Seus pés se tocavam. Os joelhos estavam dobrados e as pernas bem abertas. Como se alimentassem as fendas com a chuva. Como se estivessem dando de beber às suas vulvas. Inteiras encharcadas, com quadris levantados para que as gotas, como o sêmen masculino destinado a engravidar a mulher, penetrassem fundo nelas e se fixassem nas profundezas. Onde a vida começa. Estavam tensas como cordas, pois também sentiam prazer ao acolher a chuva dentro de si. A casca do carvalho estava perfurada por tubos de onde fluía uma seiva dourada. Ela pingava em canecos. Um para cada uma delas. Doze mulheres. Doze jarros. Doze tormentos da alma e relâmpagos do corpo. De repente, a mulher parecida com Helene se transformou em uma velha sorridente, e depois em uma criança ofegante, também assustadora e desdentada.

Helene, sob a influência da visão da Antiga Virgem, começou a acolher Karl dentro dela de forma diferente. Como a chuva.

E quando chegou a aurora, depois de ter gastado toda a energia vital nessa única e verdadeira noite de casados, Karl Schmied estava morto. Expirou exatamente quando uma nova vida foi concebida em sua jovem esposa, Helene Spalt, que passou a se chamar Schmied. Uma vida na qual as partículas de todas as criaturas nascidas desde o início dos tempos (as da água, as da terra e as do céu) penetraram pelo ar.

Sobre a criancinha dócil, o *juhacz* salvador e a mudança para a floresta

◆

Como uma mulher tão jovem e tão forte como Helene Spalt deu à luz uma criança que, ao longo da vida, não pôde desfrutar de tudo que sua mãe desfrutou? É isso que acontece às vezes. Nascem crianças que parecem ser o completo oposto dos pais. Se isso ocorre por uma questão de coincidência ou por uma incoerência mais ou menos consciente da criança, não sabemos. É importante saber apenas que, eventualmente, a fruta cai longe do pé. E assim foi dessa vez.

Desde pequena, Ursula demonstrava traços de caráter extremamente estranhos à sua mãe. Docilidade e adulação. Não dava importância ao que era seu. E, ao mesmo tempo, tinha uma rara delicadeza que, óbvio, vinha acompanhada da suscetibilidade a qualquer tipo de ferimento: não só do corpo, mas também da alma. A almazinha arisca que morava em seu corpo era tão frágil que mesmo um olhar torto podia tocá-la e feri-la profundamente. Por isso, Helene, desacostumada a tal delicadeza, precisava ter cuidado com ela e se esforçar para não ser forte demais, barulhenta demais ou rápida demais. Apesar de sua própria natureza ser exatamente assim — forte, barulhenta, rápida, desde a infância — e de todos no mosteiro a amarem por isso. Foi justamente desse jeito que cativou os irmãos. Com sua onipresença. Com seu rosto radiante desde o amanhecer. Com sua saudação entusiasmada a cada dia que chegava.

Além disso, o que Helene amava perturbava a pequena, fazendo com que desenvolvesse intensas reações defensivas.

O sol sempre lhe causava problemas. Os olhos da menininha se inflamavam como os dos gatos quando vermes os devoram por dentro. E cada vez que os raios brilhavam mais fortes, ela espirrava terrivelmente. Com frequência uma gordura fétida escorria de suas orelhas e de seu umbigo; as fezes da criança tinham um cheiro tão azedo e uma cor verde tão desagradável que era impossível limpá-las por completo no rio, mesmo com a ajuda de soda cáustica. O pólen das plantas lhe causava erupções e abscessos, que o banho de casca de batata não ajudava. As nozes das quais Helene normalmente se alimentava, alternando com frutas silvestres, faziam a criança sufocar e inchar tanto que sua cabeça quase dobrava de tamanho. E o pior de tudo era o efeito causado nela pelo leite de vaca e pelo queijo, que para Helene e Kunegunde eram condição para a sobrevivência e a principal fonte de sustento. Sobretudo depois de terem sido pegas vendendo o antipau. Felizmente ninguém provara que a produção era delas, porque se a Igreja as tivesse julgado e condenado por envenenamento, elas teriam sido penduradas numa das árvores em frente ao Portão de Breslávia, como outros malfeitores e pervertidos.

Vale mencionar que elas não ficaram ociosas. Logo após a morte de Karl, criaram outro produto que agradou muito as mulheres do ducado: o famoso *juhacz*, que distribuíam de uma forma muito mais esperta e segura. O *juhacz* — feito de ervas, raízes de anis e de malva negra — era uma pomada bastante forte. Por isso, elas a embrulhavam em um rolo de língua-de-
-ovelha, protegendo ambas as extremidades com folhas adicionais, enlaçavam o pacote com fios fortes e o embalavam diretamente dentro das rodas de queijo. Tanto esconderijo era para não despertar suspeitas nos homens de batina que ficavam circulando pelo mercado, só para apanhar as mulheres do ducado numa nova transgressão. Elas compravam a pomada e a levavam para casa, onde a provavam escondidas dos maridos.

Enfim, elas podiam se dedicar em paz a outras atividades ao entardecer e à noite. Por exemplo à leitura, que lentamente virava moda, porque já funcionava a primeira tipografia em Nysa.

Além de lerem sobre as vidas dos santos — que podiam até matar de tédio —, as mulheres também se dedicavam a bordar, o que se tornava cada vez mais comum graças a uma dama de Ferrara, famosa por seu gosto pelas mulheres. E até se podia ganhar um dinheiro digno com isso, bordando toalhas para tabernas e bodegas, ou vestidos enfeitados para as alfaiatarias. Outras, em vez de ler ou bordar, aprenderam, também sob influência da dama de Ferrara, a assar doces italianos que se diferenciavam bastante dos locais, porque raramente eram feitos com mel e especiarias, e sim, na maioria das vezes, com farinha branca e açúcar. Tais doces tinham a leveza das nuvens e podiam ser consumidos em maior quantidade, mas custavam tão caro que só os burgueses mais ricos podiam experimentá-los. "E, de qualquer forma, sai tudo por trás" — como Kunegunde Kreppel costumava dizer com propriedade, mantendo a moderação em relação às novidades italianas, assando seus amados pãezinhos de gengibre pesados, que causavam tantos gases que poderiam fazer um homem voar até Ferrara com eles.

O efeito do *juhacz* foi uma verdadeira salvação para as mulheres de Nysa, porque a porção masculina dos moradores ouvia atentamente os sermões do bispo de Breslávia, Andreas Jerin, na basílica de são Tiago e santa Inês, e tremia ao pensar em cumprir os deveres conjugais nos "dias sangrentos", que o bispo denominava amaldiçoados. Os homens tinham mais medo disso do que de outra epidemia da peste, fome ou guerra. Por isso, as mulheres puderam finalmente desfrutar da tão esperada liberdade, ainda que os estoques de antipau, venerado por elas, tivessem sido confiscados pela Igreja e enviados para as catacumbas da basílica. Agora as citadinas sangravam muitas vezes durante o mesmo mês: mal terminava uma menstruação, já começava a seguinte, causando aos maridos aflição e frustração por causa da abstinência forçada. E como as prostitutas que exerciam a profissão mais antiga do mundo também não paravam de sangrar, para aflição das cafetinas, o ducado de Nysa estava novamente diante de uma catástrofe tanto demográfica quanto emancipatória, dando assim um exemplo desastroso para outras cidades da Europa.

O infortúnio do ducado e das "mulheres sangrentas de Nysa" foi amplamente comentado nos palacetes de todo o continente e nas colônias. As pessoas se perguntavam por que as citadinas de lá haviam passado a menstruar de maneira diferente do que a natureza pretendia, não uma vez por mês e nem durante a lua nova, mas, na maioria das vezes, em cada quarto da lua, não seguindo mais a ordem divina e se afundando em um caos que ofendia a Deus.

O próprio papa Gregório XIII se interessou por essa questão, enviando médicos de sua corte para Nysa para examinar as mulheres que sangravam, o que não trouxe nenhuma conclusão concreta, exceto contínuas aflições e queixas dos líderes católicos mais capazes, bem como dos maridos tementes a Deus.

Entretanto, mesmo assim e graças aos ensinamentos de Helene Spalt — cuja língua também começou a se soltar após a viuvez (pelo menos nesta esfera, em outras, aquelas cotidianas, ela continuava muda) —, as mulheres aprenderam sobre incendiar a vulva e o grande prazer que isso proporciona; sobre a necessidade de despertar dentro de si o amor pelos seres vegetais também na dimensão física: e sobre como adorar a criança divina — a filha do Céu e da Terra, que, junto a esta, formava uma unidade: a Antiga Virgem. Era assim que Helene abordava a questão, enfatizando o tempo todo que a divindade das mulheres não é o Deus Pai, mas a Mãe Terra, e argumentando que a tarefa das mulheres na Terra é fazer renascer a sua religião. A religião da qual a Igreja as privara. Ela tinha recebido essa tarefa da própria Antiga Virgem, que aparecera e entrara nela na floresta necrosada.

O ensinamento acontecia em segredo sob o carvalho, debaixo do qual havia alguns anos Helene comera com Kunegunde Kreppel, e depois sozinha, os bagos de beladona, ou seja, exatamente o mesmo lugar em que ela se viu quando sua alma foi separada do corpo na noite de núpcias, um ano após o casamento. Na noite em que enviara seu marido, o ferreiro Karl Schmied, à morte.

E quando ela terminava de ensinar, ficava muda novamente, incapaz de emitir nem meio som. Como se sua língua tivesse um único propósito: propagar uma nova fé, embora fosse a mais antiga do mundo, e os ensinamentos que resultavam dela.

Graças ao *juhacz*, elas rapidamente conseguiram compensar as perdas sofridas por causa do processo judicial e comprar tecidos, inclusive panos de melhor qualidade e até seda, em vez de linho cru cardado. E tudo para poder contar a verdade sobre as revelações sem usar palavras, que são demasiado imperfeitas. Para glorificar o poder da Antiga Virgem. Para despertar o amor, inclusive o físico, por todas as plantas existentes, que a Mãe Terra deu à luz. Dos bulbos de dourados e ensolarados botões-de-ouro até os rizomas do caule, passando pelos amentilhos acariciadores de fendas e as folhas com muitas veias e os musgos. No início, apenas um punhado de mulheres, que conheciam Helene e Kunegunde graças a seus produtos secretos, comparecia às palestras de sexta-feira ao entardecer. Mas, rapidamente, começaram a aparecer muito mais: primeiro cerca de cem e, alguns meses depois, trezentas. Isso despertou uma onda de suspeitas entre os representantes da Igreja, até mesmo entre os bispos de Breslávia, a quem chegaram os boatos sobre Helene e Kunegunde.

Antes de cada reunião de sexta-feira na floresta, querendo espalhar a Palavra da Antiga Virgem, Helene ia cortar as necroses para tornar-se uma com a Mãe Terra. Não queria tanto pregar sobre Ela, mas anunciá-La, deixando a Antiga Virgem entrar nela, transformando-se Nela. Caso contrário, não seria capaz de emitir nenhum som.

Mas essa união não acontecia sempre. Mesmo após alguns bagos de beladona, o transe necrótico só era realmente frutífero depois que Helene recebia da Antiga Virgem alguma imagem para bordar ou palavra para transmitir às mulheres. Isso era difícil para ela, porque, ao mesmo tempo que sempre queria mais, cada contato com a Antiga Virgem lhe custava muito. Por causa dos efeitos dos bagos de beladona alucinógenos, ela perdia sua força vital por vários dias e noites, e cambaleava de cansaço, prostrando-se e desmaiando a todo instante na Terra. Como se a estivesse ouvindo. Afundando-se em si e lentamente perdendo o leite do peito por causa da exaustão. E também a ternura pela criança.

Nessa época, Ursula era responsabilidade principalmente de Kreppel, que cuidava da criança como se fosse sua. Ela a mimava e confortava, ao contrário do que Helene, cada vez mais exigente, esperava. Em vez de dosar os acontecimentos desagradáveis e eliminar o que lhe causava mau estado de espírito e problemas de saúde, Helene insistia em submetê-la ainda mais a esses fatores, expondo Ursula a tanto sol, com seis meses de vida, que ela poderia ter ficado cega se Kreppel tivesse obedecido aos desejos de Helene. Ela mergulhava a menina no pólen das árvores durante o pico da estação polínica, dava-lhe para beber macerados de nozes e urtigas para fortalecer sua saúde e exterminar os vermes, que a criança tinha de vez em quando, e fazia do queijo de leite de vaca — que Helene naquele tempo já amava tanto quanto as árvores — a refeição básica de Ursula. Como ficaria claro mais tarde, Helene não cometeu nenhum erro. Em seu quinto ano de vida, Ursula conseguiu superar todas as suas fragilidades e limitações, ainda que continuasse sendo uma criança tímida, franzina e que vivia segundo as regras alheias, de acordo com o que outras pessoas mandavam.

    Isso preocupava Helene porque, acima de tudo, ela queria ensinar a filha a ter opinião própria na vida. A se tornar uma pessoa relativamente independente. Porquanto mesmo numa sociedade tão rígida e vertical como a do ducado episcopal, as mulheres podiam, com certa dose de abnegação, ingressar numa corporação e se formar artesã numa determinada área, recebendo depois uma remuneração por isso. Ela queria ter uma criança rebelde, desobediente, curiosa sobre o mundo e incapaz de ficar parada. Porém, Ursula, concebida de um pai que estava caindo na morte, carregava dentro de si uma tristeza, um medo e uma sobriedade muito estranhos a uma criança. Ela concordava com a mãe em tudo, nunca causando grandes problemas.

    Então, quando a casa delas foi atingida por um raio e elas milagrosamente sobreviveram, e Helene declarou que não fora um acidente e ordenou que se mudassem para a floresta, Ursula, com três anos, aceitou sem reclamar. E até mesmo com gratidão.

Sobre a compra da floresta necrosada e as viagens de beladona

◆

A floresta necrosada rio abaixo, lugar onde tudo começou, não pertencia ao bispado, como as outras no ducado, mas sim à ordem franciscana, onde Helene passou a sua infância feliz sob o olhar carinhoso de Kunegunde e do irmão Albert. Kreppel sabia disso, porque ouvira com os próprios ouvidos, várias vezes, como os irmãos se irritavam com o desmatamento da floresta pelos fiscais episcopais, censurando-os por invadir o território alheio.

Sabendo que, pelo registro oficial, elas podiam ser consideradas mortas tragicamente e queimadas pelo fogo no incêndio da casa, decidiram usar de tal ardil e enfim mudar suas vidas. Kunegunde demorou a convencer Helene a envelhecer a aparência com a ajuda de farinha e fuligem e apresentar aos irmãos uma oferta de compra da floresta por uma quantia absolutamente justa. E para que ninguém entre eles a reconhecesse na meretriz local ou prostituta da floresta — como a chamavam —, ela usaria seu sobrenome de viúva.

— Lembre-se: assine o contrato não como Spalt, mas como Schmied — Kunegunde a advertiu.

E como, para Helene, usar o sobrenome do marido era o equivalente a vender a alma para o diabo, Kunegunde, impaciente com a resistência dela, gritou:

— Faça um esforço, pelo menos uma vez na vida, para não pensar com a vulva, e sim com a cabeça!

Sabendo que a negativa dos irmãos poderia frustrar todo o plano, Helene cerrou os dentes e foi até o mosteiro como uma Schmied.

O ministro-geral, que tinha mais de oitenta e cinco primaveras, olhou atentamente para Helene tentando entender de que forma uma mulher podia ter acumulado tamanha fortuna, mas gostou da soma em ducados de ouro que ela colocou na mesa diante dele, e decidiu apenas perguntar de onde ela viera. Helene mentiu que seu falecido marido fora um dos mineiros famosos de Reichstein, que morreram enquanto extraíam ouro, num desastre célebre, e que o corpo dele, como os de outros cinquenta e cinco mineiros, não tinha sido encontrado até então. Nesse momento da história inventada, Helene até conseguiu derramar algumas lágrimas, que desceram por suas bochechas, para dar força à mentira.

Quando questionada sobre o que pretendia fazer com uma floresta repleta de árvores mortas, que o próprio bispo Johannes von Sitch considerava amaldiçoada, ela respondeu:

— Desmatar a terra, cortar a madeira e oferecê-la ao bispado para a construção de novas igrejas. E depois que os tocos forem removidos, transformá-la em campo para pastoreio de gado, porque não sei fazer nada tão bem quanto o melhor queijo que existe.

Tranquilizado, mas não cem por cento, o ministro-geral ordenou ao escriba do mosteiro que preparasse a escritura de venda da floresta necrosada, e eles a assinaram em duas vias, uma para cada parte.

O resto correu com facilidade. As mulheres levaram uma tarde para arrumar seus pertences. Além dos animais (um cavalo, seis vacas, quatro galinhas e um galo), tinha sobrado pouca coisa depois do incêndio da casa. O cavalo foi atrelado à carroça, Kreppel se sentou com a pequena Ursula nos braços, e as três partiram para o lugar que havia tempos as chamava, onde tudo começou. O lugar onde há anos haviam comido bagos de beladona e onde cortaram as necroses pela primeira vez. O lugar onde a Antiga Virgem visitara Helene.

A área que elas compraram incluía, além da floresta necrosada, uma clareira próxima sob um grande carvalho, onde cresciam bagos de beladona rio abaixo, longe das áreas destinadas à derrubada de árvores e, portanto, longe dos olhos dos fiscais, que estavam derrubando as árvores em grande escala.

No entanto, acontecia de os fiscais se aproximarem delas e as observarem enquanto colhiam ervas, ordenhavam as vacas ou se aqueciam no fogo como o Senhor Deus as criou, pois só assim podiam experimentar toda a diversidade da Natureza com seus corpos. E aprender a tocá-la.

A exposição da pele ao sol era mais agradável do que à chuva, à geada ou ao vento, mas Helene também andava despida no outono, e só quando chegava o inverno ela se vestia como uma pessoa normal, com roupas quentes, permanecendo descalça para não perder o contato com a Mãe Terra.

Uma vez aconteceu de os bispos do canonicato, enquanto caçavam veados, verem as mulheres nuas rio abaixo, onde ordenhavam vacas, o que os deixou pasmos e semeou o caos em seus pensamentos. Quando começaram a fazer perguntas, Kreppel repetiu-lhes, em seu nome e em nome da muda, a proprietária da terra, que tinham vindo de longe, da cidade de Reichstein, famosa pela mina de ouro, depois de Helene ter se tornado viúva de um mineiro, e que não precisavam de casa, porque, por enquanto, a terra quente e o céu estrelado eram suficientes para elas, e que se preocupariam quando o outono chegasse. Ao dizer isso Kreppel também mentia para si mesma, porque, devido à sua idade, preferia, e não deixava de lembrar Helene disso pelo menos uma vez por mês, morar em uma casa de tijolos, sob um telhado, não sob o céu. Nem mesmo um repleto de estrelas.

As três moraram assim por mais de um ano, sozinhas na floresta. Tanto no início da primavera como no início do inverno, elas permaneciam ali à noite, embora o frio fosse tamanho que precisaram ensinar Ursula a respirar superficialmente, mal inspirando pelas narinas, pois isso congelaria seu nariz. À noite, Kreppel a envolvia em duas peles, vestindo-a antes com tantas camadas de roupas quantas elas haviam trazido consigo da casa incendiada. E quando a menina estava com frio, ela esfregava seus pés e suas costas com gordura de texugo com adição de várias resinas e macerados de folhas de arbustos e árvores. Além disso, espremia o suco das bolinhas de espinheiro branco direto na boca da menina, e esse suco aquecia por dentro seu corpo gelado, para que a criança não sentisse frio.

Helene não parecia sentir frio, como se um sangue diferente fluísse dentro dela. Como se ela tivesse algum mecanismo interno que lhe permitisse sobreviver em quaisquer condições. E como ela não usava sapatos nem no inverno e ainda assim seus pés não queimavam de frio, Kreppel a olhava com desconfiança cada vez maior. Começou a ficar ressentida com Helene por ela não pensar no bem-estar da filha, que era nova demais para tais experiências. Como se ter dado à luz Ursula já tivesse sido uma tarefa extenuante o bastante para Helene, que não incluía criá-la como gente. Ela transferiu essa tarefa para Kunegunde. Sem perguntar se Kreppel queria se encarregar disso.

Na verdade, Helene era impiedosa com Kunegunde, que começou a perceber isso tarde demais, apenas quando se mudaram para a clareira. Era como se Helene nunca pensasse nelas. Como se sua alma estivesse constantemente à deriva em algum lugar além da clareira e do dia a dia delas, e apenas seu corpo, ou até mesmo seus pés descalços, prendessem Helene a elas à força.

O uso seletivo da fala também não ajudava, pois Helene só proferia alguma palavra quando tinha vontade ou quando lhe convinha, como na compra do terreno do mosteiro.

Nas primeiras noites de frio, fizeram uma barraca com lona encerada e estacas de madeira que encontraram no local do último desbaste, empilhadas umas sobre as outras. Era exatamente diante dela que acendiam uma fogueira nas noites frias. Nela assavam Dinkel-Fladenbrot, pães ázimos fininhos de farinha de espelta, que molhavam no malte de cevada e no mel, bem como no doce de marmelo que preparavam no verão pensando no inverno. Cozinhavam sopa de urtiga, compotas de flores de tília e cogumelos com aveia, que Kreppel considerava o cereal mais saudável. E o principal, sobre o fogo aqueciam leite em uma enorme cuba de estanho comprada no mercado, que em todas as suas formas, líquida ou sólida, com adição de mel, alho e ervas, ou também como queijo, novamente voltou a constituir o ingrediente mais importante de sua alimentação e condição de subsistência.

Certo dia, Ursula jogou na cuba folhas de alho selvagem e uma grande quantidade de leite, que virou um creme, como forma de travessura por ter sido repreendida por Helene e Kunegunde. Quando o leite coalhou, ficou com um sabor excelente e um aroma ainda melhor. Então elas começaram a fazer experimentos com o queijo, às vezes adicionando mirtilos, depois buglossas, oxicocos e cebola feita no óleo da fritura de cogumelos. E quando iam ao mercado na quinta-feira, vendiam tudo imediatamente, e duas vezes mais caro.

As experiências de adições ao queijo se tornaram a principal ocupação de Kunegunde. No primeiro ano de vida na clareira da floresta, antes de outras mulheres irem viver com elas em tendas, criaram quase vinte variações de queijo: com alho selvagem; com menta do pântano, que cresce na beira do rio; com cascas de árvores tostadas sobre uma fornalha; com cinzas e carvão vegetal. Elas vendiam esses queijos com *juhacz* escondido neles — não no mercado, mas na clareira, e só para iniciadas.

O queijo em suas novas variedades — das quais os bispos, que se empanturravam em segredo, não se cansavam — era incomparável. Perfeitamente encorpado, macio, mas firme, derretia na boca, revelando sua origem de substância fluída primordial. Do dia para a noite se tornou o produto mais desejado nas mesas de todos os moradores da cidade. E o mais disputado nos dias de mercado em Nysa. Tanto o populacho simples quanto a rica burguesia aguardavam a chegada das mulheres com as rodas de queijo bem arrumadas na carroça. E aproveitavam a oportunidade para comprar delas mel com adição de ervas para algum fim específico; seiva de bétula derramada em jarras de barro vedadas com casca de árvore; e hidromel. Kreppel preparava o hidromel no inverno, e no início da primavera descongelava a água dos recipientes e despejava o mel em barris comprados do tanoeiro Joachim Kolberg em Nysa. Por fim, as mercadorias preparadas por elas começaram a ser exportadas, o que lhes trouxe fama além do ducado. Isso tornou seus produtos mais famosos do que quaisquer outros vindos dali. E quando uma dúzia de rodas de queijo conservadas em salmoura chegaram à mesa do próprio papa no Vaticano, ele, depois de comer o produto, trancou-se em seus aposentos e por quinze minutos açoitou as costas com um chicote de couro, punindo-se pela gula desmedida, porque comera todo o suprimento de várias semanas escondido de sua comitiva.

Desde então a procura pelos queijos se tornara tão grande que as mulheres precisaram comprar mais vacas para dar conta dos pedidos.

Voltando para as rodas de queijo que escondiam *juhacz*, elas as vendiam e, frequentemente, as davam de graça para mulheres necessitadas, que iam até elas na clareira por recomendação de outras. E, apesar do risco, começaram a enviar queijo com *juhacz* para o exterior, de modo que de súbito toda a Europa mergulhou numa menstruação contínua, reduzindo a demografia de forma significativa e, ao mesmo tempo, contribuindo para o desenvolvimento intelectual das mulheres, além do desenvolvimento de seus interesses. Basta mencionar que nessa época a determinação das mulheres de trabalhar em diferentes ocupações e artesanatos se tornou cada vez mais evidente. Na maioria das vezes, escolhiam a pintura, que nesse período incluía o bordado. Porém, acontecia também de elas procurarem trabalho em outras áreas, por exemplo, a da sapataria, porque tinham uma noção melhor de como moldar um calçado corretamente do que os homens, graças ao uso de botas de salto alto.

Então, é necessário dar crédito a essas duas, ou melhor, três mulheres — a mais nova das quais não tinha ainda quatro primaveras —, que, vivendo na floresta, num ducado afastado do centro da Europa — que nesse tempo seria Paris e Londres —, exerceram uma influência poderosa na emancipação das mulheres. E tudo isso não tanto por causa da nova religião, mas graças ao *juhacz*, o que, por sua vez, incomodava Helene, que tinha ciúmes das ideias de Kunegunde e se concentrava em algo mais do que apenas soluções práticas para os problemas das mulheres. Helene desejava oferecer-lhes uma nova fé que, ao contrário daquela proposta pela Igreja, fosse especificamente adequada às mulheres, com particular consideração às suas necessidades.

Em contraste com a crença num Deus masculino, ela desejava aproximá-las da figura da Antiga Virgem, que é ao mesmo tempo uma divindade descendente da Mãe Terra e idêntica a ela. Uma divindade para quem, ao contrário dos ensinamentos da Igreja, o mais importante é a alegria de viver, e não pensar na morte e viver para ela. O êxtase orgástico e não a automortificação. O transe desenfreado que se experimenta junto às outras e o prazer que nasce no momento que se aceita a divindade dentro de si, e não o ascetismo, o jejum e o chicote de couro em uma cela. Romper com as proibições e adorar a divindade em movimento, correndo nua pela floresta, e não de joelhos na Igreja.

Ela sabia que o antipau e o *juhacz* poderiam atrair futuras fiéis, mas esses medicamentos não deveriam se tornar um fim em si mesmos. Nem uma religião, pois o amor feito com os seres vegetais desprovido de referências sagradas apenas saciaria as mulheres e corromperia suas almas. E, cedo ou tarde, elas ansiariam por um pau duro. A não ser que recebessem algo mais.

Era esse "algo mais" que absorvia Helene completamente, não restando tempo para passar com Ursula, ordenhar as vacas, coalhar o leite ou ainda trocar palavras com a como sempre falante Kunegunde Kreppel.

E foi nesse contexto, entre a prática e a teoria, que começaram a surgir as primeiras diferenças de opinião entre as duas, que serão de grande importância no resto desta história sobre a Antiga Virgem e que não deixarão de influenciar Ursula, cuja mãe era mais Kreppel do que a própria mãe.

Neste ponto da história, basta dizer que a pequena Ursula, que no início agarrava-se à mãe biológica como toda criança, agora, aos quatro anos, preferia se agarrar à barra da saia de Kunegunde, já que, na maioria das vezes, a da mãe nem existia, pois ela andava nua da manhã à noite.

Mas Helene, quebrando a cabeça sobre como propagar o Evangelho da Antiga Virgem de forma mais ampla do que apenas para aquelas poucas almas perdidas que chegavam ali pelo famoso *juhacz* ou por pura curiosidade de ver como se pode viver longe do conforto, descobriu uma maneira de espalhar os ensinamentos em uma escala maior, graças exatamente à pomada.

Pressionando Kunegunde, conseguiu seu consentimento para começar a vender o queijo em seu próprio território florestal, onde os sacerdotes — obcecados pelo produto de forma doentia — que farejavam o mercado como cães de caça não podiam entrar.

Elas concordaram que o queijo com *juhacz*, ao contrário do comum ainda vendido no mercado de Nysa, só poderia ser adquirido em seu território, com registros que comprovassem quem recomendou o produto e apenas nas tardes de sexta-feira, quando realizavam seus cultos terrenos. Contavam que cada vez mais mulheres começassem a se juntar a elas na cerimônia da Antiga Virgem, que sempre começava com o consumo de beladona, que surtia uma viagem poderosa, ou com a fricção da seiva de beladona em suas vulvas ávidas por experiências extáticas. Depois, acontecia o corte das necroses, durante o qual as mulheres pareciam se perder, destruir e afastar o que estava morto para refletir o que estava vivo, o que era novo. E, finalmente, o incendiar conjunto das fendas, que terminava com um gemido de prazer, um orgasmo que vivenciavam juntas.

Helene tinha quase certeza de que a prática atrairia as mulheres da cidade, que estavam entediadas em sua vida temente a Deus, bem como as mulheres que viviam na região dos bordéis. Tinha vergonha de admitir que contava mais com as últimas, pois a desenvoltura delas na vivência do prazer era o maior desencadeador de prazer na outras, mais reservadas e ardendo de pudor mesmo sob um cobertor conjugal.

Àquelas mulheres mesquinhas que acumulavam o próprio prazer por anos, Helene costumava dar ainda mais oportunidades de se entregarem às varas para bater nas necroses. Varas que ela previamente cobria com uma pomada feita de meimendro misturado com beladona, para intensificar a viagem.

Elas costumavam usar a palavra "viagem" porque meimendro com beladona aplicado na fenda frontal ou traseira causava alucinações insuportavelmente deliciosas, como se estivessem de fato voando acima do solo, ainda mais porque para umas a vara colocada entre as pernas e agarrada com as mãos diante delas aparentava ser um veículo em movimento e, para outras, parecia os órgãos sexuais de um diabo. Mas todas sabiam que era apenas uma viagem temporária. E que vinha das ervas e não do satanás, que ninguém nunca vira ali.

Em muitas das vezes que as mulheres usavam beladona ou meimendro, a Antiga Virgem aparecia em uma de suas três figuras: ora como uma criança, ora como uma mulher no auge da vida, ora como uma velha. E, nunca se soube inteiramente por que, às vezes, nas visões, o rosto da Antiga Virgem se parecia com o de uma completa estranha, desconhecida, e, em outras, com o de Ursula, Helene ou Kunegunde, como se as três tivessem se tornado a Antiga Virgem. Helene considerava isso um mistério, embora ensinasse que cada mulher é e nela vive a Antiga Virgem. Que todas são a Antiga Virgem, porque provêm da Antiga Virgem, tendo saído do ventre da Mãe Terra, e a ela indo retornar na hora da morte.

Helene estava certa ao prever que, para propagar a nova religião, era preciso se encontrar com as mulheres na floresta e não no mercado, onde, desde os tempos do antipau, seus movimentos eram observados pelos cônegos e guardas. A viagem orgástica depois de provar beladona ou meimendro, ou ambos ao mesmo tempo, seguida do incendiar das fendas, revelava-se muito eficiente para atrair novas mulheres. No entanto, Helene e Kunegunde não contavam que as mulheres gostariam tanto dessas práticas misteriosas relacionadas à Antiga Virgem, proibidas pela Igreja, que começariam a querer mais, e que abandonariam suas casas, famílias e toda a sua vida burguesa segura e enfadonha por essas crenças.

Uma vida que durante séculos, com interrupções pelas epidemias e guerras, tinha garantido aos habitantes do ducado e arredores a salvação eterna e a imortalidade da alma.

Será que tal promessa de salvação eterna e de imortalidade da alma de fato convencia e cativava as mulheres da cidade fora dos muros e dos bordéis nos numerosos cafundós do ducado? Provavelmente não, já que logo dezenas, depois centenas de mulheres passaram a viver na floresta.

Sobre o início da congregação

◆

No começo, Helene não ensinava, só conversava quando alguma mulher começava a reclamar da vida dura, que a fenda era abusada pelo marido sem nenhum respeito, ou completamente esquecida por ele, de modo que ficava tão seca como cinzas, muitas vezes adormecida por causa da falta de umidade, definhando, isolada da verdadeira alegria e vida. E, como Helene dizia, uma vulva seca significa morte em vida para a mulher, um lento definhamento da pessoa, um atrofiamento. E tudo o que ela falava ela comprovava a cada instante, se tocando através do vestido, mantendo a vulva úmida e excitada o tempo todo. Não para acolher os homens dentro de si, mas para conversar corporalmente com as plantas e trocar força vital. Para verificar se estava cometendo algum erro no que dizia, ela colocava a mão na vulva por um momento, e quando a sentia pulsar, como a vida pulsa, sabia que havia dito algo importante, porque vinha da verdade do corpo e não da verdade da cabeça.

Helene ensinou as mulheres de Nysa que se reuniam ao seu redor, muitas vezes escondidas dos maridos, a fazer o mesmo. Logo, a maioria estava colocando a mão na vulva para se certificar de que um pensamento ou uma frase pertencia à ordem do corpo e estava em harmonia com ela. Tentavam não seguir outros pensamentos, pois a vulva havia se tornado seu centro, seu guia mais ilustre. Não foi fácil, porque até recentemente elas ainda concordavam, por instrução e por educação, com o que os homens diziam, mas as vulvas não reagiam de forma alguma à verdade masculina. Elas quase nunca pulsavam. O que era evidente na igreja, durante a liturgia. No decorrer dos sermões, as vulvas mergulhavam em entorpecimento ou sono, embora acontecesse de, ao escutarem o Cântico dos Cânticos, ficarem úmidas de repente. Um arrepio chegava a percorrer o corpo. Era como se as palavras do salmo tocassem tanto suas vulvas quanto suas almas. Então as mulheres voltavam a sentir amor por Deus e por toda sua Criação. Incluindo seus maridos. Mas isso não acontecia com frequência, pois suas vulvas viviam de luto. O ato de colocar a mão na vulva e tocá-la através do vestido foi rapidamente percebido por um dos cônegos, e chegou aos ouvidos do próprio bispo Johannes von Sitch, deixando-o tão indignado que teve uma febre de três dias em todo o corpo, que terminou em uma erupção repulsiva. Como se o calor resultante da fúria que consumia a mente e o corpo de Sua Santidade escapasse para o exterior através da pele, reunido em focos vermelhos de inflamação.

Assim, após esse incidente, o bispo Sitch nomeou um de seus cônegos como o "sentinela da moralidade de Deus", cuja tarefa era rastrear e denunciar qualquer comportamento feminino anormal na cidade e arredores. O sentinela também ficou responsável por observar os rituais de vida dos habitantes, pelas janelas, ao entardecer. Conseguiu uma dúzia de clérigos para ajudá-lo. Então, eles se mobilizaram pela cidade ao anoitecer, carrancudos e vestidos de preto, usando máscaras especiais no rosto para que ninguém os pegasse assistindo às cenas conjugais. Afinal, nenhuma mulher voltaria a se confessar se o mesmo padre se sentasse no confessionário e ouvisse seus pecados.

O bispo Sitch gostava de perguntar a seus cônegos sobre os detalhes das confissões de cada um dos fiéis e, apesar da confidencialidade, era assim que ele conhecia os habitantes de Nysa, predominantemente do sexo feminino.

Às vezes, ao colocar a mão no colo, uma mulher era denunciada ao bispo pelo sentinela. Ela então era convocada diante de sua majestade, admoestada, condenada a um açoite público no pelourinho e obrigada a pagar uma multa alta equivalente a dois ducados de ouro. Essas mulheres eram elencadas numa lista do bispo que, além das "arranhadoras de vulvas", como ele as chamava maliciosamente, incluía os nomes e sobrenomes dos mais baixos ladrões e das mais vulgares prostitutas de Nysa. A lista completa era lida todas as quintas-feiras no mercado de Nysa pelo assistente do bispo, o vigário Thomas Grunewald.

Atraindo para si as mulheres de Nysa e suas vulvas, tecendo do zero o fio de proximidade e compreensão entre elas, que tinha sido desfeito nos últimos séculos, Helene criava um terreno ideal para a prática de separação da alma do corpo, que é uma habilidade muito fácil de se obter fazendo amor consigo mesma e vivificando a vulva adequadamente. Como já havia bordado essa parte dos ensinamentos, Helene decidiu compartilhá-los com as clientes que reclamavam dos maridos, que vinham até ela e Kunegunde para comprar queijo em dias de feira, e depois com as colegas delas, e, no final, tinha espalhado seu conhecimento sobre corpos e almas para a maioria das moradoras de Nysa, que começaram a ir à floresta escondidas dos maridos, passando pela teoria e também pela prática. Sob sol e chuva. Mesmo quando uma tempestade se aproximava e os raios cortavam o céu ao meio como um sabre, pelo menos seis mulheres sempre se reuniam para ouvir Helene pregando sobre o amor à Terra e ensinando a incendiar a vulva. Perguntavam-lhe coisas sobre as quais jamais tinham conversado com ninguém.

A congregação em si, chamada Terrela, começou com a filha do ourives Joachim Goldberg, Sara, que, contra a vontade da mãe e do pai, mudou-se de Nysa para a floresta logo após completar dezesseis primaveras. Nesse momento, Helene, Kunegunde e a pequena Ursula moravam na floresta necrosada havia quase um ano.

Sara acidentalmente ouviu um trecho de uma conversa entre os pais sobre um plano de casá-la com o filho do famoso médico de Olomouc, Karl Gropius. Ela o conhecera na feira de são João, em Breslávia, e nunca esqueceria sua imagem pelo resto da vida; por causa do eczema e das pústulas no rosto, Karl lhe pareceu a criatura mais repulsiva no mundo. Sob a proteção da noite, ela arrumou algumas coisas indispensáveis no baú de sua mãe e fugiu pela janela, para além dos muros da cidade, com um objetivo claro: viver na clareira da floresta com as estranhas, mas muito felizes, porque livres de quaisquer restrições, Spalt e Kreppel.

As tentativas de trazê-la de volta foram inúteis. Sara renunciou a tudo que tinha e aceitou sem pestanejar que fosse excluída do testamento dos pais, apenas para poder viver na clareira. E como as notícias, sobretudo as inusitadas, espalham-se mais rápido do que o pólen soprado pelo vento, depois de uma semana todo o ducado falava sobre esse acontecimento e criticava Joachim Goldberg. Como tinha criado a única filha? Ele provavelmente dedicava seu tempo mais ao vil metal, que o transformara em um bezerro pagão, do que a cuidar dela! Em vez de se compadecerem da perda sofrida pelo homem, as pessoas o insultavam em pensamentos.

E tudo isso era assustador. Que a qualquer momento sua rebenta pudesse fugir de casa em segredo para a congregação de Spalt, para elevar suas orações não para o Céu, mas sim para a Terra, e só Deus sabe o que mais, porque já espalhavam boatos a meia-voz sobre as infâmias florestais conduzidas por Spalt. Havia até burburinhos de que talvez fosse uma nova religião, porque os pescadores que caçavam lontras e castores viram Helene, Kunegunde e Sara deitadas de bruços, com os cabelos espalhados à sua volta, fazendo movimentos peculiares com os quadris e emitindo sons estranhos, desafinados e rangentes. Foi isso que relataram ao bispo inquieto. E como deitar-se com braços abertos estava associado às orações da Igreja, essas histórias plantaram uma semente de suspeita na cabeça do bispo.

Menos de um mês depois juntaram-se a elas: a esposa e a filha do boticário Ludwig Zweig; logo em seguida, a noiva do moleiro, Irma Grimm, que não suportava mais o fedor que saía da boca de seu prometido, constantemente encharcado das bebidas alcóolicas mais fortes; e suas três irmãs: Marie, Hannah e Dorothe, todas órfãs. Então as seguiu a viúva do mecenas Hubertus Weiss, Wilhermina, que queria companhia em vez de solidão para o resto da vida. Depois de alguns meses, as próximas chegaram com seus pertences em trouxinhas, deixando suas casas, às vezes dentro dos muros da cidade, às vezes nos bordéis, às vezes nos puteiros, como Kreppel costumava dizer enfaticamente. Elas se afastavam dos maridos, às vezes levando consigo as crianças, para por fim viver mais perto da Natureza e, na versão oficial, apresentada várias vezes nos interrogatórios conduzidos pelas autoridades municipais e pela Igreja, para ficar mais perto de Deus. Afirmavam que de repente tinham passado a ansiar por uma vida de pobreza, privada de todos os luxos, franciscana na sua forma mais radical. Depois de um ano, havia vinte e duas delas, e cada uma atraía outras. E assim, ao longo dos anos, chegaram a duas centenas. Toda a clareira da floresta ficou coberta de tendas tão densamente amontoadas que era impossível colocar os pés no chão sem pisar em alguma coisa.

As terrelas eram necessárias à região, porque forneciam seiva de bétula à cidade, com a qual os habitantes regeneravam seus organismos após resfriados e outras doenças, e despertavam seus membros após o inverno, como se ressuscitassem na primavera; vendiam leite e queijo; além de misturas, macerados e teriagas, pelos quais as pálpebras dos citadinos sedentos por sono podiam finalmente se fechar, os dentes doloridos podiam ser aliviados e as feridas ulcerativas fétidas se curavam, graças às substâncias secretas obtidas na floresta.

Além dessa atividade pública, pela qual pagavam os devidos impostos como Congregação das Terrelas no registro da Câmara Municipal de Nysa, as *Die Spalten*,* como eram chamadas com sarcasmo, realizavam atividades secretas, conhecidas apenas entre as mulheres, e mesmo aí, só entre algumas poucas escolhidas. Elas faziam abortos, provocavam sangramentos para dificultar a relação conjugal a pedido das mulheres insatisfeitas, mas também tratavam de oligúria, corrimentos, umidade ou ressecamento excessivo nas fendas. E, acima de tudo, mostravam como fazer amor de acordo com a prática da Antiga Virgem: com o que é macio, delicado, afagante, não rígido, fazendo com que o duro lentamente se tornasse *démodé* e *passé*. Além do fendacêndio, ensinavam o bordado, tendo Kreppel como professora; a maceração de ervas — ela e Helene —, para que as mulheres pudessem trabalhar na corporação dos boticários; e a tecelagem, para que pudessem construir rapidamente telhados com galhos e palha. Também desenvolveram habilidades de carpintaria, para talhar a madeira, mas apenas das árvores que a Mãe Terra havia derrubado por uma tempestade ou que estavam doentes. Elas não cortavam nenhuma árvore viva e tentavam primeiro tratar as doentes. Conheciam maneiras de ajudar a cicatrizar os lugares afetados pelos processos de decomposição ou por vermes. Ferviam confrei com resina e selavam as feridas das árvores. Cobriam os lugares afetados com decocções de ervas e sua própria umidade, às vezes

---

* Do alemão: "fendas", "aberturas", coloquialmente, "bucetas".

com muco, às vezes com sangue ou saliva, e, sobretudo, cortavam o que estava morto com varas. Logo, a floresta necrosada começou a se recuperar e novos brotos passaram a crescer nos lugares onde os estiolamentos tinham sido quebrados, anunciando o nascimento de galhos.

Além da limpeza da clareira para a vida compartilhada na floresta, mas também para manter saudável o ambiente que escolheram para viver, elas se dedicavam com grande entusiasmo ao que constituía o cerne dos ensinamentos terrenos: penetrar as fendas com aromáticos rizomas, às vezes introduzindo espádices de flores, semelhantes a longas pinhas verdes-claras e de rugosidade extremamente agradável. Todas faziam isso duas vezes: na aurora e no crepúsculo, porque era quando começava e terminava a vida cotidiana. Assim, abriam as fendas para receber dentro de si a luz da aurora e, ao anoitecer, deixavam entrar o azul que anunciava a escuridão salpicada de estrelas. Para que o crepúsculo se arrastasse por seus ossos e espalhasse o breu. Eram, portanto, intervenções higiênicas, como lavar locais escondidos da vista humana ou pentear os cabelos, e elas por certo não as consideravam indecentes.

Para outorgar a uma nova mulher que acabava de chegar ao título de terrela, Helene a questionava sobre a teoria que precisava ter aprendido e também ordenava que demonstrasse seu conhecimento prático. Antes de se tornar terrela, a mulher recebia um rizoma colhido na lua cheia de maio. Em seguida, a ela era definido um lugar no círculo ao redor do carvalho no qual cresciam beladonas. No carvalho, sob a influência da Antiga Virgem, no dia da sua primeira menstruação, Helene esculpiu o símbolo da vagina-útero-crânio. Depois, a nova participante era instruída a como roçar e incendiar sua fenda com o rizoma, para que a alma se desprendesse do corpo, se movesse e se conectasse ao centro da Terra por um fio luminoso invisível, para que pudesse dar tanto de si mesma à Terra quanto recebesse Dela dentro de si.

E quando, ao se incendiar, um novo prazer era alcançado ao mesmo tempo com as outras terrelas, a mulher era considerada uma iniciada, porque era semelhante em pulsação às demais existências, o que também resultava na equiparação da respiração. Só então ela podia ser chamada de terrela, e fazia um juramento solene de que nunca revelaria os ensinamentos da Antiga Virgem a nenhum homem, exceto àqueles que a própria Helene escolhesse. Caso contrário, todas as terrelas na clareira necrosada poderiam ser enforcadas ou morrer de outra forma devido à sua estupidez.

Helene lembrava que o mais importante era incendiar a vulva, pois só assim era possível tecer um fio único com o mundo, que começa no centro da Terra e, passando pela fenda feminina, une-se ao centro do Céu — à maior luz, que dura eternamente. E fazer com que o brilho entre as coxas, pulsando com os pensamentos, seja levado para onde faz falta, onde reinam apenas a tristeza e a escuridão do mundo. E o reverso da mesma moeda, que as trevas sejam carregadas para onde reina demasiado brilho e alegria, espalhando assim harmonia e ordem ao mundo inteiro.

Sobre os insólitos sermões de Helene Spalt

◆

Todos os sermões de Helene Spalt ficavam na memória das terrelas. Alguns eram escritos em fragmentos e depois reunidos em um todo por algumas terrelas, de modo que eram trocados entre elas e lidos secretamente repetidas vezes. Para não levantar suspeitas nos maridos ou pais, bem como entre suas mães tementes a Deus, as mulheres que frequentavam os sermões, porém ainda não pertenciam à congregação (e havia muitas delas) e, portanto, não viviam na floresta, mas em suas casas, envolviam os exemplares na capa de um livreto sobre a vida dos santos.

Todo encontro na floresta com Helene começava da mesma forma. Na primavera, no verão e no início do outono, as presentes se deitavam no chão, cuidando, a pedido de Spalt, que suas barrigas e úteros quentes pressionassem o mais firmemente possível a superfície dura. Aderiam a ela e às suas guias: a Terra e Helene. E enquanto estavam deitadas, pressionando os ossos pélvicos no chão, sentiam que não pertenciam mais apenas ao mundo dos vivos. Todas as substâncias subterrâneas penetravam sua pele. A matéria pulsava com o sopro divino, germinando e se decompondo, e sempre acompanhada de suas raízes, seus vermes e micélios. Nas veias das mulheres, o sangue se misturava com os sucos da Terra. Assim, alinhadas com a Terra e ao sinal dado por Helene, elas se sentavam em círculo e começavam a conversar, fazendo perguntas a Helene sobre os assuntos mais íntimos e lhe pedindo conselhos.

Às vezes faziam abortos, cujos fetos eram enterrados no fundo da mesma clareira, e depois se lamentavam e choravam juntas. Havia cerca de trinta desses cadáveres, às vezes do tamanho de um caroço de ameixa, outras de uma maçã inteira ou até duas maçãs. Elas tinham um local especialmente marcado para essa tumba grupal, na qual sepultavam fetos abortados ou perdidos. Ali cresciam dedaleiras tão roxas que a cor se aproximava à das ancólias. E elas sempre ficavam ali por um tempo, contando aos seus pequenos cadáveres o que havia de novo com elas, para que essas crianças não nascidas ou natimortas sentissem que pertenciam às mães para sempre e que o amor fluía do mundo dos vivos para elas.

Nem todas as reuniões na floresta tratavam de assuntos relacionados apenas à vulva, embora, segundo Helene, todos os assuntos estivessem indiretamente ligados a ela. Porque a vulva vivificada, viçosa e ativa conectava sua dona com o mundo ao redor. Assim como as antenas pelas quais o caracol percebe tudo. Sem a conexão com a vulva, toda mulher seca e começa a formar crostas em sua vida, privando-se das sensações e emoções intensas.

Para conhecer as ervas é preciso primeiro conhecer a si mesma. Olhar para dentro e perceber que a própria vida e a vida dos seres vegetais e dos animais são uma só. Que viver significa não morrer e que a morte serve apenas para a vida voltar. Da mesma forma que a geada se estende sobre os prados coloridos de flores no início do inverno, e, no inverno, a brancura coalha como leite que se torna queijo, algo que muda também se transforma em algo novo, trazendo em si os sinais que o caracterizavam anteriormente. Para ensinar-lhes esse artifício, Helene teve que mostrar como esse princípio funciona na vida real.

Alguns dos fragmentos eram lidos por mulheres com rostos corados, sentindo pela primeira vez que alguém lhes dirigia a palavra, e só a elas, oferecendo algo tão extraordinário que um arrepio percorria todo seu corpo, e algumas vezes elas até desfaleciam devido à sensação.

> *Aquela que tiver vontade de fazer o sinal da cruz antes do nosso encontro e voltar seus olhos a Deus, deverá fazê-lo. Mas lembre-se de que o próprio Pai Celestial moldou o homem do barro e da merda dos pássaros, e que ele ainda quer ter acesso às nossas fendas para governá-las tão mal quanto governa esta floresta e as outras do ducado. E que essas fendas serão protegidas por ninguém menos que a Mãe Terra, e somente quando a protegemos, respeitando tudo que dela nasce e a ela retorna após a morte, criamos fertilidade para o novo que ainda está por surgir. E que foi a Mãe Terra e não o Deus Pai Celestial quem nos deu seres vegetais que nos defenderão com mais fidelidade do que os cães e nos darão maior prazer do que os órgãos sexuais masculinos, quando aprendermos a recebê-lo desses seres.*

Às mulheres perplexas, boquiabertas por terem ouvido algo tão estranho pela primeira vez na vida, eram mostradas plantas de diâmetros irregulares e diferentes formatos, opulentas e de todas as cores imagináveis, muitas das quais traziam à mente um prazer tão grande que isso as acometia de arrepios, e várias ficavam cobertas de suor, e sentiam calafrios em seus braços, sem mencionar o rubor e o brilho dos olhos.

> *Coloque dentro de você apenas o que vem da Mãe Terra. Esfregue a fenda com um rizoma e dividirá ao meio o céu estrelado acima de si e moverá a Terra até que ela trema com você em sua pulsação. Penetre levemente a entrada da fenda com galhinhos de álamo, e quaisquer caroços e nós só lhe farão bem, nunca a magoarão. E eleja a raiz de escorcioneira como sua amante favorita. Faça o mesmo com o confrei seco, mas certifique-se de*

que esteja rígido, pois ele pode se quebrar em você se você for virgem ou nunca tiver parido.

Havia também fragmentos mais teológicos, graças aos quais as mulheres podiam ter uma perspectiva mais ampla dos ensinamentos:

> *Dê à luz amor pelo mundo e grande contentamento, em vez de uma ninhada humana. Deixe a Terra cansada e sangrenta descansar pelo menos algumas primaveras. Fertilize-A, dando-Lhe sua luz interior. Ao usar as raízes Dela para incendiar e penetrar a fenda, não haverá gestações, e, por não haver, será melhor para o mundo. Ele terminará mais rápido e todas nós morreremos e retornaremos para debaixo da Terra, onde levaremos uma vida mais interessante, quando nossos corpos, peles, ossos, cabelos e unhas alimentarão a Terra, que, por sua vez, revelará novas formas de vida a partir de nós, mortas. Dessa maneira, a Terra receberá de volta o que Lhe é devido, quando nos tornarmos alimento para Seus frutos, e o Céu Lhe devolverá o que Lhe é devido. O brilho e a escuridão voltarão aos seus lugares, para se tornar um só e acabar com o sofrimento do mundo e dar chance de nascer a outros mundos. Tal qual acontece com o leite ordenhado de nossas vacas, que muda de forma quando aquecido: primeiro coalha, perdendo a forma líquida, e depois, no final, junta-se no queijo, que nós mesmas transformamos em formato de rodas pequenas e vendemos no mercado, onde o pessoal quase reza pedindo por ele, como se para uma hóstia. Assim, nós e nosso mundo somos como o leite, do qual surge o queijo. Só a luz, só a alvorada, só o fogo deve ser cuidado dentro de nós, para que não se apague muito rápido.*

Ou algo assim:

Cuide de sua pureza, mulher, tanto a da fenda quanto a da alma, porque a vulva e a alma são uma só na mulher. Apenas através da vulva se pode manter a alma pura, e através da vulva essa pureza pode ser suja, o que também é importante, porque garante o equilíbrio. Assim como a Terra passa por processos de putrefação, ela se decompõe, fedendo, mas também fertilizando tudo ao seu redor, a alma, de vez em quando, precisa queimar e apodrecer e até feder, caso contrário seria cruel, pendendo demais em direção ao que é divino. Você carrega a divindade dentro de si quando tem respeito por tudo que é humano. Não só pelos belos feitos, mas também pela merda que escapa pelo buraco traseiro da pessoa; pelos dentes cariados e fétidos; pelos fios grossos que cobrem o queixo das mulheres na velhice; pelo corpo que só não carrega vestígios da matéria em decomposição durante a infância e o começo da juventude. Se você compreender e respeitar a essência humana em sua dimensão mais nojenta e fétida, que enoja a todas que buscam harmonia e beleza e as faz vomitar só de olhar para a flacidez dos membros envelhecidos, só então você poderá sentir essa divindade dentro de si. Não antes disso.

Os sermões de sexta-feira de Helene, único momento em que Spalt não ficava muda, rapidamente se tornaram mais ruidosos que as homilias dos bispos em Nysa. A cada um chegavam novas mulheres, a maioria das quais logo começava a professar a fé na Antiga Virgem e se juntava às terrelas.

Anos depois, havia duas centenas delas na clareira, que se transformou num grande acampamento. Tendas por toda a parte, até onde a vista alcançava. De algumas delas vinham vozes de crianças, principalmente meninas, de acordo com a regra pregada por Helene desde o início, segundo a qual: "O que é feminino deve ficar com as mulheres". Entretanto, havia exceções.

Helene permitia que as terrelas se encontrassem com os maridos abandonados, se tivessem. Assim como com as crianças, mesmo as do sexo masculino. Os maridos poderiam ir até elas, mas não podiam copular, apenas deitá-las ternamente no musgo, como se faz com uma criança na floresta. Helene lhes mostrava como fazer, com ternura. Ela lhes permitia sentir por um momento que poderiam ser parte do plano da Antiga Virgem, em vez de ficarem presos na armadilha que a Igreja tinha preparado para eles. Armadilha segundo a qual os homens podiam subjugar tanto a Mãe Terra quanto as mulheres e fazer o que quisessem com elas. E quando quisessem. Ela os dissuadia. Mas havia apenas um punhado deles. Dentre as duzentas e vinte mulheres, cerca de quarenta conseguiam trazer os homens para ouvir os ensinamentos de Spalt sobre o Evangelho da Antiga Virgem. Helene mostrava como amar e não subordinar, não brigar, não mandar, mas ter empatia e acompanhar com ternura. Como domar de forma eficaz seu pau ereto e sempre ávido por alguma coisa, como ensiná-lo a sentir as necessidades da vulva, como contê-lo e induzi-lo às novas formas de despertar prazer nas mulheres. Libertar as vulvas. Umedecê-las e fertilizá-las. Não desperdiçar o sêmen.

Contenha-se, amante e marido, de qualquer desejo de penetrar severamente a fenda de sua mulher. Pois o que precisamos será encontrado mais rápido na inação e não na penetração afundada no caos dos movimentos e na tolice. Tudo que for apressado ou desleixado não nos trará prazer, apenas causará dor ou separará a alma da mulher durante esse ato, de modo que você só penetrará o ar ou o colchão de palha sobre o qual o corpo da mulher repousa embaixo de você.

Um pequenino movimento, como o bater de asas de um pássaro, e depois o silêncio, a lentidão, a inação e a atemporalidade.

Porque na verdade você não está penetrando só a sua mulher, mas também a Mãe Terra, que deu à luz tudo que o rodeia. Não a insulte com um coito estúpido e desapaixonado. Faça do amor um verdadeiro dia de festa e celebre.

Não trate a mulher como sua propriedade. Ela pertence à sua primeira mãe: a Terra. Veio dela e retornará a ela. E se você não é capaz disso, basta pegá-la pela mão. E encontrar o melhor lugar para ela no musgo. E colocá-la ali. E observar como se incendeia. E reconhecer uma lição nessa observação. Veja como o musgo lhe proporciona prazer. Os rizomas de plantas. A vegetação rasteira. Aprenda com as plantas como lhe dar prazer. Como fazer amor com ela. Ao adquirir esse conhecimento, você estará pronto. Você será aquele que tanto esperamos. Só então. E apenas então.

Uma vez por mês, na lua nova, quando todas as mulheres férteis entre elas ficavam menstruadas, tendo primeiro sincronizado o ciclo e os dias, Helene permitia aos homens não apenas acompanhar suas esposas no incêndio no musgo, mas também colocarem suas bocas embaixo delas, como se eles próprios fossem musgo, deixando que vulvas sangrentas cavalgassem sobre eles, os esfregassem e se arrastassem sobre eles sem autocontrole e juízo. Ela chamava isso de mistérios mensais, indicando com esse nome a ligação entre a menstruação e a lua nova. Mais de duas centenas de mulheres sentiam o prazer juntas. Algumas com seres vegetais, outras com seus maridos, embora Helene permitisse trocas para que todas as mulheres pudessem vivenciar a diferença e os homens pudessem aprender mais sobre a natureza feminina. Cada uma delas incendiava à sua própria maneira, no seu ritmo, o que Helene considerava uma informação extremamente importante.

Apesar da passagem do tempo, ela ainda menstruava e também sentava em seus rostos. Porque o que acontecia estava além da idade, tanto deles quanto delas. Não importava se o método de incendiar era praticado por uma jovem ou uma velha, pois todas eram uma só no ato. Maria, Hannah, Ingeborga, Ruth, Berta, Sara, Karoline, Isolda, dezenas e dezenas de outras. Não importava a quais delas os homens estavam dando prazer, afinal esse prazer não pertencia a nenhuma delas individualmente, mas a todas. Porque juntas eram algo mais importante e poderoso. E quando ambos estremeciam, as mulheres alimentavam os homens com suas fendas e com a umidade que delas escorria, e eles jorravam para a Terra, fecundando assim a própria Antiga Virgem. Era o amor em escala cósmica e não individual, e era isso que Helene buscava.

Da penetração vã de uma mulher, quando não se está conectado com o que está abaixo da Terra e com o que está acima Dela, não há nada além de desperdício, às vezes resultando em um filho desejado ou indesejado. Quando desejado, um mal menor, mas quando não, terá sido tudo em vão. Depois a vida da criança fica arruinada, a vida da mulher e a do marido também, porque então tudo começa a perturbá-lo e ele parte para outra ou bebe sua aflição, derramando sua amargura no mundo. Amargura que não faz nem o sol querer nascer, muito menos coloca um sorriso no rosto de seus entes queridos. Tal amargura tira a vontade de viver de todos os membros da família, por isso não há razão para ir mais longe.

Portanto, homem, se você deseja manter sua mulher, aprenda a amá-la com sabedoria, conectando-se com algo que é maior que você e que nem sua mente nem sua natureza conseguem medir.

Quer conhecer? Deixe sua mulher guiá-lo. Não imponha a ela saber o que há dentro de você. Você tem a mesma coisa que um cão, um gato, um cavalo. E por isso você não trará nada de novo ao ato de amor. Até seus movimentos durante o coito não se diferenciam dos movimentos dos animais. Então, siga-a.

Siga a sua guia. Ela lhe mostrará tudo no devido tempo. Ela o levará para debaixo da Mãe Terra. E então você não a sujará, apenas a honrará, porque todo amor feito com uma mulher é uma celebração da vida na Terra, e só como tal tem seu valor. Tudo que você desejar fazer e que não estiver incluído nisso, faça sozinho. E não nos mostre, porque não há nada nisso para nós. É apenas indecência, corrupção e morte. E nós, mulheres, somos vida.

Esses sermões eram tão apreciados que algumas terrelas os sabiam de cor e conseguiam recitá-los mesmo se fossem acordadas à noite de um sono profundo. Eles também conheciam os fragmentos mais significativos, os homens admitidos por Helene, emprestando o rosto e a si mesmos para as práticas da Antiga Virgem e para os experimentos de Helene sobre o orgasmo compartilhado.

Como alguns desses sermões, registrados pelas fiéis, chegaram ao canonicato, realmente não sabemos. Basta dizer que foi esse acontecimento que desencadeou a Guerra da Igreja e das Mulheres no ducado e colocou fim às terrelas. Pelo menos durante muitos anos.

"Isso é guerra!":
Sobre o conflito com a Igreja

◆

Dentre esses homens havia um que era um fracassado, um escroto, um verme. Ele estragou tudo, um amargurado, um completo idiota, porque não conseguia incendiar com sua boca, porque seu pau não funcionava como deveria. Então, ele começou a esfregá-lo com as mãos, usando-o da maneira antiga, o que, no entanto, era rigidamente proibido por Helene, pois impedia ou retardava o corpo de aprender a sentir o prazer de modo novo, o modo da Antiga Virgem.

E quando ela o pegou manuseando o pau, que não estava funcionando, ela bateu em suas patas com a vara até que seus testículos tremessem, e a vara parou talvez a um fio de cabelo de distância deles. Ela o expulsou imediatamente da clareira, sem dizer nada em voz alta, mas o maldizendo em pensamento e amaldiçoando seu pau para sempre.

Então, os habitantes de Nysa, passeando pela praça do mercado, ouviram as palavras memoráveis do bispo Sitch, gritadas tão alto que se espalharam como eco por toda a cidade:

— Isso é guerra! — ele gritou ao ouvir a queixa do verme, boca podre rançoso.

— Isso é guerra! — Helene Spalt gritou nesse mesmo momento, quebrando o silêncio, agarrando sua vara e ordenando às terrelas que fizessem o mesmo.

E essa foi a única vez em que os dois concordaram um com o outro e em que ambos tiveram razão.

Importante mencionar que já tinham acontecido tentativas de subjugar as terrelas, principalmente quando algum infortúnio recaía sobre Nysa ou arredores. Podia ser um alagamento dos terrenos às margens dos rios, onde os pescadores moravam; o fungo de cravagem; a morte de um recém-nascido numa casa rica e muito religiosa, onde o bispo repetia que o mal vinha das bruxas. Às vezes, bastava que uma vaca de algum camponês desse menos leite que o de costume ou que o leite que ficara preparando para virar queijo por alguns dias não coalhasse, para desconfiarem na mesma hora delas, *Die Spalten*. No entanto, até então a ingerência da Igreja na vida da congregação limitava-se a convocações para interrogatórios acerca de alguma suspeita, eventualmente para advertências e multas. As terrelas eram detidas por coisas sobre as quais o ducado e o bispo podiam exercer influência: por condução ilegal de cavalos nas ruas nos dias de mercado, quando iam para Nysa; antes, por vender produtos que ofendiam os homens; por agir para a redução do número de nascimentos de pequenos cristãos — portanto, sabotagem etc. etc.

Agora as coisas pareciam muito mais sérias à primeira vista, porque aquele verme, Thomas Kinder, resolvera testemunhar contra Helene no processo de insulto à religião e, instigado pelo bispo, tinha começado a exigir um processo contra a bruxa. E como o bispo queria resolver o problema das *Die Spalten* o mais rápido possível, ele decidiu expulsá-las da clareira e forçá-las a voltar à vida burguesa normal.

— Elas não farão mais da nossa floresta o centro do Satanás! — declarou em voz alta do púlpito durante o culto de domingo. — Cabras do diabo, e vossas crianças e esposas, já é hora de voltarem à casa de Deus, que é a nossa Igreja, custe o que custar.

Ele mencionou também que, na área onde essas criaturas diabólicas armavam suas tendas e transavam entre si, ele estava ordenando um desmatamento completo em nome da Igreja, cuja madeira seria usada para construir um novo templo. E então os fiéis começaram, pela primeira vez na vida, a aplaudir durante a missa e a prestar reverência de pé ao religioso. Isso não era de surpreender, uma vez que a maioria deles eram homens que tinham sido deixados para trás pelas terrelas: pais que perderam as filhas; filhos que perderam as mães; e maridos que perderam as esposas. Restava apenas a questão do contrato de compra e venda firmado entre Helene Schmied e o ministro-geral, e os acordos celebrados quando elas se mudavam para a clareira, que Helene assinava com cada uma das terrelas, em que um pedaço de terra era vendido em troca de boa palavra, conforme estava escrito nos acordos. Na verdade, tudo girava em torno da Palavra da Antiga Virgem, cuja expressão constituía um credo, uma profissão de fé. Durante seus vinte anos de vida na floresta, Helene Spalt assinou tal contrato com duzentas e vinte e oito mulheres, a maioria das quais passou no exame teórico e prático, tornando-se uma terrela. Portanto, cada uma delas tinha a floresta necrosada como sua casa.

O bispo sabia que entrar lá com criados contratados como guardas infringiria a lei, o que ele não queria fazer, para não dar mau exemplo aos habitantes do ducado. Para resolver esse problema e agir de acordo com a letra da lei, ele recorreu ao papa Paulo V.

Não foi difícil, dada a razão, obter permissão papal para anular a compra das terras pela "satânica e vigarista" Helene Spalt. Para o papa, o desaparecimento de mais de duzentas católicas no ducado de Nysa não era motivo de orgulho, e havia muito se tornara motivo de zombaria e fofocas. Por isso, colocar um fim a essa prática era uma questão de honra para ele. Assim, ao retornar de Roma, o bispo decidiu expulsar imediatamente as terrelas da floresta.

Uma vez com a benção do papa, o bispo Johannes von Sitch, pôde ficar à vontade e convocou todas as unidades da guarda do ducado e do castelão de Otmuchów, ordenando que seus comandantes apanhassem cada uma das terrelas e se apresentassem com elas diante do palácio do bispo ao anoitecer.

Mas os capangas recuaram meia hora depois de terem chegado na clareira, porque as varas e os bastões nas mãos das terrelas enfurecidas eram mais eficientes do que as lanças.

As terrelas os derrotaram de tal forma que, por mais de um mês depois de terem sido espancados com as varas com as quais elas cortavam as necroses, eles ainda tratavam seus ferimentos, não querendo dar um pio sobre esse acontecimento, nem na taberna Sob o Bezerro de Ouro, nem nas conversas com as mulheres com quem partilhavam a vida, nem com os homens, se a partilhassem com eles em segredo da comunidade, o que também acontecia, embora não fosse frequente por conta do medo do castigo divino que os padres prometiam nos púlpitos.

Foi então, após a vergonhosa derrota na tentativa de capturar e reformar as terrelas corrompidas pelo pecado, que o bispo Von Sitch decidiu trazer ao ducado o mais cruel e implacável exterminador de bruxas, o inquisidor Heini Babel, que estava trilhando uma carreira vertiginosa em Francônia, crescera no ducado e conhecia Helene Spalt desde criança — algo que o bispo descobriu por acaso, no mosteiro franciscano, ao verificar a natureza do contrato de compra e venda da floresta necrosada.

Sobre as visitas a Ursula e a notícia terrível

◆

Embora tenha havido conflitos entre as terrelas e a Igreja desde que elas se mudaram para a clareira e estabeleceram seu acampamento, a Inquisição não havia se envolvido até então. Mesmo Heini Babel, que fora retirado do mosteiro pelo pai e jogado no mundo, ficou fora do horizonte dos acontecimentos por mais de vinte anos enquanto esteve longe de casa, pelo visto sem contato com Helene Spalt. Mas, na realidade, durante esse período ele repassava mentalmente a cena de seu encontro com Spalt e Kreppel, após muitos anos, de mil maneiras possíveis, cada uma carregando em si a marca da tragicidade.

Por ordem de Babel, a quem o bispo concedeu pleno poder para todas as ações contra as terrelas, as equipes que tinham invadido o acampamento aquela primeira vez começaram a fazê-lo com cada vez com mais frequência, arrancando as terrelas pelos cabelos e as trazendo de volta para a cidade. Não sem antes cuspirem nelas e a insultarem terrivelmente. Além dos abusos físicos e surras diante dos moradores de Nysa e arredores, que eram praticados no pelourinho, por exemplo, queimavam uma cruz no peito delas, para que sempre se lembrassem a qual Deus deveriam servir.

Foi ordenado que fossem cortadas pela raiz as árvores na clareira e na floresta necrosada que estampassem o entalhe o símbolo da Antiga Virgem. Por isso, tornou-se cada vez mais difícil permanecer lá, e foi apenas pela obstinação de Helene que nem todas as terrelas se retiraram. Kunegunde e Ursula, por sua vez, foram embora, contra a vontade de Helene. Ursula não queria mais viver assim, nunca tinha gostado daquela vida. Provavelmente ela era a única jovem que sonhava em segredo em levar uma vida tranquila com um bom marido, harmonioso e solícito, e em lhe dar filhos, e, além disso, em dedicar muito tempo a eles, abraçá-los, niná-los, educá-los e, assim, dar tudo o que sua mãe não lhe dera, mas Kreppel oferecera, amando a menina como a uma neta desde o início.

Uma grande oportunidade surgira quando um dos esposos admitidos pelos mistérios mensais trouxe seu amigo Mathias Bremmel. Esse homem tinha uma ternura e uma calma verdadeiramente belas, e por isso agradou tanto Helene quanto todas as outras mulheres que sentaram em seu rosto naquela noite. E como sua barba era delicada e macia, e não áspera como a da maioria, elas se jogaram sobre seu maxilar maravilhoso mais que nos outros, em um fendacêndio tal que cada uma delas se lembraria dele pelo resto da vida.

Ele gostou mais de Ursula do que das outras e imediatamente um sentimento por ela começou a crescer em seu coração. E Ursula, sonhando em experimentar a vida tradicional, abriu-se a esse amor.

Helene não conseguia aceitar isso, porque uma filha que trai a mãe dessa forma não pode ser uma criatura nascida dela, mas uma víbora que quer voltar a um mundo que não foi feito para as mulheres. Não aquele pelo qual Helene lutava. Então, ela e a filha começaram a brigar cruelmente na frente das mulheres, o que causava muita dor à velha Kreppel, porque ela via Ursula sofrendo e Helene se tornando cada vez mais rígida e intransigente.

As discussões entre elas eram muito estranhas, pois Helene, que usava a fala apenas para proclamar os ensinamentos da Antiga Virgem, não conseguia emitir nenhum som, então ameaçava Ursula com as mãos e bordava palavras terríveis, repreendendo-a em tudo que pudesse ser bordado — um pedaço de lona da tenda, que ela rasgou nervosa, ou os panos fininhos que ajudavam a formar as rodas de queijo, e, por fim, suas roupas de baixo, que ela ostensivamente arrancou na frente de toda a congregação para escrever ali "buceta imbecil" e "buceta ingrata". O pior dos insultos foi "adoradora de pau".

Depois, ela pendurava tudo nas árvores da parte da floresta onde aconteciam os ensinamentos da Antiga Virgem, como um aviso e para todas terem juízo quando algo parecido lhes viesse à cabeça. Portanto, não é estranho que Ursula e Kreppel — apegada à menina —, para quem o radicalismo de Helene aos poucos se tornara inaceitável, tenham fugido numa noite com o escolhido de Ursula para viver a vida na cidade, numa casa nada mau e bastante espaçosa com vista para a igreja, que o homem ganhara de seus pais ricos, negociantes de âmbar.

A separação da filha e de Kunegunde Kreppel quebrou Helene, embora ela fizesse de tudo para não deixar transparecer. Ela passou a bordar ainda mais e a proclamar sermões ainda mais fortes, prevendo um fim terrível para aquelas que se afastassem do caminho da Antiga Virgem para retornar ao seio da Igreja.

— Nosso colo é a floresta. E a vegetação rasteira, não criptas e mármore de Carrara. Não é o incenso, mas a fumaça da fornalha. Não é o sangue derramado na hora da morte, mas o leite, a substância mais vivificante do mundo. É a vagina-útero-crânio, e não a cruz! — falou alto, arrancando uma voz poderosa, embora raramente ouvida, das próprias entranhas. As mulheres da floresta ficaram assustadas, ainda que algumas sempre a apoiassem, como cães fiéis a seus pés durante os sermões.

Aconteceu de ela pegar fogo enquanto proclamava os ensinamentos. Ou pelo menos foi isso que as participantes dos cultos à Antiga Virgem viram. Ela parecia estar pegando fogo. As chamas a lambiam avidamente da cabeça aos pés, e ela, como se completamente alheia, falava. E nisso sentia-se uma raiva mais poderosa que a raiva de Deus Pai. Portanto, os sermões começaram a não agradar tanto a todas as mulheres. E poucas os registravam. Em vez disso, depois de terminados os ensinamentos, as terrelas se escondiam em suas tendas, nos arbustos ou nas profundezas da floresta para poderem compartilhar livremente seus pensamentos e dúvidas com privacidade.

Mas à medida que cada vez mais terrelas fugiam da clareira sob a proteção da noite e não retornavam, nem no dia seguinte nem um mês depois, Helene começou a hesitar e aos poucos a aceitar a ideia de que talvez tivesse se tornado muito arrogante em consequência da guerra com a Igreja, e que talvez fosse bom encontrar mais equilíbrio.

Ela decidiu visitar a filha, que não via há mais de um ano, e abraçar a velha Kreppel, porque sentia extrema falta dela. Ainda mais do que da filha.

Ao chegar na soleira do lindo sobrado, ela teve vontade de cuspir três vezes por cima do ombro esquerdo, não porque Deus a perturbava, mas para enfatizar sua postura para com a Igreja, porém se absteve. Mathias Bremmel, que ela tinha conhecido e de quem havia gostado na clareira da floresta, na mesma hora caiu de joelhos diante dela e começou a beijar suas mãos, pedindo a benção como mãe de sua esposa. Helene colocou a mão na cabeça dele e, em vez de abençoá-lo, propositadamente despenteou sua cabeleira clara e abundante e pediu algo para beber, porque sua boca estava seca de emoção.

Kunegunde se aproximou dela, abraçou-a com ternura e acariciou suas bochechas com a mão velha e áspera. Helene, realmente emocionada, mal conseguiu engolir as lágrimas, sobretudo quando viu a filha.

Ursula estava sentada no fundo da sala, numa poltrona forrada com um belo tecido, embalando e alimentando uma pequenina criatura.

— Essa é...?
— Sim, essa é Mathilde. Sua neta.

Helene se aproximou lentamente, quase na ponta dos pés, para não acordar a criança adormecida, e, não conseguindo se conter, tirou a menina dos braços da mãe e a pegou no colo, abraçando-a e a apoiando no braço dobrado.

E então aconteceu algo que selou o relacionamento entre avó e neta. Foi um daqueles encontros que determinam os subsequentes, ao longo de toda a vida. Mathilde abriu os olhos e, ao ver a avó, em vez de chorar, começou a sorrir para ela e a olhar em seus olhos com tanta intensidade que Helene não conseguiu sustentar o olhar, embora ela mesma ensinasse as terrelas a nunca interromper violentamente o contato visual uma com a outra, como se estivessem o tempo todo juntas em uma dança — que era um olhar profundo.

Helene pensou e sentiu que a pequenina, com menos de quatro meses, a conquistara à primeira vista, o que significava que sua alma seria mais forte e mais firme do que a da avó, atormentada pela guerra com a Igreja e com a própria filha.

E quando a pequena adormeceu, Mathias arrumou a mesa e convidou Helene para comer com eles, pois tinha algo muito importante para lhe contar. Ele ouvira de uns clientes, dois cônegos que tinham comprado âmbar para decorar um novo altar.

Foi dessa forma que Helene ficou sabendo que o bispo Von Sitch confiara a Babel e seus homens a tarefa de capturar o resto das terrelas, usando todos os meios possíveis. As mulheres deveriam ser devolvidas aos maridos diante de toda a cidade. Sob o olhar da multidão reunida, eles copulariam, provando que elas estariam de volta ao seu domínio, em nome de toda Igreja e de todos os fiéis. E se um dos basbaques desejasse da mesma forma, por exemplo, transar com uma mulher pecadora na frente de todos, para que ela se lembrasse de como fazer amor à maneira de Deus, ele receberia o consentimento e a bênção do próprio bispo.

Helene, ao ouvir isso, sentiu como se o demônio tivesse retornado a ela. E quando estava prestes a explodir, e agarrou a toalha de mesa com a intenção de derrubar toda a louça e todos os talheres, para de novo bordar suas pragas, Ursula apontou o dedo para Mathilde dormindo no berço, chamando a mãe ao juízo.

Com dificuldade, Helene conseguiu soltar a toalha de mesa da mão cerrada para não acordar a neta que cochilava. Então, todos ficaram muito aliviados, porque isso era uma espécie de teste para Helene — se ela era apenas uma fanática religiosa ou também um ser humano comum, um membro da família, uma avó de primeira viagem. E quando Helene passou nesse teste não planejado, o amor repentinamente interrompido voltou a fluir de todos para ela, com grande força.

Quando Helene já estava parada na soleira da porta, a velha Kreppel lhe deu um embrulho sobre o qual disse:

— Para proteger você e as outras de estupro, esfreguem isso em si mesmas antes que eles venham atrás de vocês. Fará com que os paus deles murchem e nada aconteça com vocês, protegerá suas fendas. Elas ficarão estancadas de forma irreversível, mas vocês ainda poderão fazer amor com as plantas.

Sobre como as devassas esmagaram o pau de seus maridos

◆

A captura das terrelas foi muito efetiva, porque o espetáculo que aconteceu na praça do mercado, em frente à Casa de Pesagem, foi tão extraordinário que provavelmente a maioria dos habitantes de Nysa não esqueceria daquilo até o fim dos seus dias.

A cidade pretendia comemorar essa noite como um carnaval. Foram montadas barracas festivas na praça do mercado, chamadas de devassadas. Um fardo inteiro de lona de primeira linha foi usado para fazer uma enorme faixa para ficar estendida entre as janelas dos edifícios dos dois lados da praça. O slogan inscrito era: "Abaixo as devassas". Havia cerveja gelada sendo servida de barris de carvalho e, na frente da multidão reunida, fatias de lombo de porcos que haviam sido abatidos naquela manhã. Essas fatias eram jogadas no fogo e assadas com batatas cortadas em rodelas fininhas. O populacho estava saciado. O populacho estava feliz. E depois de encher a pança, o populacho ansiou por outra diversão, por isso foi em um cortejo dançante até a Casa de Pesagem, onde, no dia anterior, tinha sido montado um patamar com tábuas sobre as quais havia camas de madeira com grossos colchões de palha. Ao lado das camas estavam jarros de estanho com água, e toalhas de algodão limpas.

Quando as últimas terrelas capturadas foram finalmente trazidas, sob a escolta de guardas, diante da multidão reunida, descobriu-se que havia menos de duas dúzias delas. Isso era tudo que restava das mais de duzentas que um dia tinham vivido ali, depois que parte delas foi sequestrada e inserida à força em suas antigas vidas; e outra parte partiu por conta própria, seja por causa do radicalismo cada vez mais profundo de Helene ou da decepção com a forma de vida difícil e de completo desconforto proposta pela fundadora das Terrelas.

Quando ordenaram que as vinte e uma mulheres se deitassem nos leitos conjugais para dar exemplo às pessoas tementes a Deus reunidas diante delas, de como cumprir com seu dever conjugal perante Deus, elas o fizeram em harmonia, sem a menor resistência. Deitaram-se de costas, levantaram as saias, tiraram as roupas de baixo e as rodaram no ar burlescamente, o que despertou as primeiras desconfianças de que nem tudo correria conforme as expectativas do bispo. Elas abriram bem as pernas, dobrando graciosamente os joelhos e depois convidaram seus maridos, acenando bem coquetes com o dedo indicador.

Esse gesto definitivamente não ajudou os maridos a confiarem que o resto do espetáculo dependia deles. De repente, eles se sentiram como menininhos, e não homens que precisavam mostrar suas habilidades.

Consequentemente, quase todos tiveram problemas com o pau, pois não era isso que o órgão esperava da situação. Ao sinal do bispo, com o sininho que era usado todos os dias na missa, eles agarraram seus órgãos sexuais. Começaram a esfregá-los, puxá-los, remexê-los nas mãos como macacos, como se estivessem batendo manteiga ou dando tapinhas no focinho de um cavalo e, quando finalmente conseguiram provocar alguma coisa, passando no teste com dificuldade, mas ainda assim com uma ereção, começaram a agir. E então aconteceram situações engraçadas porque nenhuma fenda os deixava entrar, apesar dos reiterados ataques e golpes.

E só havia uma coisa que as terrelas tentavam fazer com todas as suas forças: não deixar transparecer que a situação era tão divertida para elas que mal conseguiam segurar a urina para impedir que escapasse com as gargalhadas nos paus tragicamente humilhados. Então elas se contiveram como podiam, cerrando os dentes.

    E quando, depois de uma hora de humilhações e assobios do populacho, os esposos anunciaram sua capitulação, o bispo, vermelho de raiva, fez sinal ao inquisidor não menos asqueroso, para passar para o plano B, sobre o qual ninguém sabia, exceto eles dois.

Sobre a trágica morte de Ursula

◆

Nessa noite, Ursula Bremmel, que, apesar de casada, assinava o nome Spalt por respeito à mãe, teve um pesadelo.

No início, o sonho foi bastante poderoso e belo: ela estava na clareira da floresta de sua mãe, cercada por todas as terrelas, e havia mais de duzentas delas. Ela não era um ser humano, nascida de seu pai e de sua mãe, mas uma árvore, o carvalho que cresce na clareira há séculos, a mais poderosa das árvores. Ela se levanta e tenta com todas as forças domar o crescimento enquanto árvore, mas ouve, ouve claramente, o flamejar da vida na polpa, sente a medula da árvore em que está se transformando, que é ou sempre foi, começar a pulsar com a batida de seu coração. Ela sente a resina fluindo por suas têmporas. Faz força para dobrar os dedos dos pés enraizados e se aprofundar ainda mais na terra preta e úmida. E depois fica imóvel. Está se preparando para a gravidez. Para acolher dentro de si as sementes levadas pelo vento. Está farfalhando nas folhas, zumbindo e tilintando com o enxame de insetos, larvas, caracóis escorregadios, e está sendo penetrada pelo floema, rói um pouco, come por baixo, deixando o tronco aberto do conteúdo ruminado, fertilizando a estaca de carvalho que, como um totem preso no solo argiloso e arenoso, com cheiro de húmus, de madeira podre, de decomposição e de morte, coroa o horizonte do céu. E quando, penetrada pelo vento, finalmente espalha a gravidez em milhares de sementes que darão origem a pequenos carvalhos, novas árvores, ela repara num laço pendurado num de seus maiores galhos.

Debaixo dessa mesma árvore, mas não mais em sonho, algumas horas depois, ela vê Kreppel se lamentando com uma bebê nos braços. O pescoço de Ursula está amarrado por uma corda grossa, seu rosto está azul — ela, que naquela manhã tagarelava tão docemente, pronunciando tantas palavras felizes. "Venha até mim, *meine liebe*", dirigindo-se a Mathilde, que dá os primeiros passos em volta da mesa. "Sente-se ao meu lado, meu marido", e finalmente a Kunegunde, repetido como um mantra, porque a velha Kreppel nunca obedece: "Ei, sente-se conosco à mesa em vez de nos servir!". E agora ela está em silêncio, embora se possa ver que congelou não quieta, mas aos gritos, sem aceitar seu destino, lutando contra ele até o fim.

Essa figura oscila, balançando ao sabor do vento, que no sonho, à noite, lhe infundira a vida, carregando as sementes de plantas para dentro dela, como se dançasse uma dança macabra. Mas esses movimentos não querem formar uma sequência repetitiva, eles correm sem ritmo, bruscos, violentos e intermitentes.

Os sapatinhos, comprados por Mathias do melhor sapateiro no mercado de Bremen, ficam pequenos sob a figura feminina miúda, imersa na imobilidade. São apanhados por Mathias, cujas lágrimas escorrem pelo rosto e não cabem nos olhos. Ele os calça na falecida, beijando seus pés sem parar — os pezinhos que ele amava mais que tudo nela, junto de seu coração tão puro.

A boca da velha Kreppel está aberta, mas não sai grito algum, apenas uma careta, a própria carranca em silêncio. É como se ela usasse o restinho de suas forças para se conter, para não interromper o sono da pequena Mathilde com seu desespero.

Sob os pés da falecida, a Terra está partida e cresce um caule da fenda. A Terra está sangrando. Kreppel, com Mathilde embrulhada, inclina-se e coloca a mão no lugar partido. A Terra está se fechando. Todo o movimento cessa. Os pés da falecida param de balançar ao vento.

Não se sabe quanto tempo eles ficam ali sobre Ursula, que já fora retirada do galho e deitada na grama. Quando Mathilde acorda de seu cochilo, vê a mãe deitada na grama com uma aparência diferente da de costume, parecendo a boneca de porcelana que o pai lhe deu de Natal, e chama, apontando com a mão: "Mamãe, mamãe, mamãe", e abraça a falecida.

Essa é a última coisa que a velha Kreppel vê. Seu coração se parte de pesar.

Ao dar seu último suspiro, ela pede a Mathias que enterre as duas não no cemitério com o padre, mas na floresta de Helene.

Sobre cuidar da neta

◆

Depois da morte da filha, Helene Spalt — famosa defensora da fé na Antiga Virgem em todo o ducado e região, afastando as mulheres de Deus Pai e devolvendo-as à Mãe Terra — passou o resto da existência a se perguntar: Tinha sido ela a causadora daquilo tudo?

E como não havia ninguém que pudesse responder essa pergunta retórica, negar ou consolá-la (com exceção de seu genro, que, sem o dizer, a fazia compreender que estava se fazendo a pergunta certa), ela vivia sufocada pelo fardo de ter sido a responsável pela morte de suas queridas, minguando a cada dia e diminuindo sua alma. Exposta ao olhar de reprovação de Mathias, ela dependia da generosidade dele, porque logo após a morte da filha e de Kunegunde, a outrora rica Helene Spalt apareceu de mãos vazias na porta da casa do genro, depois de tantos anos sustentando a congregação.

Ela passava os dias refletindo se não havia exagerado na guerra contra a Igreja e aos homens que incorporavam violentamente seus princípios. Perguntava-se: se tivesse recuado antes ou não tivesse ido tão longe em seus ensinamentos, o bispo Von Sitch e o inquisidor Babel teriam se atrevido a fazer aquilo? A fim de quebrá-la, teriam enforcado sua única filha?

Então ela se dirigiu ao genro, movida pela necessidade de expiar tudo o que havia ocorrido e pelo desejo de reparar a perda da filha sofredora. Oferecendo-lhe ajuda no trabalho diário de educação e das tarefas domésticas ela assumiu os cuidados de Mathilde, que logo se revelou o que Ursula nunca tinha sido para ela: sua cópia.

Observando Mathilde durante os primeiros anos de vida com atenção redobrada, para que nada de ruim acontecesse com ela, ela proibia tudo. A pequena não se preocupava nem um pouco com isso e sempre encontrava alguma forma de atingir seus objetivos. À medida que Mathilde crescia, Helene percebia que a mocinha se virava muito bem, embora o tempo todo se metesse em apuros, devido à sua inquietação excessiva. Era como uma vela acesa dos dois lados. O fogo de dentro iluminava tudo ao redor, transformando o ambiente inteiro. E era difícil dizer se causava muitos problemas, porque havia tanto vigor e charme na menina que ela era perdoada de tudo. Era um objeto extremamente interessante para a avó, tão diferente de sua falecida mãe, Ursula, que quando criança tinha tanto medo do mundo que evitava qualquer coisa que pudesse trazer embaraços. Até os menores. Enquanto Ursula fazia de tudo para evitar a dor, Mathilde parecia procurá-la. Ela visava ultrapassar o limite da dor, como se não a sentisse. Em situações em que qualquer outra pessoa sofreria um infortúnio, Mathilde parecia alcançar algum tipo de realização e felicidade. Por isso, com frequência esfregava o dedo na mesa de madeira da cozinha, da qual saíam lascas, até que a pele fininha da ponta dos dedos fosse esfolada e começasse a sangrar. Quando finalmente conseguia, respirava fundo e, ao expirar, concentrava-se no local que sangrava. Não para permanecer ali, mas para penetrar em algum lugar mais distante, como se por meio da ferida conseguisse entrar em contato com a camada invisível do mundo. Quando a dor que ela sentia no início a levava pela ferida e pela gota de sangue que escorria até essa camada-cobertura, aderia a ela como se fosse algo de que sentisse saudades, como uma mãe. E ali ela não sentia mais dor.

Não sofria. Só lhe doía refazer o caminho em direção à realidade que havia sido abandonada por um momento. Era como se seu estado natural fosse esse entrelaçamento com o cosmos, não a vida cotidiana. E quando às vezes dava certo de ir com a avó à beira do rio para acender uma fogueira e assar batatas, ela tirava os sapatos para andar descalça sobre as brasas. O fogo ainda não estava totalmente apagado, as cinzas ainda ardiam por causa das batatas assadas e ela já colocava os pés ali, dizendo ao fogo que conhecia sua natureza e que não tinha medo dele.

Ela brincava com todos os elementos.

Todas as manhãs, pedia à avó para que a colocasse no balde do poço, onde ficava sentada com a cabeça embaixo d'água por tanto tempo até que, à beira da morte, puxava o ar e respirava no último momento. E quando a avó não queria atender seu pedido, ela a atormentava dizendo que a denunciaria ao pai, porque sabia que ela gravara o símbolo da Antiga Virgem na parede sob a cruz e que se dedicava a algumas atividades estranhas logo depois de acordar e antes de dormir, que Mathilde espiava pelo buraco da fechadura.

Ela ficava sentada dentro do guarda-roupa várias horas por dia, em completa escuridão, para que os olhos aprendessem a ver quando nada podia ser visto. A avó fingia não notar todas essas brincadeiras, para não reforçar os comportamentos, cujo significado ela mesma entendia perfeitamente, mas tinha medo do julgamento severo do genro. Por isso, preferia não dar atenção e, quando o fazia, não deixava que a pequena notasse.

Ainda assim ela mantinha um olhar atento sobre sua amada neta, registrando meticulosamente todos os seus feitos e, a cada ano que passava, sentia o orgulho crescer cada vez mais. Desejara ter uma neta assim e conseguira. Uma garota que nunca se estabeleceria na vida, constantemente partindo para uma viagem além de seus limites. Ela mesma era assim. Ela se mantivera perto da morte durante toda a vida. Caminhava de mãos dadas com ela. Gostava de sentir o hálito fétido em seu cangote. Então, o ímpeto pela vida se enraizava ainda mais nela. Endurecia. Espalhava-se horizontalmente, ficando cada vez mais forte. E mais extenso.

"É uma pena que essa criança de ouro cresça sem mãe" — suspirava todos os dias, olhando furtivamente para Mathilde. Ela era um diabinho tão grande que o céu e o inferno não poderiam produzir nada maior. "Ela dará conta, quando meus olhos se fecharem" — profetizava. "Ela entrará entre os vermes na Terra e penetrará as constelações do Céu e as organizará como achar melhor."

Embora tentasse explicar ao pai o comportamento difícil de Mathilde, não conseguia despertar nele a mesma adoração que sentia por ela. Por isso, a avó acreditava que um dia Mathilde abandonaria seu estilo de vida burguês para voltar o olhar para a Terra e começar a viver como terrela. Porque ela, sua netinha, era justamente uma terrela quase desde o nascimento, compreendendo de imediato todas as leis da Terra, como se tivesse nascido com elas gravadas no coração. A avó sabia que Mathilde, devido à sua tenra idade, não sabia escrever nem contar, mas entendia os princípios da existência do mundo e conhecia seu lugar na Terra, e não tinha medo de vivenciá-la em tudo o que fazia. Ela vai até um pássaro dilacerado por um gato, do qual todo transeunte se afasta enojado, vai pegá-lo e enterrá-lo debaixo de uma árvore; vai mergulhar as mãos na matéria podre das frutas e vegetais e vai permitir ainda que os vermes vagantes pelas folhas do repolho passeiem sobre si; não vai matar aranhas; não vai mutilar as árvores, colhendo seiva de bétula como a avó, pois aos seis anos aprendeu a fazer isso com mais delicadeza e eficiência do que Helene, que tinha feito aquilo a vida toda. Vai saber ordenhar as vacas, algo que a avó lhe ensinou pagando um fazendeiro para deixá-las entrar no estábulo, permitindo que Mathilde ordenhasse o leite. Ela vai fazer um queijo no qual todo o princípio da existência do mundo se reflete, como na superfície lisa da água. Vai preparar unguentos para fechar as fendas das mulheres diante dos camponeses que sentirem vontade de se deitar com elas e fazer um moleque atrás do outro, quando os vivos carecem de comida e roupas devido à fome, à peste ou à guerra.

Helene começou a ensinar sobre as ervas para a neta quando Mathilde completou doze primaveras. Então, considerou que a menina havia entrado na idade da mulher e, portanto, era digna de ter acesso também a esse conhecimento que deveria ser protegido das crianças, pois se trata de assunto dos adultos e da vida adulta. Ela lhe ensinou sobre plantas que ajudam as mulheres adultas a chegar a lugares aonde os homens nunca irão levá-las, pois não têm o espírito desenvolvido o bastante para alcançar tal estado. E mesmo que haja entre eles aqueles que o possuem, eles o enfraquecem, guardando o queimar do corpo e da alma para si, em vez de canalizá-lo através de uma mulher, para que brilhe como as estrelas no firmamento. Ao experimentar esse queimar, era preciso tratar a ferida — curar o mais rápido possível a fenda a partir de onde o brilho do universo chegava à pessoa, para não o desperdiçar demais. Levar o brilho para dentro de si e então fornecê-lo à Mãe Terra e ao mundo inteiro, colocando-o em movimento, conduzindo-o a todos os tipos de mudança para que não ficasse parado nem por um momento. Segundo Helene, sustentar a existência dos seres humanos, da Mãe Terra e do mundo, era um amor recíproco. E esse amor recíproco, como escrevia em suas anotações, era o único modo legítimo de vida e de existência na Terra. "E se o lado humano tirasse mais do que desse à Terra, então incêndios, inundações, pragas de lepra e peste bovina cairiam sobre ela, e os grãos seriam consumidos pelo fungo de cravagem, fazendo com que as pessoas fossem acometidas de alucinações e loucura, frequentemente levando-as ao suicídio."

    Helene logo percebeu que Mathilde já sabia o que ela precisara de muitos anos para ensinar às terrelas, embora estas não seguissem tanto a Antiga Virgem quanto o incêndio... Era o que despertava nelas o maior entusiasmo, como se tudo se tratasse da umidade da vulva. Mas isso era apenas um meio. Uma forma de glorificar a Mãe Terra e sua filha santíssima, a Antiga Virgem, que é uma divindade tal como a mãe. E aqui, junto à sua saia, dia e noite, ela tem alguém que, mesmo sendo nova demais para o incêndio da fenda, entende tudo e — o mais importante — sente! Pois uma coisa é ter certeza de algo, outra é sentir algo dentro de si e, assim, ter certeza de que é ISSO, que é ISSO que sempre foi. E nenhuma razão comprovaria isso, apenas a fenda, que reage somente àquilo que contém esse sentido maior. A fenda como um sinal. "*Homo sentiens*, não *homo sapiens*" — a avó escreveu em seu caderno de notas, imaginando que, quando Mathilde crescesse, receberia esse caderno dela, assim como todo o Evangelho da Antiga Virgem bordado em tecidos, e que faria com eles o que quisesse.

4.
Mathilde Spalt

Sobre a separação da alma do corpo
◆

O azar, amigo fiel de todas as Spalt, espreitava sua próxima oportunidade de entrar em ação. Eis que o pai de Mathilde, Mathias Bremmel, foi enganado por seu sócio no comércio de âmbar. Ele não sabia que o sócio havia substituído o âmbar verdadeiro por âmbar falso, uma substância que apenas fingia. A barraca de Bremmel no Mercado de Tecidos foi confiscada e ele teve que buscar dinheiro em outro lugar para pagar os transportadores que levavam suas mercadorias para o norte. Por causa disso, ele foi forçado a vender a sua casa e encontrar um lugar seguro para a filha de dezesseis anos. Então, teve a ideia verdadeiramente diabólica de casar Mathilde com um homem que ele conhecia apenas da taberna e sobre quem não sabia nada, exceto o que as pessoas diziam — que ganhava muito dinheiro com a ferraria, porque ferrava cavalos para os bispos de Nysa e Breslávia, mas também por causa da morte de suas esposas: ele ficara viúvo três vezes. E como Helene estava ausente do mundo dos vivos havia mais de quatro anos, não existia ninguém, além de Berta, a empregada doméstica, para interceder por ela e frustrar o plano infame de seu pai.

Assim, Mathilde Spalt se casou com o monstruoso Erick Seering, quando mal tinha completado dezesseis primaveras. E por ter sido contagiada por Helene com o amor por tudo o que vive na natureza, ela sonhava em ressuscitar a obra da avó e fazer uma nova aliança com as mulheres, suas terrelas contemporâneas. Juntou toda a parafernália de Helene, escondida do olhar severo de Mathias: os tecidos do altar que ela havia bordado e roubado dos franciscanos, bem como as notas e anotações para os sermões. Guardou tudo em seu baú de dote, trancou-o e mudou-se para a casa do monstruoso no Buraco, ou seja, fora dos muros da cidade. No baú ela também levou os medicamentos feitos por Kreppel: pomadas, pastas, decocções em frascos, além de três produtos lendários que, por um lado trouxeram fama a sua avó e, por outro, mandaram sua mãe à morte. Da mesma forma, através de sua avó Helene, ela conhecia todas as receitas secretas de Kunegunde que lhe haviam dado poder sobre a parte masculina dos seguidores da Igreja. Mas ela ainda não sabia se um dia conseguiria usá-los, considerando o que sua avó havia contado sobre os acontecimentos do passado. E tudo o que eles causaram.

Embora Mathilde não quisesse casar com o monstruoso, permitiu que o pai logo a convencesse, farejando uma ocasião para se libertar das amarras paternas e viver de acordo com os preceitos da Antiga Virgem, sobre os quais não se falava na casa do seu pai.

Três meses depois do casamento, pela manhã, depois que o monstruoso foi para a ferraria, Mathilde comeu cevada com leite e correu para o estábulo. Sabia que um dia extraordinário a esperava. Pela primeira vez ela pregaria o sermão da Antiga Virgem na casa do monstruoso e incendiaria a fenda junto com as outras.

Depois de igualar sua respiração com a das vacas, como Helene e também Kreppel lhe haviam ensinado, depois de tirar o leite de seus úberes quentes e rosados, depois de colocá-lo para virar queijo, que coalhava num piscar de olhos — juntando-se e separando-se infinitamente sempre que mexido com um misturador de madeira ou com o dedo — ela entrou em casa, puxando com ternura, como se estivesse escovando o cabelo de uma criança, os cachos roxos cadavéricos de ancólia que se estendiam pela parede grossa e caiada da casa, quase a penetrando. Ela as plantara especialmente perto para não perder a conexão com elas nem por um momento. Gostava de vê-las pela janela da cozinha, enquanto descascava legumes; gostava de como os cachorros ou os gatos se esfregavam na soleira da porta, cumprimentando assim as mulheres que, desde que Mathilde se casara, ela finalmente tinha um lugar para onde convidar, quando o monstruoso saía para o trabalho.

Ela bagunçava os cachos com ternura, e, em gratidão, as plantas afundavam cada vez mais suas raízes na terra ano após ano e cresciam, escondendo-se do sol na sombra projetada pelo telhado íngreme. As mulheres que iam até Mathilde em busca de queijo, leite ou medicamentos para dores de dente e nos ossos e para vertigens, ficavam admiradas com a dedaleira, uma flor-de-maio, já florescendo sob as janelas de Mathilde antes da primavera. Era como se as estações não a segurassem. Era como se ela vivesse fora do seu tempo. Surpresa com o fato, a vizinha Lintzmann o relatou ao cônego Hausmann durante a confissão, para que o canonicato ficasse de olho na jovem Spalt, pois ninguém sabia que diabos estava acontecendo com ela.

Depois de cruzar a soleira, Mathilde logo trancava a porta. Ainda olhava pela janela para ter certeza de que nenhuma pessoa intrometida estivesse atrás da cerca, tentando olhar para dentro das janelas. E, alguns meses depois, quando estranhos começaram a latir em volta da cerca como cachorros e a procurar evidências de sua suposta bruxaria, ela logo se acalmou e foi à despensa, depois da cozinha. Ali, por trás dos fios de cogumelos desidratados e das cabecinhas amarelas de erva-de-são-joão, por trás dos pedaços de carne de veado seca que ela não comia desde a infância e que o monstruoso consumia avidamente, ocultava-se outro cômodo, para o qual um alçapão no chão, geralmente coberto com uma colcha listrada, levava. O esconderijo pertencera outrora ao monstruoso, era onde ele guardava as ferramentas quebradas quando a ferraria ficava ao lado da casa. Mas, havia muito tempo que ele não se lembrava desse esconderijo, pois todas as ferramentas, até as quebradas, tinham sido levadas de lá, desde que ele começara a forjar mais perto do portão da cidade, principalmente a serviço do bispo e de sua comitiva, por mais do que dinheiro secular.

Depois do casamento, Mathilde o engordou um pouco, fazendo-o comer à vontade, e ele passou a não conseguir mais se espremer pela abertura no chão. A esposa cozinhava de tal maneira que ele já não podia caber nos cantos mais escuros da casa, que ela engenhosamente tornou produtivos para sua atividade. Para que o monstruoso se esquecesse de uma vez por todas do esconderijo, logo após o casamento, ela o cobriu com um pano que havia tecido no tear e bordado com fios coloridos.

Para descer ali era preciso levar uma vela, porque não entrava luz externa. As mulheres mais velhas tinham dificuldade para descer. O comodozinho embaixo do piso era uma espécie de porão. As prateleiras, nas quais havia pouco tempo repousavam as ferramentas do monstruoso (raspadores, torqueses de ferraduras, rinetes, limas e martelos), por causa da arrumação de Mathilde, agora apresentavam orgulhosamente frascos e vidros grandes contendo remédios para várias afecções: para perda de cabelo precoce; para dor de dente; para piolhos; para febre que faz a pessoa tremer; para excesso de calor, que ocupa o fígado e depois escapa da pessoa quando ela espuma de raiva pelo focinho; para esperma preguiçoso nos homens, que destrói todas as tentativas de gravidez; para cicatrização de feridas; para remoção de pústulas e verrugas; para aborto, e também para morte. Não para evitar a morte, mas para invocá-la.

A maioria dos remédios tinha sido produzida, sob o olhar atento de Helene, pelas mãos de Mathilde, sua neta, que desde pequena sentia as plantas mais do que as pessoas. Ela tinha aptidão para isso. E mão. Conseguia dar vida às plantas moribundas, até às flores em vaso, cujas pétalas caíam e folhas murchavam com o passar do tempo. Todos os medicamentos tinham sido preparados de acordo com as receitas secretas da genial Kreppel, que nutrira a terra na floresta necrosada durante muitos anos, fertilizando-a com seu corpo atarracado, que todos desejavam em sua juventude. Lá onde a mãe de Mathilde, Ursula, foi enterrada.

Entre as pomadas havia também aquelas que deram maior fama à sua avó e a Kunegunde — antipaus, *juhaczes* e estancagens. Essas ficavam separadas, cobertas com uma toalha de mesa bordada, em três grandes vasos de barro que costumavam ser usados para fermentar, hermeticamente fechados com grandes pedras. Nenhuma luz poderia chegar até eles. E nem a chama de nenhuma vela. Mathilde não usou nada disso até o dia do seu casamento. Sabia que sem elas, assim como sem os ensinamentos da Antiga Virgem sobre a Terra, bordados por sua avó, chamados de Evangelho da Antiga Virgem, não existiriam terrelas, mas também que, por causa delas, elas tinham sido combatidas de forma tão brutal. Além disso, Mathilde soubera por sua avó que Ursula tinha sido enforcada por vingança contra Helene, por ela ridicularizar a Igreja e os homens.

Mathilde compreendia que os remédios deveriam esperar pelo momento em que pudessem, como a sua avó lhe ensinara, atuar para fins mais importantes. Todavia, depois de se casar, passou a tomar alguns deles praticamente todos os dias.

Ela precisava. E a partir do momento que começou, teve que, obedecendo à vontade da avó, reabastecer o estoque.

Então, a cada lua cheia, ela fugia para a floresta em busca de lugares úmidos onde a água ficava mais alta em dias chuvosos e evaporava pela manhã, como a respiração dos animais, criando uma conexão entre o Céu e a Terra. Ela passava longe dos pântanos, porque tinha medo do que sua avó contara sobre eles. Certa vez, Helene estava indo até a beira do pântano com uma vara comprida, buscando malmequeres-dos-brejos para acudir o fígado do genro, que bebia muito. Quando alcançou o terreno lodoso, o lamaçal sob seus pés se abriu e ela começou a afundar, incapaz de encontrar o fundo e tateando com a vara. A água lamacenta se transformou em víboras que passaram a serpentear por seu corpo e a puxá-la para baixo, como se estivesse sendo engolida pelo chão, que nem sentia mais sob os pés. Somente quando agarrou uma estaca que estava ao alcance das mãos e bateu enlouquecidamente nos galhos que se sobressaíam ao redor do pântano, o poço víboro a soltou e começou a soçobrar sob ela. Desapareceu como se nunca tivesse existido.

Por isso Mathilde evitava o pântano, escolhendo outros terrenos úmidos. E como lá não faltava confrei, ela voltava sempre com um punhado da erva, coberto por uma grande toalha de mesa de linho. E depois ela o cozinhava em fogo baixo, e a infusão precisava ficar descansando de uma lua cheia a outra. Exatamente um mês. Só que todo dia ela tinha que despejar água nova do poço na mistura, e tinha que ser água que não refletisse o luar e nem a luz das estrelas. Assim, Mathilde cuidava para que Erick Seering, seu marido velhote desagradável, não deixasse o poço aberto, e ela mesma ia buscar água. Ela só afastava um pouco a tampa de madeira para que apenas a sombra, e não a luz, recaísse sobre a água.

Depois de um mês de infusão, as raízes de confrei se transformavam em uma pomada pegajosa que era tão espessa que mal dava para mexê-la, a concha até se empinava, como se alguém a tivesse pregado no fundo em pé. Mathilde começou a aplicar a pomada, esfregando-a na fenda, tornando-a, e a ela mesma, impenetrável e protegida do mundo inteiro. E ela foi ficando tão apertada que depois de alguns meses o marido não conseguia meter nem mesmo uma agulha na fenda. Era como se o hímen, que Mathilde ainda carregava, preenchesse a fenda até a beira, de modo que o tampão que a selava nunca mais admitisse que alguém viesse em sua direção.

Como as notícias de tais violações da lei natural se espalham rapidamente, logo toda a taberna sabia do estancamento da fenda e da impossibilidade de Mathilde ser tomada à força. Depois de um mês, toda a cidade sabia desse fato e o atribuía às artimanhas diabólicas, sobre as quais, com certeza, ela fora instruída por sua avó Helene, aquela *dziwożona*. Da taberna, onde o monstruoso lamentava o seu destino e a impossibilidade de tomar a moça, a notícia se espalhou rápido pela região, até chegar à Câmara Municipal e ao palácio do bispo. Isso novamente agitou a ala masculina da cidade, e o próprio procurador de Nysa, o bispo Franz Zacher, junto com seus homens, emitiu um mandando de busca para a casa do ferreiro, que era casado com Spalt, a fim de verificar se havia lá algum medicamento proibido, cuja produção tornara a avó dela e Kunegunde Kreppel famosas anos antes.

Além dos homens, esse fato também alvoroçou a porção feminina, graças à taberneira Gretchen, que tinha bom ouvido e pensou que uma oportunidade para as mulheres se delineava novamente. Em vez de estancarem por completo a si mesmas e provocarem a ira da Igreja, elas poderiam jogar de forma mais inteligente e deixar seus amantes e maridos entrarem apenas como recompensa, quando elas alcançassem algum objetivo pretendido; e não os deixar entrar como punição, caso eles as impossibilitassem de alcançar um objetivo sonhado.

Um vestido novo de cetim, um novo broche de prata com rubi, uma bolsa de camurça cheia de ducados, "suficiente para uma bandeja de domingo na igreja" e pronto: nossas fendas estão abertas para vocês. Sem bolsa, sem vestido, sem broche com pedrinha vermelha: sem penetração na fenda. Nenhuma. Nem a da frente, nem a traseira. Nem a boca. Nada de graça. Essa era a intenção da taberneira Gretchen, embora no início ela tenha declarado algo completamente diferente para Mathilde. Esta não fazia ideia, imaginava que seus medicamentos só eram usados por mulheres muito necessitadas, prontas para renovar ou abraçar a fé na Antiga Virgem, que haviam experimentado há muito tempo, vivendo com Helene na floresta, ou de que haviam ouvido falar por suas mães, irmãs mais velhas e, às vezes, suas avós.

Isso não importava muito, porque ela não vendia o estancamento, negando que o tivesse e, na verdade, o guardando para um momento difícil ou para uma ocasião especial. Ela estreitava a fenda provisoriamente com as ervas, não a fechava para sempre. E embora a estreiteza da fenda fosse algo desejado pelos maridos, a falta de umidade causada pelo uso de panos embebidos na decocção de casca de carvalho e sálvia, segundo a receita de Helene que a neta propagava secretamente entre as mulheres que conhecia, começou a se tornar uma praga para eles. Com efeito, a secura se transformava em uma aspereza desagradável e em dor, e impossibilitava-lhes não só sentir prazer, mas também manter uma ereção. E era cada vez mais frequente que, por causa dessa secura reinante nas fendas, um e outro se esfregassem tanto nelas que, no dia seguinte, mal podiam andar, suas joias doíam a cada passo, por mais leve que fosse.

Sair da casa de Mathias foi um passo maravilhoso para Mathilde. Finalmente ela poderia dedicar-se em paz àquilo que mais amava desde sempre: a fitoterapia e a propagação dos ensinamentos de Helene, que tinham ficado adormecidos durante tantos anos porque sua avó, ao perder a única filha e a amada Kunegunde, não queria expor a neta a tal ameaça, e então suspendeu a pregação, como a Igreja lhe ordenou que fizesse ao levar sua filha.

Então, Mathilde escoava a decocção entre as mulheres de Nysa, secando as fendas, mas também curando: a oligúria; o prolapso uterino após o parto; os abscessos nos seios de quem amamentava um novo filho a cada ano; a dor de dente e as raízes de sua putrefação; a ictiose que cobria o corpo; o desejo muito grande que não se dirigia a si, mas aos maridos e esposas dos outros, causado pela aglomeração de pensamentos que não podiam ser acalmados por nada e cuja torrente as inundava de tal maneira que não podiam dormir e, devido a isso, frequentemente eram vítimas da loucura ou do sonambulismo. Lidando com o ser inteiro, ela não podia ignorar a fenda da qual se origina cada sopro, mesmo o menorzinho. Da qual a vida provém e com a qual a alma não retorna voando ao Céu, como ensina a Igreja, mas retorna à Terra negra. Essa mesma de onde emerge a dedaleira roxa cadavérica ou rastejam os vermes para a superfície depois da chuva. Portanto, ela secava as fendas, com casca de carvalho e sálvia, daquelas mulheres que ela considerava suas, que amavam a Terra acima do Céu, porque a Terra era como um casal de amantes abraçados. Até então, porém, nenhuma das mulheres, além de Mathilde, aprendera a não apenas secar, mas também a estancar a fenda, sem se privar do maior prazer da autofodeção. E não com o que se origina de um homem. Não com o que é duro, entorpecido e rígido.

E agora esse conhecimento não seria apenas revelado às mulheres escolhidas por Mathilde, mas também tornado evidente na ação. Ao se estancar de uma vez por todas com relação a todos os homens. Ao abrir-se apenas para o que nasce da Terra. Para os seres vegetais.

Quando naquele dia Mathilde desceu ao porão secreto com a pomada cuidadosamente cozida durante um mês em um caldeirão de cobre, lá estavam esperando por elas todas as que mais desejavam estancar por inteiro: a esposa do vereador Gerbauer, Brunhilde; a assediada por grande parte da comitiva do bispo, Hedwiga, empregada no canonicato; Sara, a filha do boticário, perscrutando mais mulheres do que homens e sendo moça casadoura; a esposa do taberneiro, a rechonchuda e corada Gretchen, que pegava barriga ano após ano; e a bem nascida Bernadette von Klisch, que já com quinze primaveras sabia que nunca deixaria ninguém entrar dentro dela, exceto o próprio Jesus, e já havia escolhido em seu coração o caminho monástico, contra a vontade dos pais. Dentre elas, apenas Gretchen não levava o estancamento a sério, mas sim se interessava por ele comercialmente, tentando usá-lo como uma ferramenta, e não como um fim em si.

Estavam sentadas em volta de uma mesa no meio do cômodo, mal iluminado pela chama das velas acessas. Cada mulher tinha trazido a sua, como Mathilde havia ordenado que fizessem. Elas tinham chegado de madrugada, ainda antes do monstruoso acordar. Mathilde deixara a porta aberta durante a noite, então elas a esperavam desde a madrugada com a emoção estampada no rosto.

Quando viram Mathilde, levantaram-se. Ela estava feliz com a presença delas. Todas a quem sugerira essa solução mais de uma vez vieram. Nenhuma se acovardou.

Reconhecendo sua coragem e a força de vontade necessária para tomar a decisão irreversível, Mathilde se aproximou delas e as abraçou cada uma, sincronizando sua respiração com a delas, uma por uma. E quando todas estavam igualadas pela respiração como em um único recipiente, de súbito perceberam que os desejos, não os da mente, mas os do corpo, tinham criado inconscientemente um círculo uniforme, e permaneceram nele em completo silêncio, temendo romper a conexão que surgia de suas respirações.

Mathilde foi a primeira a interromper a respiração sincronizada. Virou-se para as prateleiras, tirando de uma delas um grande jarro de estanho. Ela o colocou no centro, encorajando as demais a se sentarem nas tábuas do piso, ainda formando um círculo. Entregou o jarro para a primeira à sua esquerda, Brunhilde. Depois de beber a seiva de bétula, ela imediatamente passou adiante o jarro para Hedwiga, que o passou para Sara, Sara para Gretchen, Gretchen para Bernadette von Klisch, e então chegou o momento em que o jarro voltou das mãos de Bernadette para Mathilde. Era seiva de bétula tirada na primavera, que sua avó chamava de água da vida. As mulheres a provavam com muita concentração e silêncio, como se estivessem passando o sangue do Senhor Jesus umas para as outras em uma taça de ouro durante a Última Ceia. Havia grande devoção entre elas. Respiravam tão de leve que o som da inspiração não perturbava a atmosfera. Como se elas não existissem.

Esse tipo de atenção e devoção deixava Mathilde muito alegre, embora ela não demonstrasse nada, concentrando-se na preparação do resto da cerimônia. Começou a tirar a roupa e com um sinal incentivou as demais a também fazê-lo. Completamente nua, ela pegou a seiva de bétula com as mãos em concha e aproximou-a de sua vulva, abrindo as coxas com delicadeza, e fez um gesto, como se lhe desse de beber. Era como se ela quisesse lhe servir uma bebida. Ela acenou com a cabeça para as demais mulheres e ordenou que fizessem o mesmo. E todas elas fizeram. Tiraram a roupa como se de repente tivessem começado a queimar e deram seiva de bétula para suas vulvas beberem, lavando-as com gentileza, como se fosse o mais precioso tesouro ou joia. Então, ao sinal de Mathilde, todas se sentaram de novo no círculo, e ela, com movimentos lentos para não perturbar a luz das velas nem apagar as chamas, distribuiu na frente de cada uma, sobre uma lona alvejada, raízes e rizomas que jaziam entre outras ervas encostadas em uma das paredes, cercados em todos os lados por uma fartura de plantas secas. E entre eles havia tudo o que a Mãe Terra tinha dado à luz. As garras âmbar-terrosas de uma fera selvagem, semelhante a botões de álamo; cestos dourados escuros azinhavrados de erva-de-são-joão; casca de carvalho; erva-andorinha; buglossa; mil-folhas; flores de violetas, espinheiros brancos e margaridas; centáureas, papoulas e lilases selvagens. E mais longe do centro: flores de cerejeira, botões de amieiro, cestos de camomila e flores de tília com perfume inebriante. Nos cantos, todos os tipos de plantas venenosas: desde beladona, passando por dedaleiras azuis cadavéricas, delfínios e acônitos roxos que roubam toda a escuridão da natureza; até o meimendro-negro, que Helene e Mathilde mais amavam. E embora tanto a avó quanto a neta usassem a raiz de escorcioneira para penetração, o rizoma fresco do cálamo era mais adequado para fazer cócegas e queimar a fenda (o que sua avó chamava de incêndio), já que, pressionado entre as coxas ou movido lentamente de cima para baixo, umedecia a vulva a tal ponto que muitas vezes fazia jorrar umidade interna como uma fonte emergindo das rochas.

Por isso, num primeiro momento, apenas essas duas plantas foram colocadas por Mathilde diante das mulheres.

Cada uma com um rizoma de cálamo e uma raiz de escorcioneira, devidamente secos e limpos de terra, embora não privados de irregularidades. Depois de espalhá-los diante das reunidas com honrarias devidas às insígnias reais, ela se voltou para as prateleiras, onde havia frascos escuros de diversos tamanhos. Olhados contra a luz, era possível ver que estavam cheios até a boca. Neles cochilavam, ou melhor, levavam suas vidas ocultas, elixires, decocções e licores de frutas em grande parte feitos por Kunegunde Kreppel. Amontoavam-se nas prateleiras, ardiam com conteúdos secretos, ansiosos por serem usados para o propósito que Kunegunde descrevera com sua caligrafia torta e quase ilegível. Algumas das garrafinhas escuras estavam cobertas por uma camada tão espessa de poeira que pareciam estar ali há décadas. Além dos frascos, havia frutas aromáticas secas em saquinhos de linho, bem como brotos de árvores repousando sobre panos.

Na prateleira superior havia lindas caixinhas com os medicamentos mais secretos. Algumas eram verde-escuras, quase pretas; outras eram roxas, com a intensidade da cor pulsando até mesmo na penumbra que imperava ali. Quando Mathilde era criança e sua avó era viva, elas as compravam uma vez ao ano na feira de Natal em Breslávia, durante a qual Helene e a neta vendiam infusões quentes de ervas e raízes na praça do mercado. Helene e a neta faturavam em um dia mais do que que seu genro comerciante conseguia arrecadar em um mês, principalmente gastando seus ducados na taberna. As caixinhas vinham com medalhinhas de Nossa Senhora do Escapulário, que Mathilde, a pedido da avó, retirava e atirava na neve, algumas horas depois, enquanto retornavam a Nysa de carroça. Em casa, a avó dava um novo destino às caixinhas, enchendo-as até a borda com pomadas preparadas escondido do genro. E as caixinhas nunca ficavam expostas, Helene as escondia e apenas Mathilde sabia onde. Quando uma mulher que havia sofrido muito vinha chorando pedir a ajuda das plantas à sua avó, ela pegava as caixinhas. Só que não foram mais de dez vezes que ela decidiu ajudar alguém dessa forma, geralmente usava outros meios, fosse uma mistura de ervas trituradas em um pilão, ou brotos de plantas secas, ou frutas silvestres em pó ou frutos dos arbustos em frascos cultivados na janela, fingindo ser temperos.

A única coisa que Helene havia dito a Mathilde sobre o conteúdo das caixinhas era que o das verde-escuras serviam para o fechamento das fendas e o das roxas, para a alma deixar o corpo.

Mathilde pegou algumas das caixinhas e as distribuiu às mulheres em um expectante silêncio devoto sem fim.

Brunhilde, no climatério e por isso sofrendo de ondas de calor e oligúria recorrente; Gretchen, rechonchuda, com gordura excessiva devido às inúmeras gestações e, por causa disso, sobrecarregando a coluna; Sara, que ficava excitada ao ver mulheres e tinha nojo dos homens; Hedwiga, empregada do canonicato, cujo vestido um dos cônegos tentava rasgar a todo instante; e também a jovenzinha Bernadette von Klisch, que só queria Cristo, de coração e do mais íntimo do seu ser; todas quase desmaiaram ao ver as caixinhas. Sabiam da existência delas por Mathilde e não acreditavam que iriam experienciar os efeitos de seus conteúdos.

Algumas delas costumavam ir até Helene na floresta em busca do queijo e das ervas, e depois também em busca dos ensinamentos da Antiga Virgem, de como se transformar, como o leite em queijo, para ainda ser você mesma até certa medida e, ao mesmo tempo, se tornar outra pessoa, em um outro estado de concentração. Como se desprender do corpo em direção ao que vive em nós além dele e ao que não pertence por inteiro a Deus Pai, mas também à Terra. Elas sabiam que o bispo de Nysa proibia severamente esses ensinamentos, tentando punir cada uma das mulheres que, além do Deus Pai, adorasse a Mãe Terra e a tudo o que era terreno. Todavia, sabiam também que o temporal e o terreno, ao contrário do que a Igreja ensinava e do que o novo bispo Baltazar von Liesch protegia, as acendiam como a uma chama, fazendo-as se sentirem vivas, ao contrário do futuro nebuloso após a morte, cujo auge seria um lugar diante do trono de Deus Pai e a Seus pés, o que as transformava em cadelas de Deus, coisa que decididamente não queriam ser.

Por isso, desse lugar em suas almas nasceu o desejo de vivenciar aqui e agora experiências poderosas, que talvez não experimentassem depois, aos pés do Altíssimo. Outra questão é que Helene e Mathilde professavam ser possível se separar do corpo antes da hora da morte e guiar a alma para o Céu, não pela agonia, mas pelo prazer fluindo do incendiar da fenda que não pode ser expresso em palavras. E quando um grande fogo surge do incêndio, todo o corpo da pessoa é abalado por um arrepio, como se um raio entrasse pelos dedos dos pés e saísse pelas órbitas oculares, e, durante esse clarão, as estrelas aparecem no corpo e, de repente, a pessoa cessa de existir, para depois de um tempo nascer novamente. Elas chamavam esse estado arquipotente nas experiências do corpo e também da alma de separação da alma do corpo, bem como de onincendiar. E então elas entregavam a alma ao que é divino e seus corpos ao que pertence à Terra, alimentando ambos ao mesmo tempo.

No cômodo repleto de silêncio, Mathilde, nua, sentada em círculo com as mulheres, pegou sua raiz de escorcioneira e aplicou nela a pomada de uma caixinha verde-escura. Passou uma camada espessa mais na ponta, esfregando menos medicamento na base. Encorajou as outras, com um aceno da cabeça, a fazer o mesmo. Quando todas estavam prontas, ela se afastou um pouco para atrás, abrindo as coxas para estender a mão não para a raiz, mas para o rizoma de cálamo, inchado pela umidade retida nas folhas. E começou a mover o rizoma delicadamente em sua vulva, proporcionando um indescritível prazer para si mesma. No início, era um quase roçar, mas pouco depois chegou o momento de esfregar o rizoma com as radículas ramificadas nos pelos que cobrem a vulva. Em seguida, com a ajuda da outra mão, abriu a fenda com os dedos para poder esfregar o rizoma na saliência acima dela, o que causava um prazer inexprimível, anunciando a vinda de relâmpagos.

 E só então, quando todas estavam à beira do que era terreno e divino, Mathilde ergueu os dedos com um gesto decidido, como se quebrasse o silêncio, que já fora quebrado pelos suspiros acelerados e respirações rítmicas, às vezes sons que lembravam soluços, e sinalizou que era a hora de pegar a raiz. Elas fizeram isso ao mesmo tempo, agarrando a escorcioneira com avidez e enfiando-a continuamente em si mesmas. Penetravam-se lento, depois rápido, às vezes com delicadeza, apenas inserindo com muita leveza a ponta da raiz em si mesmas, depois pressionando até a base, e era inacreditável que fosse possível atingir qualquer criatura viva tão a fundo, tão fortemente, porque nunca antes o marido ou os não maridos as tinham penetrado assim.

 As raízes cobertas de pomada as conduziam continuamente a tais sensações, que não podiam ser comparadas com mais nada, porque não havia palavras em nenhuma língua do mundo que pudesse descrever os gemidos de prazer e os sussurros que saíam de suas gargantas. Bem como de suas vulvas, porque elas também, jorrando seus sucos internos, emitiam sons como aqueles que fluíram das entranhas da Terra quando ela deu à luz os primeiros peixes e pássaros; quando caiu a primeira chuva e, depois, as minhocas com corpos gordos e cheiro de terra rastejaram para o mundo; quando o vento soprou; quando brotou a primeira primavera; quando as macieiras floresceram nos pomares; e quando Deus se dignou a descansar após seis dias de árduo trabalho de criação.

Quando os gemidos silenciaram, Mathilde deitou-se de bruços no chão e, sobre ela, sem palavras, guiadas não por palavras, mas por um pressentimento profundo, as demais começaram a se deitar, como panquecas num prato, uma sobre a outra, seus corpos nus agarrados uns aos outros com firmeza. E quando estavam confortavelmente empilhadas, Mathilde mexeu o dedão do pé e foi assim que tudo começou. O movimento do dedo de Mathilde causou uma necessidade imediata de mover outra parte do corpo: o tornozelo de Brunhilde, deitada acima dela; e então se moveram os quadris de Hedwiga deitada acima dela; aí o colo e a parte inferior do abdômen de Sara se movimentaram; e os seios grandes, embora temporariamente não cheios de leite, de Gretchen; o que por fim fez com que Bernadette esfregasse os lábios, muito sensíveis ao toque das bocas das ajudantes na corte de seu pai. Houve um choque poderoso que foi sentido ao mesmo tempo por todas as mulheres sobrepostas, aconchegadas com força. O raio que as atingiu ao mesmo tempo trouxe-lhes uma experiência que nenhuma delas jamais havia experimentado.

Pareceu-lhes que o choque durou para sempre, e durante esse onincendiar elas se moveram pela cidade, admirando os telhados pontiagudos das igrejas e dos prédios ricos de Nysa, passando pelas pontes e pelo rio, bem como pelas copas das árvores na floresta que cercava a cidade, tão pontiagudas como as pontas das raízes de escorcioneira. E ao voarem sobre o rio, cada uma delas via seu próprio reflexo, só que de cabeça pra baixo. Apenas Mathilde não via nada, como se seu reflexo não estivesse ali, como se ela não existisse ou existisse fora dos princípios da existência do mundo, mas isso não a preocupava, porque, depois de um tempo, junto às outras, ela voltou a avistar o que havia abaixo: clareiras e prados com vacas pastando, sua própria casa, até a casinha do cachorro que sempre latia para ela, um tolo que adorava o próprio dono, que não lhe poupava pontapés e outras demonstrações de raiva e maldade.

"Cachorro tolo" — pensou ela, entrelaçando o sobrenatural com o mundano, arruinando o voo. E então começou a cair.

Ela gritou e todas pousaram ao lado dela, incapazes de acreditar no que haviam vivenciado e onde tinham acabado de estar.

Mathilde quebrou o silêncio com estas palavras:

— Se vocês têm certeza de que não querem se abrir mais para nenhum homem e que querem estancar suas fendas de uma vez por todas para eles, deixando-as disponíveis apenas para raízes e rizomas, ponham um tanto de pomada da caixinha roxa nos dedos. O máximo que puderem. Quando a cola de confrei secar lá dentro, vocês vão ficar grudadas para sempre. E nenhum ser humano ou animal vai ter acesso a vocês. Só poderão usá-las com ervas ou mulheres, e nada que seja duro, exceto as raízes dos seres vegetais, vai penetrá-las. A partir de agora, vocês vão incendiar suas vulvas com rizomas, galhos, botões de plantas e raízes adequados para isso. Vão fazer cócegas nelas com flores secas e baldaquinos de sabugueiro selvagem e as rechearão com bagos, nozes e castanhas amarradas em um barbante, para que lhes provoquem agradavelmente e balancem em vocês enquanto caminham, proporcionando-lhes um prazer indescritível o dia todo. E se ficarem com saudade do que vem dos homens, vão ensiná-los a amar suas vulvas para que o prazer venha do incendiar e não da penetração. Porque vocês só vão governá-los se eles não as derrotarem com sua natureza e aprenderem um amor novo e melhor. Aquele que flui da Mãe Terra. Da Natureza. Aquele que é extraído da vida vegetal, não da vida animal.

O espírito de sua avó pairava sobre elas. Helene, do além, olhava para a neta, e estava tão orgulhosa que o ar a elevou ainda mais alto acima da Terra.

Sobre o monstruoso e os benefícios da sagacidade

◆

Ela conferiu a fenda. Pulsava mais forte do que o normal. Talvez num sonho, um daqueles sonhos em que ela se sentava escarrapachada em troncos de árvores cobertos de musgo e derrubados pela tempestade e esfregava as coxas neles. Aquecido pelo sol, o musgo úmido parecia a barba de uma floresta que vivia no subsolo. O musgo cobrindo os mistérios de uma existência oculta: da vida que a floresta vive no fundo de si mesma. Da vida repleta de movimentos de carunchos e formigas; da decomposição da polpa; do apodrecimento silencioso; do gotejamento de seivas e resinas vivificantes com aromas inebriantes. O cintilar da chuva nas folhinhas verde-claras. A formação de gotas de orvalho. Ela prendeu a respiração e penetrou dentro de si. Não com os dedos, mas com os ramos de flores fininhos que sempre estavam no jarro, recém-colhidos do jardim. Ela os introduzia delicadamente na fenda e no que havia escondido atrás dela, até que a alma se separasse do corpo e a transportasse para algum lugar além da casa, do jardim, da floresta próxima, para algum lugar além de Nysa e além de Breslávia, que ela não conhecia bem, apenas o que conseguia ver quando ia lá uma vez por ano atrás das caixinhas, que o lojista local trazia de Praga para as citadinas mais elegantes, para colocarem nelas escapulários com a imagem de Nossa Senhora Guardiã da Fé, que tornariam mais virtuosas quem os usasse. No baú de madeira que ela trouxera como dote, sob as blusas bordadas e pesados cafetãs de pele de carneiro, sob as saias largas, ela escondia do monstruoso os medicamentos feitos pela avó de acordo com as receitas de Kreppel: perfumes de rizomas de cálamo, pomadas para alisar o rosto e também a famosa estancagem (uma pomada com confrei, casca de carvalho e de escorcioneira que, penetrando profundamente na fenda, apertava a gruta de Mathilde durante várias horas de tal forma que só podiam ser colocadas nela hastes e galhinhos). Ela gostava de fazer com galhinhos de sabugueiro selvagem e de amieiro, e sobretudo com amentilhos de salgueiro, que para sua fenda eram mais agradáveis. Ela os introduzia lentamente, como contas enfiadas em um ramo, alimentando a fenda com prazer até que se tornasse insuportável. Também gostava de se penetrar com penas arrancadas do travesseiro. Algo tão pequenino e flexível, que é quase imperceptível, como se não existisse de fato. Colocando e tirando uma pena na fenda da frente e outra no buraco atrás, depois de um tempo ela começou a fazer barulho, espalhar-se em várias direções, e foi coroada. Enraizou-se de volta em si. E quando ainda pulsava com o arrebatamento que permeava seu corpo, enfiou a mão por debaixo do travesseiro em busca da caixinha ali escondida. Colocou-a ao lado de uma linda ancólia roxa cadavérica, que estava em um vaso. Com os dedos molhados, abriu a tampa. Pegou uma quantidade generosa da pomada e esfregou em si mesma. Dentro de sua fenda. Gordura de texugo, cola de confrei e casca de carvalho — aquele onde sua mãe, Ursula Spalt, morrera há dezesseis anos, pendurada num galho com uma corda no pescoço. A casca era transformada em pó e despejada em água fervente para misturar com o sebo de texugo. Assim sua avó Helene a ensinou a fazer pomada. Para não deixar o mal entrar. Para fechar bem as pétalas da sua flor contra o indesejado, mas não para sempre, como na versão de Kunegunde, apenas por um dia e uma noite, contando que o velhote morresse antes do ato. Helene não tinha ensinado a neta a usar a estancagem perpétua, que foi dada às terrelas antes da tentativa pública de devolvê-las à vida piedosa, porque temia que ela usasse o medicamento e fosse enforcada como Ursula na árvore. Por isso Helene não tinha revelado essa única receita, que ela mesma tinha tirado de Kunegunde quase à força.

O velho bode arfava durante o sono, tossia, chiava e pingava saliva do focinho, como um demônio que tivesse sido irritado com um pedaço de pau. Ao vê-lo assim ela fechou os olhos, para não estragar a vista do dia e seu ânimo. Para ter certeza, retirou rápido o caule da ancólia do jarro e acariciou com ele os cabelos que cresciam na fenda, tentando introduzi-lo dentro de si. Mesmo uma haste. Sem sucesso. Satisfeita, tranquila com a fenda, desceu as escadas descalça e concentrada, pé ante pé para não quebrar o silêncio com qualquer ruído.

Sua própria sagacidade a alegrava. E o conhecimento que sua avó lhe transmitira. Conhecimento que ela, Mathilde, deve agora levar ao mundo e expandir para renovar a aliança. Para reconstruir as terrelas e começar a prestar novamente culto à Mãe Terra.

Ela só não sabia como fazer isso, já que o bispo Johann Balthasar Liesch von Hornau, junto com seus homens, a observava tão de perto que ela não conseguia dar um passo sem estar acompanhada de um par de olhos por detrás da cerca de sua casa. Olhos que nunca dormiam. Olhos observando cada movimento dela.

Ela não sabia como, onde e quando pregaria o Evangelho da Antiga Virgem, que recebeu o nome da primeira mulher nascida da Terra. Como começar a pregá-lo às mulheres ainda não iniciadas, porque a ligação com as antigas terrelas, salvo aquelas com quem ela tinha feito aliança recentemente no antigo esconderijo do ferreiro, fora rompida de súbito pela morte de Ursula e pela tentativa anterior de estupro das terelas na presença de toda a Nysa. Como escolhê-las na multidão do mercado, já que só o acessava vendendo queijo e leite? Como convidá-las para sua casa, se o bispo e seus homens não a deixavam respirar tranquila, cuidando para que nada mais saísse de sua boca além do preço e dos agradecimentos pela compra dos produtos? Como poderia mostrar-lhes os tecidos bordados pela avó, escondidos no subsolo, tecidos bordados para a glória da Mãe Terra e da Antiga Virgem?

Tudo isso a atormentava, embora ela acreditasse que a vida lhe daria alguma solução. Que seu encargo era esperar atentamente pelo sinal, que sua avó tinha lhe dito várias vezes que chegaria, mas apenas quando Mathilde estivesse pronta.

Por isso, em vez de quebrar a cabeça com problemas, ela se concentrava no que enfrentava todos os dias em seu casamento. Parabenizava-se por ter conseguido colocar seu monstruoso marido em um sono tão profundo que beirava a morte. Nem mesmo a mãe do ferreiro conseguira niná-lo na infância como Mathilde conseguia na vida adulta. E se ela fazia isso enganando-o — tudo bem!

Logo após o casamento, ela percebeu que o velhote gostava de tomar algo mais forte à noite do que a cerveja que bebia na taberna depois de terminar o trabalho. Então decidiu que precisava dar algo a mais para fazê-lo tombar antes de chegar à cama que compartilhariam. E como ela preferia deixar o cachorro chegar perto dela do que ele, com um sorriso diabólico, derramou na boca dele várias misturas que havia preparado. Não tinha sido difícil misturá-las na bebida, visto que o ferreiro bebia muito. E que ele nem perguntava a Mathilde o que estava bebendo. E que ela conhecia as ervas de sua avó e sabia como dosá-las. Tinha jeito para a coisa. O velho não se cansava de falar dela, que era muito habilidosa com tudo. Que conseguia fazer uma bebida requintada a partir de qualquer coisa. E antes que ele pudesse colocar as suas garras nela, estava tão dominado pelo poder da bebida que mal sentia as mãos, ou o calor subia à cabeça e sua audição diminuía por um momento, ou todo o seu corpo parecia um tronco de árvore: paralisado e pesado. Basta dizer que depois de tomar a bebida preparada por Mathilde, o mundo que ele conhecia, que no seu caso se estendia entre a casa e a taberna em Nysa, virava de cabeça pra baixo e girava estranhamente, então seus olhos ficavam enevoados, como os dos peixes que Mathilde via no rio perto do moinho, e então ele abria a boca e bafejava tanto que era preciso abrir as janelas e arejar a casa. Um diabo. Só lhe faltavam chifres e rabo, embora Mathilde pudesse jurar que, se o diabo existisse, devia ter a forma de seu marido monstruoso. Por causa dele ela aprendeu a fazer aguardente com tudo: cascas de batata, abrulheiro, ameixas, maçãs, migalhas de pão. E como ela acrescentava a tudo pequenas quantidades de bagos da beladona, de frutos de viburno e de daphne-de-fevereiro muito cozidos, a saúde do velho decaía cada vez mais. Estava perdendo a força vital.

Mas ele era violento em comparação aos outros homens. Apesar da idade. Já andava pelo mundo há mais de setenta anos e ainda abria a boca estúpida ao ver as esposas dos clientes. E ofegava com fedor de bebida fermentada até a saliva escorrer de seu focinho. Mas Mathilde não podia envenená-lo imediatamente, seria suspeito demais se o homem com a força de um touro de repente caísse como se tivesse sido atingido por um raio. Ela o envenenava devagar. Não o suficiente para trazer a morte em pessoa para casa, mas para fazer o homem perder o desejo de se deitar com a esposa no leito conjugal.

Basta dizer que o velhote, após sete décadas de vida, ainda não tinha herdeiro. E tinha sido por isso que ele a tomara como esposa, apesar das advertências que ouviu por toda a parte. Agora ele se lamentava por ter ouvido, em vez dos seus companheiros de cerveja no Caranguejo Dourado, o falido Mathias Bremmel, que lhe garantiu que a filha Mathilde era a mais trabalhadora, hábil, virtuosa e linda entre todas as mulheres da região. De todas essas qualidades, a virtuosidade, que ele mais apreciava, estava agora lhe causando dificuldades. Desde o casamento, o inverno e a primavera já tinham se passado e ele ainda não a havia tocado. E não só, ele ainda não tinha visto o corpo dela, ainda não a tinha visto nua, apenas vestida. Ela era arisca. E ligeira. Cada vez que ele queria puxá-la e levá-la ao colo, ela corria para a lareira para atirar umas lenhas porque o fogo estava apagando ou para a janela por causa da corrente de ar, dizendo que o vento levaria as suas almas antes que a comida do jantar estivesse preparada. No começo, ele ria desses artifícios, mas agora achava cada vez menos graça. No final do inverno, ele tentara agarrá-la à força, mas ela não cedeu. Primeiro ele tentou falar com ela, depois não hesitou em usar a violência, mas não conseguiu abrir sua fenda. E tentava todas as manhãs e todas as noites.

Foi por isso que ela começou a embebedá-lo. Para que ele nunca conseguisse consumar o ato e morresse logo. Por isso ela costumava se estancar, antes de ele acordar. Tinha que fazer isso todos os dias, porque a receita que sua avó havia criado estancava a fenda temporariamente e apenas por algumas horas. Assim, a mistura tinha que ser preparada todas as noites, escondido do marido, o que era difícil e a forçava a mentir constantemente.

Mas, graças à pomada usada em segredo, ela não permitia que o monstruoso, ou qualquer outro, a abrisse, pois ainda não havia sentido que, além dos seres vegetais (que sua avó chamava de "os melhores amantes entre os seres vivos"), gostaria de acolher algo diferente dentro de si. Ela negou essa felicidade ao moleiro, que a cortejou tantas vezes quanto as estrelas no céu durante os meses de verão, olhando-a com amor quando ela ia ao moinho buscar farinha. A Lintzmann, o vizinho que babava ao ver a sua figura na estrada. Ele a caçou uma vez na floresta, quando ela colhia cogumelos, se esgueirou por trás, pegando-a pela cintura, e tentou levantar sua saia, mas ela fugiu. Era mais rápida do que ele. Então correu direto à sra. Lintzmann para reclamar que seu marido temente a Deus a pegara na floresta e tentara violá-la. Ao conselheiro do cabido, Petrus Gerbauer, que também incomodara a avó dela, porque andava sempre de braço dado com o bispo anterior e o aconselhava em muitas questões. Dizem que foi ele que sugeriu ao bispo Sitch que seria bom trazer o cabaço do Babel ao ducado para resolver a questão das terrelas. Desta vez da distante Francônia, onde ele era considerado o inquisidor mais eficiente no extermínio das bruxas. Certa vez, ele entrou furtivamente no estábulo, onde ela ordenhava suas amadas vacas, e lá tentou pegá-la de jeito, usando toda sua força. Mas ela não se abriu para dele, embora ele fosse tão grande quanto o carvalho da clareira necrosada.

    Mathilde estremecia ao lembrar-se desse incidente e de todos os outros em que precisou se defender. Desceu as escadas do quarto até a cozinha e jogou lenha na lareira. Bebericou leite do jarro para produção de queijo. Comeu a ponta do pão generosamente untada com manteiga. Abriu as janelas para deixar entrar o ar fresco. Olhou para o céu. Esperou até que a nuvem que cobria o sol passasse, fechou os olhos por causa dos raios e lentamente os abriu para que o brilho do dia se espalhasse em seus cílios e, por um momento, ela não pudesse ver nada além dessa luz. Era como se todo o jardim e o pomar estivessem prestes a emergir dessa luminosidade e passar a existir. Ela conseguia fazer esse artifício, como de costume, apenas quando o dia estava ensolarado e não nublado.

Satisfeita consigo mesma, correu para o estábulo para alimentar e ordenhar as vacas. Queria preparar leite para o queijo, para ganhar dinheiro no mercado de quinta-feira e, como sempre, esconder parte da quantia do monstruoso. Ninguém em Nysa nem na castelania de Otmuchów cobrava tão caro por um queijo como ela, mas, há várias décadas, todo o ducado sabia que não se tratava de um queijo comum. Lendas sobre o antigo queijo das terrelas agregavam valor e sabor aos laticínios de Mathilde, que todos sabiam ser neta da fundadora da congregação. Ela sempre vendia todas as rodas de queijo. Mas também nenhum outro queijo era comparável ao seu. Primeiro: o seu queijo, tal qual o da avó, famoso em todo o ducado, nunca esfriava, estava sempre quente como o leite recém-tirado da vaca. Segundo: ele era constituído de tal maneira que, arrancado um pedaço, bastava devolvê-lo e ele se integrava em um todo com a roda formada, como se nunca tivesse se separado. Com os outros queijos, quando era destacado ou cortado um pedaço, nunca mais era possível formar um todo único com o que foi separado, enquanto o queijo da Mathilde se reagregava em um único círculo regular, uma unidade.

Algumas pessoas tentavam explicar a origem diabólica do queijo, pois lhes parecia que, como a avó era herege, a própria neta escondia a mesma natureza, para envolver a todos com o diabo e os arrastar consigo para as profundezas do inferno. Especialmente aqueles, como Berta Lintzmann, que estavam fartos de toda a maldita trindade Spalt — tanto a *dziwożona* avó, quanto sua filha suicida pendurada no carvalho (o que se acreditava, apesar das garantias de Helene, quando viva, de que a filha nunca teria feito o nó na corda para si mesma, e certamente não depois de dar à luz uma bebê), e, agora, a atrevida neta virgem que morava na casa ao lado desde que se casara com Erick Seering, e que levara o marido de Lintzmann à tentação.

A sra. Lintzmann decidiu investigar o assunto mais a fundo. Certa vez ela entrou furtivamente na casa vizinha, usando uma portinhola destrancada, e ouviu, pela porta do estábulo, como Mathilde falava com as vacas, como se estivesse falando com uma pessoa, só que com mais ternura, como se sussurra algo no ouvido das crianças enquanto dormem. E com algumas palavras diferentes, impossíveis de entender. Lintzmann percebeu também, escondida atrás de uma coluna que sustentava o telhado do estábulo, que a virgem ficava cara a cara com as vacas e respirava o mesmo ar que elas. Como se sua respiração fosse transmitida aos animais. O que Lintzmann menos gostou foi que os animais olhavam para a jovenzinha como se estivessem encantados, sem piscar sequer uma vez. Por isso decidiu correr o mais rápido possível ao palácio, ao bispo Johann Balthasar Liesch von Hornau, e dar testemunho do que viu no estábulo dos vizinhos.

Algumas semanas antes desse acontecimento, o próprio monstruoso tinha visto o mesmo e açoitado muito a esposa. Ela não chiou quando ele bateu nela com ramos de salgueiro amarrados por fio de sapateiro. Afinal, estava batendo em Mathilde não só por isso, mas por toda sua esquisitice. Batia cegamente, como se por todo o mal atribuído a ela. Pela avó dela ser a *dziwożona* Helene. Por ele não poder macular Mathilde após o casamento. Pelos outros camponeses a seguirem com olhos sedentos. Pelo moleiro da taberna, depois de dois jarros de cerveja, gabar-se de que a conhecia melhor do que ele, porque ela fazia com ele o que o marido nem podia imaginar. Por seus olhos parecerem refletir o mundo inteiro, não apenas Nysa, mas também o céu, os rios, as estrelas, a poeira da lua, as terras e os mares distantes, os navios repletos de tesouros, as minas cheias de metais preciosos. Bastava olhar para eles e tudo aparecia, só que de ponta-cabeça. E o moleiro ainda dizia que tudo isso era transmitido a quem via, como se a visão fosse contagiante. Que, a princípio, o mundo visto sob as pálpebras começava suavemente a piscar, aí perdia a nitidez e os contornos, dissolvia-se e, depois de um tempo, voltava a se juntar em uma imagem, mas não aquela que todos conheciam, uma como o queijo de Mathilde — transformada num piscar de olhos, unida de volta, mas diferente. Então, o monstruoso batia por esse vislumbre do mundo, pelo moleiro, mas também por tudo mais que vinha dela, podre, estragado como frutas comidas por larvas; batia pelo que estava perto, ainda que mais distante; batia na cintura fina em que nunca conseguia botar as mãos; batia nas nádegas redondas que se recusavam a ficar em seu colo por mais de um segundo; puxava os cabelos longos que, mesmo amarrados, caíam lascivamente sobre o pescoço branco e a nuca, enrolados em anéis castanhos. Mas, acima de tudo, batia nela pelo fato de que, por mais que olhasse para seus olhos, só via escuridão, nada além de afastamento.

Então, depois de ir até a cozinha e colocar o leite para virar queijo, ela olhou pela janela porque escutou um tropel na estrada. Ao avistar os cavaleiros, em vez de ir até o celeiro, ela pegou uma vassoura e começou a varrer a casa.

Varria com grande violência, tentando sufocar o medo e dissipar as trevas que eles traziam consigo, como se tentando organizar o horizonte. Como se deslocando o sol e as estrelas com a vassoura e criando novas constelações. Como se varrendo todo o mal do mundo para debaixo do banco de carvalho no jardim. Como se acariciando o dorso da Terra para fazê-la se sentir bem. Para que dormisse gostoso durante todo o inverno. Para que oferecesse uma colheita generosa na primavera. Para que a chuva caindo sobre ela no outono não levasse embora os túmulos dos seus antepassados. Para que as raízes emaranhadas de arbustos e árvores pulsassem de vida sob a camada de lama congelada.

Depois de varrer, ela ergueu os olhos por um momento para verificar às escondidas o que estava acontecendo com os cavaleiros, porque o tropel havia parado estranhamente, e quando percebeu que eles haviam parado à distância e a observavam, sem se preocupar em esconder isso, começou a trançar os cabelos cacheados e os prendeu no alto da cabeça, para que não caíssem nos olhos durante a ordenha. Ela colocou o gibão nas costas e correu até os animais como sempre fazia, tentando se comportar normalmente. Não se permitindo se sentir apavorada. Jogou muitos grãos para os patos e as galinhas, alimentou o cachorro, que, como sempre, a cumprimentou com latidos altos, como se não gostasse dela ou a temesse, embora não fosse ela, mas o velhote que o espancava pelo menor motivo. Ele nunca latiu pra o dono, mesmo quando este o golpeava nas costelas, mas latia para ela, arrepiando o pelo acobreado e eriçando o rabo. Como se pressentisse uma ameaça nela. Como se soubesse algo sobre ela de que seu dono não suspeitava.

— Seu tolo, você ainda vai sentir falta de mim — ela disse, sem saber o porquê.

Antes mesmo de chegar ao estábulo, as vacas começaram a mascar ruidosamente e a mugir de alegria. Sentiam seu cheiro. Ao ouvir as mastigações, ela sorriu para si mesma. Não teria se realizado o desejo da avó de que a neta não apenas soubesse apreciar a vida, mas também que se alegrasse com a própria existência? Com a maneira como come, dorme, respira.

Cumprimentou as vacas, inspirando e expirando o ar com elas. Sentou-se no banquinho de ordenha na mesma hora em que os recém-chegados decidiram invadir o jardim. Vinham à casa dela havia muito tempo, mas sem nunca passar da portinhola. Ficavam encostados na cerca apenas tempo suficiente para se certificarem de que ela os via. Isso sempre acontecia depois que o velho saía, quando o ferreiro estava trabalhando pela cidade e pelo Buraco, quando ela estava sozinha. Mas, com exceção de Gerbauer, nunca antes haviam invadido o jardim.

Então, quando eles pararam na porta do estábulo, ela ficou ainda mais assustada, porque sabia que quem sabe desta vez não conseguisse fugir tão facilmente. Mas não fizera nada de errado, exceto esfriar a impudicícia do monstruoso. Ela vivia da maneira que a avó lhe ensinara e, após a morte de Ursula e a mudança de Helene para casa do genro, o bispo de Liesch e Gerbauer, o conselheiro do cabido, começaram a procurá-la e a tentar convencê-la a parar de se curvar à Escuridão.

A avó provavelmente teria concordado se ela de fato adorasse Raróg. Mas não era o caso. Helene não acreditava na existência do diabo, o que enfurecia ainda mais o bispo, a quem Heinrich Babel relatara detalhadamente toda a questão. E ela não se deixava convencer, mesmo quando derramaram água benta sobre sua cabeça, traçaram cruzes em sua testa com os dedos e a obrigaram a calçar sapatos para cortar seu contato com a terra, sua ligação com a Mãe Terra e sua devoção. Ela tinha que tocá-La constantemente com os pés. Mesmo morando na cidade. Manteve contato com Ela até o final da vida. Como a Antiga Virgem pregava. Certa vez ela recitou uma prece para que nunca a esquecessem — as palavras se soltaram, sumiram, perderam-se, e, quando foram encontradas, estavam em um formato vestigial, como sons únicos, sílabas, tudo estava quebrado, fragmentado e sem sentido. Ouvir essa oração foi como observar os destroços de um navio poderoso que colidiu contra rochas.

Quando agora, depois de muitos anos, eles invadiram não a casa de Mathias Bremmel, mas do ferreiro monstruoso, ou mais precisamente, seu estábulo, Mathilde sentiu medo. No mesmo instante ela se lembrou do que o moleiro lhe contara alguns dias antes. Que ele tinha visto, ao carregar farinha para os Lintzmann, os guardas com o nariz no chão, procurando vestígios de cascos do diabo na estrada que ia da casa dela à floresta. Parece que ele ouvira que, a pedido do bispo Liesch, haviam chegado enviados papais de Roma, onde tinham capturado bruxas e as queimado no forno sob o comando do inquisidor Babel, já idoso mas ainda hábil em capturar e torturar feiticeiras como nenhum outro. Dois dos cinco homens, entre os quais Mathilde reconheceu o próprio bispo, Gerbauer, o conselheiro do cabido, e o juiz Gombrich, usavam roupas que ela nunca tinha visto antes. Suas capas eram tão largas que podiam cobrir quatro pessoas, e ainda sobraria tecido suficiente para vestir uma criança. Pelas dezenas de passos que a separavam deles, pareciam gralhas de tamanho humano. Usavam chapéus na cabeça, mas diferentes dos usados pelos homens de Nysa e diferentes dos que enfeitavam as cabeças dos vereadores da Câmara Municipal. Os chapéus nas cabeças das gralhas eram bem mais altos, terminando em uma ponta cortada bem no topo, como a fornalha em que ela assava pão e cozinhava alimentos. E eram usados de uma maneira diferente, estavam inclinados e ela não conseguia ver metade dos seus rostos.

Ela instintivamente fechou os dedos em torno dos úberes da novilha recém-parida até que, em vez de esguichar leite, começou a dar coices, deixando-a saber que havia sentido dor. Mathilde, para pedir desculpas pela indelicadeza, começou a fazer carinho entre os olhos da novilha. Sabia que os animais adoravam isso. Como se entre os dois olhos ficasse um terceiro olho escondido sob o pelo. Escondido do mundo, que serve para olhar para o outro lado.

O animal deve ter sentido algo porque começou a se comportar de forma diferente do normal — em vez de ficar parado, passou a se virar em círculos. Mathilde o acariciou no flanco, mas ele não queria se acalmar. Enquanto isso o leite escorria do úbere e, em vez de encharcar a terra, formou um desenho que aos olhos de Mathilde parecia uma mancha comum, mas despertou algo a mais nos convidados que chegavam, porque saíram do estábulo e começaram a discutir, o que preocupou ainda mais Mathilde. Assim que eles saíram, a novilha, após receber alguns tapinhas nas costas, logo voltou a ficar leitosa, a ponto de ser necessário colocar um segundo balde sob seu úbere. Mathilde olhava furtivamente para trás para ver se eles haviam partido de vez ou se ainda voltariam.

De repente, um milagre aconteceu. O monstruoso apareceu na varanda, de camisola e casaco de pele, com uma gadanha na mão.

— Fiquem longe dela, ou vou matar vocês como se fossem cachorros!

Pela primeira vez na vida, ver o velhote não a fez sentir repulsa, mas gratidão. Então, assim que eles foram embora, ela jogou os braços em volta do pescoço dele, e quando ele começou a colocar as patas sobre ela, ela quis fugir como sempre, mas não fugiu.

Ele a agarrou com força pela longa e escura trança, fazendo-a gemer de dor, embora ela não deixasse transparecer, pois ainda sentia uma espécie de dormência no corpo após o medo repentino que a havia dominado no estábulo. E como ela era muito leve, suas botinas mal conseguiam tocar o chão quando ele a forçou, pelos cabelos, a entrar no quarto passando pelo vestíbulo.

Ela não se esquivou, mas, com toda a força que tinha, se separou do próprio corpo para que sua alma e os sentimentos em seu coração não pudessem ser maculados, para que a luxúria dele não os alcançasse.

Ele nem chegou a levá-la para a cama. Lançou-a no chão. Quando ela sentiu as mãos ásperas em seus quadris e coxas, apertou os olhos com força, para não olhar nenhuma vez para ele. E para não permitir que ele olhasse para dentro dela através deles.

Mesmo quando ele a puxou com veemência pelos cabelos, quando a mordeu e a beliscou até sangrar, ela não se abriu nem por um momento, se defendendo das investidas. E como a fenda selada pela pomada não se descerrou diante dele, o velhote decidiu penetrar o que antes só conhecia nos animais. E embora fosse apertado e ele mal conseguisse se mover para dentro dela, ela nem chiou. Com os olhos ainda bem fechados, como se estivessem sendo queimados pelo sol, pela lua cheia e por todas as estrelas do céu ao mesmo tempo, passou a respirar cada vez menos, ser cada vez menos e sentir cada vez menos. Ela se tornou o chão onde estava deitada, o ar em que existiam sua camisola, gibão e botinas, a fivela de cabelo dada pelo moleiro com quem ela não tinha nada em comum, além do gosto por observar o mundo. Enquanto o velhote grunhia sobre ela e quebrava o silêncio com sua respiração atormentada pela luxúria, com as palmadas do corpanzil, com o arrastar dos pés sujos no piso e as mãos ásperas no corpo dela, Mathilde Spalt lentamente deixou de ser Mathilde Spalt, filha de Mathias e Ursula. A cada movimento do monstruoso, quem eram seu pai e sua mãe deixava de significar alguma coisa, ela perdia o rosto, suas feições se tornavam opacas, transformando-se no rosto de todas as mulheres com quem ele já havia se encontrado, como se sua própria esposa, nesse momento, fosse para o monstruoso todas as mulheres que ele já conhecera na vida e, ao mesmo tempo, nenhuma delas. Mas havia um núcleo, um núcleo comum a Mathilde e às demais. Como se fossem uma só. Portanto, possuindo-a, ele possuía todas elas de uma vez, cada vez mais violentamente, cada vez mais rapidamente, porque elas começaram a escapar de suas mãos, a rastejar para fora de seu corpo e a se espalhar como um fantasma, como uma aparição.

Ele a puxou pelos cabelos mais algumas vezes para fazê-la virar a cabeça em sua direção, ordenou que abrisse os olhos verdes para poder penetrar em sua alma e sugar toda a luz dela. Ela não ouviu. Apesar da dor que formigava sob as unhas, os dentes e a língua.

Quando ele olhou para ela, percebeu que ela não estava debaixo dele, como se, sufocada por seu peso, tivesse se esvaído no ar. Ela havia se transferido para outro lugar.

E mesmo que ele não tivesse certeza de que não tinha sido uma ilusão, ou fruto de sua imaginação, ainda assim ele testemunharia contra ela no processo mais famoso da Silésia, que aconteceria em breve.

Sobre o milagre da vida, fluindo da seiva de bétula; o cultivo da floresta em um vaso; e também sobre o presságio

◆

Quando Mathilde se descolou do corpo pela primeira vez, teve uma visão, tal como sua avó tinha previsto muito antes de morrer. Uma visão que a guiaria para o caminho da Antiga Virgem, embora parecesse irrealizável naquele momento. Isso surpreendeu Mathilde: como era possível que, durante a vida de Helene, diariamente muda, ela sempre encontrasse a língua na boca quando se tratava dos assuntos da Antiga Virgem, e agora, após a sua morte, ainda assim ela houvesse encontrado uma maneira de falar com a neta. E de fato, quando aquele bode a encurralou e a fodeu como um carneiro fode uma ovelha, por trás; como um cavalo fode uma égua e um vira-lata fode uma cadela; ela levou a alma para longe, para que o monstruoso não pudesse a emporcalhar. Para proteger seu brilho e luminosidade contra ele.

E assim como muitos anos antes Helene, durante a noite de núpcias forçada pelo marido, com um ano de atraso, tinha tido um vislumbre de que deveria agir para adorar a Antiga Virgem junto com as outras, da mesma forma Mathilde viu uma floresta poderosa (não aquela que os capangas do bispo desmatavam dia após dia para construir novas igrejas e outros edifícios religiosos) e dezenas, talvez até centenas de árvores, das quais as mulheres drenavam a seiva em grandes jarros. Nessa visão, de repente, os jarros começaram a verter e pingar no chão, e depois de um tempo inundaram tanto que o rio não dava conta de acolhê-los. E então transbordou e destruiu tudo:

os potes com seiva de bétula, a floresta e toda a cidade que ficava mais abaixo no vale.

Sua avó a ensinara a retirar a seiva de bétula quando ela era criança. Naquela época elas não frequentavam a floresta, apenas o terreno às margens do rio, onde o canonicato não havia posto suas garras por considerá-lo muito longe da cidade para despertar o interesse dos habitantes, até porque ali o rio era sinuoso e perigoso, e entre as árvores só cresciam bétulas, salgueiros e álamos, que não serviam para construir templos.

Elas iam lá duas ou três vezes na semana, embora isso exigisse muito esforço dos pés ainda infantis de Mathilde. Levavam de sessenta a setenta e cinco minutos para chegar no lugar, dependendo do ritmo da caminhada que impunham a si mesmas no dia.

Helene gostava de ensinar a neta a furar as bétulas, cuidando para não lhes causar danos e tirar o máximo de seiva de seus troncos, assim como havia gostado no início de sua jornada, quando as primeiras terrelas tinham ido morar com ela na clareira da floresta. Kunegunde Kreppel; a então pequena Ursula; Sara Goldberg, filha do ourives; e Irma Grunewald com suas três irmãs. Levava todas em seu coração, mas no final da vida não tinha ideia do que acontecera com todas elas. E com as outras? Mais de duzentas no total? Como elas viviam? Como elas oravam? Quem e como elas deixavam entrar nelas? Elas se lembravam que saíram do ventre da Mãe Terra e retornariam a ela? Elas se certificavam de estar constantemente conectadas a ela todos os dias, não perdendo o contato?

Essas perguntas ocupavam a mente de Helene antes de sua morte. Ela não conseguia deixar de viver no passado. Mathilde era sua única salvação. Ela prendeu a avó a uma vida cotidiana insuportável, desprovida de tudo que era sagrado. Não era fácil, porque a avó, como pipa ao vento, debatia-se na mão da neta para levantá-la e tirá-la dali o mais rápido possível, de modo que a criança tinha de ficar ajustando o comprimento da linha de Helene.

Por ter vivido tantos anos na floresta, a avó de Mathilde não adquiriu as habilidades normais de vida que outras pessoas desenvolvem ao longo do caminho. Ela sabia, sim, devorar beladonas para ter visões e alucinações de primeira sem morrer, cortar as necroses e incendiar a fenda no musgo, mas cozinhar, lavar roupas, manter a ordem — essas coisas lhe pareciam inatingíveis. Por isso, no relacionamento entre avó e neta muitas vezes acontecia de a neta ser a avó de sua avó, e não a avó ser avó de sua neta.

Porém, coletar a seiva de bétula era uma experiência na qual a avó continuava sendo avó e a neta sendo neta — foi a mais velha quem iniciou a mais nova nos preceitos que regem a vida dos seres vegetais. Isso a aproximou da Mãe Terra, que era exatamente o que a menina queria. E queria mais do que todas as terrelas que Helene conhecera em sua longa vida. Além disso, ela aprendia os ensinamentos de imediato e mostrava grande delicadeza e cuidado ao fazer os cortes nas árvores, e, em agradecimento obtinha delas tanta seiva de bétula quanto os potes podiam conter. Depois despejavam o líquido em vasilhas menores, as quais vendiam no mercado como água da vida, não com as próprias mãos, mas com as de Berta, a empregada de Mathias, a quem Helene dava um terço de seus lucros.

Os benefícios da seiva de bétula para a saúde foram rapidamente descobertos por todo o canonicato, que muitas vezes sofria de ataques cardíacos devido à alimentação excessiva e à falta de exercícios, ou agonizava de glutonaria no interior de palácios forrados com os mais caros tecidos italianos.

E quando a peste regressou ao ducado episcopal de Nysa, em 1633, os sanatórios seguiram a sugestão de Helene, que já tinha sobrevivido a uma epidemia de peste bubônica, e começaram a dar seiva de bétula aos doentes, que foram retirados da cidade para as profundezas da floresta, também seguindo a sugestão de Spalt. Helene tinha seus interesses nisso, dos quais nem se suspeitava na época. E quando a pomada de seiva de bétula que ela começou a preparar a pedido do bispo Johann Balthasar Liesch von Hornau fez maravilhas, ela finalmente passou a ser vista com um pouco mais de delicadeza, e as pessoas até começaram a cumprimentá-la nas ruas.

Os corpos dos que morreram antes da implementação do tratamento de Helene foram queimados em uma enorme cova, empilhados uns sobre os outros na seguinte ordem: primeiro os homens, as mulheres por cima deles, e, por fim, as crianças. Completamente vestidos, para que o fogo consumisse a peste que também havia se instalado em suas roupas.

A cinza se depositava na casca e nos galhos, penetrando na polpa, no interior das árvores. E mais tarde, quando a peste acabou, Helene e Mathilde voltaram a coletar a seiva de bétula dessas árvores, que eram as que mais derramavam lágrimas depois de serem furadas, como se estivessem de luto pelas cinzas das pessoas que traziam consigo e se enraizavam em seus esqueletos.

A cooperação com a Igreja resultou em uma coisa para Helene: ela finalmente pôde ficar na floresta de novo, desde que, de acordo com as restrições do bispo, permanecesse longe da clareira das terrelas e da floresta necrosada. E se fosse de fato viver lá, deveria estabelecer limites claros para sua localização.

Helene sofreu ao se dar conta da dimensão do desmatamento. As árvores eram derrubadas por toda parte sem nenhum tipo de controle, plano, exatamente como eles concebiam a floresta. Mas depois do fim da peste, o bispo tomou a pior decisão de todas: limpar a parte da floresta de onde obtinham a seiva de bétula. Isso para produzir material para construir a igreja de são Roque, que deveria ser uma oferenda ao santo por salvar a cidade. "Salve-me também" — Helene Spalt comentou maliciosamente. — "Metade da população do ducado foi varrida deste mundo em duas semanas e quem fez alguma coisa para impedir que todos não morressem? Com certeza não o Roque."

Ela tinha mais um pensamento que não conseguia expressar, ou talvez conseguisse, mas apenas fingia que não: que os que haviam sobrevivido deveriam agradecer não a Deus, mas à Antiga Virgem por estarem vivos, porque estavam vivos graças à seiva de bétula, às plantas maceradas e às pomadas.

Uma coisa ela sabia, e, escrevendo e bordando, a transmitiu a Mathilde: que o corte das árvores pelos fiscais, por ordem da Igreja, algum dia levaria esta Terra a um grande infortúnio, que ela chamou de dilúvio. Desde cedo ela incentivou a neta a se ocupar desse tema quando ela não estivesse mais por aqui e Mathilde fosse adulta.

O que elas podiam fazer agora era enraizar tantas árvores quanto possível e plantá-las nos lugares onde ocorrera a derrubada. Então, elas saíam furtivamente da casa de Mathias sob o manto da escuridão, para, à luz da lua e das estrelas, quebrar os galhos das árvores derrubadas, sobretudo salgueiros, mas às vezes álamos, e enraizá-los.

Elas voltavam pela manhã, carregando em cestos de vime nas costas os galhos de salgueiro e de álamo que haviam arrancado para devolver-lhes a vida. Elas conservavam os galhos em jarros e vasos por semanas, o que irritava o genro de Helene, a quem Mathilde precisava explicar repetidas vezes que, em vez de flores, elas usavam galhos em memória e em homenagem à falecida Ursula.

Muitas semanas se passavam antes que os ramos de salgueiro nos jarros soltassem os primeiros fiozinhos de raízes. Aos poucos Helene Spalt começou a perder a fé de que aquilo poderia dar certo, porque ninguém nunca havia feito nada assim antes nestas terras.

Ali, naquela casa burguesa sólida de tijolo forte, na rua Burggasse, 16, graças à antiga terrela Helene Spalt e à sua neta de doze anos, crescia uma floresta em vasos e jarros. Elas então plantavam as mudas no terreno desmatado, devolvendo-lhe o que havia sido tirado. O que ele perdera por causa de uma política que não o considerava.

Depois de algum tempo de plantação dos galhos enraizados de salgueiro e de álamo na floresta, aconteceu de Helene Spalt errar o caminho e se encontrar com Mathilde bem ao lado da antiga clareira das terrelas e da floresta necrosada. Não há como saber se o erro foi um completo acaso ou se Helene o cometeu premeditadamente.

Basta dizer que, assim que ela e Mathilde se viram perto do grande carvalho, em torno do qual ela tantas vezes incendiou a fenda com sua antiga congregação, cultuando a Antiga Virgem, ela notou crescendo próximo a ele, como quando viera pela primeira vez ali com Kunegunde Kreppel, um arbusto cheio de bagos de beladona, como um pinheirinho ricamente decorado com enfeites de Natal.

Não que sua mente estivesse desligada por completo, mas a chama que ardera dentro dela por todos aqueles anos em que tinha vivido e pregado o Evangelho da Antiga Virgem ali em sua floresta desceu sobre ela como um relâmpago brilhante. Ela a ungiu, espalhando-se dentro de Helene, em cada um de seus membros individualmente, apoderando-se dela de tal forma que a neta não a reconheceu.

E quando a avó fez um sinal para que ela sentasse a seu lado, ela o fez, pela primeira vez tendo medo de se opor a Helene. Porque ainda não a conhecia dessa forma.

E aconteceu o que então aconteceu. Sete bagos de beladona para Helene, três para a menina. Água do odre pendurado no cinto da avó para engolir.

Quinze minutos depois, elas corriam pela floresta com varas, como se tivessem sido feitas para isso. A pequena usava uma vara que não ficava atrás daquela da avó e cortava, vapt-vupt, o máximo que podia, embora fosse a primeira vez em sua jovem vida que tivesse uma em mãos. E foi aí, no seu primeiro transe necrosado, que Mathilde com doze anos viu a Antiga Virgem que sua avó bordava em toalhas de mesa usadas e em panos de cozinha que seriam jogados fora.

Quando Ela apareceu pela primeira vez em sua vida, não pronunciou nenhuma palavra, apenas se manteve diante de Mathilde. Desfez sua trancinha fina, arrumou os cabelos soltos, que pareciam prateados ou dourados, sobre o rosto para que que não pudesse ser visto, e ergueu as mãos, expondo as palmas. E então, alternadamente, as mãos brilharam como se alguém tivesse derretido o ouro de um ostensório e o transformado em raios de luz, e então água pura jorrou delas, e às vezes também sangue.

Mathilde se aproximou Dela e conectou a respiração e as mãos com Ela, de modo que começaram a respirar um só ar, e uniram as palmas das mãos, luz, água e sangue se misturando. E então algo mais aconteceu. Quando a pulsação de ambas se igualou, criaram uma completa harmonia, nenhum gesto ou palavra foi necessário, pois todo o entendimento estava no pneuma. Na respiração sincronizada e morosa. E nessa morosidade e lentidão nos corpos de ambas, o sangue circulava dos pés à cabeça e vice-versa, criando um fluxo de vida que não deixava a morte passar, deslocando-a, e esculpindo um fragmento de existência desse circuito. Essa existência estava ligada a tudo que vivia e respirava, pois, após um tempo, tudo o que existia igualava sua respiração com a delas e toda a Terra pulsava numa mesma batida. E dessa sincronia da respiração dos seres humanos, vegetais e animais, algo mais fluía: tudo o que continha essa respiração começou a murmurar, sussurrar, choramingar, gorgolejar, balbuciar e tagarelar, naturalmente sem palavras, em uma língua que era a própria respiração. Nada mais. Tudo isso era apenas e ao mesmo tempo o sopro do mundo.

E quando a visão chegou ao fim, Mathilde, assim como sua avó Helene anos antes, caiu no chão, sem forças, porque a ligação com a Divindade lhe custara muito.

A avó também estava deitada ao lado de Mathilde. Com uma vara na mão e um sorriso enigmático no rosto que mostrava a vitória. A ponta da vara ainda estava quente e a umidade de Helene, que a cobria, estava misturada com o suco das beladonas amassadas para intensificar sua última experiência neste mundo.

E assim estavam deitadas, à distância de um braço uma da outra: avó e neta. Uma morta, uma viva, embora parecesse morta.

Depois de algum tempo, a neta, ao ver a avó deitada inerte na vegetação rasteira, aproximou-se dela para ouvir se o seu coração batia e, como não ouviu nada, percebeu que Helene teve a morte linda com a qual havia sonhado: na sua natureza amada, sem padre. Ela também já tinha bordado esse momento.

Sobre a vinda do pressagiado dilúvio

◆

Teria sido esse o dilúvio pressagiado pela havia muito tempo falecida Helene, um dilúvio que não ocorria nestas terras havia mais de duas centenas de anos e que ceifou tantas vidas que foi impossível acomodá-las na basílica de são Tiago e de santa Inês, e tanta riqueza quanto a de três cidades menos ricas que Nysa, o ponto de virada que fez com que o bispo Johann Balthasar Liesch von Hornau se voltasse novamente contra as mulheres e acusasse de bruxaria outra Spalt, a neta da famosa Helene, que nem na hora da morte voltou os olhos a Deus — tendo, em vez disso, deixado este mundo na sordidez e na blasfêmia? Basta dizer que o antigo presságio da avó — para o qual não era preciso ser vidente, apenas conhecer a floresta e sua natureza, e saber que, cortada, ela não pararia o rio quando o infortúnio chegasse — estava prestes a se tornar realidade, pois chovia continuamente havia sete dias e sete noites. E como Mathilde também conhecia a floresta, porque criança, com a avó, já a cultivava em casa, e desde as quatro primaveras coletava seiva de bétula com ela e, sobretudo, porque tinha tido uma visão, alguns dias antes de a água subir. Vendo o que estava prestes a acontecer, foi direto ao palácio do bispo para informar o mais rápido possível o fato à eminência. Ela sabia que ele não acreditaria nela. Pois que valor teria para ele o fato de que, durante a relação sexual com o monstruoso, ocorrida contra a sua vontade, ela tivera uma visão que pressagiava a desgraça iminente? E os infortúnios que ela já pressagiara para ele, várias vezes, quando criança? Ela se perguntou: qual seria a melhor forma de explicar ao bispo para que ele a ouvisse?

Olhar para a neta da *dziwożona*, por si só, já era uma tortura para ele. Lembrava-se dela de seis anos antes, quando ainda era criança, já após a morte da maldita avó, na companhia de outras meninas (as quais iam junto com ela, escondidas de seus pais e apesar da proibição do bispo, coletar galhos para enraizá-los e depois plantá-los, e também deixar cair água da vida das bétulas, como a avó dela tinha lhe ensinado) foi até ele, pedindo para que os lenhadores dele derrubassem menos árvores, porque com as chuvas abundantes o fim chegaria.

Ela pressagiara, tendo como testemunhas as crianças da escola, o que o bispo Balthazar não queria admitir para si mesmo, nem para o bispo de Breslávia, duque de Nysa, Karol Ferdynand Waza: que o corte de tantas árvores ao mesmo tempo, sem respeitar as leis do seu crescimento, causaria miséria ao ducado, pois nada manteria o rio sob controle quando as chuvas fortes chegassem.

Olhando para ela agora, ele lembrou de como a temia. Nunca houvera uma criança assim no palácio do bispo antes. Olhando com olhos insolentes, julgando decisões, questionando ordens. Com prazer ele a teria colocado de joelhos e lhe dado uma boa surra, impondo o tipo de disciplina que seu pai nunca impusera, que dirá a avó. Ela não teria ensinado nada de bom para a criança, uma cadela tola, então foi melhor que tivesse morrido na floresta como um animal.

Como o que Mathilde pressagiava ao bispo logo se tornava realidade, inclusive uma ulceração na língua depois que ele proferiu uma mera palavra ruim sobre as mulheres no púlpito, ele já não sabia o que fazer com a menina. Pequena demais para ser julgada pelo tribunal; grande demais para ser colocada de joelhos e surrada, e ele também não podia lhe dar um tapa na cara, pois ela carregava consigo outras meninas depois da escola, como se as levasse como testemunhas, caso um único fio de cabelo caísse de sua cabeça.

Tomando as palavras de Mathilde sobre a possibilidade de inundação por um falso presságio e pensando que a criança queria amaldiçoar o ducado de Nysa e a região de Nysa-Otmuchów, ele emitiu um decreto proibindo mulheres e meninas de entrar na floresta de uma vez por todas. Sob pena de açoite e, em alguns casos (o documento impresso pela gráfica de Erasmus Grunn não deixava claro quais) até pena de morte.

Porém, a desobediente Mathilde continuou a ir para a floresta com as crianças, e todas juraram pela lua e pela cruz que não dariam nem um pio, não diriam nada sobre isso a ninguém. Na floresta elas faziam coisas proibidas, mas que estavam de acordo com as regras bordadas por Helene e posteriormente escritas por ela e por outras terrelas.

Portanto, costumavam ir em segredo para a floresta. Aprendiam as leis da Antiga Virgem com Mathilde. Desvendavam os mistérios da coexistência umas com as outras e com tudo o que há na natureza. Também o amor, tentando desajeitadamente incendiar suas fendas virgens, bem como plantar varas no solo úmido. Comiam os bagos de beladona com cuidado e passaram a sentir o que Mathilde experimentara pela primeira vez com a avó, quando ela saiu da estrada e entrou na floresta necrosada atrás de Helene. Elas sentiam esses deslumbramentos e tinham visões, segurando as varas entre as coxas e nas mãos, enquanto cortavam as necroses. Mathilde sabia como falar com elas para aproximá-las o máximo possível da religião da Antiga Virgem e fazê-las abandonar a fé de seus pais. Pela fé das mães. A fé das terrelas vinda da Mãe Terra — feminina, íntima, terna, que não se baseava no sofrimento, mas na alegria rude e selvagem.

Ela tinha adquirido todo um arsenal de recursos para esse fim graças à avó Spalt. Após a morte de Helene, ela encontrou em seu baú, na cômoda e na escrivaninha fechada à chave, que tinha sido deixada por Ursula, anotações soltas sobre a questão da felicidade feminina, fragmentos de sermões de Helene por sorte registrados pelas terrelas, bordados e costuras em dezenas de tecidos. E cada corte das necroses, cada transe e cada encontro furioso com a Divindade terminava com o que, de tudo que havia sido deixado pela avó, mais atraía a jovenzinha Mathilde e suas companheiras nas expedições à floresta: a perfuração da Terra com as varas e o incendiar das fendas juvenis contra a vegetação rasteira — sobre musgos e samambaias, cogumelos escorregadios, arbustos molhados de orvalho, taboas aquáticas e cálamos, gramíneas costeiras e pedras de rios escorregadias com lodo verde. Todo esse cosmo florestal que atraía com sua diversidade.

— Fora daqui, antes que eu solte os cachorros atrás de você! E não espalhe fofocas estúpidas pelo ducado. Não espalhe medo. Você tem falado sobre essa inundação há tantos anos mas até agora Deus nos protegeu. Ele vai continuar a nos proteger. Mathilde Spalt, você vai cair em desgraça!

Não havia mais nada que ela pudesse fazer. Saiu do palácio do bispo, batendo a porta como sempre, e a enchente que chegou à noite cobriu a cidade com um metro e meio de água.

Sobre o forno na praça do mercado, construído alguns meses depois da enchente

◆

Mathilde descobriu que estavam construindo um forno na praça do mercado quando foi à taberna vender leite para Gretchen, a esposa do taberneiro, que preferia seus produtos lácteos a outros. Mas ao ver Mathilde ela se benzeu e cuspiu três vezes para trás. Ao ver que o taberneiro estava olhando, Gretchen teve medo de que o marido também a acusasse de bruxaria. E quando ele escondeu a cabeça e fechou a janelinha do andar de cima, ela se certificou de que ninguém as via e, olhando nos olhos de Mathilde, falou:

— Você ouviu falar que estão construindo um forno para bruxas na praça do mercado? Que pessoas como nós vão queimar nele?

— Como nós? — Mathilde perguntou. — O que isso significa?

— Aquelas que sabem estancar as fendas para não deixar o mal entrar e que fazem o bem a si mesmas com qualquer talo, e separam a alma do corpo. Assim como você nos ensinou.

— Eu não ensino nada a ninguém — Mathilde se revoltou. — Vocês perguntam e eu conto o que minha avó me ensinou. Mas não venha mais atrás de mim em busca de queijo e ervas, como se fosse santa. E não vou mais ajudá-la com a colheita também.

Depois da enchente, muito nervosismo pairava no ar. Os moradores do ducado pressentiam que alguém teria que pagar por aquilo, porque tais desastres não surgem do nada. Alguém devia tê-los trazido ao ducado. Reinava uma certeza de que seres femininos estariam por trás do desastre, e não homens tementes a Deus, adoradores do Deus Pai e que pagavam dízimo à Igreja.

Repletas de amargura após essa conversa infortunada, cada uma voltou para o seu lugar. A taberneira, prevendo o pior, encarregou-se de servir os fregueses da mesa de maior honra, só para ouvir ainda mais. O bispo ria mais alto naquela noite. Se tudo corresse bem, o forno estaria concluído em alguns dias. O primeiro forno da Silésia, para a glória dos céus. O bispo, cheio de orgulho, fez um brinde à valentia. À valentia dos habitantes do ducado e, mais precisamente, à valentia dos cristãos e da Silésia! Nysa terá um forno mais potente e eficiente do que o de Bamberg! Embriagado de hidromel, ele continuou exigindo mais bebida. Nessa embriaguez o acompanhavam os de chapéu preto e o juiz Gombrich. Só faltava Gerbauer, o conselheiro do cabido, que tinha retornado da praça do mercado ao palácio episcopal onde estava hospedado, aproveitando o convite do bispo Johann Balthasar Liesch von Hornau, e ajoelhava-se sob a cruz pendurada na parede para iniciar seu ritual noturno.

Sobre a convocação e a noctambulação

◆

Mathilde intuiu que, para se opor à Igreja, precisaria de mais seguidoras da fé na Antiga Virgem, prontas para tudo. Na sexta-feira anterior ao evento planejado, sobre o qual Gretchen lhe havia informado, ela ordenou que elas cortassem as necroses e entrassem em transe, mas em vez de incendiar as fendas, pela primeira vez desde o início da congregação ela as guiou em um ritual diferente. Colocou todas as mulheres de bruços e pediu-lhes que entregassem todo seu peso à Terra. Que a respirassem. Elas tiveram vontade de se tocar com as mãos, formando uma espécie de círculo. Quando seus corpos formaram uma figura radiante, começaram a respirar juntas. Seguiam a respiração de Mathilde, que a princípio era lenta e profunda, a ponto de os pulmões doerem, depois mais rápida e superficial, de modo que quase nenhum ar entrava nos pulmões, e, passando da lentidão para um ritmo tresloucado, elas pareceram descolar-se de si, de seus corpos, permitindo que as almas vagueassem para fora da floresta em direção àquelas que elas queriam atrair para ali por meio de seus pensamentos, para elas e para sua amada clareira santa.

Deu certo. Elas entraram em transe e liberaram suas almas para viajar e atrair outras.

As atraídas foram chamadas de noctâmbulas, por estarem na fronteira entre a consciência e o sonho, nem acordadas nem dormindo. Como se suas almas, famintas por aventura e por uma vida diferente, estivessem até então andando sem rumo por algum lugar no espaço, apenas esperando por tal chance.

Aquelas que foram convocadas para o círculo ficaram muito confusas, como se uma loucura repentina tivesse lhes invadido. Num instante, elas mudavam de forma, irreconhecíveis, tanto que as pessoas que as rodeavam ficavam atordoadas de medo, porque não as identificavam. Por exemplo, Karoline Klausberg, costureira da corte do bispo, ao trazer uma batina mais larga na cintura para um dos cônegos, que havia engordado seis quilos em menos de três meses, e entregá-la nas mãos do bispo, jogou-se no chão e começou a agarrar o próprio peito, gritando que o calor queimava seu colo, como se ela estivesse pegando fogo. E quando ela colocou a outra mão por debaixo da saia e começou a fazer movimentos estranhos, o bispo chamou os guardas e mandou derramar três baldes de água fria na mulher para que ela se refrescasse um pouco. Quando isso se mostrou inútil, ele ordenou que ela fosse colocada na masmorra sem comida e água por dois dias e depois liberada, se melhorasse.

Esse também foi o caso de Anna Szajbel. Foi, então, durante essa convocação, quando Mathilde e suas companheiras chamavam por uma ajuda poderosa, que a presidente do grupo empresarial estatal de combustível correu nua pelo parque para montar em uma árvore coberta de musgo derrubada pela tempestade e sugá-la para dentro de si.

Sobre o processo e as torturas

◆

O procurador Franz Zacher, solicitado pelo inquisidor Babel a ler as anotações encontradas nos pertences de Mathilde Spalt, assim como as de Helene Spalt, sua avó que tinha falecido em situação muito ruim, preferiria estar em outro lugar agora.

Ele não se sentia bem com o que estava fazendo ali. Em primeiro lugar, não acreditava que a inundação, que viera durante a noite e cobrira a cidade muito rápido, tivesse sido provocada pela acusada. Não havia evidências disso. Em segundo lugar, tinha dúvidas se as anotações tinham mesmo sido escritas por Mathilde, porque a caligrafia indicava (após a análise da assinatura no contrato com a ordem franciscana) tratar-se de uma pessoa diferente, ou seja, Helene Spalt. Em terceiro lugar, ele sabia que a menina não tinha feito nada de ruim, ela apenas replantara árvores na área desmatada da floresta, usando métodos conhecidos. O oficial não acreditava na hipótese de que ela teria envenenado o marido, pois este poderia simplesmente ter se fartado de queijo estragado e ter adoecido.

Por isso, Franz Zacher tentou se esquivar da leitura das anotações, mas o bispo e o inquisidor não permitiram, ordenando que as lesse em voz alta diante da multidão reunida na Câmara Municipal. E foi o que ele fez:

— Há um Deus, Céu, e uma Deusa, Terra. A união deles é o Universo. A emanação da energia celeste é o homem e a emanação da energia terrena é a mulher. Junto a Deus Pai está seu Filho, sendo um com seu pai, e junto à Mãe Terra está sua amada Filha — a Antiga Virgem, também constituindo com ela uma santa unidade. Cada homem e cada mulher são recipientes divinos, mas o homem, por causa de seu membro que o distrai, é um recipiente mais suscetível à quebra. É por isso que há vários homens quebrados e confusos que não são de nenhuma utilidade para o mundo, nem com a sua razão, nem com qualquer outro elemento, apenas o sobrecarregando com sua estupidez.

Nesse ponto os reunidos na Câmara Municipal gargalharam alto e ruidosamente, o que permitiu ao procurador recuperar o fôlego e considerar o fragmento citado das anotações alegadamente feitas por Mathilde como uma espécie de piada, mas ainda não um pecado pelo qual ela deveria pagar com a vida, se é que isso se limitaria à vida dela.

— O Céu está localizado acima da Terra — o procurador continuou a ler —, e a Terra está a seus pés. Porém, embora essas divindades estejam em contato entre si como um homem e uma mulher com seus corpos, ela, a Mãe Terra, que nos alimenta e nos carrega, e também nos acolhe e nos esconde depois da morte, mesmo que repouse sob o Céu, não está, de forma alguma, subordinada a ele. Não é o Céu que a influencia, mas ela que influencia o Céu. Não levando em conta o seu poder ou querendo domá-lo e usá-lo, como a uma prostituta servil, estamos trazendo desastres e outros infortúnios sobre nós mesmos. Para compensar o mal que se faz à Mãe Terra, deve-se fazer o que lhe traz maior alegria e benefício: alimentá-la com nosso sopro e nossa umidade, para que as seivas que fluem em nossas entranhas possam alimentar a terra que anseia pela fertilização. Por isso, solicita-se aos homens que semeiem suas viscosidades bem fundo na Terra, de preferência em pomares repletos de árvores frutíferas ou nos canteiros onde crescem plantas comestíveis, e nos campos onde crescem trigo, centeio e cevada, e, às mulheres, que se incendeiem todos os dias, o que consiste em faiscar a fenda, mas de tal maneira que a Terra sinta o calor em seu interior, sinta a chama saindo de seus quadris e suas coxas. Assim, o incêndio da fenda e a chama do mundo inteiro são um só.

Nesse momento, um murmúrio de surpresa percorreu a sala e alguns rostos começaram a demonstrar descrença e desgosto.

— O incêndio acontece quando — lia Zacher — as mulheres, em vez de acolherem os membros masculinos, que machucam, recebem um prazer inexprimível dos seres vegetais, absolutamente não duros, mas macios, de modo que, em vez de inserir o que é saliente e duro na fenda, elas a acariciam de várias maneiras, esfregando-a com algo que seja agradável e que não a distenda nem a rasgue, sem cavar, assim, nenhum espaço nela. Todo incêndio faz a Terra tremer, e ela, por sua vez, move o Céu, e isso significa nem mais nem menos que a RESSURREIÇÃO DO MUNDO, tanto no Céu quanto na Terra, e seu estabelecimento repetidas vezes. Como se nascesse pela primeira vez e emergisse do ventre do cosmo.

Franz Zacher mal conseguia elevar a voz sobre a raiva estrondosa na sala quando terminou esse parágrafo. No entanto, o bispo Johann Balthasar Liesch von Hornau ordenou ao procurador de Nysa que continuasse lendo tudo o que ele mesmo havia preparado no dia anterior, selecionando os fragmentos mais iconoclastas para os homens reunidos na Câmara Municipal. E os mais abomináveis.

— Esfregar a fenda — seguiu, então, Franz Zacher — deve ser tão forte quanto fazer fogo com pedras, e tão delicado quanto o bater da asa de uma borboleta. O mais agradável para a Terra é quando as mulheres não o fazem sozinhas, em suas próprias casas, mas em grupo, deitadas, ajoelhadas, sentadas, agachadas ou em pé uma ao lado da outra, porque há quem consiga incendiar adequadamente mesmo em pé, mesmo que em momentos não muito óbvios, como enquanto matam moscas ou sovam a massa do pão, tão habilidosas que uma mão lhes basta, e o cônjuge está tão ocupado com a comida do prato que não vê o que a mulher está fazendo, beliscando levemente a fenda ou acariciando-a, o que, devido às anáguas e ao vestido, deve ser feito com mais intensidade do que sem roupa, e sem perder de vista o marido, pois se ele vir o que está ocorrendo sob o vestido, pode matar por ciúme.

A indignação que o último trecho lido pelo procurador despertou entre os homens foi igual à que tinha sido causada pela comercialização do antipau e depois do *juhacz*. Porém, o que causou assovios, batidas de pés e gritos que, na verdade, eram ameaças direcionadas a Mathilde, foram as palavras que Franz Zacher leu no final:

— Vale a pena que as mulheres se reúnam em segredo dos maridos e se incendeiem juntas, porque só assim a Mãe Terra vai voltar à vida, e é disso que ela precisa depois de tantos infortúnios como guerras, secas, inundações, peste negra ou fungo de cravagem. O vínculo entre a Terra e as mulheres vai crescer, por meio do incêndio das fendas com os seres vegetais, crescerá como as raízes das árvores abaixo da Terra, uma com a outra, para sempre entrelaçadas, mesmo quando forem cortadas após a morte.

Depois de ler esses fragmentos de anotações e sermões, Franz Zacher já sabia o que aconteceria a seguir. Todos os reunidos na Câmara Municipal também tinham certeza quanto a isso. Processos semelhantes aconteciam com cada vez mais frequência nas vizinhas Šumperk e Jeseník. Afinal, tinham o mesmo mestre, que naquela época era igualado por poucos inquisidores do continente.

Duas horas depois, ela já está careca. Suja. Cheia de hematomas. O terror espreitando em seus olhos. Está ajoelhada diante de três homens em trajes oficiais. Um deles aperta aros de ferro cravejados de pregos em volta de seus tornozelos e depois começa a estuprá-la por trás. Cada movimento de seus quadris colidindo com as nádegas magras dela faz com que os espinhos penetrem mais fundo em sua pele. O segundo homem, com uma grande cruz dourada no peito, segura uma tocha acessa tão perto de suas costas, arqueadas pela dor, que começa a queimá-la. A mulher grita, tentando escapar do aperto do ferro em seus pés e do forte golpe masculino, mas não consegue. Agora ela também é segurada por um torturador que emergiu da sombra da masmorra. Um rosto aterrorizante, estampado de atos de violência. A bochecha esquerda cortada ao meio pela cicatriz de um ferimento antigo. Apesar da idade avançada, é alto, ereto, com grandes mãos cobertas por luvas. Ele ajeita as calças, escondendo o pênis inchado sob o tecido folgado — única parte do corpo que não o escuta durante os interrogatórios e execuções, ao contrário de suas mãos habilidosas que, com rapidez e precisão, laceram o pescoço da condenada ou acendem o fogo da próxima fogueira. Seu pênis não responde mais ao que sua esposa lhe oferece, apresentando o corpo em sacrifício sem resistência para que ele possa usá-lo à vontade. Isso não o excita. Nenhuma centelha, mesmo que a esposa não negue nada. Muitas pessoas em Zlaté Hory a procuram. Piedosa. Uma cadela dócil que adula suas pernas e ao mesmo tempo verifica diligentemente os recônditos da sua roupa. Será que ele não tinha trazido nada para confortar o coração dela hoje? Ah, olha só! Um berloque com âmbar incrustado na prata, talvez com uma mistura de ouro. Um lenço bordado à moda francesa, tão fino e elegante que todas as moças de Zlaté Hory iriam invejá-la. E a chavezinha do baú no sótão da taberneira? Um baú cujo conteúdo ele conhecia pelo relato do marido dela, que se orgulhava de recompensar com muita generosidade a esposa pelo cuidado que ela tinha com a taberna. Ah, que maravilhas não estavam lá!? Vestidos lindamente enfeitados e tiaras cravejadas de pedras preciosas foram preparados como dote para a filha mais velha. Só era preciso encontrar um motivo, criar uma oportunidade. Para que o patrimônio das mulheres acusadas no julgamento ficasse ao alcance de suas mãos. Claro que será preciso dividir os bens acumulados, mas ainda assim serão muitos!

A própria taberneira tinha ajudado bastante em tudo aquilo, contando-lhes sobre as habilidades fitoterápicas que Mathilde herdara da avó e suas tendências pecaminosas, quando usava o musgo da floresta como um animal e destruía as mulheres da região, conclamando-as a práticas pecaminosas. Foi ela quem jurou que Mathilde estava dormindo com Raróg. Essa versão dos acontecimentos, apontando a traição de Gretchen, foi apresentada por Babel a Mathilde durante o primeiro dia de tortura.

Ao vê-la capturada e sendo queimada com uma tocha pelo bispo, que supostamente estaria procurando marcas diabólicas no corpo dela, Babel tem dificuldade em resistir a tocar os próprios genitais. A respiração irregular, às vezes ofegante, dos animais que, depois de serem atingidos por um tiro certeiro, em vez de morrerem de imediato são pastoreados por cães de caça e seus uivos, dá-lhe uma sensação que não encontra em nenhum outro ofício. Ninguém além dele chega tão perto da morte, mas também da vida. Apenas ele, Heinrich Babel, fica entre a vida e a morte como um mediador, fazendo com que a vítima sinta que ainda não acabou, embora tenha acabado. Que não aguenta mais sentir dor. E, no entanto, aguenta. Babel de Edelstadt sempre encontra uma maneira de fazer com que uma dor insuportável seja possível, porque logo atrás dela se esconde uma tortura tal que nenhuma mente nascida na Terra poderia inventar. Exceto o próprio Babel.

O inquisidor pede ao bispo Johannes Balthasar Liesch von Hornau que deixe o recinto, porque, afirma, vai fazer a última tentativa de quebrar a acusada. Não é fácil arrancar a partir da violação algo que não pode ser mais violado. A partir do aniquilamento algo que já é apenas um saco de ossos, do qual a alma, afinal, partirá em breve, e que agora está desacordado depois de perder a consciência. Babel já sabe como trazer tal alma de volta ao corpo, e não permitiria que ela escapasse para o diabo.

Ele verifica, olhando para atrás, se os outros torturadores já foram embora. Quando ficam sozinhos, ele se aproxima da vítima desmaiada, ajoelha-se diante dela e começa a ganir, uivar, grunhir e chorar. Ele anda de quatro diante dela como uma fera selvagem, farejando o corpo maltratado, o períneo, o ânus, que estão vazando sangue e outras secreções, porque o corpo não controla mais nada quando não consegue regular a dor. Esse rastreamento de vida, como Babel define o procedimento em conversas com o cabido, tem como objetivo ajudá-lo a penetrar na natureza de Satanás, para obter uma confissão final da mulher suspeita de bruxaria.

Szajbel sente dor em cada partícula do corpo. Parece-lhe que é composta de mil feridas das quais o sangue escoa gota a gota. Ela toca o rosto e a cabeça, querendo ter certeza de que ainda é ela mesma, que não se desmanchou em pedaços. A superfície áspera da cabeça raspada a espanta. Quem é essa mulher que a observa da tela da TV? É mesmo ela? Então percebe que está totalmente nua. Seu corpo não é nada parecido com o que tinha há um momento. Mas consegue mover seus membros. Ela os controla. Para onde foram seu antigo corpo e a pele que o cobria? Aquela sem feridas profundas e hematomas? Onde estão os dedos perdidos de suas mãos e seus pés, com ossos inteiros e não esmagados?

5.
A reativação

Criptografia da loucura

Embora tivessem se passado cinco semanas desde a transferência para a ala isolada do hospital psiquiátrico em Tworki, desde o incidente Szajbel permanecia como se estivesse atrás de um vidro. Nenhum dos funcionários conseguia estabelecer contato com ela. Apesar da medicação contínua, ela se fechava cada vez mais em si mesma. E apenas no silêncio envolto no celofane da noite — um silêncio que no hospital ressoa tão alto que a pele fica arrepiada e o cérebro, distorcido pela falta de som, explode de tanto tentar ouvir até o menor dos barulhos, o ruído de um rato ou camundongo no labirinto de equipamentos embolorados, cobertos de mofo e morte — ela podia ouvir uma sílaba sonora e melodiosa, repetida por Halina Rutczyńska-Łemka, chamando seu cachorro afogado: "tss tss tss tss tss tss".

Szajbel às vezes emitia um som que parecia não fazer sentido, entre sílabas estertoradas ou rangidas em meio às quais reinavam assovios ou pausas insuportavelmente longas. No início, ninguém da equipe prestou atenção nisso, mas quis o acaso que o hospital admitisse um novo funcionário: um estudante de língua e literatura germânicas, Adek, que logo ouviu a expressão alemã *Die Spalt*, "a fenda", nessas produções sonoras aparentemente sem sentido. Alguns dias depois, após lavar o chão do quarto e esfregar as janelas gradeadas para que as pessoas presas ali pudessem ver o lindo parque com uma ponte romântica sobre o rio Perda — Mnemosine de Tworki —, ele se sentou com um caderno ao lado de Szajbel, que estava amarrada com faixas à cama, e começou a escrever o que saía de sua garganta entre as pausas. E quando descobriu que a combinação dessas quase-palavras ditas por meio da respiração, num desejo ávido de prender o ar vivificante nos pulmões, quando parecia que Szajbel estava prestes a sufocar, poderia ter algum sentido, ele começou a tratá-la de forma diferente do que tratava as outras pacientes.

Ouvindo o transe dela e detendo as sílabas que proferia no hospital, ele as unia, esperando por cada pausa seguinte. E, então, teve uma revelação: as sílabas formavam uma mensagem. Bastou esperar as pausas e anotar num pedaço de papel as sílabas que tiravam o fôlego de Szajbel. E depois mais uma vez. E outra vez.

*alt-wi-ba-junc-frou-wa-skei-da-wam-ba-hirn-sca-la-ge-er-
-det-spalt-alt-wi-ba-junc-frou-wa-skei-da-wam-ba-hirn-sca-
-la-ge-er-det-spalt-alt-wi-ba-junc-frou-wa-skei-da-wam-ba-
-hirn-sca-la-ge-er-det-spalt-alt-wi-ba-junc-frou-wa-skei-da-
-wam-ba-hirn-sca-la-ge-er-det-spalt-alt-wi-ba-junc-frou-wa-
-skei-da-wam-ba-hirn-sca-la-ge-er-det-spalt-alt-wi-ba-junc-
-frou-wa-skei-da-wam-ba-hirn-sca-la-ge-er-det-spalt-alt-wi-
-ba-junc-frou-wa-skei-da-wam-ba-hirn-sca-la-ge-er-det-spalt-
-alt-wi-ba-junc-frou-wa-skei-da-wam-ba-hirn-sca-la-ge-er-
-det-spalt-alt-wi-ba-junc-frou-wa-skei-da-wam-ba-hirn-sca-
-la-ge-er-det-spalt-alt-wi-ba-junc-frou-wa-skei-da-wam-ba-
-hirn-sca-la-ge-er-det-spalt-alt-wi-ba-junc-frou-wa-skei-da-
-wam-ba-hirn-sca-la-ge-er-det-spalt-alt-wi-ba-junc-frou-wa-
-skei-da-wam-ba-hirn-sca-la-ge-er-det-spalt-alt-wi-ba-junc-
-frou-wa-skei-da-wam-ba-hirn-sca-la-ge-er-det-spalt-alt-wi-
-ba-junc-frou-wa-skei-da-wam-ba-hirn-sca-la-ge-er-det-spalt-
-alt-wi-ba-junc-frou-wa-skei-da-wam-ba-hirn-sca-la-ge-er-
-det-spalt-alt-wi-ba-junc-frou-wa-skei-da-wam-ba-hirn-sca-*

*-la-ge-er-det-spaltalt-wi-ba-junc-frou-wa-skei-da-wam-ba-
-hirn-sca-la-ge-er-det-spalt-alt-wi-ba-junc-frou-wa-skei-da-
-wam-ba-hirn-sca-la-ge-er-det-spalt-alt-wi-ba-junc-frou-wa-
-skei-da-wam-ba-hirn-sca-la-ge-er-det-spalt-alt-wi-ba-junc-
-frou-wa-skei-da-wam-ba-hirn-sca-la-ge-er-det-spalt-alt-wi-
-ba-junc-frou-wa-skei-da-wam-ba-hirn-sca-la-ge-er-det-spalt-
-alt-wi-ba-junc-frou-wa-skei-da-wam-ba-hirn-sca-la-ge-er-
-det-spalt-alt-wi-ba-junc-frou-wa-skei-da-wam-ba-hirn-sca-
-la-ge-er-det-spalt-alt-wi-ba-junc-frou-wa-skei-da-wam-ba-
-hirn-sca-la-ge-er-det-spalt-alt-wi-ba-junc-frou-wa-skei-da-
-wam-ba-hirn-sca-la-ge-er-det-spalt-alt-wi-ba-junc-frou-wa-
-skei-da-wam-ba-hirn-sca-la-ge-er-det-spalt-alt-wi-ba-junc-
-frou-wa-skei-da-wam-ba-hirn-sca-la-ge-er-det-spalt-alt-wi-
-ba-junc-frou-wa-skei-da-wam-ba.*

---

* Do alto-alemão antigo: *Aldwibajuncfrouwa*, uma combinação de *altes Weib* (velha senhora) e *Jungfrau* (virgem); *Skeida-Wamba-Hirnscala*: do alemão, algo como "vagina-útero-crânio"; *Geerdet*: do alemão, "terreno", "aterrado"; e *Spalt*: "fenda", coloquialmente, "buceta".

Adek

Adek percebeu que Szajbel estava se afundando na escuridão e tentava mantê-la na superfície com um toque firme em seu pulso.

Mesmo ali, entre os malucos da ala isolada, ou seja, psicopatas do mais alto calibre, que segundo muita gente (não ele) deveriam cumprir pena como presos políticos (não vamos exagerar!) por sabotagem e por atividades que afundam ainda mais a pátria que já se afogava (ah, por favor!), Adek não esperava uma viagem assim. Estava em crise consigo mesmo, um estudante de língua e literatura germânicas, um gay certinho vindo de Pruszków, que estabelecia contato sexual online com todo o mundo queer, na verdade com parte desse mundo, porque o que acontece lá nem sempre é legal, sabe, tem pervertido em todo canto... Esse seu mundinho Grindr diverge do catolicismo, que ingeriu com o leite materno, no qual batismo é batismo e comunhão é comunhão. Uma medalhinha de ouro da Virgem Maria como presente de batismo, um computador na primeira comunhão, e, pela crisma, um teclado Yamaha no qual Adek toca alguns acordes para a internet e ganha comentários positivos. Ele cria melhor depois dos cogumelos. Aí seus ouvidos com túneis de platina para os estilos nova-iorquinos ou berlinenses, enfim, pelo menos não para os de Pruszków ou católicos, captam novos sons e novas harmonias do ar, que nas alucinações passam por algumas transformações, algumas reverberações, e por um momento é como se Deus, por meio de seu batismo, comunhão e crisma, estivesse lhe dizendo alguma coisa, mas Adek (conhecido na internet como Adell) ainda não conseguia entender. Como se fosse um profeta tal qual Słowacki, Mickiewicz ou Norwid, com a única diferença que, para transmitir aquilo que Deus tinha a dizer sobre os poloneses e a Polônia, eles usaram uma linguagem bem conhecida por todos, enquanto a tarefa dele era mais complicada: tinha que usar uma linguagem que não conhece, porque nunca a aprendeu. Ele mente, na verdade não sabe ler partituras. É o são João da composição. Um analfabeto musical que, no entanto, deixará um evangelho em MP3. Algumas centenas de músicas em nuvens disponíveis para serem ouvidas *free* pelos ouvintes de todo o mundo. E é essa produção que o faz ser alguém excepcional em comparação com os outros moradores de Pruszków.

Suas ouvintes mais fiéis são as pacientes da ala isolada do hospital em Tworki. Com a ajuda de Wandeczka, elas praticam ao som das canções de Adell seus peculiares exercícios de bruxaria, que é como são chamados entre a equipe de funcionários — do contrário, chamavam de ginástica eslava. Na semana anterior, no turno da noite, ao som de uma peça recém-composta, elas praticaram na posição joelho-cotovelo, respirando de forma tão estranha que até o fez paralisar. Foi muito poderoso. Guiado como se estivesse numa coleira pelas sugestões hipnóticas de Wanda, ele visualizou para si um feixe luminoso em forma de um sabre de luz (aquele não muito afiado, de plástico, o sabre do Mestre Yoda da loja de brinquedos) penetrando seu cu rosado e lá permanecendo, adentrando esse lindo e pequenino buraco em seu corpo, do tamanho de um olhinho, muito delicadamente, como se um pardal ou um melro pisassem com suas patinhas. A potência da penetração daquela energia luminosa em sua bunda gerava um movimento tão sutil que chegava a ser insuportável, beirando as cócegas, causando espasmos de prazer. Isso surpreendeu Adek, que estava acostumado a fortes socadas no cu e não ao ruído dos pezinhos de um pintassilgo. Tinha que admitir que a ioga das bruxas era uma ginástica extremamente eficaz, em especial quando se usava um sabre de luz imaginário. Ele só sabia uma coisa sobre Wanda: ela tinha sido internada no hospital psiquiátrico depois que seus exercícios aumentaram a libido das moradoras de Podkowa que frequentavam suas aulas a tal ponto que seus maridos, habituados ao nível zero de necessidades sexuais das esposas, sofreram estresse pós-traumático de tão explorados por elas. Afinal, tinham perdido o hábito de fazer sexo com as esposas logo após o casamento — naturalmente, havia aqueles que nem tinham tido a chance de se acostumar. Até porque parte deles, mesmo antes de casar, não estava habituada a fazer sexo a dois. O mesmo acontecia com Wanda. Ao despertar a libido das alunas que praticavam ioga eslava com ela, a chamada ginástica das bruxas, ela privava os parceiros do conforto que tinham antes, de não foder suas esposas (nem se falava em fazer amor, porque isso é um nível avançado), mas foder sem restrições consigo mesmos. E com as garotas de sites de relacionamento ou pornô, com quem tudo corria facilmente. Não precisavam beijá-las e compartilhar germes; não precisavam umedecer fendas de cheiro suspeito; não precisavam lidar com pelos pubianos que voltavam a crescer depois da depilação, maculando a ideia do que seria uma mulher de verdade, ou melhor, uma menina, porque, convenhamos, mulheres, ou seja, criaturas com o azar de ter mais de trinta e cinco anos de idade, não excitavam nenhum deles. Não era de admirar, afinal, a maioria delas se tornava mãe nessa época, e quem se excita com a própria mãe, pelo menos depois de superar o complexo de Édipo? Por isso, acontecia de um ou outro moleque procurar emoções com MILFs, mas eram casos isolados. Lamentáveis, como chamariam o restante dos membros da manada masculina, voltada à juventude.

E de repente, no caminho da sexualidade deles, realizada todas as noites às escondidas das esposas, amebas libidinosas adormecidas, Wanda apareceu, focada no grande despertar da energia sexual das mulheres. "O sexo de verdade não é para idiotas" — ela dizia com a bunda levantada na posição joelho--cotovelo, balançando a pélvis e ativando os ovários. Seus seios grandes, inchados de amor pelo mundo, balançavam para cima e para baixo, como se confirmassem essa tese, e a bunda fazia o mesmo, subjugando uma vassoura invisível, ou melhor, seu cabo pontudo, que deveria mentalmente introduzir em sua fenda da frente e de trás, imaginando um voo sobre as copas das árvores centenárias na avenida Parkowa em Podkowa. E elas costumavam fazer uma viagem tão orgástica que era difícil trazê-las de volta à terra.

Ninguém na ala sabia como Wanda, que estava sã mentalmente, acabara na ala isolada do hospital psiquiátrico. Ela própria aos poucos parou de explicar o fato como uma "conspiração patriarcal da puta de Kików", como ela chamava Podkowa, e começou a usar suas habilidades e a promover práticas pagãs entre as novas seguidoras.

E como gostava de ficar chapada, fingia tomar os remédios para diminuir a libido e os trocava com outras pacientes por antidepressivos, garantindo a si mesma, para surpresa do dr. Charkot, uma viagem constante. O contrabando de drogas não era um fenômeno esporádico no hospital. Dentre as que sofriam de depressão, havia algumas que não tinham a menor intenção de se recuperar e voltar à vida normal, com filhos que precisam ser lavados, alimentados, ter as fraldas trocadas, ninadas, sem poder bater na cabeça deles quando estivessem zumbindo como moscas todas de uma só vez: mamãe, me dá, mamãe, ela me bateu, mamãe, eu quero, mamãe, eu não quero, mamãe, fala pra ela, mamãe mamãe mamãe; e com o marido, que tinha o cansaço da vida e o trauma causado pela derrota da seleção polonesa estampados na testa.

Bundinha-Wandinha, como o dr. Charkot a chamava carinhosamente, não tomava os comprimidos de lítio, mas os escondia no buraco depois do molar esquerdo superior, abençoando seu talento em gastar dinheiro, graças ao qual, em vez de ter implantado uma coroa de porcelana, ela comprara um curso online de magia do amor. No cenário atual, entre as novas e mais inusitadas clientes, ela propagava o fogo nas pélvis e incendiava as vaginas com um cabo de vassoura invisível.

Havia também muitas feministas e ecologistas na ala, que haviam se amarrado a colheitadeiras, determinadas a morrer por sua pátria — que para elas não era a Polônia, mas sim a floresta. Ou as famosas Irmãs dos Rios. Mães Polonesas contra o Desmatamento, Irmãs dos Rios. Todas, sem exceção, foram capturadas pela carrocinha da guarda municipal por ordem do primeiro-ministro e entregues nas mãos do chefe do hospital. Porcarias de ninfas do rio, sereias loucas, transformadas em ninfomaníacas. Como, caralho, podem colocar as próprias famílias, maridos e filhos em risco em defesa de um carvalho ou de um pinheiro? Ou de algum tipo de lei? Isso não entrava na cabeça do faraó Adek. Qualquer tentativa de compreender intelectualmente esse tema resultava na abdicação do córtex cerebral responsável por operações mentais complexas e no assovio pelos túneis auditivos por onde os pensamentos escapavam para longe, longe de todos os problemas climáticos do mundo contemporâneo. Há tempos Adek considera que pertence aos chamados doidos da soja, que faz parte da família do tofu, e que essa é a sua relação com a porra do mundo ecológico. E de modo algum isso seria por causa de uma alergia ao leite de vaca ou cuidado com o planeta, mas sim pela pureza de seu estreito ânus, muitas vezes explorado por inúmeros amantes. Embora ele não apoie a matança de animais. E não os coma. E é claro que jura para si mesmo que nunca alugará um quarto com um pássaro empalhado na parede e nunca colocará os pés na soleira de nenhuma casa com um urso ou uma pele selvagem no chão. Não, isso não. Mas é aqui que termina seu papel no teatro da vida ecologicamente consciente. Já não é o bastante? Já não é difícil demais, todos os dias, passar oito horas nesse circo, de segunda a sexta-feira, por míseros centavos que, se não fossem os estoques de opiáceos roubados do hospital, não dariam nem para pagar uma quitinete em Pruszków?

É só com Szajbel e a descoberta das sílabas do alemão antigo faladas por ela que Adek começa a perceber o significado profundo dessa labuta diária, depois da qual costuma ficar tão cansado que, ao voltar para casa, não tem forças para mexer um dedo sequer, nem no teclado do celular. Desde a chegada de Anna Szajbel na enfermaria, ele nunca mais transou com nenhum puto do Grindr, nem de qualquer outro aplicativo, tentando compreender as anotações feitas na presença da mulher. Só quando recorreu a seu professor preferido, especialista em alemão antigo, chegou a uma solução! "A Antiga Virgem, vagina-útero-crânio, terreno, fenda" — ele escreveu as palavras ainda estranhas do professor, tentando combiná-las em algum sentido, em uma mensagem concreta, porra.

Mene, tequel, parsim

Os registros das torneiras no lavatório do hospital são iguais aos do prédio de apartamentos em Mszczonów onde ela morou quando criança. Não dava para fechá-los. As gotas de água atingiam ininterruptamente a superfície de porcelana. Era como se escavassem uma rocha. Era como se erodissem a eternidade. Gotas que fazem barulho como se não houvesse paredes no quarto sem maçanetas, apenas o Himalaia.

Uma loira bonita de jaleco e crocs brancos entra no quarto para onde Szajbel foi transferida graças ao novo auxiliar de enfermagem, Adek, após seis meses de internação na ala isolada.

— Comprimidos para a prezada senhora presidente.

Szajbel se arrepia só de pensar em engolir algo além de saliva.

— Vamos, mostramos a língua educadamente e engolimos. Tudo de uma vez. Aqui, um pouco de água para beber. Não muito. Para não mijar como da última vez.

Sua consciência está esburacada como uma peneira. Szajbel não sabe quando mudou de ala, mas começa a perceber que sempre há um rapaz bem colorido com alargadores nas orelhas rondando por perto. Ela o chama mentalmente de Akhenaton, porque lembra um faraó. Ao observar os alargadores por mais tempo, ela tem a sensação de que irá longe ao se manter junto a Akhenaton. Mas por que Akhenaton esconde seu nome verdadeiro? Talvez Adek, que ele usa todos os dias, seja uma mensagem oculta dirigida apenas a ela? A+D+E+K. Que ele transmite para ela, Mathilde Spalt. Sobre as vitaminas. Que ela deveria tomar. Não proteste. Se tomar, tudo vai ficar bem. Ela confia em Adek. Parou de brigar com os funcionários. Está se abrindo à cooperação. Especialmente com ele. Com Akhenaton da Masóvia com corpo de surfista californiano. Lindas nádegas redondas envoltas num shorts e acima delas um tórax maciço, que lembra as vastas montanhas do Atlas, e uma bela mandíbula típica americana, fortemente definida graças ao chiclete: o novo objeto de desejo de quase todas as pacientes.

As pílulas de diferentes cores anulam a existência do calendário. Szajbel está perdendo a conta. Os pensamentos voltam a vaguear pelos limites da razão, procurando alguma fronteira intransponível, para enfim descansar, suspender-se, render-se. Mas não. A mente se recusa a largar as armas, associações novas e cada vez mais estranhas se aglomeram nos gânglios cerebrais, causando engarrafamentos e batidas na autoestrada das conexões neurais. Após cerca de quinze minutos, os remédios começam a fazer efeito. A realidade se torna simples e comprimida, e só então é seguro mergulhar nela. Antes que as drogas façam efeito, é preciso montar sem parar o quebra-cabeças, para criar alguma imagem a partir dos destroços da realidade, do vidro estilhaçado.

Szajbel engole as drogas, mesmo com vontade de vomitar. Sente o corpo doer como se tivesse sido espancada. Cada músculo, cada ossinho está doendo. Ela não sabe, não entende como vitaminas comuns podem ter um efeito tão ruim. Mas confia no faraó. Precisa confiar em alguém. Afinal de contas, não quer voltar para a ala anterior. Ela se lembra do inferno que reinava lá. A luz acesa dia e noite. As faixas para amarrar cada alma rebelde em uma cama. E as janelas salpicadas pelas moscas. Era como se essas malditas criaturas, que se nutrem da merda humana, implicassem com o quarto em que ela ficava deitada. Amarrada com as faixas, porque era conhecida por brigar com todo mundo, passava horas observando os padrões fractais dos excrementos de inseto no vidro. O que devia fazer? Quando, a seu pedido, ela era desamarrada para que pudesse mover os braços ou ler, rapidamente voltava ao abismo, devido a algum detalhe imprevisível.

O pior episódio foi quando, após a primeira semana de internação, as enfermeiras decidiram pesá-la para que o médico que a atendia, o famoso dr. Charkot, pudesse definir com mais precisão as doses dos medicamentos. Então, ela novamente perdeu contato com a realidade. No momento em que, a pedido da enfermeira, ela tirou a camisa e os chinelos e subiu na balança, voltou a ver diante de si o conselheiro Petrus Gerbauer, o bispo Johann Balthasar Liesch von Hornau e o procurador de Nysa, Franz Zacher, com o procurador investigador Martin Lorenz, interrogando-a. Eles estavam sentados atrás de uma mesa alta e olhavam para seu corpo nu, como se o avaliando. Por ordem do procurador de Nysa, uma balança de pesar suínos e bovinos fora levada à sala de representação da Câmara Municipal. Recomendaram-lhe ficar em pé num prato da balança e no outro foi colocada a Bíblia. Pesada, encadernada com couro por um especialista de Nysa, o monge franciscano Johannes Krucht, sobre a qual Heinrich Babel, que assistia à cena, jurou que se um diabo morasse na mulher acusada de tentar envenenar o marido e também de trazer uma inundação ao ducado de Nysa por meio de bruxaria, ele o expulsaria dela, mesmo que para isso ela tivesse que pagar com a vida.

— Vinte e seis afogadas sem culpa! As vacas também. Todo o rebanho. Apenas essas — Heinrich Babel apontou para

Mathilde e as outras mulheres que estão ao lado dela em uma fileira próxima — a água não acolheu, por isso são culpadas! — ele anunciou para a multidão e para o júri.

    O dia estava se aproximando do pôr do sol e, como todas as sextas-feiras, elas tinham se reunido secretamente na clareira, onde ficava o grande carvalho e cresciam os bagos de beladona, para retirar a seiva de bétula, porque no início de abril já era hora de fazer isso; cortar muito as necroses e incendiar as fendas, como Mathilde lhes ensinava há mais de três anos. E, sobretudo, ouvir a Antiga Virgem, que toda mulher carrega dentro de si desde o nascimento até a morte, e mesmo depois dela. A qual é ao mesmo tempo a Mãe Terra; a fenda; a criancinha, e também uma mulher em sua própria glória e na da lua cheia, bem como a velhota desdentada e curvada que apenas considera o que toca, o que possui, não para vivenciar o prazer, mas para manter a Ordem Eterna. Agora, diante do júri e de toda a multidão reunida na sala de deliberação da Câmara Municipal, ela não entende por que desperta tais emoções, já que não fez mal a ninguém e nem a nada na Terra, apenas vivificou a vida. Ela faz o possível para não olhar nos olhos dos que estão reunidos, que não vão entender que não há nada de errado com o que ela fazia. Nada que ameaçasse a Deus no Céu ou ao homem na Terra. E cobre com as mãos o que os membros do júri olham sem prestar a atenção. O procurador de Nysa, Franz Zacher, ordena que ela suba no prato da balança, para ver se a Bíblia ou ela, uma mulher suspeita de bruxaria, pesa mais diante da multidão reunida na sala, que não hesitou em pagar por esse espetáculo com ducados. Quando o prato da balança começa a pender para seu lado, a multidão aplaude, porque sabe que a máquina da morte acaba de ser acionada e nada nem ninguém vai detê-la.

    — Vá pra puta que pariu!

Franz Zacher pragueja de medo, mas tão baixinho que ninguém consegue ouvi-lo. Queria ter folgado naquele dia. Não se sentia bem depois da noite na caçada. A sonolência o tomou como se tivesse bebido um barril de cerveja do mosteiro. A fim de abreviar o teste da pesagem, ele retira a Bíblia da balança, manda seu ajudante colocar os pesos no lugar e dessa forma pesar a primeira acusada.

A princípio, parece que o resultado da pesagem, quarenta e nove quilos e novecentos gramas, ameaça novamente a tarde de Zacher, que o procurador preferiria passar no seio da família em vez de nas torturas. Ele torce para que a mulher que está na balança, com quem claramente o bispo implica, pese mais de quarenta e nove quilos, o que afastaria a suspeita de bruxaria, pelo menos por um tempo, e começa a suar e a sufocar pela gola muito apertada. Depois de um tempo, porém, ele sente um vislumbre de esperança, porque o funcionário público que fez a medição declara que a suspeita de bruxaria pesa exatamente cinquenta quilos!

Mathilde pode enfim respirar tão profundamente como fez logo depois de vir ao mundo, quando uma lufada de ar preencheu dolorosamente seus pulmões, dilacerando-os até ela gritar de dor. O procurador fecha os olhos por um momento e dá um suspiro de alívio com ela. No fundo da alma ele está feliz de verdade, porque essa moça bonita e inocente não será torturada até a morte ou queimada no forno.

E então, quando ela já pode descer da balança, um inquisidor se aproxima do bispo Johann Balthasar von Hornau. Inclina-se sobre ele e diz algo no ouvido da eminência. O bispo, por sua vez, avisa aos demais que tem algo a lhes contar e que o assunto ainda pode tomar outro rumo.

Por ordem do bispo, Franz Zacher caminha a passos lentos até a mulher e solta a fivela que prende seu cabelo acima da nuca.

E então acontece algo que não se pode deter nem reverter. À medida que a balança começa a se inclinar lentamente, levantando um pouco o prato que leva a moça, Mathilde Spalt compreende o que a espera. A fivela de prata, presente de casamento do monstruoso, a única coisa dele de que ela realmente gostava, sela sua sentença de morte.

Conectada

Quando Eliza Reszke e Joanna Draka, enfermeiras do hospital psiquiátrico de Tworki, veem Szajbel convulsionando no chão e tirando algo invisível da cabeça, elas ficam apavoradas e pedem ajuda aos seguranças. Quando Euzebius Mruk e Andrzej Plona, os seguranças, chegam ao segundo andar do pavilhão X, Szajbel está mordendo Joanna forte e quase sufocando Eliza, que está curvada sobre ela numa tentativa desesperada de salvar a colega. Os seguranças levarão mais de quinze minutos para imobilizar Szajbel, a fim de que ela possa receber uma dose quádrupla de hidroxizina, graças a qual será possível incutir calma em sua alma mortalmente aterrorizada, mesmo que apenas por algumas horas.

Como elas poderiam saber que o procedimento de pesagem provocaria tal reação na nova paciente? "Estresse pós-traumático" — explicaram a enfermeira-chefe do hospital e o diretor da ala, dr. Charkot, para as enfermeiras que reclamaram de Szajbel. Ele vinha tentando compreender as anotações do auxiliar de enfermagem Adek há várias semanas, e conseguiu encontrar uma referência a Helene Spalt, a fundadora das Terrelas, uma congregação feminina no ducado episcopal de Nysa na virada dos séculos XVI para o XVII, que acreditava na Antiga Virgem, a filha da Mãe Terra, mas nada além disso.

"Conectadas" — era o que os funcionários diziam sobre pessoas como elas. Mas havia algo a mais em Szajbel. A corrente que começou a fluir nela depois do "surto" não parecia a loucura das pacientes delirantes que se conectavam ao que seu superego sugeria. Para Szajbel, essa transubstanciação levava apenas ao sofrimento, não à singularidade ou a um poder especial.

A tentativa de pesar Szajbel fez com que ela se afundasse no medo. Numa dor insuportável. Ela se transformou em um corpo tratado como carniça, que experimentou as monstruosidades da tortura em cada centímetro. Pois havia sido infligido tantas vezes com dor e desgraça, que pediu a seu espírito para que finalmente o deixasse, porque cada segundo seguinte de vida era insuportável. Pelo menos até que, como supôs o dr. Charkot, o melhor plano de tratamento farmacológico fosse estabelecido, que era exatamente no que a pesagem precisa da paciente deveria auxiliar.

Como Szajbel, quando estava se contorcendo em espasmos no chão frio do posto de enfermagem, mijou de medo na calcinha e inundou o chão com urina, que em seguida lambeu avidamente, as enfermeiras decidiram dar banho na paciente para que ela não fedesse.

Dar banho em Szajbel é mais difícil para as funcionárias do que tentar pesá-la. Por azar, como resultado da notória masturbação das pacientes, a cabeça da ducha havia quebrado dois dias antes, tendo sido empregada com muita força nas carícias ansiosas do clitóris. Isso significava que era preciso mergulhar Szajbel na banheira.

Elas se debatem com ela novamente, mas, depois de verificar que o dr. Charkot está, como de costume a essa hora, sentado de portas fechadas em seu consultório, elas pedem ajuda a Adek, que de alguma forma consegue se relacionar com Szajbel. Szajbel entra na banheira sem protestar. Ela não tem consciência do que está acontecendo, porque recebeu a dose diária de risperidona. Está se afastando em seu próprio mundo. A questão é até que ponto ela estaria de fato em seu próprio mundo.

Depois de um tempo, enquanto as enfermeiras tentam mergulhá-la na água para lavar seus cabelos, as lembranças começam a abrir caminho na memória de Szajbel. A água, que subiu após a enchente, fluindo tão rápido que, mesmo sabendo nadar, de vez em quando elas precisaram se agarrar a galhos de salgueiro pendurados na margem para manter a cabeça acima da superfície e respirar, apesar da água que entra em suas bocas.

Elas não conseguem se ver. Só sabem que as que ficaram na clareira são aquelas que não sabem nadar e para quem a água é um elemento hostil. Foram deixadas para morrer. Junto com as vacas que tinham acabado de ser ordenhadas para preparar o leite para o queijo, antes da quinta-feira. Quando ela vê os cavaleiros, reconhece um deles imediatamente, embora ainda estejam a uma distância considerável um do outro. Ela o reconheceria mesmo se acordasse no meio da noite. Quando, há três anos, ele a encontrou colhendo ervas na floresta, o que era estritamente proibido a todas as mulheres do ducado, ela sabia que haveria problemas. Embora não tivesse dado à luz, seus seios estavam cheios de leite que sujara seu vestido, o que, claro, não passou despercebido a Heinrich Babel, que sentiu a verdadeira semente do demônio nela. Ele não sabia que, algumas horas antes de ela ir à floresta buscar ervas, uma de suas amadas novilhas havia dado à luz um bezerro no estábulo do monstruoso. Por algum motivo, o leite não chegara aos seus úberes, o que significava que o coitado não tinha o que beber e chorava alto. Então, ela ficou ao lado da parturiente e, encostando as narinas nas dela, começou a respirar junto, sincronizando a respiração. Seus seios se encheram de leite, que ela deu ao recém-nascido para que a vaca pudesse descansar depois de um parto difícil. Por isso ela tinha ido à floresta buscar algumas ervas para encher de leite o úbere da vaca, e foi nesse momento que Babel a pegou.

Quando ele desceu do cavalo, ela se aproximou e olhou tão dentro de sua alma que, sem dizer uma palavra, ele muito depressa pulou de volta na sela, assustado com o que vira nas pupilas da moça. Partiu em um tropel que se espalhou e ecoou pela floresta, sem silenciar.

Ela considerou isso uma vitória. No entanto, o que vira nos olhos dele a aterrorizara profundamente. Para dissipar o medo e a escuridão, acendeu uma fogueira muito grande, como nunca antes, com ramos de sabugueiro preto e amieiro-negro. Sua avó, Helene Spalt, tinha razão, até o fim da vida defendera o bom nome da filha, sua mãe, Ursula, negando em voz alta seu suposto suicídio. A morte de Ursula por enforcamento num galho do grande carvalho não tinha sido suicídio. Tudo se refletira nas pupilas de Babel. Até a cor do céu naquele dia, em que ele a enforcara para expulsar as terrelas da floresta de uma vez por todas. Mathilde também viu a própria morte nos olhos dele, então passou a tentar manter as mulheres longe da floresta e mais perto do rio. Numa área da qual a Igreja não lembrava, e da qual não se tinha certeza de que realmente pertencia à Igreja. Lá ela guardou tudo o que Helene deixara para trás e de que vinha cuidando nos últimos anos para que não caísse em mãos erradas antes de lançar as sementes desses ensinamentos entre as mulheres e propagar a fé na Antiga Virgem.

Mas, dessa vez, ao ver Babel e vários outros homens se aproximando a cavalo, e atrás todo o exército de lacaios do bispo, ela se jogou, junto com as que não tinham medo da água, no rio caudaloso para nadar correnteza abaixo e tentar salvar suas vidas.

New Deal

O banho, além da dor e das lembranças trágicas de quando Szajbel viu suas companheiras serem forçadas a entrar no rio, traz sobriedade.

Szajbel pisca os olhos para se adaptar à realidade. Instintivamente tampa os ouvidos para silenciar o som constante, o barulho danado que sai da torneira, entalhando o silêncio, para registrar a imagem que surge devagar: paredes brancas, uma janela, um peitoril e nele algumas cascas, flores murchas, pinhas, musgo, diante dela uma cama de hospital e sobre ela uma velhota cintilante e oleosa com cabelos pretos encaracolados até a cintura. Era como se alguém tivesse derramado piche em sua cabeça, untado com asfalto e polvilhado com as cinzas das asas de um corvo queimado. Uma velhota que sorria descaradamente para ela e a lembrava de alguém. Espere aí...

O cérebro de Szajbel é um peixe morto flutuando nas margens do mar Báltico, que foi envenenado por um vazamento de petróleo. Um vazamento que, segundo os ecologistas tantãs (ah sim, agora ela finalmente está começando a colar os estilhaços de vidro do espelho que quebrou, refletindo a realidade), foi causado por sua decisão de perfurar. Segundos os ecologistas, viu? Para os ecologistas. A velha bruxa oleosa não é a papisa dessa gangue? Seria Grażyna Kło...sińska? Kło... sowska? Szajbel perde o fio da meada, porque não consegue acompanhá-lo. Não lembra de sobrenomes, rostos, endereços ou eventos. É como se as drogas tivessem lavado seu cérebro e agora, em vez de uma rede de neurônios, ela tivesse uma toalha de mesa branquinha e bem passada.

Ao lado de Szajbel, na cama vizinha, está uma pessoa excêntrica. Sua mente não consegue classificar o que vê, porque nunca viu nada parecido antes: uma criatura corcunda, de estatura bastante frágil, coberta por uma camiseta enorme, com a palavra PEPSI tão grande quanto a bunda de Kim Kardashian, sob a qual podem ser vistos seios tão flácidos que devem ter sido sugados durante séculos, por manadas de crianças humanas, de cães, de lobos, de gatos e de ratos. Apesar disso os seios não são o que há de mais monstruoso, e sim o rosto, densamente coberto de pelos.

No quarto 7, num passo dançante, entra o dr. Charkot, como seu crachá denuncia, um homem baixo e corpulento com uma careca no alto da cabeça, cercada por um halo de cabelos grisalhos.

— Já é hora de vocês se conhecerem, moças. Deixe-me apresentá-las a nossa nova paciente, Anna Szajbel. Sra. Anna, à sua direita está a líder das ecoterroristas, Grażyna Kłossowska; e à esquerda, nossa Miss Vanitas: a Barbada.

A corva olha investigativa para Szajbel e, levantando bem uma sobrancelha, profere um feitiço:

— Eu te disse! Que pena que você não se juntou a nós em Białowieża. Teria valido a pena. E como!

— Ah, que trio maravilhoso! — O dr. Charkot resume a cena, esfregando as mãos, e sai do quarto.

Szajbel não consegue acreditar no tamanho de seu infortúnio. Estupefata, ela olha surpresa para a mão com garras nas pontas, curvadas como a de um papagaio, pintadas de vermelho sangue. A mão que lhe foi estendida num gesto de saudação. Quando a dona da mão, Grażyna Kłossowska, ri, a gordura da sua barriga, em dobras, treme graciosamente, uma amassando, espremendo a outra. Como as ondas de um rio onde corre manteiga derretida em vez de água. Apesar do rímel, apesar das unhas em formato de garras pintadas com esmalte carmim, há algo de atraente nessa figura. É como se, por baixo das camadas do que costuma ser considerado grosseiro, houvesse algo atávico e, portanto, eletrizante.

— Não sei, Szajbel, realmente não sei como você conseguiu fazer aquilo em Podkowa, ter tanto prazer fazendo sexo com uma árvore. Depois nós nos deitamos lá, nuas sobre uns troncos caídos, tentando tirar alguma coisa de nós mesmas e daqueles tocos, mas uma árvore caída é uma árvore caída. Coberta de nós e com casca afiada e áspera. Não achamos aquilo nada agradável. E Deus sabe que tentamos. E que fingimos orgasmos na frente das câmeras.

Szajbel para de olhar para a papisa da ecologia porque não entende o que a corva está dizendo, o que Kłossowska considera um incentivo para continuar argumentando.

— Para fazer daquilo um ato político, sabe. Para que eles finalmente se mandassem de Białowieża. Mas quando eles nos arrancaram de lá, e nos arrancaram à força, nossas bucetas e coxas estavam todas machucadas, o sangue jorrava e doía como depois de um estupro. Talvez você possa nos ensinar esse truque um dia? No seu vídeo, que já deve ter sido assistido por uns dez milhões de poloneses, — nesse momento Kłossowska tira um smartphone do bolso do roupão, no qual verifica se os números ainda são atuais ou se a popularidade de Szajbel segue crescendo — dá pra ver paixão em você. E muita! É assim que se deve amar a Terra hoje.

Szajbel vira a cabeça para o outro lado. Não quer encontrar os olhos de Kłossowska de novo. Tudo o que quer é interromper o ataque de lembranças dolorosas. Memórias de tudo o que deu início à trágica série de eventos que a levaram a Tworki, antes mesmo da véspera de Natal. Infelizmente, o imediatismo de Kłossowska a leva de volta à consciência dos eventos passados. Segurando um tronco de árvore caído em um parque em Podkowa. "A famosa presidente do grupo empresarial estatal de combustíveis ainda está fodendo a Natureza, só que agora de outro jeito!" — proclamava a descrição embaixo do vídeo antes de ser retirado do ar, mas a captura de tela circulou pelo país mesmo assim. A foto foi compartilhada por SMS e por todos os aplicativos de mensagens possíveis. A presidente do grupo empresarial estatal de combustíveis — encaminhar. Szajbel se deita na cama e fecha os olhos, abrindo espaço para as novas lembranças que pressionam seu hipocampo.

Quando abre os olhos novamente, vê uma janela. Sim, claro, sem maçanetas. Do lado de fora da janela, barras pintadas de branco. Para que não violem a paisagem ou a dividam em faixas largas. As grades brancas são como nenhuma grade. Elas se misturam com o céu. Tudo é como leite. Leite e manteiga. A barriga amanteigada de Kłossowska, sentada à sua frente, a caricatura de uma mulher com uma buceta grande e gorda saindo de baixo do roupão curto.

Quando o efeito das drogas passa, Szajbel começa a notar pequenos buracos na tela que a isola do mundo com uma boa quantidade de substâncias psicoativas e sedativas, através das quais o mundo reconhecível aparece. O mundo no qual ela vivia há algumas semanas ou fingia viver, e que lhe fazia muito bem. Pelo menos quando se cuidava e tomava lítio regularmente, mantendo sua loucura sob controle.

Mas o que ela tinha ganhado com isso? Orgasmos apenas quando se masturbava e um marido que a traía havia anos. Os padres do KIK no jantar semanal, que ela mesma tinha que preparar? Os pavões da igreja tremendo o bico? Os pais que só a amavam quando ela era criança? O trabalho que, para manter, ela precisava ser mais masculina do que os homens? O primeiro-ministro que privou as mulheres do seu direito ao aborto? Uma Gilead polonesa, mas sem vestes vermelhas bem cortadas? Uma realidade tão absurda que a maioria dos sonhos parecia fazer mais sentido do que ela?

Depois de mais um mês no quarto número 7, Szajbel começou a se sentir melhor. Tudo graças a Adek. Ela melhorou desde que começou a ouvi-lo. Foi Adek quem sugeriu que ela largasse os remédios, escondida dos funcionários, e tomasse substâncias psicoativas fitoterápicas, que ele próprio tomava em excesso. Ele notou que, depois da maconha, aquelas que ela chamava em seus transes de *Geerdet* — Terrela — eram melhor transmitidas por ela, porque papeavam em alemão. Ele, um estudante de língua e literatura germânicas na Universidade de Varsóvia, anotava, depois traduzia e modernizava, tentando dar algum sentido àquilo. Alguma mensagem para o mundo contemporâneo. Quem sabe até escrevesse uma dissertação de mestrado sobre isso?

> *Para o esfregamento, que deve ser feito de forma simultânea e coletiva, de preferência durante reuniões de caráter solene e sagrado, podem ser usados as pontas dos dedos, os metacarpos ou a mão inteira, bem como os membros superiores ou inferiores das outras mulheres reunidas. Entretanto, a forma mais plena DO INCENDIAR DA VAGINA, que é uma união completa com a Mãe Terra, é obtida esfregando-se a vagina com vigor e firmeza contra seres vegetais, ou seja, tudo o que pertence à flora, com destaque especial para a raiz de angélica, o rizoma de cálamo, a raiz de bardana, a raiz de confrei, a raiz de valeriana e o tupinambo.*
>
> *Além disso, recomenda-se que a vagina seja incendiada com ramos de amieiro, sabugueiro preto, hera venenosa e cogumelos, que, usados adequadamente, substituem com sucesso o pênis. Ao mesmo tempo, vale ressaltar que esfregar o pênis contra a vagina não tem nada a ver com o INCENDIAR DO MUNDO,*

já que contribui para o povoamento de um planeta já superpovoado. Para salvar o mundo a nível ético e, portanto, ecológico, as mulheres devem conviver apenas com representantes de matéria viva de origem vegetal. Com principal ênfase para árvores, rizomas e cogumelos. Assim, elas emprestam sua fertilidade à Mãe Terra, criando, a partir da energia sexual destrutiva masculina, sufocada e centrada na violência e na pornografia, os recursos necessários para o renascimento de sua fertilidade e abundância originais.

[...] Sem o INCENDIAR DA VAGINA, que é a condição sine qua non do RESSURGIMENTO DO MUNDO, os recursos da Terra vão definhar, trazendo a morte à flora e à fauna, incluindo a espécie humana, cujo modo de vida, como nenhum outro, contribui para sua aniquilação [...].

Quando Adek imprime o folheto *Terrela* que montou à noite, não tem ideia de que está virando uma nova página da história em Tworki. Que graças à sua ajuda, as pacientes do hospital em breve vão fazer o que ninguém neste país foi capaz de fazer.

A Barbada

A brochura, copiada por Adek na fotocopiadora do hospital, chegou às mãos das pacientes e causou uma bela de uma confusão. Além disso, como resultado do que Adek lhes contou sobre Szajbel, elas começaram a tratá-la com devoção. Como se ela fosse iluminada. Ou como algum tipo de santa. Elas oravam a ela porque, assim como Adek, viam nela uma nova esperança para o mundo. E ela nelas, as novas terrelas.

Grażyna Kłossowska queria ser sua maior aliada, depois de Adek. Sabia que ninguém mais se sairia tão bem nas VerdElas. Ela seria a relações-públicas! Szajbel percebeu essa intenção e manteve Grażyna à distância. Por isso não foi ela, mas a mulher de cavanhaque, que atuou como braço direito da presidente na assembleia convocada por Adek e Szajbel.

De todas as pacientes da ala, Szajbel se interessava mais pela Barbada. Acreditava que aquela aberração tinha algo que ela não tivera em toda a vida: uma ótima maneira de provocar as pessoas a seu redor e de interagir com elas em seus próprios termos. Ultrapassar limites. Só para ver até onde podia ir. Para funcionar em um cenário de humilhação e rejeição (o qual certamente lhe era bem conhecido), que ela então transformara em violência sexual. Violência. A Barbada, lasciva, trabalhava no centro de distribuição do prazer, controlando o ambiente como uma usina nuclear. Atacava sexualmente quem quisesse e sentia prazer com isso. Estuprava em pensamento, estuprava verbalmente, molestava com sua mãozinha magra todos os que tinham pau — e escapava impune. Pois estava fora dos limites do Sim e do Não, do querer e do não querer, do permitido e do não permitido. Sua libido, sendo algo incompreensível, era uma latrina sagrada para o mundo liberar suas fantasias mais feias e desejos impossíveis. Ela era a transferência gratuita de abominação coletiva. E sua justificativa. Como anões, irmãos siameses ou bebês com hidrocefalia, as mulheres com barba legitimavam o lado diabólico, dominado pela deformação e pela sombra do mundo.

Szajbel observava atentamente as duas mulheres: Grażyna e a Barbada. Viu Kłossowska inserir um cogumelo que havia encontrado no parque do hospital em sua vagina e, depois do orgasmo, quando atingiu o clímax sob o acolchoado, roncando e guinchando como um porco, ela o passou à excitada Barbada. Como estavam familiarizadas com a brochura de Adek, criada em seus transes de *cannabis*, elas traziam musgo de fora e se esfregavam descaradamente nele, ignorando sua presença e até incentivando-a a fazer o mesmo. Outras pacientes começaram a imitá-las. Também no jardim, durante as caminhadas. Para irritação dos funcionários, que tinham de tirá-las constantemente dos arbustos.

E ainda por cima tinha um cultivo horrível no parapeito da janela! Cascas pegajosas de escorcioneiras; cascas de batatas e batatas-doces; fios de alho-poró em decomposição; folhas de repolho enrugadas como rostos de velhos, avidamente consumidas por moscas e larvas brancas; pétalas de flores murchas do jardim do hospital — lírios com cheiro de cadáver; bocas-de-leão, floxes e rosas-chá; tudo levado para lá por causa dela e para ela, a Nova Terrela, como Adek a chamava.

Na ala corriam rumores de que a Barbada tinha sido enviada para lá por se expor publicamente e copular com uma forma transitória de matéria, coisas que os moradores ricos de outra cidade-jardim próxima, Milanówek, jogavam nas composteiras ou nas lixeiras em frente aos portões de suas casas. E por fazer orgias com andarilhos.

A mulher magricela de sessenta anos de idade, coberta de pelos e sujeira, inseria-se no tecido da cidade como uma farpa. Sua casa, um depósito de todo tipo de merda, poeira e lixo, atraía, como um ímã, andarilhos perambulando, como a Barbada, à procura de resíduos, só que não para cópula, mas para consumo. Eles sentiam uma familiaridade nela. Esses andarilhos famintos também se mostravam sedentos por toque e calor, que, por sua vez, a Barbada distribuía de bom grado. Assim, os entusiastas das peregrinações lunares, depois de roubar a casa de alguma das personalidades locais, terminavam suas aventuras noturnas na casa dela. E a Barbada compartilhava com eles o que tinha de mais valioso: comida compostada e acesso à Fenda da Existência *per rectum* e *per vaginam*. Ela os levava para onde as coisas existem sem sombra. Onde o tempo não flui e os rios são habitados por sereias. Onde suas escamas, brilhando ao sol, formam um holograma da Eternidade.

Ao contrário do que se dizia sobre ela na ala e do que sua aparência poderia indicar, a Barbada tinha, além da indecência, que era meramente um jogo social jogado com o mundo, uma poderosa dose de ternura por aquilo que era jogado fora como inútil: por todos os tipos de resíduos, tanto humanos como os do mundo da fauna e da flora. Afinal, tudo isso é um só cosmo.

E assim, coabitando com a raiz podre da raiz-forte, da cenoura ou da escorcioneira, ela sentia exatamente a mesma alegria de copular com andarilhos e mendigos — um elemento social indesejável nas cidades-jardim. Na primavera, no verão e no início do outono, ela deitava com eles na grama, mastigando maçãs silvestres e olhando para o céu através de cacos de vidro de garrafa. Ela batia neles de brincadeira com os caules das íris que cresciam em seu jardim, pedindo-lhes que fizessem o mesmo. Que coçassem suas costas ou a usassem sexualmente. Eles se divertiam assim por horas, às vezes mais, às vezes menos. Seus pés descalços se tocavam e se esfregavam um no outro, aliviando a coceira da pele suja. E dessas observações envidraçadas do céu, e dessa ternura arranhada que flui da fricção de sujeira com sujeira, pele com pele, por fim, começou a nascer um desejo, mal pulsante no início, de se dissolver no universo, de perder os próprios contornos, de apagar a existência individual em favor de um ser comum, para ser um. Um desejo absolutamente não pornográfico. O mais puro dos puros, embora ao mesmo tempo totalmente sujo.

Pensava nesses belos momentos enquanto se inclinava sobre um pássaro em decomposição que, como todas as coisas transitórias, despertara nela uma concupiscência idêntica ao desejo de trazê-lo de volta à vida. Sabendo que estava sendo observada pela enfermeira e por Szajbel, a Barbada começou a gemer baixinho e a balançar os quadris, para a frente e para trás, para a frente e para trás, transferindo energia a seus amantes invisíveis. Depois de algum tempo, de acordo com a lei da conservação da energia, estimulados pelo movimento ousado dos quadris ossudos, mas ágeis, da Barbada, eles começaram a liberar de seus quadris um tipo de desejo que não tinha nada a ver com o amor feito rápido sob um cobertor apenas para aliviar o excesso de agressividade, ou para, pelo menos momentaneamente, iludir-se da doença incômoda e dolorosa que é a vida. Era um movimento transcendental que unia a pulsação do próprio Ser em si com a do ser humano, não em uma dimensão individual, mas comunitária. A Barbada e seus amantes imaginários deixaram de ser apenas a Barbada, o homem da caldeira do hospital deixou de ser apenas o homem da caldeira, e o médico deixou de ser o médico, preso àquela existência por sua origem, seu nome e seu sobrenome. Foram transformados em representantes de toda a espécie humana, com a beleza e a decadência inerentes a ela, seres vivos que algum dia seriam decompostos, assim como as carcaças de gatos ou ouriços atropelados na estrada.

O orgasmo da Barbada, atingido diante dos olhos de uma enfermeira aterrorizada e excitada em igual medida, e de uma Szajbel chocada, foi ouvido por todo o hospital nesse dia. O gemido de prazer preencheu cada fenda e chegou aonde nem mesmo as vassouras das faxineiras conseguiam alcançar.

— Quarto 7. Intuição tão profunda quanto uma buceta — o dr. Charkot disse baixinho, acendendo um cigarro em seu escritório no andar de cima e fechando a braguilha.

Aliança

Se, na ala isolada chefiada pelo dr. Charkot, o registro no computador e seu famoso caderno verde-podre, sobre o qual circulavam lendas entre as pacientes, mostrar doze nomes em determinado momento, isso não significa que esse seja o número real de pacientes internadas na ala. Existem muitas outras, devido às múltiplas personalidades.

Além de Szajbel, a Barbada e a papisa da ecologia, Grażyna Kłossowska, que ficava em cima do muro entre as VerdElas e as Terrelas, a ala estava repleta de mulheres ciclofrênicas, esquizofrênicas, bipolares, paranoicas etc., de modo que o número de doze pessoas aumentava, chegando às vezes a cem! E essa era a escolta de Szajbel. As personalidades se proliferavam e se multiplicavam, especialmente nos dias em que o tempo estava ruim e uma tempestade se formava. Sem mencionar a lua cheia, quando todas se deitavam à noite no corredor vazio, inundadas pela luz prateada da lua, e chamavam outras pessoas para se juntarem a elas. E mais, porque algumas delas, apesar de estarem entusiasmadas com a nova fé e os princípios de fazer amor com o que é flexível e macio, ainda ansiavam secretamente por um pau. Por uma vara. Era fácil reconhecê-las, porque quando, em seu tempo livre, escondidas dos funcionários, elas mergulhavam nos arbustos para incendiar com Szajbel e sob sua supervisão, sempre que ela fechava os olhos para entrar ainda mais no transe, elas agarravam as varas e as metiam profundamente em suas vaginas.

"Fodevaras" — Szajbel as chamava em sua cabeça, perdendo a paciência com elas e contando com a ajuda de seu braço direito, a Barbada, que as golpeava repentinamente nas costas com um galho. A pior delas era Grażyna. Não é de admirar que ela tivesse tido que fingir o prazer ao fazer amor com as árvores em Białowieża.

Quando se acrescenta a isso as mulheres psicóticas — acompanhadas de manadas de espiões, agentes secretos e, muitas vezes, delegações de alienígenas —, a ala de Charkot fica realmente lotada. Portanto, esse espaço de quatrocentos metros, consagrado há três anos por um padre, vivia sob um verdadeiro cerco. A acústica, reforçada por grossas paredes de tijolos, agora treme com os gemidos de prazer vindos de baixo dos cobertores. Até a densidade do ar se transformou em uma teia invisível tecida de emoções e farra desenfreada, embora contida por substâncias psicotrópicas da loucura, da doidindecência, como a hera ou a vinha-virgem em torno de toda a instituição, corroendo a fachada de tijolos que ainda lembrava o século XIX, quando os hospitais psiquiátricos se transformavam em um panóptico ou em um *peep show* durante algumas horas por dia. E tudo isso acontecia por causa da reativação da congregação, que Szajbel, fumando maconha quase todos os dias, estava penetrando e conhecendo cada vez mais.

Aniela Żarska, por exemplo, do quarto número 8, uma costureira de Milanówek que suturou a boca de seu concubino depois de tê-lo atordoado com uma grande frigideira de ferro fundido por ele ter saído da reabilitação pela enésima vez e ido à loja de bebidas mais próxima antes mesmo de chegar em casa. Por trás de Żarska há pelo menos quatro figuras femininas. Entre elas estão sua filha Renata, sua mãe, avó e bisavó, todas odiadoras de homens, mostrando os dentes afiados. Elas não estão sozinhas nisso. A lealdade das mulheres perante outras que já tiveram seu calo pisoteado por alguém (leia-se:

um homem) é comum. Embora não vivam sob o mesmo teto ou até mesmo não vivam mais (a bisavó e a avó), agarram-se a ela na esfera imaterial e extracorpórea, aproveitando-se de sua vida e se alimentando de cada ato de violência contra os homens. E apesar de aparentemente só navegarem com ela pelo oceano conturbado como passageiras no mesmo navio, quando Żarska adormece por um momento ou desembarca por necessidade, elas assumem o leme. Travam uma guerra por ele, atacando umas às outras, ainda que tenham o mesmo objetivo: não desviar do curso do ódio contra os representantes da espécie masculina.

Ou consideremos, por exemplo, Anetka do quarto número 9, que ela compartilha com a antiga Columbófila. Anetka, produtora de cinema, trabalhou com alguns dos melhores cineastas da Polônia. Fazia filmes ousados. Era amada por todos no show business. Uma loira imponente com senso de humor tão notável que os mais ilustres bufões da antiga corte real não chegavam a seus pés pedicurados com perfeição.

Também ia bem em sua vida particular. Tinha um marido bom e rico, dois filhos maravilhosos, um apartamento — financiado, mas com três quadros de Bogacka. E originais de Wróblewski, Nowosielski e Sasnal. Os três, pendurados lado a lado na espaçosa sala, não combinavam muito bem entre si, mas eram realmente grandes nomes poloneses. Junto de Schulz e Gombrowicz, alinhados nas prateleiras de uma estante modernista, eram os únicos nomes que atenuavam o sentimento de vergonha por ser polonês. A prateleira de baixo era ocupada pelo triângulo romântico patriótico: Mickiewicz, Słowacki, Norwid, e Reymont enfiado atrás deles. Ela amava Reymont, mas tinha vergonha de dizer isso na frente do marido, que a acusava de ter raízes camponesas em vez de aristocráticas. Tudo ia bem na vida familiar até que a pandemia há muito aguardada interrompeu o idílio em 2020. As pessoas a esperavam da mesma forma que a esposa de um alcoólatra espera o deslize do marido para afinal sentir algum alívio. O esvaziamento de um pneu cheio demais. É bom que esteja cheio, mas é difícil dirigir por caminhos acidentados, porque chacoalha terrivelmente. Toda pessoa que convive com um viciado, quando a realidade começa a se tornar insuportável, reza em segredo para que a granada por fim exploda, apesar das baixas humanas, porque não há nada pior do que esperar por uma catástrofe.

Foi exatamente o mesmo com o coronavírus de 2020. Todos sabiam que ele viria para devorar a parte mais antiga da humanidade, que o chamado Ocidente não considerava guardiã do velho mundo e dos seus segredos, mas sim uma sanguessuga que acabava com a grana da previdência social. Mas voltemos à produtora Anetka, que não teve como produzir filmes durante a quarentena instituída pelo governo dos países mais infectados, porque todas as produções foram suspensas. Depois de duas semanas em casa com as crianças, enquanto o marido passava os dias limpando o carro, indo à loja para comprar areia de gato, ração para o cachorro e sementes para plantar no grande terraço de quarenta metros do apartamento no distrito de Powiśle, em Varsóvia (a grama dos pampas já estava ultrapassada naquela época, assim como a junça de Morrow e outras gramíneas de origem exótica), Anetka quase enlouqueceu. As vozes até então agradáveis e agudas das crianças se transformaram em mensagens inimigas de uma civilização alienígena, bombardeando seu cérebro com um doce veneno. "O Kajtek é dose" — ela se queixava para sua amiga mais próxima na véspera do ato que a mandou para o hospital psiquiátrico. — "Ele pula o tempo todo. Eu digo pela centésima vez: filhinho, não pula, caralho, porque você não sabe pular e cai no chão, e agora o chão é perigoso, você pode ser infectado. Nada. É como falar com as paredes. E é só mãe, mãe; de um quarto, mãe; de outro, mãe; do banheiro, mãe; ainda, caralho, só mãe e mãe com aquela vozinha aguda perfurando o cérebro, mãe. Acho que vou proibir a palavra mãe. Porque é insuportável esse mãe." No dia seguinte, Kajtek ficou em silêncio por um bom tempo. Como a vizinha de Anetka, Karolina Burska, testemunhou no tribunal: "A última vez que meu marido e eu ouvimos a palavra 'mãe' foi por volta das onze horas da manhã, e depois disso houve silêncio". Preocupados com a falta dos gritos de Anetka, que não pararam durante as duas semanas de quarentena, eles decidiram avisar ao marido que achavam que algo ruim havia acontecido.

Médico em um hospital de infectologia, Andrzej não podia sair do trabalho por muitas horas, lutando pela vida dos pacientes. Só retornou à noite, como testemunhou durante o interrogatório, por volta das nove ou talvez dez horas, e encontrou Anetka dormindo em uma poltrona com uma garrafa de vinho vazia na mão e um cigarro aceso. Fatos sobre as vítimas da pandemia escorriam da TV como veneno. Somente quando ele olhou ao redor e viu os brinquedos dos filhos, Kajtek, de sete anos, e Maks, de três, espalhados por toda parte, se lembrou do telefonema dos vizinhos que recebera de manhã, preocupados com o silêncio sepulcral.

Quando acordou a esposa, inconsciente devido a uma overdose de álcool e nicotina, ela, como Andrzej testemunhou, tentou por pelo menos meia hora se lembrar do que havia feito com as crianças. Infelizmente, sem sucesso. Foi apenas quando, no meio da briga, o marido a empurrou de modo que ela caiu no sofá, que ambos ouviram algo parecido com o choro de um bebê. Anetka ficou atordoada. Levantou triunfante o assento do sofá, como se faz quando se arruma a cama, e os dois se depararam com uma visão que Andrzej jamais esqueceria. "As crianças amarradas com cordas de pular, entorpecidas pelo medo. Bocas amordaçadas com luvas de cozinha" — foi assim que ele descreveu no tribunal. "Mas, porra, finalmente silêncio" — reagiu, em pensamento, Anetka, de quem os direitos parentais foram retirados após o incidente. Questionada por jornalistas, que circulavam do lado de fora do tribunal, sobre sua opinião a respeito do veredicto, ela respondeu: "A liberdade impera! Finalmente!".

A advogada, contratada por muito dinheiro, obteve um laudo de incapacidade mental para a cliente, conseguindo assim que ela não fosse presa, mas ficasse em um hospital psiquiátrico por um ano. Anetka não pediu para ver os filhos.

No entanto, ela não se sentiu finalmente livre, pois os demônios começaram a atormentá-la: vozes de criança que existiam apenas em sua cabeça, só que dessa vez não eram duas, mas milhares. E todas elas, em um poderoso coro, repetiam a palavra maldita. A palavra cujo som provocava uma ânsia de vômito em seu corpo. A palavra que cortava seu cérebro ao meio. A palavra que escorria lenta como arsênico, condenando-a a morrer em agonia todos os dias. Milhares de "mãe" se chocavam com as paredes brancas do quarto do hospital.

Então, ela era uma paciente no hospital, não sozinha, mas acompanhada por mil fedelhos insuportáveis, vomitando aquela única sílaba como tiros de canhão. A pior palavra do mundo, sobre a qual, por causa da porcaria do patriarcado — ela supunha —, havia sido erguida a civilização ocidental da morte. A morte de uma mãe atormentada pelos filhos.

Ela dividia o quarto 9 com Anetka Danuta Klawa, cujo apelido no hospital era Columbófila, que em seu mundo imaginário, felizmente não na realidade hospitalar, estava acompanhada por pássaros que voavam do pombal de seu falecido marido, cujo membro ela mandara cortar como vingança por uma traição, depois de desenterrar o caixão. Ela o fez porque, durante a cerimônia fúnebre, descobriu que o falecido tinha tido um caso. No funeral havia uma mulher atraente chorando do lado oposto ao dela. Quando Danuta se aproximou para perguntar como ela conhecia o falecido Tadeusz, a mulher respondeu que era sua amante havia mais de trinta anos.

Não podia perdoá-lo por isso. No dia seguinte, foi à agência funerária que tinha cuidado do enterro a seu pedido e com seu dinheiro. Reclamando da irregularidade do monte de terra, ela perguntou o número do coveiro que acabara de enterrar o corpo do marido no cemitério. E diretamente com ele, ignorando o gerente do complexo de Quéops, ela combinou o procedimento a seguir. Era incomum, mas simples. Pela quantia de mil e quinhentos złotys o coveiro desenterrou o caixão, levantou a tampa e cortou o membro do devasso, colocando em seu lugar um pássaro morto de seu pombal. Ele enviou uma foto que documentava a execução da ordem para a Columbófila e depois se embriagou como nunca antes na vida, sem conseguir escapar da convicção de que, ao atentar contra o mundo dos mortos e, além disso, despojar alguém de sua dignidade, ele havia perdido o privilégio de se chamar de gente. Assim, daquele dia em diante, ele cuspiria ao ver o próprio reflexo em vitrines ou espelhos, incapaz de se olhar nos olhos. Porém, não tinha sido ele, o coveiro contratado, o empregado de Quéops, mas ela, a vingativa contratante, a domadora de paus, que, logo após o incidente, caiu na loucura, passando a ouvir por toda parte o arrulhar dos pássaros e o bater descarado de suas asas, que a atormentavam.

A elas se juntou Milena, uma cafona do mercado de Milanówek, cuja percepção da realidade havia mudado completamente depois de umas férias em Tenerife com seu amante de Varsóvia, um diretor de teatro desimportante. E isso aconteceu graças a uma droga que o homem comprou com os locais. Depois de tomá-la, Milena teve certeza de que toda sua vida até aquele momento havia sido um erro. Ela se deu conta de que não era a chefa de relações públicas de uma grande corporação, mas, desde tempos imemoriais, uma xamã e curandeira. Na verdade, era exatamente como Natalia Połabska, da primeira ala: uma professora de matemática que, sempre que vestia um roupão atoalhado branco, no mesmo instante curava milagrosamente toda a ala com movimentos tão sutis que quase nenhum funcionário percebia. Apenas movia as mãos sobre o braço da pessoa e pronto. Aos olhos de Połabska e, curiosamente, aos olhos dos outros pacientes também, essa pessoa ficava na mesma hora curada, qualificando-se, segundo a professora, para uma vida independente e em liberdade. Ela e Milena se odiavam. Competiam. Contavam o número de pessoas que se recuperavam, anotando suas conquistas em pedaços de papel. Havia uma astrônoma entre as pacientes: Xymena Zdun, que ficava na janela à noite com um rolo de papel higiênico como se tivesse um telescópio no olho, observando o céu salpicado de estrelas. Estava convencida de que não podia perdê-lo de vista nem por um instante, pois isso faria com que ele caísse imediatamente. Então, segurava o céu com disposição, para que não despencasse e despedaçasse o mundo. Fazia isso com piedosa concentração, mas também com uma angústia que só suportou por semanas. Não é de admirar. Manter o céu e a terra em seu lugar, que responsabilidade! Em certa ocasião, o dr. Charkot, querendo aliviar Xymena, pelo menos por algum tempo, desse terrível fardo, para que a paciente pudesse dormir, escalonou um plantão e ordenou que a equipe se revezasse para "cuidar do céu" de modo que, enquanto a astrônoma estivesse dormindo, ele não desmoronasse sobre a cabeça dela ou de qualquer outra pessoa.

Nesse âmbito, Charkot de fato pertencia à elite dos psiquiatras humanistas, dando às pacientes relativa liberdade para que pudessem desenvolver suas personalidades e lidar com as diversas variedades de loucura. Ele criou uma coleção particular de curiosidades, sentindo-se ora um governante de almas desgarradas às margens do mundo, ora um diretor de circo. Ambas as funções eram complementares e conviviam harmoniosamente no médico.

Muitas vezes, essas subpersonalidades impregnadas de insanidade se multiplicavam, criando outras variações mais resistentes aos medicamentos. Era como se novos sintomas se sobrepusessem, criando poças enormes do tamanho de uma grande área inundada de desatino. Os transtornos bipolares de repente acumulavam esquizofrenia ou tendências piromaníacas até então invisíveis. Como o caso de Żarska, cujo primeiro episódio desse tipo ocorreu quando ela tinha pouco mais de seis anos de idade. Bastou ouvir o pai xingando sua mãe por causa do chefe dela, de sobrenome Farpa, afirmando que o nome diz tudo sobre uma pessoa. Assim, começaram as brincadeiras de Żarska com o fogo.

Portanto, considerando que havia cerca de uma dúzia de pessoas como Żarska no hospital, e multiplicando por três ou quatro personalidades que as acompanhavam constantemente, e expandindo todo esse repositório de loucura para incluir pacientes com transtorno bipolar, psicose com suas representações de ansiedade, que ninguém além do próprio paciente pode ver, mas cujos efeitos são sentidos por todos, ciclofrenia, depressão etc., chegamos à conclusão de que o dr. Charkot e seu pessoal não podiam se queixar na época, antes da revolução que se aproximava furtiva, na ponta dos pés, de excesso de tempo livre.

Essa era a escolta terrela de Anna Szajbel. Havia também um homem, que adorava fazer amor com a Terra, sobretudo quando estava chapado, o homem a quem Szajbel devia mais do que a qualquer outra pessoa. E em quem ela confiava mais do que em qualquer outra pessoa. Adek.

Uma coisa que ela não entendia era por que só havia pacientes mulheres no hospital. Desde o início, sabia que tinha algo errado com o lugar. Rastreou a origem do fedor de ansiedade que se infiltrava em seu cérebro e levou uma semana para descobrir que o que causava seus tremores internos era a completa falta de homens entre as pacientes. Olhando pelas janelas gradeadas do quarto, da sala comunal, do refeitório, ou pelas que davam para o parque ou pátio, ela nunca via nenhuma figura masculina vestindo as camisolas do hospital. Era como se houvesse uma divisão binária: os homens tinham direito ao status de funcionários, enquanto as mulheres podiam ser apenas pacientes insanas. Com exceção do pessoal da limpeza e das enfermeiras, embora este último grupo também estivesse sendo lentamente substituído por homens. Será que em algum momento (pelo visto ela não tinha notado) a loucura tinha sido atribuída a apenas um gênero? Quando fazia essa pergunta a Charkot e à equipe do hospital, recebia um sorriso indulgente e nenhuma resposta. Às vezes, parecia-lhe que o médico murmurava algo como: "que tempos, que tempos". Mas ela não tinha certeza. Uma das pacientes, que se apresentava como advogada, referia-se a um parágrafo que recitava todas as noites no corredor até receber uma injeção de "sonífero". Seus atos de loucura tinham uma estrutura definida e se repetiam todas as madrugadas por volta das três horas. Primeiro, ouvia-se um grito, como se ela estivesse tendo um sonho, provavelmente recorrente e constante. Esse grito era tão fulminante que acordava as outras pacientes, parte delas começava a tremer de medo, outras começavam a rir, e ainda outras gritavam junto com a advogada, e o resultado era uma extraordinária fuga polifônica baseada na desarmonia, trazendo tremor e agitação, em vez de paz, para as almas do hospital, o que logo se intensificava a ponto de as enfermeiras correrem parecendo abelhas em uma colmeia, distribuindo pílulas estupidificantes aos montes como o Papai Noel distribui presentes na noite de Natal. Antes que a agitadora pudesse ser pega e contida, ela costumava conseguir recitar sua ladainha: "Homens-piolhos! Parágrafo um-três", "A mulher tem razão, artigo um cinco dois!". Tudo isso temperado com um corajoso show de palavrões e vulgaridade: "Filhos da puta! Inacreditável! Que as suas bolas e as suas flautas murchem!". Naturalmente, os slogans eram captados em um piscar de olhos pelas companheiras de infortúnio despertadas e estimuladas, dando a impressão de um poderoso protesto em frente ao Senado ou algo parecido. Às vezes, a advogada, brilhando de raiva, rasgava a camisola branca do hospital, expondo os seios fartos, e, como a Liberdade conduzindo o povo para as barricadas, levava as pacientes direto para o consultório do médico, que muitas vezes passava a noite ali, onde ele e sua equipe se escondiam atrás de seis seguranças requisitados no último minuto. Nessas situações, Charkot nem pensava em pacificar as mulheres, pois sabia que mesmo as armas de choque — com que seu antecessor mandara equipar o hospital quando ainda estava no comando — não seriam capazes de domar esse emputecimento selvagem. Assim, ele preferia esperar até o amanhecer, contando que as loucas finalmente desmaiariam de cansaço e entregariam a Bastilha por volta do meio-dia, como já haviam feito tantas vezes antes. Enquanto isso, ele e sua equipe desfrutavam de uma bebida fornecida pelo ministério do Interior (e não da Saúde), em agradecimento por "resolver a questão da mulher", um excelente drinque molecular na forma de bolinhas um pouco maiores que caviar de esturjão, aromatizado com a mais pura vodca e um pouco de solução de lugol para melhor absorção do iodo — quase ausente da atmosfera devido ao envenenamento do ar.

É verdade que as bolinhas deveriam ser distribuídas à equipe apenas nos dias em que o hospital fosse informado por e-mail sobre a ameaça de alta contaminação por CO_2, mas Charkot ousava presumir que o ministério do Interior teria mais desse produto para a chamada situação crítica e, se necessário, forneceria uma cota extra. Também havia sempre a possibilidade de utilizarem, nessa eventual situação crítica, um estoque modesto, mas ainda intacto, destinado às pacientes, que, apesar dos alarmes, nunca tinham recebido nada. Charkot tinha arquitetado tudo com muito cuidado. Ele preferia as pacientes mulheres, de quem gostava à sua maneira, como se gosta dos macaquinhos de circo que, em seus coletes vermelhos e barretes turcos, coçam as costas e a cabeça, dão cambalhotas para divertir os espectadores, que aplaudem, espantados com o fato de, até recentemente, afirmar-se que o homem não veio de Deus, mas de um animal como aquele. Só para constar, Charkot compartilhava secretamente essa visão, impopular há mais de duas décadas, devido à qual pelo menos cinco mulheres tinham sido internadas em seu hospital; mas ele não falava disso em voz alta havia muitos anos. Tinha uma vida agradável em Komorów, vivia em uma casa bem equipada adquirida de uma família envolvida em atividades ecológicas. E administrar uma instituição tão notória como o hospital em Tworki, que agora abrigava apenas mulheres (algumas delas bastante atraentes), enchia-o de orgulho e o deixava muito feliz, pois era um trabalho muito interessante! Tanto do ponto de vista profissional quanto do ponto de vista estritamente masculino. O que ele *não* tinha ali. Muitos sonhavam em observar as pacientes como ele, em especial aquelas em mania, cuja libido atingia o auge. Como Charkot afirmou em um evento masculino no ministério da Saúde: "É simplesmente o novo pornô".

As perguntas de Szajbel sobre a falta de homens entre as pacientes eram ignoradas por toda a equipe. Fingiam que as perguntas não eram feitas. Mas, nos registros médicos das pacientes, que Szajbel estudava entrando furtivamente nos arquivos do hospital à noite, com a chave que Adek havia roubado para ela, as razões apareciam como um mantra: luxúria; desejo sexual excessivo; agressão verbal a policiais; violência física contra homens; irritabilidade excessiva, especialmente a estímulos de natureza política; excitação doentia; hipomania; transtorno obsessivo-compulsivo relacionado à alimentação saudável e à ecologia; fixação por rios; assédio sexual a homens; ninfomania, histeria, dendrofilia.

Foi exatamente com essas pacientes que Szajbel formou seu poderoso exército. Ela entendia o que tinha de fazer. Há muito tempo já sabia sobre o propósito de reativar as Terrelas. Foi durante uma sessão de terapia com Charkot que ela se lembrou do sonho. O sonho que era a peça que faltava em seu quebra-cabeça. Sabia que algumas das terrelas, com Mathilde Spalt na liderança, tinham conseguido escapar boiando no rio caudaloso. Também sabia que haviam retornado ao local onde ocorrera o massacre sangrento. E, no entanto, na verdade, tudo girava em torno dela, Mathilde. A terrela. *Geerdet*. Uma pessoa e a divindade da Antiga Virgem em unidade, vivendo em cada uma de nós. Nas enfurecidas. Nas rebeldes. As desarraigadas pelo sistema administrado por Deus, o primeiro-ministro e Deus, o Pai. Foi ela quem foi torturada e queimada em um forno construído na praça do mercado em Nysa, o primeiro do mundo projetado para esse fim. Somente depois disso foi construído um em Bamberg. Lá, as mulheres eram queimadas sem desperdiçar o calor que geravam: ele saia da chaminé e era distribuído por meio de canos para os prédios mais próximos.

Szajbel ganhou autoconfiança. E ritmo. Sabia que não tinha muito tempo para realizar o que duas Spalt a haviam chamado para fazer. A avó e a neta, a última queimada junto com as companheiras no forno, não na fogueira.

A sessão com o dr. Charkot

— Você exigiu sexo de seu marido, abertamente, o que significa, em efeito, que o castrou. Em geral, os homens não gostam de ser colocados nessa posição. Nós é que deveríamos exigir sexo de vocês, mulheres, porque assim tudo funcionaria de acordo com as leis da natureza, mas desse jeito que você fez, perdoe a franqueza da afirmação, fica tudo de ponta-cabeça, caralho. Não se sabe mais onde fica o homem e onde fica a mulher. E é desse conflito que surgem os homossexuais. Da perseguição da feminilidade — ao afirmar essa hipótese, Charkot pisca tão rapidamente que Szajbel, que está olhando para ele, quase fica hipnotizada. — Seu dever, quando você queria sexo, era sempre negar e recusar. Só então, graças a essa famosa indisponibilidade feminina, você se tornaria atraente para seu parceiro. Ninguém quer fazer sexo com alguém que sempre está disposta. Um homem deve conquistar, para não dizer "estuprar". Pois cada um de nós é, no fundo, um viking, sabe, um bárbaro que apenas finge ser civilizado. Nós, homens, fodemos, procriamos, queimamos, devastamos e depois seguimos em frente para águas mais profundas.

Szajbel cerra os dentes. Ela segue o plano, mas pode sentir a chama da raiva fazendo cócegas em seus pés. Não consegue ficar parada. Charkot lhe oferece doces. Como um consolo. Oferece chá preparado em um bule que está sobre a escrivaninha. Biscoitos crocantes polvilhados com cristais de açúcar. Nada sofisticado, mas para construir uma ponte entre eles, o que faz Szajbel sentir que talvez fosse mais seguro continuar fingindo que concorda com ele. Para o bem da causa, para não estragar o plano finamente tramado noite após noite. Assim, tenta domar o emputecimento e demonstrar fé no progresso, na existência e no funcionamento da humanidade, na concepção da civilização ocidental baseada no poder da razão e no poder sancionado por essa razão. Razão essa que é constantemente ameaçada pelas mulheres, seus ciclos menstruais, mudanças hormonais, manipulação. Em resumo, total imprevisibilidade e loucura herdadas de geração em geração.

Uma semana depois, no dia 30 de setembro de 2026, na sua segunda sessão, Szajbel define deliberadamente esse estado como "fodido", empregando a palavra em todos os sentidos. Ela sente com clareza. Retoma enredos críticos, dando vazão à sua aversão inata às mulheres. O dr. Charkot, ouvindo os argumentos radicais da paciente, fica encantado. Gosta cada vez mais dela e, olhando para sua cabeça inteligente que acena educada, fica cada vez mais radiante. Nunca havia encontrado uma paciente em Tworki que tivesse uma visão tão sóbria da realidade. Uma paciente que era quase como uma filha nascida de sua mente. Tão diferente daquele bando de corvos com os quais lidava na ala isolada, que ele sabia que, assim que parassem de usar os medicamentos, estariam perdidas de novo para a sociedade! E seriam perigosas. Sobretudo para a população masculina.

— Vou lhe dizer, embora isso possa não ser totalmente profissional, que o que aconteceu com você foi apenas um tropeço. Pelo menos é assim que eu vejo. Você tem muita sorte, porque sua vida é guiada pela razão, ao contrário dessas — ele baixa a voz para continuar em um tom conspiratório — loucas. Porque pensamos de forma semelhante. É por isso que chegamos tão longe. Nós dois em posições de liderança. Embora você tenha caído do trono e eu ainda esteja me mantendo. Por favor, não se preocupe, não desvie do caminho certo, se mantenha firme no processo e tentaremos dar alta a você em duas ou três semanas. Claro, desde que tenha um comportamento impecável, tome os medicamentos prescritos e participe de consultas de controle mensais, aqui em Tworki, neste consultório.

Szajbel morde a língua porque quer fazer uma pergunta, mas a razão lhe diz para ficar calada. O médico faz uma radiografia de seus pensamentos e responde ao questionamento que não foi feito:

— Não. Elas nunca vão sair daqui. Estão muito danificadas. E esse fato não pode ser alterado por psicotrópicos, nem lavagem cerebral, nem lobotomia. Todas têm o mesmo defeito, que se manifesta de maneiras diferentes. Elas pensam com a buceta em vez do cérebro. E é a buceta a base da loucura. Se alguém escolhe a loucura em vez da iluminação, essas são as consequências. Na liberdade, fora do establishment, elas se mantêm sob controle por uma ou duas semanas, no máximo. Então, logo começam a exibir um comportamento antissocial impulsionado por sua libido desenfreada e pelo caos. Libido resistente a medicamentos. Já tentamos muitas vezes. Lítio, bromo, quetiapina. Nenhum produto químico funciona mais em suas bucetas ávidas. Por isso, nós as capturamos, assim como a carrocinha captura as cadelas. Cidadãos decentes, que nos dias de hoje ainda defendem os valores fundamentais da nossa civilização cristã, ligam e relatam o problema, e nós aparecemos e resolvemos. Tivemos de capturá-las e isolá-las do tecido social saudável para que essa gangrena não avançasse ainda mais.

Charkot continua seu diálogo telepático, que apenas externamente parece ser um monólogo, porém, na verdade, é uma leitura das perguntas que surgem na mente de Szajbel mas que ela não expressa verbalmente, e uma resposta a elas.

— O que elas fizeram? Por que vieram parar aqui? Levaria tempo demais para contar. Algumas delas sempre foram sozinhas — afinal, quem iria querer ter algo com essas pessoas? Bem, exceto talvez para sexo, porque algumas entre elas nos faziam levantar, embora tivéssemos vergonha de admitir. Outras tinham maridos, mas os abandonaram, infectadas pela heresia pregada por certas mulheres. Veja bem, deixaram tudo o que tinham, não graças ao trabalho de suas mãos, mas o de seus maridos, e foram foder casualmente com outros, se esquecendo da civilidade. Da cultura! Assim como no seu vídeo! É por isso que também a catamos como a carrocinha! Tivemos que cortar logo a cabeça da hidra! A guarda municipal achava que você era uma ameaça, que você era uma daquelas malditas bacantes. E não podíamos permitir uma coisa dessas. A frustração dos homens estava chegando ao ápice. A desestabilização das unidades familiares se refletia na desestabilização de toda a cidade e mesmo dos arredores, de todas as maravilhosas cidades-jardim, até então conhecidas pela boa conduta e pela vida que seguia de acordo com o sistema de valores cristãos e do Clube da Intelectualidade Católica. De um corpo católico saudável, de um peixe saudável, gradualmente nos transformamos em um panda chinês podre. Por causa dessas mulheres, começamos a declinar como Igreja e, portanto, como comunidade. Tivemos de capturá-las e isolá-las da sociedade.

Szajbel passa a semana inteira refletindo. Qual a maneira mais eficaz de incendiar seu exército para que elas acreditem em seu plano e escapem dali? Como realizar a revolução e alcançar a cura?

Revoltosas

Decidiu começar direcionando as terrelas para uma rebelião. Incutir-lhes a atitude certa para que pudesse guiá-las mais facilmente na ação planejada com Adek.

Como resultado dos ensinamentos sobre a Terra apresentados a elas, que Adek escrevera enquanto ouvia suas revelações durante o transe, elas pararam de se lavar, pois consideravam que se cobrir de sujeira condizia com seu estilo de vida radicalmente ecológico. O mesmo se aplicava às roupas, que tinham de ficar gastas, empoeiradas e suadas. Elas explicavam o tempo todo para as enfermeiras, que tentavam tirar suas roupas sujas, que a união com seu cheiro primordial era uma questão vital para elas. Que a evaporação, a respiração, a pulsação e a produção de secreções por seus corpos eram para elas a verdadeira prova de existência. O desodorante começou a lhes parecer um inimigo mortal, mesmo que fosse de origem totalmente natural.

Como não era obrigatório usar camisolas hospitalares na ala, todas se vestiam de forma semelhante: usavam camisetas largas sobre o busto, sem a restrição de sutiãs, e saias indianas largas até o tornozelo, sob as quais deixavam crescer descaradamente seus pelos. O que também diferenciava as terrelas das outras mulheres ali internadas era que elas andavam descalças, garantindo contato ininterrupto com a Mãe Terra. Além disso, todas, inclusive a papisa e a Barbada, bem como as outras quatro mulheres terrelas do quarto ao lado do de Szajbel, o 6, tinham cabelos longos e os deixavam soltos, e todas cheiravam a suor misturado com sândalo e patchouli. Era impossível não notá-las pelo cheiro.

Elas se recusavam a ter suas roupas lavadas pelos funcionários. Elas mesmas o faziam, e apenas pelo método tradicional, no rio com o significativo nome de Perda, perto do cemitério do hospital, onde foram enterradas quatro gerações de pessoas como elas, que desviaram da norma amplamente aceita. Lavavam as roupas esfregando-as em pedrinhas, sem usar sabão nesse cerimonial, para não poluir o rio com a espuma. Durante o processo, entoavam canções poderosas com vozes suaves. Entravam em transe por meio delas. Agachadas nas margens, balançavam-se de um lado para o outro como joões-bobos, às vezes até caindo. As lavagens realizadas pelas terrelas deixavam todo o hospital em transe, por isso o dr. Charkot, que no início era contra a prática, com o tempo abrandou e reconheceu que era um elemento importante do colorido do estabelecimento que ele administrava.

As terrelas também eram conhecidas por outras peculiaridades. Não comiam nada que não fosse proveniente da terra. Sua principal fonte de nutrientes eram tubérculos e raízes: batatas, tupinambos, salsas, cenouras, rabanetes e nabos que elas cultivavam em uma estufa especialmente montada para esse fim, com a permissão do hospital. E lá elas também cultivavam ervas alucinógenas, em segredo. Ali, entre as fileiras de tomates, escondidos pelas folhas, havia beladonas e meimendros, conhecidos na medicina popular por suas propriedades psicoativas. Na entrada da estufa, elas plantaram descaradamente uma *Datura stramonium*, espécie conhecida como a mais venenosa entre as venenosas, da qual os funcionários aparentemente nunca tinham ouvido falar, levando o nome comum da planta, erva-dos-mágicos, no sentido literal. Além disso, elas bebiam apenas água da nascente e seiva de bétula, que coletavam pelos métodos tradicionais no terreno do hospital. Devido a isso, simplesmente administrar os medicamentos pela manhã passou a ser um problema. Ao amanhecer, a enfermeira de plantão tinha de coletar um pouco de seiva das bétulas perfuradas pelas terrelas, para que elas bebessem a dose diária de remédio.

A coleta de seiva não era a única coisa que fazia com que os funcionários olhassem feio para o grupo. Além da já mencionada aversão aos métodos tradicionais de limpeza, havia também várias "extravagâncias", como escovar os dentes com terra ou descascar batatas compulsivamente como forma de lidar com o estresse, o que elas chamavam de "aterramento imediato". Toda a ala tinha de ser varrida várias vezes ao dia, porque havia casca de batata por toda parte, sem mencionar a folhagem das notórias ervas: taboas aquáticas do rio Perda, rizomas de cálamo, musgo, samambaias, confrei, bem como raízes e tubérculos cultivados na estufa e usados em segredo para práticas masturbatórias. Elas trabalhavam em silêncio. Sem falar uma palavra. A faca para descascar os legumes e a tigela para as cascas eram o fio e a roca a partir da qual o destino do planeta, do mundo, era fiado. Depois de tomar o café da manhã na cantina do hospital, metade das pacientes ia para a sala comunal assistir a novelas sentimentais; as terrelas se reuniam na cozinha para se dedicar ao descascar, sob a supervisão da enfermeira de plantão.

As brincadeiras com facas causavam medo em toda a equipe do hospital, mas as terrelas conquistaram o direito de rezar à sua maneira, além de fornecer comida suficiente para a instituição inteira. Toda semana, o hospital encomendava cem quilos de batatas aos agricultores poloneses, e elas transformavam os tubérculos em nhoques, *pierogi* de queijo branco ou bolinhos silesianos regados com manteiga.

Varas em ação!

— No dia que eu for para a floresta, quero me tornar uma árvore, quero me livrar do que secou dentro de mim. Despir todas as minhas necroses. Quero eliminar o que está sem vida, o que não teve tempo de crescer, o estado de pupa, tudo aquilo a que estou presa, que me perturba, que me impede de seguir em frente.

Depois de seis meses na ala isolada em Tworki, Anna Szajbel finalmente está de volta à forma! Começa a viver a própria vida, o que, em seu caso, é muita coisa, pois passou os últimos meses não apenas fingindo ser outra pessoa, mas também sendo outra pessoa. Testemunhou os dramáticos eventos de setembro de 1639 no ducado episcopal de Nysa, quando o bispo sufragâneo Johann Balthasar Liesch von Hornau, que administrava o ducado em nome do bispo Karol Ferdynand Waza, queimou, em um forno especialmente projetado — o primeiro na história da humanidade destinado a aniquilar espécies criadas à semelhança de Deus —, Mathilde Spalt, que professava a fé na Antiga Virgem, e as outras terrelas, que haviam conseguido escapar, milagrosamente, do massacre anterior. O crime pelo qual as mulheres foram torturadas por semanas e depois queimadas foi, de acordo com os superiores da Igreja, o fato de elas terem deixado suas casas para viver na floresta, contrariando os valores tradicionais.

Embora o veredicto do sufragâneo que condenou as mulheres à morte tenha se baseado em um raciocínio diferente (adoração ao diabo), muitas pessoas reunidas no tribunal da cidade de Nysa achavam que as mulheres, que alimentavam todo o ducado com o melhor queijo do mundo e tratavam os habitantes com medicamentos fitoterápicos, não mereciam tal fim.

O caminho percorrido por Anna Szajbel, que foi acusada de assassinar o marido e depois absolvida pela Suprema Corte devido ao diagnóstico de transtorno bipolar, foi um suplício. Acusada e absolvida, mas trancada em um hospital psiquiátrico por período indefinido, só agora ela parecia ter voltado à identidade de antes, ou no mínimo àquela que metade dos polacos associava às primeiras páginas dos jornais e à televisão imediatamente após o escândalo.

Szajbel fez o mesmo que as terrelas conectadas a ela, lideradas pela fundadora da congregação, Helene Spalt, e sua neta Mathilde: escondida nos arbustos, ensinou o que fazer para entrar em transe e atingir um estado no qual a Antiga Virgem — a filha da Terra e do Céu, que governa o mundo — se revele. Divindade cujos ensinamentos Szajbel conheceu por meio de Mathilde Spalt, com quem passou mais de seis meses naquele estado de loucura, aprendendo tudo o que Helene deixara para trás.

— Os cotos, as necroses, os estiolamentos estão em mim, estão nas árvores. Eu começo com as árvores, mas quero me conhecer. — Nesse momento, Szajbel interrompe a argumentação e olha em volta, apresentando o entorno que aponta com a mão.

Todos os olhos acompanham cada movimento em uma fixação devota. Era como se o próprio papa estivesse falando. Mas não no Vaticano, e sim na Mazóvia. Na parte mais arborizada do terreno do hospital psiquiátrico em Tworki. Em vez da bula pontifícia, Szajbel empunha uma poderosa vara com a qual, outra vez nessa semana, vai ensinar às colegas a técnica de cortar as necroses. Técnica que não só vai reduzir o estresse delas, mas também, segundo Szajbel, vai permitir que entrem em contato com a Divindade.

— Com a Antiga Virgem — ela pronuncia as palavras, baixando a voz, com devoção.

Escondidas nos arbustos durante o intervalo entre a musicoterapia e a pintura das porcarias de vitrais para porcarias de aquários, que alguma rede de zoológicos tantã compra para apoiar a psiquiatria polonesa, elas aprendem com ela o manuseio hábil de varas. Estão apenas esperando o sinal de Szajbel para começar o corte.

Como se tivessem sido soltas das correntes, elas correm com as varas que fizeram para si mesmas durante suas caminhadas forçadas, escondendo-se nos recantos mais remotos do terreno do hospital: em bosques e moitas cheios de carrapatos e outros vermes, não visitados por ninguém. Adek as ajudou a lixá-las, inflamado por seus mistérios. O incendiar das vaginas contra o musgo. Igualando a respiração. Separando a alma do corpo. Estancando e penetrando.

Tão belo quanto Adônis, esse homem gay de vinte anos as observa e aprende com elas, e depois apresenta o que viu nas reuniões da facção polonesa da Wicca, a Caçada Selvagem. Cada dedo coberto de prata ou ouro: anéis que até Harry Potter invejaria. Adek é o único terrela — não oficial, é claro — entre os funcionários de Tworki.

Não havia uma sequer entre elas que não lhe quisesse bem. Algumas, as mais famintas, estavam prontas para dar a fenda traseira ao Faraó. As palavras "buceta" e "cu" ficaram simplesmente ultrapassadas desde o despertar de Szajbel — diferente de "fenda", que parecia se referir de forma direta ao que Szajbel descobriu quando viveu na floresta como terrela.

Szajbel assovia para sua matilha.

— Voltando! — ela grita como um técnico esportivo. — Precisamos vasculhar essa floresta e encontrar lugares onde existam mais necroses, como na...

— Vamos — Adek, com sua vara, é o primeiro a se dispor.

— Como onde? — pergunta Anetka, a mais agressiva de todas.

— Como na Floresta Necrosada das Terrelas — responde o Faraó Adek, impaciente com a pergunta.

— Tínhamos varas na mão para as pequenas necroses e bastões para as maiores! Bum, vapt, poft e vupt, caralho. Se você não tem bastões, vai se foder.

Aquelas reunidas em torno de Szajbel não conseguem conter a excitação. O discurso é interrompido por gritos e aplausos estrondosos. Fazia muito tempo que ninguém atiçava as loucas como ela. Então, elas pegam as varas novamente e, assim que Szajbel acena com a cabeça, saem correndo, tropeçando ou pisando umas nas outras. Elas correm em uma velocidade vertiginosa. Suas pernas, não treinadas para se mover no terreno úmido e irregular, onde de vez em quando há algumas pedras ou montículos de terra, tropeçam, forçando-as a diminuir o ritmo. Mas só então, correndo a toda velocidade, elas perdem o contato consigo mesmas, param de pensar, tornam-se um farfalhar de grama, a respiração tão superficial e rápida que se transforma em hiperventilação, estado em que a consciência começa a mudar, ficando transparente para aqueles que desejam penetrar a existência. A psiquiatria chama esse estado de loucura.

E quando elas começam a cortar as árvores além do rio Perda (o rio que marca a clara fronteira entre o que ainda é normal e o que já se perdeu dessa normalidade), não são apenas aquelas que aparecem no livro de admissão e nos registros do hospital. Elas atacam com toda a força os galhos necrosados, tornando-se seres híbridos — ao mesmo tempo do presente e do passado — conduzidos por Szajbel. E é somente depois do transe que acompanha a bateção das necroses — como a paciente Szajbel graciosamente as define em suas sessões no divã —que começa a prática de possessão e penetração das terrelas; inconscientes de exaustão, tendo transcendido a si mesmas muitas vezes, elas se agacham sobre o musgo e começam a se esfregar para chegar ao orgasmo mais selvagem e poderoso de suas vidas (um orgasmo que nunca experimentaram com nenhum homem ou mulher; nenhum coelhinho ou porquinho vibrador), e só então ficam satisfeitas. É como se abandonassem o corpo e a identidade que restringiam sua verdadeira natureza, sugando avidamente com os lábios inferiores a umidade das marés subterrâneas, e se recordassem do estado em que nasceram de sua mãe, não apenas a biológica, mas a Mãe Terra.

O êxtase no qual chafurdam como porcos na lama é tão grande que elas não querem voltar a ser o que eram antes: aquelas que cozinhavam, lavavam, passavam, davam à luz, fingiam estar tudo bem sempre, aguentavam todas as merdas da vida cotidiana, que é tão entediante quanto uma fatia de queijo ou mortadela no pão com manteiga.

— E quem, caralho, precisa disso?! — pergunta Żarska de forma provocativa em sua sessão semanal com um psiquiatra preocupado com a propensão de algumas pacientes a fazer essas viagens aos antípodas da doidindecência. Aos dois polos.

— Como assim, quem? Afinal, você não queria terminar sua internação aqui um pouco mais cedo e voltar para o seu marido e seus filhos em casa... — O médico lembra Aniela Żarska, que antes do tratamento alegara vir do espaço.

— Não, obrigada. Este é o melhor lugar para mim agora.

Operação Święta Góra

Elas fogem de Tworki sob o manto da escuridão. São tantas quantas eram as mulheres que desceram o rio com Mathilde. Adek conferiu muitas vezes o horário do trem para Święta Góra.

Quando embarcaram na estação de Tworki, sabiam que só chegariam ao destino pela manhã. Não tinham nada nas mãos além das varas, que colocaram educadamente nos compartimentos superiores a caminho de Varsóvia.

Quando conseguiram trocar de trem e embarcar no que seguia para Święta Góra, ocupando duas cabines adjacentes, cantaram "Bogurodzica" em voz alta e depois se calaram.

Não foi difícil encontrar assentos próximos uns dos outros. Com varas nas mãos, roupas surradas e fedorentas, sem sapatos, elas tinham uma aparência bastante peculiar, o que não incentivava os outros passageiros a acompanhá-las nas cabines.

Elas chegaram em Częstochowa em completo silêncio, o que, de acordo com Szajbel, era o estado de concentração desejado para a execução da operação. Depois de desembarcarem na estação, rapidamente se misturaram a uma multidão de peregrinos que pouco se diferenciava delas. Nível semelhante de loucura nos olhos, determinação para chegar ao destino. As varas até se pareciam com os cajados de peregrinos comuns, andarilhos cansados. Nada fora do normal. Como o cajado episcopal nas mãos de são Nicolau.

Quando chegaram ao pé da colina, viram o santuário mariano. Entraram e ficaram diante da imagem. Ela as olhava com tristeza, não clara, mas escura, embora fosse contraditório. Imóvel.

Szajbel untou as varas com o que Spalt e Kreppel haviam utilizado na clareira da floresta. E então elas começaram a cortar.

Haviam concordado em não golpear os peregrinos, apenas os reverendos. Em suas cabeças, suas costas, suas panturrilhas. Machucariam os joelhos deles para que caíssem de bruços em frente à imagem sagrada. Para que sangue fosse derramado. Para que doesse como nunca antes, porque não era a dor perversa que eles infligiam a si mesmos ao pecar em salas de catequese ou casas paroquiais trancadas a chave.

Eles não estavam preparados para a dor que as terrelas lhes infligiram.

E quando as primeiras fileiras foram ceifadas, Szajbel moveu-se em direção ao arcebispo. Depois de golpeá-lo na cabeça tão forte que ele caiu no altar sem sinal de vida, ela tirou a casula dele e, colocando-a sobre as próprias vestes, pregou um sermão sobre a Antiga Virgem aos fiéis, paralisados de medo.

Quando terminou, ela e sua escolta saíram para o ar livre. Aparentemente fresco, mas sujo, porque contaminado com o que tinha de ser destruído para salvar a Mãe, a Terra. Ela inspirou, ávida. Os fiéis observavam boquiabertos as mulheres procurarem algo no concreto que as cercava.

Em vez de musgo, elas encontraram hastes esparsas de grama entre as lajes, pois a floresta que antes crescia ali havia sido completamente derrubada para a construção do templo. E começaram a se incendiar. E então o milagre aconteceu. Possuídas por elas ou talvez pela graça da virgem mãe que abençoava o templo, as hastes de grama, umedecidas pelos sucos das terrelas, pareceram se multiplicar e, de repente, entre as placas de concreto, milhares delas começaram a crescer, como se criassem um prado exuberante.

Elas esfregavam suas fendas contra as hastes com tamanha devoção que esse lugar — chamado de sagrado pela nação — nunca tinha visto. Cavalgavam na grama quente e aquecida pelo sol, para a frente e para trás. E quando começaram a emitir sons agudos, como se estivessem convocando as outras, as próximas, todas ansiando por transformação, aconteceu o que Szajbel mais desejava.

Eis que Ela saiu do quadro e desceu. Não mais escura, mas clara. Tanta luz irradiava que chegava a cegar. Em vez de tristeza, alegria apareceu em seu rosto. A cicatriz em sua bochecha foi desaparecendo, curada como se estivesse sob a influência de um remédio.

O bebê em seus braços aos poucos deixou de ser um menino e se tornou uma menininha de trança fina.

Ela se aproximou das que se incendiavam, colocando a criança de lado e fazendo um sinal para que esperasse. Entrou no círculo. Tirou a roupa, revelando um corpo ao mesmo tempo jovem e velho — infantil, embora flácido e frágil. Lindo.

E quando Szajbel lhe entregou sua própria vara, ela primeiro a botou entre as pernas, como se a batizasse com sua umidade sagrada, e, colocando-a de lado, começou a incendiar sem ela, esfregando a fenda contra o delicado manto verde.

Então elas a viram mais de perto. Era a Antiga Virgem de quem Szajbel havia lhes falado. Cheia de alegria e de vida.

Ela é eu, você. É Kunegunde Kreppel, Helene Spalt e sua neta Mathilde. É uma amiga. É sua irmã, mãe ou filha. E é sua avó. É todas nós em nossa mais sagrada e mais bela loucura.

Manifesto do feiticismo

1. Com as garras de nossos pés enraizadas no chão, alardeamos em cantos, gemidos e gritos uma nova Canção da Criação do Mundo — um novo Começo do Mundo.

2. Trêmulas pela emoção do orgasmo que nasce no útero, anunciamos que no princípio era a Fenda, portanto, não o Deus Pai, mas a Deusa Mãe. E foi somente dessa Vagina-Fenda primordial que surgiram, com o tempo, os pauzinhos salientes: tumores. Tecidos irregulares como verrugas, bolhas ou feridas de etiologia muito patológica.

3. Leais à Vagina primordial, à Fenda Sagrada e, portanto, ao nosso Oco-Ancestral, sopramos no ouvido dos teimosos seguidores da Velha Ordem e do Rebanho de Cristo que no princípio não havia a Árvore do Conhecimento do Bem e do Mal, mas apenas a Árvore da Vida, também chamada de Árvore da Ternura. Somente ela não foi atingida pelos relâmpagos brilhantes, mais tarde chamados de "espadas flamejantes" pelos profetas de religiões estrangeiras. E somente ela não foi coberta pela fálica toscabilidade e pintorrugosidade. Foi a melhor época do desenvolvimento dos seres humanos: a época em que era a Vagina, e não o pênis bolorento, mas ainda atrevidamente ereto que governava o mundo. A época em que as próprias mulheres decidiam o que colocar na boca, e por certo não era uma excrescência obscena que deveria ser eliminada como um tumor.

4. Apelamos a todas as mulheres do mundo que tenham falos em suas bocas, vaginas, ânus ou mãos, para que cessem as práticas destinadas a mantê-los rígidos. Deixem que enfim amoleçam, imprestáveis, dando assim espaço para a reativação da Fenda que, através da sua umidade, é a verdadeira Fonte de Vida na Terra.

5. Em vez de levantar as mãos para o Céu coberto de fumaça, vamos pegar em varas, bastões e cajados e cortar tudo o que é saliente e morto. Sistemas políticos, hierarquias sociais e "-ismos" na arte! Vamos cortar aqueles que acham que nosso lugar é na maternidade, na igreja ou na cozinha. Vamos cortar os "Słowackis", os "Norwidis" e os "Mickiewiczis" de todas as nações por, em vez de verem em nós a energia ativa e a Força, preferirem injetar em seus textos qualidades exatamente opostas: submissão, delicadeza e fraqueza. Preferirem suspirar por nós e cometer suicídio por decepção, em vez de nos respeitar por nossa fertilidade, criatividade, inteligência, organização no trabalho, desenvoltura e energia. Vamos estraçalhar todos os que exigem das mulheres os sacrifícios da maternidade e depois financiam uma estátua da Mãe Polonesa. Nós, que durante séculos fomos tratadas como cadelas sujas por vocês, estamos prestes a nos libertar da coleira. Queimaremos a Pátria, cujo símbolo é a Águia Branca, até as cinzas. Nunca mais um pássaro, sinônimo de pau, será o símbolo de nossa nação. Que o Carniceiro se torne o emblema dos mortos-vivos, o que não inclui NÓS, as mulheres, que acreditamos não no Pai, mas na sempre viva e generosa Mãe Terra, a Antiga Virgem, Cibele.

6. Desmoronemos, sem medo de sermos absorvidas pelo Abismo, e depois nos reconstruamos. Sejamos como o queijo que, tendo surgido do leite, assume uma nova forma por meio do fogo, sem mudar seus componentes. Que a separação e

a unificação sejam o princípio básico que orienta nossas vidas. Que nunca nos deixemos enganar pela NORMALIDADE ou pela chamada personalidade. Sempre que ouvir falar disso, coloque a mão em sua vulva e sinta se ela parou de pulsar, de latejar. Não há nada mais desastroso para a vulva do que as normas burguesas decadentes que sustentam esses dois conceitos, como carcaças de codornas nas pinturas dos mestres flamengos.

7. Elevemos o Leite, a substância mais vivificante do mundo, ao status de Sangue de Cristo. Em vez de derramar sangue durante as Cruzadas ou guerras, vamos nos dissolver na Sagrada Oxitocina, o hormônio do amor produzido pela mulher durante o orgasmo e a amamentação. A Vida e o Amor, não o Pai que espalha o medo — acima de tudo!

8. Deixemos de nos ajoelhar nos pisos de mármore frio das igrejas e, em vez disso, ajoelhemos no musgo quente e úmido e incendiemos nossa vulva nua contra ele, ansiando por ternura! Com a fenda escondida, suguemos o chão musgoso da floresta, absorvendo as marés subterrâneas da Terra, oferecendo em troca nossa umidade secreta. E também o nosso cheiro, que contém não só a aura feromonal da reprodução, mas também da decomposição e da putrefação, características de todos os seres vivos: vegetais ou animais. Somente através da simbiose com a Terra, por meio de um relacionamento íntimo com Ela, renovaremos a Aliança feita com Ela no início da humanidade.

9. Vamos nos enraizar na floresta! As Florestas Nacionais são uma instituição tão perniciosa quanto a Igreja, tentando impor, de cima para baixo, como deve ser nosso contato com a natureza (no caso da Igreja, com uma divindade). Nós sabemos

como deve ser. A floresta é a grande vagina verde do Mundo. Nosso primeiro e também nosso último lar. No caso de uma catástrofe climática, somente graças à floresta teremos um lugar para nos abrigar do calor ou para matar a sede. O Deus severo do Antigo Testamento, em quem frequentemente acreditam aqueles que riem da crise climática e das premissas ecológicas, tem demonstrado total desinteresse diante de cataclismos ou desastres. Será diferente desta vez? A FLORESTA é a fonte de nosso instinto infalível. Nós, mulheres, nós, feiticeiras, sobrevivíamos colhendo frutas e preparando ervas para tratar doenças. Não precisávamos caçar e, portanto, matar para sobreviver. Ainda podemos viver assim. E sobreviveremos se lutarmos pelas florestas. A matriz do mundo, cujo reverso é a terra dos mortos, que nos alimenta com sua decomposição. As águas fluindo pelas veias da Terra. A vida. Somente no ventre da mãe podemos nos sentir seguras da mesma forma. Só que não há retorno ao útero, e a floresta é acessível. Que a cabeça de um guarda florestal voe para cada árvore caída. Milhares de árvores, milhares de cabeças. Milhões por milhões.

10. Nunca, jamais tente se livrar de sua loucura. Você não vai vencer com a cabeça a batalha contra o pau metafórico, rígido, reinante, perfurador e onipresente. É em sua fenda que se esconde a loucura necessária. A loucura que, única no mundo, é temida pelo patriarcado ereto — embora artificialmente sustentado pelo Viagra. A VAGINA-ÚTERO-CRÂNIO — símbolo da força transformadora das mulheres e de sua religião íntima e privada que celebra a Ternura, a Fertilidade e o Amor — vai aparecer para você e vai guiá-la quando você suspender as faculdades da razão, quando deixar, mesmo que apenas por um momento, de agir de acordo com o que manda a lei. Quando ouvir a si mesma, o que não quer dizer sua cabeça, mas sua buceta selvagem e atávica, cuja pulsação se alinha à da Mãe Terra

e, portanto, do mundo. A partir de agora, é sua fenda que deve ser sua melhor amiga e conselheira. Elimine agora tudo o que estiver entre você e sua buceta. Ou você não vai ouvi-la sussurrar, e é exatamente no sussurro dela que estão contidos os ensinamentos sobre como viver em harmonia com as coordenadas do mundo.

Agradecimentos

Agradeço às mulheres que, em sua luta pela igualdade e pelo bem-estar de nosso planeta, não têm medo de usar sua loucura como arma política. Somente graças a uma estreita relação com o que existe dentro de nós nos antípodas da desinflada "Razão" Iluminista, podemos pôr um fim ao falo. Ao derrubar a ereção simbólica em sua forma política, econômica e cultural, finalmente nos libertaremos do patriarcado e da escravidão. Não alcançaremos isso com a razão.

Agradeço a Daniel Zarewicz pela inspiração, amizade e pelas inúmeras consultas, e ao meu Piotr por ter coragem de conviver comigo e ter prazer nisso. Meus maiores agradecimentos vão para minhas filhas com deficiência intelectual. Graças a elas descubro todos os dias o verdadeiro poder da loucura.

Heksy © Agnieszka Szpila-Piwocka, 2021.
Edição polonesa publicada por Wydawnictwo W.A.B.
Edição brasileira publicada mediante acordo com
Book/Lab e Casanovas & Lynch Literary Agency.

Todos os direitos desta edição reservados à Todavia.

Grafia atualizada segundo o Acordo Ortográfico da Língua
Portuguesa de 1990, que entrou em vigor no Brasil em 2009.

capa e ilustração de capa
Giovanna Cianelli
composição
Jussara Fino
preparação
Manoela Sawitzki
revisão
Gabriela Marques Rocha
Érika Nogueira Vieira

Dados Internacionais de Catalogação na Publicação (CIP)

Szpila, Agnieszka (1977-)
　Feitiços : Fazer amor com árvores / Agnieszka Szpila ; Tradução Milena Woitovicz Cardoso. — 1. ed. — São Paulo: Todavia, 2024.

　Título original: Heksy
　ISBN 978-65-5692-734-3

　1. Literatura polonesa. 2. Romance. I. Cardoso, Milena Woitovicz. II. Título.

　　　　　　　　　　　　　　　　　　　　CDD 891.8538

Índice para catálogo sistemático:
1. Literatura polonesa : Romance 891.8538

Bruna Heller — Bibliotecária — crb-10/2348

todavia
Rua Luís Anhaia, 44
05433.020　São Paulo　SP
T. 55 11. 3094 0500
www.todavialivros.com.br

fonte
Register*
papel
Pólen natural 80 g/m²
impressão
Geográfica